밤의 대통령

밤의 대통령 1부 2

이원호 장편소설

초판 3쇄 찍은 날 § 2023년 2월 22일
초판 3쇄 펴낸 날 § 2023년 3월 2일

지은이 § 이원호
펴낸이 § 서경석

편집책임 § 황창선
편집 § 박현성 김범석
마케팅 § 서기원

펴낸곳 § 도서출판 청어람
등록번호 § 제387-1999-000006호
등록일자 § 1999. 5. 31
어람번호 § 제8-0061호

주소 § 경기도 부천시 원미구 부일로 483번길 40 서경B/D 3F (우) 14640
전화 § 032-656-4452 팩스 § 032-656-4453
E-mail § chungeorambook@daum.net

© 이원호, 2016

ISBN 979-11-04-90611-4 04810
ISBN 979-11-04-90609-1 (세트)

1부

2

밤의 대통령

이원호 장편소설

개정판

도서출판
청어람

CONTENTS

제1장

대전환

밤의 대통령

오유철은 신장이 1미터 70센티미터에 체중이 66킬로그램밖에 나가지 않는다. 얼굴도 해사하게 생겨서 얼핏 보면 고생 없이 자란 부잣집 둘째 아들쯤으로 보인다. 다만 눈이 길게 째졌고 언제나 물기가 많아서 번들거렸기 때문에 독특하게 보이긴 했다. 조응남의 표현을 빌리면 '발정 난 살쾡이 눈깔'이었다.

그러나 생긴 것과는 달리 고생이라면 안 해본 종류가 없었다.

고아원 출신으로, 제 말마따나 어떤 연놈들이 나를 까놓았는지 모르게 태어나서 자랐다. 고등학교까지 겨우 마치고 마침내 고아원을 뛰쳐나와 중국집 배달부에서 슈퍼마켓 점원, 웨이터 보조 등을 했다가 집어치우고 이발소에서 머리 감겨주는 일을 했다. 뜻한 바 있어 고등학교 때부터 태권도를 익혀 4단이 되었다. 머리 감겨주기도 싫증이 난 오유철은 해병대에 지원했다. 공짜로 밥 먹여 주고 재워주고 또 멋진 군복이 보기 좋았던 것이다.

24살에 제대하고 도장의 선배 소개로 웨이터가 되었는데, 어느 날 지배인이 자리를 비운 사이 금고를 열어 200여만 원을 들고 튀었다. 이틀 후에 잡혀 형무소에서 6개월을 보냈다. 그것도 견딜 만했다. 걱정해 주는 사람도 없었고 나간다 해도 기다리고 있을 연놈도 없었다.

그리고 계획이나 미래 따위는 애당초 그에게 맞지 않는 단어다. 언제나 오늘 먹고 잘 일이 걱정이었기 때문이다. 그러나 신세는 분명히 갚는 성격이어서 남한테 해를 입었다고 생각하면 참지 못했다. 금고를 턴 것도 지배인이 약속을 지키지 않았기 때문이었다. 그가 끌고 온 손님의 술값 중 10퍼센트는 그의 몫이었으나 지배인은 차일피일하면서 주지 않았던 것이다.

출감한 다음 날, 지배인을 찾아간 오유철은 이빨 네 개와 갈비뼈 두 개를 부러뜨렸다. 지배인과 함께 덤벼드는 웨이터 두 명의 코뼈와 팔을 각각 부러뜨리고 금고를 열어 300만 원 정도의 현금을 들고 튀었다. 도망치는 방법은 교도소에서 귀에 못이 박히도록 강의를 들었기 때문에 이번에는 멀리 뛰었다.

그가 김원국을 만난 것은 우연이었다. 김원국과 조응남은 대전 번화가에 있는 '한밭' 살롱에 앉아 있었다. 제일상사의 초창기였고 한밭 살롱은 김원국이 인수한 지 두 달째였다.

초저녁이었다. 해사한 얼굴의 사내가 같은 또래 서너 명과 함께 거침없이 들어서는 것을 김원국은 무심히 바라보았다. 아직 손님이 한 팀도 없었다. 그들은 김원국의 건너편 소파에 떠들썩하게 지껄이며 앉았다. 지배인인 미스터 고가 그들에게 다가갔는데 못마땅한 표정이었다. 김원국이나 조웅남 앞에서 목청을 높여 떠드는 그들을 혼내주고 싶은 것 같았다.

"뭘 드릴까요?"

이곳은 양주만 팔았고, 미스터 고쯤 되면 얼핏 봐도 주머니 사정이라든가 무얼 해서 먹고사는지는 대충 알 수 있기 때문에 무뚝뚝하게 물었다. 김원국의 눈에도 그들은 양주 마실 위인들이 아니었다.

"어, 양주. 안주는 있는 대로 다 가져와."

해사한 사내가 불쑥 말했다. 조웅남이 슬그머니 얼굴을 들어 그를 바라보았다.

"양주는 어떤 걸로 할까요?"

국산 양주 외에 외국산도 팔고 있었다. 그래서인지 손님들은 대개가 40대의 주머니가 든든한 단골이었다.

"이거 뭐야? 이걸로 해."

그가 메뉴판을 손가락으로 가리키며 말했다. 미스터 고보다 대여섯 살은 아래로 보였고 많이 친다고 해도 스물일고여덟 살 정도였다. 대놓고 반말이었다. 미스터 고는 참느라 고통스러운 모양이었다. 김원국이나 조웅남이 없었다면 벌써 일이 벌어졌을 것이다.

"이건 나폴레옹 코냑입니다. 한 병에 50만 원입니다."

"그래서?"

사내가 째진 눈을 홉떠 미스터 고를 올려다보았다. 눈에 물기가 번쩍였다. 조웅남이 흐뭇한 표정으로 그것을 바라보았다.

"그래서 어쨌단 말이야?"

미스터 고는 잠자코 돌아섰다.

"야, 이 새끼들아, 걱정 마. 오늘은 내가 산단 말이야. 맘 놓고 마셔."

사내가 친구들에게 큰 소리로 말했다.

김원국과 조웅남은 저녁 식사를 하러 밖으로 나갔다가 두 시간쯤 후에 돌아왔는데 사내들은 술판이 무르익은 상황이었다. 얼핏 보아도 양주가 대여섯 병에 안주가 탁자에 가득했다. 모두들 취해 있어서 어수선한 분위기였다.

손님들이 서너 팀 있었으나 그들 때문에 불안한 듯 그쪽을 힐끗거렸다. 떠들썩했기 때문이다. 김원국과 조웅남은 건너편 자리에 앉았다.

차츰 술병이 바닥이 보이고 일어설 분위기가 되어갔다. 해사한 사내는 요지부동이었으나 친구들이 불안한 듯 엉덩이를 들썩였다.

"야, 너희들 먼저 가. 내가 계산하고 나갈 테니까."

사내가 멀쩡한 목소리로 말했다.

"팁도 줄 필요 없어. 다 내가 낼 테니까."

옆에 앉은 아가씨들이 그를 바라보더니 남자들을 일으켜 세웠다. 그들도 더 이상 지배인이나 손님들의 눈총을 받기 싫은 모양이었다. 친구들이 주춤대며 일어섰다. 같이 나가자는 녀석도 있었으나 그가 앉아서 손을 내젓자 마침내 그 녀석도 나갔다. 사내는 혼자가 되었다.

"아저씨, 계산하셔야죠."

아가씨 하나가 대표로 말했다. 나머지는 그를 바라보고 서 있었다. 미스터 고가 다가왔다. 그는 단단히 벼르고 있는 듯 얼굴이 굳어져 있었다. 그는 사내에게 계산서를 내밀었다.

"필요 없어."

사내가 계산서를 탁자 위에 던졌다.

"나 돈 없어."

조웅남이 다시 흐뭇한 표정으로 웃었다.

"뭐야?"

미스터 고가 한 걸음 다가서고 웨이터 두 명이 눈치를 채고 빠른 걸음으로 다가갔다.

"뭐 이런 자식이 있어?"

아가씨 하나가 새된 소리를 냈다.

"너희들은 들어가 있어."

미스터 고가 그녀들에게 말했다. 홀 안이 조용해졌다.

"경찰 오라고 해."

사내가 잇새로 말을 이었다.

"나한테 손대지 마. 죽일 테니까."

"아니, 이 새끼가."

미스터 고가 그의 멱살을 잡았는가 했는데 어느 사이에 사내가 벌떡 일어서면서 머리로 그의 얼굴을 받았다.

"어우."

미스터 고가 얼굴을 싸쥐고 휘청거리며 한 걸음 물러섰다.

"이 새끼!"

웨이터들이 달려들었다.

"야, 멈춰!"

김원국이 소리치자 그들은 주춤 자리에 섰다. 손님들이 모두 이쪽을 바라보고 있었다. 이제는 음악 소리만 울릴 뿐 기침 소리 하나 들리지 않았다.

"느그들은 가서 일봐. 여그는 내가 알아서 헐 팅게."

조웅남이 부스럭대며 일어섰다. 사내가 싱긋 웃었다. 젖은 눈이 번쩍였다. 김원국은 자신도 모르게 입가에 웃음을 띠었다.

"아가, 여그는 시끄러먼 안 된게 저그 안으로 들어가자."

조웅남이 웃으며 말했다.

"거그는 숭악헌 전라도네잉?"

사내가 말하며 일어섰다.

"좋아, 따라가지. 아까 초저녁부터 눈여겨보고 있었어. 쳐다보는 게 귀엽더구먼."

그는 조웅남의 반밖에 되지 않았다. 조웅남이 한숨을 내쉬었다. 이제는 그가 열에 받치고 있다는 표시였다.

"일대인가?"

사내가 김원국을 돌아보며 물었다. 김원국은 잠자코 일어서서 홀의 안쪽으로 앞장서 들어갔다. 안은 술과 안주를 쌓아 놓은 창고였다. 제법 널찍한 곳이어서 웨이터들이 운동을 하려고 가져다 놓은 역기와 아령들이 흩어져 있었다.

김원국은 나무 벤치에 앉았다. 사내는 좌우를 살피더니 모퉁이에 가서 섰다. 좋은 위치였다.

"아가, 너는 어디서 왔냐? 떠돌아댕기는 모양인디."

조웅남이 성큼 다가서며 말했다. 김원국은 조웅남의 얼굴을 보았다.

"웅남아, 잠깐."

김원국이 벤치에서 일어섰다. 조웅남은 창고에 들어서자 마음이 바뀐 모양이었다. 요절을 내려고 하는 것이다.

"이봐, 어서 와봐."

사내가 두 다리를 벌린 채 조웅남을 보고 웃었다. 김원국이 다시 움직이려는 조웅남의 어깨를 잡았다.

"너, 싸움에 자신 있니?"

그의 앞에 다가가서 김원국이 물었다.

"왜? 네가 해볼 거야? 붙어봐?"

사내가 눈을 번쩍이며 말했다.

"에이, 저런 씨발 놈을."

조웅남이 김원국을 밀치고 나서려고 했으므로 김원국이 정색을 했다. 조웅남이 멈춰 섰다.

"일부러 시비 걸러 온 거냐?"

김원국이 물었다.

"시비? 일부러? 이봐, 난 그렇게 한가한 사람 아냐. 경찰을 불러. 그리고 날 잡아넣으란 말이야."

조웅남이 눈을 부릅떴다. 그러나 입을 열지는 않았다.

"난 살아가는 게 귀찮아. 도망 다니는 것도 귀찮고. 이봐, 이젠 교도소에서 다시 좀 쉬어야겠어. 그러니까 경찰을 부르란 말야."

"도망 다닌다고 했니?"

김원국이 그의 눈을 들여다보면서 팔짱을 끼었다.

"그래, 난 강도치상으로 수배되어 있어."

"강도치상?"

"그래, 너 같은 놈들 서너 놈을 때려눕히고 금고를 들고 튀었단 말야."

김원국이 웃었다.

"그럼 지금도 한번 해볼래? 네가 만일 날 한 대라도 때릴 수 있다면 널 그냥 나가게 해주마."

"형님, 무슨 짓거리요? 저런 애들허고."

조웅남이 혀를 찼다. 김원국은 그에게서 시선을 떼지 않았다.

"어디 한번 해보거라. 너, 싸움 잘하는가 보구나?"

"이봐, 사람 가지고 놀지 마."

그의 얼굴이 붉게 상기되었다.

"그럼 내가 칠 테니까 막아 보거라."

김원국이 한 발짝 다가섰다.

"이 새끼, 내 몸에 손대면 죽어."

사내가 눈을 부릅떴다. 조웅남이 한숨을 쉬더니 벤치에 앉았다.

"그럼 그렇게 해봐라."

김원국은 사내의 독기가 마음에 들었다. 모처럼 그에게 정면으로 대드는 사내를 본 것이다. 그가 누구인가를 알고 나면 대개의 사내들은 기가 죽는다. 그리고는 사지가 굳어져 버리는 것이다. 사내가 아무것도 모르고 눈을 부릅뜨고 있는 것을 보자 오랜만에 피가 끓었다. 그리고 조금은 버릇을 고쳐 줘야겠다는 생각도 들었다.

"자, 간다."

2미터쯤 거리를 두고 김원국이 말했다. 그는 다리를 벌리고 긴장을 푸는 것처럼 보였다.

사내는 눈을 부릅뜨고 신경을 곤두세웠다. 김원국은 성큼 그의 앞에 다가섰다. 사내의 주먹이 뻗어 나와 그를 칠 수 있는 거리였다.

사내는 영문을 알 수 없다는 듯 그를 바라보았다. 그의 온몸에 꿈틀거리는 긴장이 흐르는 것을 김원국은 느꼈다. 그러나 사내는 공격해 오지 않았다. 일부러 온몸을 허점투성이로 만들어 두었는데도 치고 들어오지 않았다. 만일 그랬다면 김원국이 실망했을 것이다. 그때에는 단숨에 승부가 났을 테니까. 가깝게 붙어 있을수록 자신이 있었기 때문이다.

사내의 눈동자가 흔들렸다. 그렇다면 이쪽에서 공격해 가는 방법밖에 없다. 김원국은 다시 오른발을 내디뎠다. 순간 사내가 불쑥 쳐들어왔다. 전혀 예기치 못했던 김원국은 왼발을 틀어 그의 주먹과 발길질을 피했다.

매서웠다. 짧은 순간 들어온 두 번의 공격에 머리를 돌리지 않았으면 그의 머리에도 받힐 뻔한 것이다. 이것은 정식 태권도의 동작이 아니었다. 살쾡이가 험한 산에서 나무와 바위를 피해 사냥감을 찾아 달려드는 것처럼 상황에 적응하여 주먹과 발길과 머리와 무릎 등이 모두 순간적으로 응용되는 것이다.

김원국은 왼쪽으로 한 걸음 물러서며 싱긋 웃었다. 그리고 왼발로 중심을 잡자마자 오른발을 길게 휘둘러 그와의 공간을 만들어보았다. 발을 팔목으로 막으면서 공격하는 것이 정상적인 방법이었으나 사내는 그것도 하지 않았다. 오히려 주춤 반걸음 물러섰다. 아까도 그랬지만 전혀 예측할 수 없었다. 김원국의 피가 끓었다. 조웅남이 입맛을 다시면서 그들을 바라보고 있었다.

"자아, 그러면 막아봐라."

김원국이 정색을 하며 말했다.

그러고는 성큼성큼 그에게 다가갔다. 두 걸음 만에 그의 앞에 와 서자 당황한 사내가 몸을 틀며 주먹으로 그의 가슴을 쳤다. 왼팔은 단단히 굽어져 있었는데 김원국의 공격을 방어하려는 자세였다. 김원국은 가슴에 정권으로 날아온 주먹을 팔목으로 비껴 쳐 옆구리로 흘려보냈다.

사내는 머리로 그의 턱을 받아 올렸다. 그것도 얼굴을 돌려 피했다. 무릎으로 그의 옆구리를 찍어 올리는 것을 몸을 틀어 헛발질을 하게 하면서 중심을 잡고선 왼쪽 발을 가볍게 찼다. 사내가 시멘트 바닥에 엉덩이를 찧는가 했는데 빙글 몸을 돌려 바닥에서 뒹굴어 벽 쪽으로 굴렀다.

김원국은 이쯤해서 끝내기로 마음먹었다. 휘익 몸을 솟구쳐 뒹구는 사내의 두 다리 사이에 왼발을 집어넣었다. 발에 걸린 사내는 굴러가는 것을 멈추고는 앉은 채로 벌떡 상체를 일으켜 세웠다. 김원국의 오른발이 그의 턱을 차올렸다. 덜컥 소리가 나면서 그의 얼굴이 뒤로 젖혀졌다. 그리고 상체가 무너져 내렸다.

사내는 기를 쓰고 일어나려고 하였으나 머리만 건들거릴 뿐이었다. 두 팔이 땅바닥을 버티고 상체를 일으켜 세우려고 안간힘을 썼다. 그러나 땅바닥에 닿은 머리는 떼어지지 않았다.

"조금 있어야 일어날 수 있을 거다. 무리하지 마라."

김원국이 사내를 내려다보면서 말했다. 갑자기 드러누운 사내가 소리 내어 울었다. 눈물이 볼을 타고 흘렀다. 엉엉거리며 그는 한참을 울었다.

"그렇게 이 씨발 놈아, 쬐깐한 것이 까불면 못쓰는 것여."

조웅남이 땅바닥에 앉아 있는 오유철을 타이르고 있었다.

그는 오유철이라고 이름을 댔고 지내온 과거지사를 말하고 있는 중이었다.

"다 임자가 있는 거여. 너는 그래도 운이 좋은 놈이여. 나나 우리 형님이 너를 이쁘게 봤응게."

오유철이 땅바닥을 내려다본 채 대답이 없었다.

"그래, 할 일이 없어서 다시 교도소로 돌아가겠다고 마음먹었니?"

김원국이 부드럽게 물었다. 그가 머리를 들었다.

"제가 할 일이 뭐가 있습니까?"

그러고는 다시 입을 다물었다. 특별한 기술도 없고 학력도 없다. 거기에다 전과자인 데다 보증을 서줄 부모 형제 일가친척도 없는 것이다. 이제까지 정붙여서 살던 곳도 없었다. 고아원에서도 그렇고 이곳저곳 떠돌아다녔기 때문이다. 그러다 보니 정든 사람도 없다. 아니, 어쩌면 정이란 것을 모르고 살아왔을 것이다.

김원국은 잠자코 그를 내려다보았다. 할머니 손에서 자란 김원국이다. 그렇지만 일찍 할머니가 돌아가셔서 외로움 속에서 자랐다. 그러나 오유철처럼 철저하게 소외당하지는 않았다. 오유철은 외로움이라는 단어가 생소할지도 모른다. 어쩌면 그것에 익숙해서 그렇지 않은 사람들이 오히려 이상할 것이다.

"어떡할래?"

김원국이 조웅남을 바라보며 물었다.

"뭘 말이요?"

조웅남이 어리둥절했다.

"얘 네가 데리고 있을래?"

조웅남이 오유철을 내려다보았다. 그도 오유철이 마음에 들었다. 기질이 예뻤고 노는 것이 귀여웠던 것이다.

"야, 너, 내 동생 할래?"

오유철이 머리를 들었다. 그는 조웅남을 노려보았다.

"덩치만 크다고 형님인 거요?"

"뭐여?"

김원국이 풀썩 웃었다.

"아니, 요 쥐새끼 같은 놈이."

조웅남은 얼굴을 일그러뜨렸다.

"이 씨발 놈을 그냥, 어디 하나를 뿐질러 놓아?"

"친형님처럼 생각하거라. 웅남이도 친동생이 없다. 알아들었니?"

김원국이 정색을 하고 말했다. 오유철은 머리를 숙였으나 대답하지 않았다.

"아, 관두쇼. 이런 새끼는 필요 없응게로. 지기미."

조웅남은 무안을 당해 기분이 편치 않았다.

"알았으면 형님이라고 불러보거라."

김원국이 재촉하듯 말했다. 조웅남이 그를 노려보았다.

오유철은 머리를 들었다.

"형님."

오유철은 괜히 목이 메었다. 조웅남은 머리를 돌리고 딴전을 피웠다.

"뭐 하니?"

김원국이 그를 돌아보았다.

"뭘 말이요?"

"대답 안 해?"

조웅남은 오유철을 내려다보았다.

"야, 너, 술 더 먹을래?"

이렇게 해서 오유철이 한식구가 되었다. 8년 전이었다.

                    *   *   *

차영화는 유리문을 열고 빌딩을 나왔다. 주차장에는 그녀의 청색 벤츠가 세워져 있었다. 그녀는 꼿꼿한 자세로 승용차를 향해 다가갔다. 32살의 차영화는 아직 미혼이다. 길게 웨이브 진 머릿결이 저녁 바람에 출렁였고 1미터 68센티미터의 쭉 뻗은 몸매는 우아한 감색 울 원피스에 싸여 있었다.

차의 키를 꽂으면서 차영화가 빌딩을 올려다보았다.

'움베르토 알베르.'

영어와 한글로 커다랗게 장식된 간판이 보였다. 빌딩의 앞면은 1인치 유리판으로 덮여 있었으므로 3층의 내부가 환히 바라보였다. 마네킹이 입고 있는 화려한 옷과 내부의 고급스런 분위기는 여자들의 꿈과 욕심을 채워주고 있는 것이다.

그녀는 잠시 그것을 바라보다가 희미하게 입술을 올렸다. 검은 눈썹 밑의 흑갈색 눈동자는 움직이지 않았으나 입술 끝이 조금 올라가는 미소였다. 약간 큰 코와 육감적인 입술이 갸름한 얼굴과 함께 이국적인 분위기를 자아냈다.

그녀가 이태리에서 대학을 졸업할 때까지 4년을 지내는 동안 그녀를 이태리 여자로 생각했던 사람도 있을 정도였다.

차영화는 압구정동의 골목길을 천천히 차를 몰고 빠져나갔다. 곧 초저녁 손님들이 몰려들 것이다. 이곳은 약속과 아이쇼핑의 장소로 젊은이들에게 최적의 장소가 되어가는 중이다. 그들에게 꿈을 품게 하고 언젠가는 그것들을 소유하겠다는 의지를 쌓게 할 것이다.

문득 차영화는 핸드폰의 버튼을 눌렀다. 곧 신호음이 끊기더니 장영길의 굵은 목소리가 들렸다.

―네, 장영길입니다.

그는 움베르토 알베르 상표의 수입 판매 대리인인 영화상사의 상무였다.

"내가 전화를 못 했는데 이태리에 전화를 해서 추가분 독촉을 해주세요. 일주일 안으로 비행기에 실어야 한다구요."

―알았습니다.

차영화는 핸드폰의 스위치를 껐다.

무역 회사 출신의 장영길은 제품의 수입 관계를 총괄하고 있다. 차영화는 그에게 내부 관리도 맡겨놓았는데 장영길이 그녀를 좋아한다는 것을 알기 때문이다. 서른여덟 살의 그는 웬일인지 미혼이었고 그녀를 보는 눈빛이 다른 사람들과 달랐다. 차영화는 고용인인 그에게서 이성으로서의 감정을 느끼지는 않았지만 그것을 적절하게 이용하는 것이 편리하다는 것을 알고 있었다.

벤츠가 영동의 호텔 앞에 멈추자 제복의 도어맨이 다가왔다.

"두 시간쯤 후에 나올 거예요."

차에서 나오면서 차영화가 말했다.

차영화는 로비를 가로질러 엘리베이터로 향했다. 사람들이 힐끗거렸으나 그런 시선에 익숙한 차영화는 엘리베이터에 올라 버튼을 눌렀다.

1015호실의 벨을 누르자 곧 문이 열렸다. 김중오가 그녀를 보더니 싱긋 웃었다. 여전히 혈색이 좋아 보이는 얼굴에 와이셔츠 차림이었고 손에 맥주잔을 쥐었다.

"이여, 차 사장. 볼수록 이뻐진단 말이야. 나 말고 또 좋은 사람 있어?"

문을 잠그며 김중오가 물었다. 그는 서울 지점 부장검사다.

1년쯤 전에 수입업체들의 회의 때 김중오가 참석해서 외제품의 수입 가격에 대한 고의적인 가격 조작에 대한 주의를 준 일이 있었다. 차영화는 다음 날 그와 저녁 식사를 함께할 수 있었다.

"김 부장님은 그게 나쁜 버릇이에요. 무조건 사람을 의심부터 하는 것."

차영화가 눈을 흘기며 소파에 앉았다.

"어때, 술 한잔하겠어?"

그가 맥주병을 들어 보였다.

"아뇨. 피곤하니까 샤워나 할래요."

"샤워? 응, 좋지."

그의 눈이 번들거렸고 차영화는 원피스의 단추를 풀면서 소파에서 일어섰다.

"단추 좀 끌러주세요."

차영화가 돌아서며 말했다.

"그러지."

그의 뜨거운 손이 어깨에 닿더니 잠시 주춤거리다가 등의 단추를 풀었다. 원피스가 흘러내리자 브래지어와 팬티 차림의 알몸이 드러났다. 김중오의 손이 그녀의 브래지어를 서둘러 풀고 젖가슴을 움켜잡았다. 목과 어깨에 그의 뜨거운 숨결이 덮여졌다.

"아이, 샤워부터 하구요."

팬티를 서둘러 내리는 그의 손목을 잡으며 차영화는 몸을 비틀었다.

"나중에. 우선 이리로 와."

김중오는 그녀의 허리를 번쩍 들고는 침대 위에 내려놓았다. 서둘러 와이셔츠와 바지를 벗어 던진 김중오가 셔츠와 팬티를 벗고는 침대 위에 누워 있는 그녀의 몸을 덮쳤다.

차영화는 입을 열어 그의 혀를 받아들였다. 그의 뜨거운 손길이 전신을 애무하고 입술이 그녀의 짜릿한 부분을 헤집자 차영화는 나직하게 신음 소리를 냈다.

이윽고 김중오는 서둘러 그녀에게 들어갔다. 차영화의 잔뜩 구부러진 다리가 조금 더 깊게 그를 받아들일 수 있도록 허공으로 치솟아 올랐다. 김중오는 거칠게 부딪쳤는데 그것이 처음에는 아픔이 되었다가 차츰 쾌락의 소용돌이로 차영화를 이끌었다. 차영화가 김중오의 등을 힘껏 껴안다가 곧 손톱으로 그의 허리와 엉덩이를 쥐어뜯었다. 엉덩이의 살점을 잔뜩 쥐었다가 그의 동작에 맞춰 힘을 주어 끌어당겼다.

"아아아."

그녀가 길게 비명을 지르자 김중오가 몸을 떨면서 내리꽂고는 한동안 움직이지 않았다. 땀에 범벅이 된 김중오는 몸을 굴려 그녀에게서 떨어졌다. 앓는 소리를 내면서 차영화는 한동안 움직이지 않았다.

"이봐, 좋았어?"

이윽고 김중오가 차영화의 젖가슴을 만지며 물었다.

"응."

"자네도 대단해. 아주 멋진 여자야."

차영화는 입술 끝으로 미소를 지었다. 김중오는 부스럭대며 담배를 찾아 입에 물었다. 그는 항상 똑같다고 차영화는 생각했다. 그의 숨소리, 그의 행위, 그리고 그의 절정의 순간까지 언제나 똑같았다. 1년이 가깝도록 만났지만 끝나고 엎드려 담배 피우는 순서까지 변하지 않은 것이다.

"이봐, 요즘 수입품 가격 책정 문제로 문제가 좀 있어. 특히 그쪽 말이야."

김중오가 생각난 듯 말했다.

차영화는 잠자코 눈을 감고 누워 있었다. 그가 할 이야기는 이것일 것이다. 그는 무엇인가 대가를 주고 싶어 하는 것이다. 이것도 차영화는 잘 알고 있었다.

"판매 가격이 수입 가격보다 두 배 이상인 업체는 조사를 받게 돼. 다음 달부터 조사니까 준비해 둬. 작년 것부터 조사야."

"작년 것부터면 어떻게 해요?"

천장을 바라보며 차영화가 나직하게 물었다.

"난 못 해요. 당신이 알아서 해주세요."

"허, 이런. 이런 억지가 있나? 기껏 얘기해 주니까 명색이 회사 사장이 그렇게 얘기해도 돼?"

"……"

"알았어. 내가 손을 좀 써보지. 하지만 준비는 해. 아예 작년 서류 중 문제가 될 것은 없애든지."

"알았어요."

"왜 이렇게 맥이 없어? 이봐, 왜 그래?"

"아이참, 내가 왜 맥이 없는데요?"

차영화가 짜증 난 듯 말하자 김중오가 히죽 웃었다.

차영화는 호텔을 나왔다. 김중오는 잠시 후에 나올 것이다.

도어맨이 재빠르게 벤츠를 끌고 와 그녀의 앞에 세웠다. 사람들이 다시 힐끗거렸다.

"고마워요."

차영화는 차에 올라 호텔을 빠져나가면서 시계를 보았다. 10시가 되어가고 있었다. 집에 가서 다시 샤워를 하고 쉬어야겠다고 생각했다.

　　　　＊　　　　　＊　　　　　＊

　백광남은 오유철의 얼굴을 보자 애써 태연한 척했지만 잘되지 않았다. 그에게 얻어맞은 적도 있었고 그가 정재희와의 정사 장면을 찍은 필름도 가지고 있을 것이다.

　그러나 그 후로 연락이 없었기 때문에 차츰 긴장이 풀려가는 참이었다. 오유철은 응접실에 들어오자 주위를 둘러보는 시늉을 했다.

　"이야, 집 좋습니다."

　오유철이 감탄하듯 말하고는 소파에 털썩 앉았다. 일요일이어서 식구들이 집 안에 있었지만 백광남은 차를 가져온 아줌마를 내보내면서 사람들을 얼씬대지 못하도록 일렀다.

　"갑자기 웬일이오?"

　백광남이 차갑게 물었다. 틀림없이 사진을 가지고 돈을 뜯으려고 온 것으로 믿었으므로 불쾌했다. 그러나 듣기는 해야 할 것이다.

　"이야, 저거 진짠가요?"

　오유철이 구석의 탁자 위에 세워진 백자를 가리키며 물었으므로 백광남은 가슴이 뜨끔했다. 2억 5천만 원짜리 이조백자인 것이다. 고맙게도 오유철이 시선을 돌렸다.

　"사장님, 돈 많으쇼?"

　"왜 그러는 거야?"

　백광남이 그를 쏘아보았다.

　"이것 보게, 용건이 뭔지 이야기를 해. 쓸데없는 소리 말구."

"허, 쓸데없는 소리요?"

오유철의 얼굴이 찌푸려졌다. 백광남과 정재희의 필름을 들고 강만철에게 가져가자 강만철도 신기한 듯 들여다보며 웃었다. 강만철은 그것을 보관하였다가 김원국에게 보여주었다고 했다. 오유철은 거기까지밖에 알지 못했다. 그렇다고 김원국에게 물어볼 수도 없었던 것이다.

"내가 할 일이 없어서 쓸데없는 소릴 하러 여기 온 줄 아슈? 이거 왜 이래?"

오유철이 언성을 높이자 백광남이 주위를 둘러보았다.

"내가 공갈이나 치는 깡패로 보이쇼? 여보쇼, 난 한 달에 2백만 원 받는 월급쟁이요. 아, 씨발 더러워서 진짜."

"……."

"거시기, 원명구 씨 아쇼?"

백광남이 눈을 크게 떴다. 그러나 오유철을 바라본 채 움직이지 않는다.

"알아요, 몰라요?"

"아는데… 그 사람이 왜?"

"왜는 왜요? 우리더러 공장 서류를 찾아달라니까 그렇지. 서류를 이철주가 가지고 있다면서요?"

"아, 그거야 그런 모양이던데……."

"3억만 주면 서류를 찾을 수 있다던데, 맞습니까?"

"……."

백광남은 입을 다물었다. 그는 이철주가 어디로 행방을 감췄는지 알지 못했다. 설령 안다고 해도 정재희와 짜고 '귀빈'과 '금성'을 싸게 샀다고 그가 오해하고 있을 것이니만치 만날 수도 없었다. 더욱이 정재희와 밀통한 것을 안다면 목숨이 성할지도 알 수 없는 것이다.

"이철주가 원 사장한테 3억을 빌려줬다던데, 그러면 이철주한테 돈을 갚으면 됩니까?"

"그게, 그것이……."

"이철주를 찾아서 돈을 주고 서류를 찾아야겠군, 그럼."

"돈은 준비되었소?"

백광남이 물었다.

"아, 돈이 준비되었으니까 하는 소리 아닙니까?"

"원 사장이? 그 사람, 그럴 능력이……."

"아, 누구든 돈만 주면 될 거 아닙니까?"

"이 사장이 어디 있는지 아시오?"

백광남이 정중해졌다. 다급해진 탓일 것이다.

"그거야 찾아내면 되는 거지, 뭘. 정재희 같은 년도 하루아침에 찾아내는데……."

백광남은 시선을 돌렸다.

"이철주한테 돈을 주면 안 되는데……."

백광남이 주저하며 말했다. 그는 돈에 대한 미련을 버릴 수 없었다.

"그게 무슨 말입니까?"

"그 돈은 내가 받아야 되는데……."

"왜요?"

백광남은 잠시 주저하다가 입을 열었다. 원명구한테 돈을 빌려

주고 당좌수표를 받은 일부터 이야기했다.

"이 사장이 자기가 받아 주겠다고 당좌수표를 가져갔고 나중엔 원 사장에게 공장을 명의 이전받은 모양이오. 난 자세한 것은 몰라요. 어쨌든 그 돈은 내가 받아야 돼요."

"그럼 이철주하고 대질하면 되겠군. 그 사람을 잡아서 말요. 무슨 증거라도 있습니까? 이철주한테 그 일을 맡겼다는 증거 말요."

"그때야 서로 믿는 사이여서 그런 것은 안 받았는데……."

"그럼 안 되겠군그래. 이철주가 오리발 내밀면 끝장이오."

백광남의 얼굴이 붉어져 갔다.

"그런 순 도둑놈이 있나? 그 돈을 주지 말고 서류를 찾아야 돼."

"허어, 좌우간 이철주나 찾아봐야겠구먼."

오유철은 대충 알 만큼 알았으므로 엉덩이를 들었고 백광남은 상기된 얼굴로 잠자코 있었다.

오유철이 나간 후 백광남은 잠시 동안 자리에 앉아 움직이지 않았다. 벽에 걸린 그림을 바라보며 생각에 잠겼던 그는 인터폰을 눌렀다. 응접실 한쪽의 문이 열리고 깡마른 사내가 들어와 그의 앞에 섰다.

훌쩍 큰 키에 흰 머리가 드물게 섞여 있었는데 검은 얼굴에 주름살이 많았다. 사내가 세모꼴 눈으로 백광남을 내려다보았다. 백광남이 두 달 전부터 고용한 사내였다. 전직 경찰 출신이었으므로 신변 보호와 정보 수집에 요긴하게 쓰고 있었다.

"이봐, 지금 나간 녀석 누군지 알고 있지?"

백광남이 묻자 사내는 머리를 끄덕였다.

"제일상사에 있는 오유철이란 놈이죠. 그놈도 간부급입니다."

"이철주의 행방은 아직도 못 찾았나?"

그에게 이철주를 찾아보라고 한 달 전부터 일렀었다.

"서울에 있는 것 같습니다. 그렇지만 좀 힘이 드는군요."

"아까 그놈도 이철주를 찾아 나설 거야. 그 전에 우리가 그 작자를 찾아냈으면 좋겠는데."

"제가 해보겠습니다."

사내는 휘청거리며 문을 열고 나갔다. 그의 이름은 박채동이었다. 잘 아는 경찰 간부의 추천을 받았으므로 신원은 확실하였으나 도무지 생기도 표정도 없는 사내였다. 그러나 시킨 일은 착실하게 마무리를 했다.

백광남은 시계를 올려다보고 자리에서 일어섰다. 대치동으로 갈 시간이었다. 기분이 조금 나아진 그는 상의를 집어 들고 응접실을 나섰다.

＊　　　＊　　　＊

40평형 아파트는 내부 장식이 모두 분홍색과 흰색으로 되어 있었다. 서혜란이 직접 장식한 것이다. 백광남은 그것을 보면 언제나 어지러웠으나 말을 하지는 않았다.

귀빈에 나온 지 며칠 안 되는 서혜란을 백광남이 들여앉힌 것이다. 23살의 회사원이었던 그녀는 순순히 백광남의 제의를 받아들였는데 아주 행복해했다.

"아빠, 오늘은 여기서 자고 가실 거죠?"

그의 무릎에 앉으면서 서혜란이 물었다. 분홍빛 엷은 잠옷 사이로 그녀의 속살이 들여다보였다.

"응? 글쎄……."

백광남이 그녀의 팽팽한 젖가슴을 어루만지며 말끝을 흐렸다.

"자고 가요. 네? 포르노를 봤더니 좋은 것이 있었어요. 그렇게 해봐요. 응?"

그의 목을 껴안고 서혜란이 졸랐다.

"포르노? 이놈이 또 그런 것을 보았구먼?"

백광남이 나무라듯 말했다. 그녀가 포르노를 즐겨 보는 것을 백광남은 알고 있었다.

"피, 자기도 좋아하면서."

백광남은 속옷 사이로 손을 집어넣었다. 그녀는 팬티도 걸치고 있지 않았다. 백광남은 싱긋 웃었다. 젊고 머리에서 발톱까지 아름다운 영계가 자신을 위해 정성 들여 준비하고 있는 것이 기뻤다.

당연한 일이지만 가끔씩 그는 자신의 힘이 새롭게 느껴지는 것이다. 특히 서혜란과 같이 있을 때는 더욱 그랬다. 그에겐 모든 것이 가능한 일이다. 죽는 일만 빼놓고 그렇다. 아니, 죽음도 연장할 수가 있을 것이다.

*   *   *

김원국은 움베르토 알베르의 유리문을 밀고 들어섰다. 저녁 7

시가 되었으나 매장 안에는 손님들이 많았다.

"어서 오세요."

여종업원이 다가왔다.

"뭘 보시게요?"

"우선 둘러보고 나서."

김원국이 주위를 살피며 말했다. 내부 장식도 고급이었다. 소파나 천장의 샹들리에, 통로의 사기 받침대도 수입 제품이었다.

1층 매장만 해도 80평은 되어 보였다. 숙녀복 매장이었으므로 여자들이 몰려 있었다. 에스컬레이터를 타고 2층으로 올랐더니 남성복 매장이었다.

오함마는 김원국의 뒤를 따르면서 그가 않던 짓을 하고 있다고 생각했다. 김원국은 한가하게 이런 곳을 구경할 사람이 아니었다. 더욱이 이런 곳에 걸려 있는 옷은 백화점 기성복보다 다섯 배는 더 비쌌다.

그의 눈앞에 걸린 재킷 하나의 값도 자그마치 150만 원이었다.

김원국은 안쪽에 걸린 체크무늬 양복을 바라보았다. 그가 좋아하는 색깔이었다. 회색 바탕에 검정과 엷은 진홍빛 체크무늬 재킷이었다. 다가가 가격표를 보았다. 280만 원이었다. 그는 빙그레 웃었다.

3층의 사무실에서 내려오던 차영화는 매장 가운데에서 웃음을 짓고 선 한 사내를 보았다. 서른일고여덟 살의 건장한 남자였다. 그는 체크무늬 재킷을 보고 있었다.

그녀는 그에게로 다가갔다. 사내는 시선을 돌려 그녀를 바라보았다. 웃음이 가신 얼굴은 차갑게 보였고 시선은 위압적이었다. 때리는 듯한 눈빛으로 그녀를 바라본 채 잠자코 있었다.

"그 옷, 마음에 드세요?"

차영화는 웃으며 물었다. 그리고 재빠르게 그의 차림새를 살펴보았다. 중급품의 기성복을 입었으나 몸에 잘 맞았다. 체격이 좋기 때문이었다.

끄덕이며 김원국도 그녀를 훑어보았다. 멋진 몸매와 서구적인 얼굴이었다.

"그런데 가격이 비싸게 보이세요?"

그녀는 양복을 벗겨내었다.

"수입품 중 제일 고급이에요. 안감도 실크로 되어 있어요. 저희 회사는 최고급만을 취급합니다. 그것이 제 경영 원칙이에요."

"당신이 사장입니까?"

김원국이 놀란 듯 물었다.

"네, 제가 이 회사 사장입니다. 차영화라고 합니다."

"대단하군요."

김원국이 머리를 끄덕이며 말했다. 경영 철학이 대단하다고 했는지, 여자가 사장이라 대단하다고 했는지 아리송했다. 그러나 차영화는 기분이 좋지 않았다.

"사실 건가요?"

그녀가 굳은 얼굴로 물었다.

"이런 옷, 잘 팔립니까?"

차영화는 애써 얼굴에 웃음을 띠었다.

"옷이 좋으니까요."

그녀는 몸을 돌렸다. 매장 담당자에게 맡겨둘 걸 괜히 나섰다고 후회하고 있었다.

"잠깐만."

그가 불렀을 때 차영화는 이맛살을 찌푸렸으나 몸을 돌렸을 때는 평온한 얼굴이 되었다.

"이런 옷은 한국에서 만들지 못합니까? 내가 보기엔 시장이나 백화점에서 비슷한 옷을 본 것도 같은데……."

"……."

"옷감이 다릅니까?"

무식한 놈. 차영화는 속으로 중얼거렸다. 겉은 멀쩡한 놈이 대가리에 든 것이 없다. 이런 놈에게 수입관세가 어떻고 로열티가 어떤 것이라는 걸 알려줘도 알아듣지 못할 것이다.

"그럼 시장에서 사 입으시죠."

웃는 얼굴로 차영화가 말했다.

"이봐."

갑자기 사내의 뒤에 서 있던 입술이 두툼하고 험상궂게 생긴 사내가 불쑥 나섰다.

"어따 대고 주둥이를 놀려? 뭐? 시장에 가서 사라고? 이런, 쌍……."

차영화의 얼굴이 새파래졌다.

"뭐라구?"

그녀의 날카로운 소리에 매장의 종업원 몇 명이 몰려왔다. 그녀는 기운을 얻었다. 거지 같은 녀석들이 뭘 모른다 싶었다.

"능력 없으면 시장에 가서 2만 원짜리 옷이나 사 입으란 말야. 당장 나가! 내쫓기 전에."

김원국은 오함마의 어깨를 가볍게 쳤다. 오함마가 어처구니없는 표정으로 그를 바라보았다. 남자 종업원들이 그들에게 다가왔다.

"나가주세요."

건장한 종업원들이 그들의 위아래를 훑어보며 말했다.

"안 나가면 경찰을 불러. 웬 거지 같은……."

그러면서 차영화는 등을 돌렸다.

"저런 쌍년이……."

오함마가 버럭 소리를 지르다가 김원국의 얼굴을 보고는 입을 다물었다. 김원국은 앞장서서 아래층으로 내려왔다. 유통업의 구조와 판매 현황을 알고 싶었는데, 수입품의 엄청난 가격에 놀라버려 그들에게 무시를 당한 것이다.

오함마는 벌겋게 달아올라 있었으나 김원국은 다른 생각을 하고 있었다. 한국산 제품을 다른 나라에 가져가 팔 생각이었다.

"회사를 만든다는 겁니까?"

홍성철은 어안이 벙벙한 모양이었다.

"말하자면 백화점입니까?"

"그래, 이왕이면 제조 회사를 만들자. 제조 회사는 원 사장이 섬유류를 했으니까 그 사람을 시키면 되겠다. 그것을 파는 판매장도 만들어서 관리하도록 해봐라."

강만철이 김원국을 바라보았다.

"말하자면 유통 회사군요."

"그래, 이제는 우리도 생산적인 기업으로 탈바꿈한다. 성철이가 유통 회사를 설립하고 책임자가 되어서 제조와 판매를 관리해라. 여기서부터 시작하자."

       *   *   *

조웅남은 제일상사를 맡고 있었고 강만철이 제일실업을 관리했다. 최충식은 부산에서 국제실업을 운영하고 있었으므로 홍성철의 유통까지 합하면 주식회사만 해도 네 개가 되었다.

"그리고 유통업으로 세계로 뻗어나가야지. 지금까지 우리가 해온 일로는 국내에서 맴돌 뿐이야."

"세계로 뻗어나가다니요?"

조웅남이 궁금한 듯 물었다.

"이젠 우리도 밖으로 나갈 때가 되었다."

"왜 그려요?"

조웅남이 끝까지 물었다.

"여기서는 한계가 왔다. 나가면 너희들의 힘을 얼마든지 밖에서 내보일 수 있어."

강만철과 홍성철은 잠자코 있었으나 조웅남은 머리를 갸웃거렸다.

"왜 여그서 헐 일이 없다는 건지 모르겠네, 쌔고 쌨는디. 술집도 자꾸만 생기는디 말여."

"야, 이제는 생산적인 회사로 탈바꿈해야 한다고 말했잖아."

강만철이 답답한 듯 말하고 혀를 찼다.

"너는 가끔 멍청한 척하면서 사람 약 올리는 버릇 좀 고쳐."

홍성철이 흥흥거리며 웃었다. 오늘따라 강만철이 조웅남의 말을 자르는 것을 보자 시원한 모양이었다.

강만철은 신중한 성격이어서 조웅남이 빈정대거나 훼방을 놓아도 그냥 놔두는 편이었다. 그러다가 폭발하면 물불을 안 가렸다. 그럴 때면 조웅남은 줄행랑을 놓았다.

그러나 홍성철은 예민한 기질이었다. 회의 때나 무슨 일로 툭탁거리면서 조웅남과 싸우는 것은 언제나 홍성철이었던 것이다.

조웅남은 강만철을 힐끗 보고는 입을 다물었다. 그도 조직의 사업이 대전환을 하려고 하는 오늘의 회의가 얼마나 중요한지 알고 있었다. 그러므로 재삼재사 확인을 받고 설명을 듣고 싶었던 것이다.

"나는 오야마 씨하고도 상의할 것이 있다."

김원국이 다시 말했다.

"오야마 씨 조직이 홍콩에서 여러 개의 기업체를 운영하고 있는데 얼마 전에 협조 요청이 있었다."

모두들 긴장하여 그를 바라보았다.

"홍콩의 중국 세력이 그들을 몰아내려고 하는 모양이야. 우리에게 지분을 나눠줄 테니까 연합하자고 제의해 왔어."

"그 시키들이 우릴 총알받이루 쓸라고 허는 거 아뇨?"

김원국은 조웅남을 바라보다가 싱긋 웃었다.

"네가 그렇게 생각할 정도면 우린 그렇게 안 된다."

조웅남은 잠시 그의 얼굴을 바라보았다. 홍성철을 돌아보고 그의 얼굴이 이상하게 일그러져 있자 그제야 그것이 칭찬이 아닌 걸 깨달았다.

제2장

계략의 늪

밤의
대통
령

"형님, 퇴근 안 하세요?"

강만철의 방에 들어온 오유철이 물었다.

"난 조금 더 있다가 간다. 너 먼저 가거라."

오유철은 조웅남의 직속으로 조웅남이 사장으로 있는 제일상사의 관리부장이었다. 전에는 한강상사였다가 반도실업으로 바뀌고 다시 제일실업이 된 회사에 업무차 들렀다가 강만철의 방에 찾아온 것이다.

실제 업무는 관리부장인 김칠성이 하는 것이므로 오유철이 한동안 김칠성과 이야기하는 것을 보았다.

"칠성이는 갔니?"

"예, 누구 만날 약속이 있다고 먼저 나갔어요."

오유철은 소파에 앉아 잠자코 벽에 걸린 그림을 바라보았다.

강만철은 책상 위에 펴놓은 장부를 덮고 일어나 소파로 다가와 그의 앞에 앉았다.

태연한 척하고 있으나 그의 얼굴에 그늘이 드리워 있는 것을 날카로운 강만철이 놓치지 않은 것이다.

"무슨 일이 있니?"

"네? 아뇨, 없어요."

해사한 얼굴로 씨익 웃었다. 강만철은 담뱃갑을 열고 담배를 꺼내어 입에 물었다.

"웅남이는 어제 만났다. 바쁘다 보니까 사흘에 한 번 만나기도 어려워. 1년 전만 해도 매일 붙어 다녔는데 말이야."

"큰형님이 일본 가시기 전에 말이죠?"

"그렇군."

강만철이 머리를 끄덕였다.

"그 일 이후로 우리 조직이 그룹 형태로 되어갔군그래."

"그때 형님하고 저하고는 빠졌지요."

오유철은 일본 원정에 직접 참가하지 못한 것을 내내 아쉬워하고 있었다.

"그래도 형님 대신 한국에서 마무리하지 않았니?"

"그렇지만 실제로 뛴 것과 같습니까?"

강만철은 웃어 보였다.

"뭐, 나한테 할 이야기 있냐?"

그는 오유철이 용건이 있다고 생각했다. 이유 없이 이렇게 미적 거릴 성격이 아니었다.

"아뇨, 없어요."

오유철은 자리에서 일어섰다.

"형님은 내가 그냥 놀러 와도 꼭 용건이 있는 줄 안다니까요. 어디 삭막해서 살겠습니까? 나 그냥 갈랍니다."

"야, 나하고 술 한잔 먹자."

오유철이 싱긋 웃었다.

"저 오늘 일이 있어요. 그래서 그냥 가야 합니다."

"일이 있어?"

"네."

오유철은 방문을 열고 나갔다. 강만철은 잠시 자리에 앉아 있었다. 왠지 개운치 않았고 그의 말마따나 동생들이 와도 업무적으로만 대해왔다는 뉘우침이 생겼다.

그저 옛날처럼 세상 이야기를 하면서 떠들지 않게 된 것이다. 삭막해진 것 같았다. 조직은 커졌지만 예전처럼 형제들의 의리와 피로 뭉쳐진 것이 아니라 이해와 타산으로 연결된 것처럼 느껴졌다.

오유철은 가게에 들러서 초콜릿과 오렌지 주스 한 통을 샀다. 아파트 앞에 선 그는 힘껏 숨을 들이마시고는 열쇠를 꺼내 문을 열었다.

"나 왔어."

현관에서 떠들썩하게 소리치고는 곧장 응접실을 지나 안방 문을 열었다. 20평짜리 아파트였다.

방 안에 이불이 펴져 있었고 김성희는 막 일어나 앉은 참이었다. 머리를 뒤로 쓸어 넘기며 그를 보고는 수줍은 듯 웃었다. 창백한 피부였다. 두 볼은 여위어 홀쭉했다.

"밥은 먹었어?"

"네."

오유철은 그녀의 머리맡에 놓인 밥상을 보았다. 밥그릇은 비워져 있었으나 믿기지 않았다. 어디에다 버렸는지도 모른다.

"당신은요?"

그녀의 이마와 콧잔등에 돋아난 조그마한 땀방울이 보였다. 일어나 앉는 데에도 힘이 드는 것이다.

"나두 먹고 왔어. 성희, 초콜릿 조금만 먹어볼래? 그저 입에다 대기만 해봐."

오유철은 초콜릿을 꺼내어 껍질을 벗겼다. 그녀는 잠자코 그것을 내려다보았다. 오유철이 초콜릿을 내밀자 받아 들고 입에 가져다 대었다.

그녀를 만난 것은 2년 전이었다. 오유철은 길에서 우연히 고아원 시절의 보모를 만났다. 깜짝 놀라며 반가워하는 그녀가 오유철도 반가웠다.

인정머리 없는 아줌마였으나 그래도 몇 년 동안 같이 고아원에 있었던 것도 인연이었다. 점심 식사를 대접하는 자리에서 보모인 최 선생이 불쑥 말했다.

"유철이, 김성희라고 아는가 몰라?"

"김성희요? 누굽니까, 그게?"

오유철은 기억하지 못했다.

"저런, 같은 고아원 형제였는데도 모른단 말이야? 유철이가 고

등학생 때 초등학교 다니던 앤데, 그 마르고 약했던 애 있지? 왜,
유철이를 따랐었잖아."

"아, 그 눈 큰 애? 걔 이름이 김성희였나요?"

최 선생이 혀를 찼다.

"유철이가 도망간 후로 걔가 얼마나 울었는지 알아? 밥도 안 먹
고 해서 우리가 혼났다구."

밥을 안 먹으면 내버려 두는 것을 오유철은 잘 알고 있었다. 최
선생은 거짓말을 하고 있는 것이다. 상관없었으므로 그는 잠자코
있었다.

"걔가 얼마나 착한지 월급 타면 꼬박꼬박 고아원 애들에게 뭘
사주라고 떼어서 보내줘. 지금도 걔가 유철이 이야길 해."

"왜요?"

"왜라니?"

최 선생은 혀를 찼다.

"같은 고아원 출신이니 형제보다도 더 가까운 사이 아냐? 외로
운 처지에 말이야."

오유철은 웃으며 머리를 끄덕였다. 최 선생은 진절머리 나는 여
편네였다. 고아원 시절에 최 선생과 오유철은 서로 원수나 다름없
었다.

오유철의 독기에 선뜻 나서지는 않았으니 한 번도 그녀에게서
따뜻한 것을 느껴본 적이 없었던 것이다. 그리고 이젠 은근히 김
성희인가 누군가를 내세워 신세를 갚으라는 눈치를 보였다.

얼렁뚱땅 최 선생과 헤어진 오유철은 다음 날 회사에 찾아온
손님을 맞았다. 부하의 안내로 사무실에 들어선 그녀는 겁에 질

려 있었다. 비실거리면서 떠들썩한 책상 사이를 빠져 그에게로 다가왔다.

"형님, 손님 오셨습니다."

그러고선 부하는 되돌아갔다. 오유철은 그녀를 올려다보았다.

홀쩍 큰 키의 아가씨였다.

긴 머리에 갸름한 얼굴, 큰 눈이 그를 바라보고 있었다. 얇은 입술을 꾹 다물고 있었으므로 얼핏 보면 무얼 따지러 온 것처럼 보였다.

"뭐요?"

가끔 여종업원 채용 문제로 김칠성이 직접 아가씨를 보내기도 했다. 몸이 약해 보였으나 그만하면 쓸 만했다. 잘 가꾸면 일류급에 내놓아도 될 것도 같다.

"저, 오유철 씨……."

"그래, 김 부장이 보내서 왔어?"

"네?"

아가씨는 놀란 듯 물었다. 어리숙하게 보였으므로 오유철은 혀를 찼다. 돼지 같은 김칠성은 제가 좋아하는 스타일인 흔들흔들하는 애들을 첫손가락으로 꼽는 경향이 있었다. 순진하게 보이는 여자는 더할 나위도 없다.

"제일실업의 김칠성이 말이야."

그의 말투가 딱딱해졌다. 사무실 분위기가 소란스러웠는지 그녀는 한 걸음 다가와 섰다.

"저, 김성희예요."

그녀는 오유철의 눈을 바라보았다.

"김성희?"

그러고서 오유철은 눈을 껌뻑였다.

"저, 양지 고아원의 김성희요."

"네가?"

오유철이 자리에서 일어섰다. 놀란 그가 입을 쩌억 벌렸다. 그 제야 김성희의 표정이 허물어지더니 주르르 눈물을 쏟았다.

김성희는 여상을 졸업하고 청계천의 공구상에서 경리 일을 보고 있었던 것이다.

두 달 후에 그들은 결혼식을 올렸다. 오유철과 김성희가 적극 사양하였으므로 조웅남이 계획했던 서울이 떠들썩한 결혼식은 되지 못했다.

김원국은 신부의 인도자 노릇을 하고 가족석에 앉았다. 조웅 남과 홍성철, 강만철 등도 제각기 나누어 앉았었다.

오유철은 행복했다. 나이 30이 넘어서 아내를 맞았다는 감동보 다 혈연보다 더 가까운 반려자로서의 인연이 생긴 것에 감격한 것 이다. 조웅남 등과 맺은 남자들과의 의리와 인연보다 더 아기자기 하고 가슴에 와 닿는 감동이 있었다.

김성희도 마찬가지였다. 이것이 사랑이라면 그렇게 표현해도 되었다.

그러나 그들은 선뜻 서로를 그렇게 표현하지 않았다.

서로가 세상에서 단 하나밖에 없는 사람들이었다. 그들은 서 로를 아꼈고 존중했다. 그 흔한 말보다 더 진하고 더 깨끗한 무엇 이 있는 것이다.

오유철은 몸이 약한 그녀가 걱정이었다. 어렸을 때 고아원에서도 그녀는 항상 아팠다.

결혼한 지 1년도 안 되어서 김성희는 자신이 자궁암이라는 사실을 알았다. 오유철에게 미안했던 그녀는 병을 숨겼다. 병은 급속히 악화되었다.

오유철이 그녀의 병세를 안 것은 다섯 달 전이었다. 아무래도 이상했으므로 싫다는 그녀를 끌다시피 해서 병원에 간 오유철은 의사로부터 이야기를 들었다. 너무 늦어서 치료가 불가능하다는 것이었다.

그러나 그는 그녀를 병원에 입원시키고 온갖 수단을 동원해 치료를 해보았다. 그러나 그것은 환자를 더욱 고통스럽게 할 뿐이었다. 병원 측의 요청으로 오유철은 김성희를 다시 퇴원시켰다.

그녀를 집에 데려온 지 한 달이 되어가고 있었다. 의사의 말로는 앞으로 두 달이었다. 그는 아무에게도 아내 이야기를 하지 않았다. 조웅남에게도 마찬가지였다.

＊　　　　＊　　　　＊

부엌에서 지영이가 제 엄마하고 한참 수군대고 있었다. 최갑태는 방 안에 팔을 베고 드러누워 있었으나 신경이 쓰였다. 방 하나에 부엌이 딸린 4평짜리 월세 집이어서 다섯 식구가 겨우 들어앉을 정도였다.

시간은 아침 10시가 넘었다.

큰아들인 경훈이는 봉제 공장의 재단사로 있는데, 가끔 공장의 기숙사에서 자기도 했다. 둘째인 성훈이는 고등학교 2학년이었으니 일찌감치 학교에 갔을 것이다. 방문이 열리더니 아내와 지영이가 들어왔다. 누운 채로 최갑태는 그들을 바라보았다.

"저, 지영이 회사가 문 닫았대요."

아내가 말하며 그의 옆에 앉았다.

"폐업 신고를 했다는데, 요즘 장사가 안 된다고……."

지영이는 고등학교를 졸업하고 조그마한 전자 부품 회사의 생산직 사원으로 일하고 있었다.

인문계 고등학교를 나왔기 때문에 웬만한 회사의 경리나 사무직으로도 취직하지 못한 것이다. 그러나 그녀는 어렵게 취직한 회사에 결근 한 번 하지 않고 1년 가깝게 다니고 있었다.

학교 성적도 상위권이었으나 회사를 그만둔 최갑태의 능력으론 그녀를 대학에 보낼 수가 없었다. 큼지막한 신발 제조업체의 기획실장이었던 최갑태는 회사가 경영난에 빠져 부도를 내는 바람에 3년 전부터 실업자 신세였다.

모은 돈이 없었던 그로서는 살던 전셋집을 내놓고 월세로 옮기며 살을 깎아먹듯 전세금을 생활비로 써야 했다. 경훈이는 군에서 제대한 뒤 복학을 포기하고 봉제 공장의 재단사로 취직을 했다. 지영이도 진학을 포기하고 순순히 공장에 취업했던 것이다.

최갑태는 그들에게서 시선을 돌렸다.

"어떡하지요?"

지영이는 방바닥을 내려다보며 무릎을 꿇고 앉아 있었다. 새벽에 일어나 회사에 가야 할 애가 주춤거리며 눈치를 보는 것이 이상하긴 했었다. 지영이는 회사가 망한 것이 제 탓인 양 미안해했다.

"어떡하긴? 집에서 쉬어야지. 내가 다시 알아볼게."

"……."

전의 직장도 최갑태가 친구를 통해 주선했던 것이다. 생산직 사원이면 채용하려는 데가 많았지만 환경과 대우가 나은 곳을 골랐기 때문에 한 달에 65만 원을 받고 있었다.

"지영이는 집에서 쉬어라."

최갑태가 말하며 그녀를 올려다보았다.

야위었지만 예쁜 용모였다. 그러나 20살의 젊음과 발랄함이 보이지 않았다. 무릎 위에 두 손을 올려놓고 잠자코 앉아 있는 지영을 보자 견디기 힘들어진 최갑태가 몸을 일으켜 세웠다.

"어딜 가시려구요?"

아내가 물었다. 뚜렷하게 갈 곳을 정하지 않았던 최갑태였으나 아내의 말을 듣자 갈 곳이 없더라도 나가야만 했다. 그녀는 아직도 최갑태에게 희망을 걸고 있는 것이다.

옷을 걸치고 밖으로 나오자 아침 햇빛에 눈앞이 어질어질해지더니 다리가 비틀거렸다. 최갑태는 골목길을 빠져나가 버스 정류장으로 향했다. 김정도 생각이 났기 때문이다.

"마침 잘 왔다. 내가 일이 잘되려고 그러는지, 네가 재수가 좋으려고 그런지는 모르겠지만 어쨌든 잘 왔어."

김정도가 수선을 떨었다. 김정도 옆에 사내 두 명이 앉아 있었다. 점심때가 되어서인지 커피숍은 사람들로 혼잡했다.

"우리 자리를 옮기자구. 어디 조용한 음식점 없을까?"

주위를 둘러보던 김정도가 탁자 위의 담뱃갑을 챙기면서 물었다. 최갑태는 그의 앞에 앉은 사내들이 걸렸으나 김정도를 따라 일어섰다.

김정도와는 고등학교 동창이었다. 그는 지금까지 직장을 다녀본 적도 없는 데다 나이가 쉰이 되었음에도 처자식이 있다는 이야기도 못 들었다.

김정도는 베일에 가려진 사내였다. 동창회에 나와 큰소리를 치고 2차, 3차로 동창들 몇 명을 끌고 가서 술을 퍼먹이고는 다시 행방불명이 되었다. 최갑태와는 고등학교 때 같은 반이었기 때문인지 김정도가 자신의 연락처를 알려준 사이였다.

"얘는 나하고 고등학교 동기 동창이니까 상관없어. 그리고 몇 년 전만 해도 큰 회사 기획실장까지 하던 놈이여. 믿을 만해."

중국집의 골방에 들어가 앉아 김정도가 두 사내에게 말했다. 최갑태는 김정도가 시키는 대로 서 씨와 강 씨라고만 자신들을 소개한 사내들과 인사를 나눴다.

"한탕 하는 거다."

김정도가 탁자 위에 몸을 낮추고 그를 물끄러미 바라보면서 말했다.

"너도 3, 4년 놀아보았으니까 이놈의 사회가 얼마나 썩었는지 알 수 있을 게다. 있는 놈은 너무 있고, 없는 놈은 너무 없다. 능력과 운 때문에 그렇게 되었다면 난 암말 안 해. 하지만 봐라. 능력이나 운이 맞아떨어져도 돈이 없으면 안 된다. 너희 회사가 망한 것은 무엇 때문이냐? 뭐? 수출이 안 돼서? 야, 인마. 너희 회사 사장이 알부자인 것 알고 있잖아. 지금도 떵떵거리고 살아. 그놈이 뭣 때문에 돈을 벌었는데? 높은 놈들한테 상납해서 공장을 거저 챙겼지. 안 그러냐?"

최갑태는 잠자코 있었다.

"그래서 우리는 돈 많은 놈들을 좀 털려고 그래. 그것도 당당하게 말이다."

그의 갑작스러운 논리가 이해되는 것은 아니었다. 그러나 최갑태는 호기심이 일었다. 그리고 이것저것 가릴 입장도 아니었다.

"어때? 우리하고 같이 해보지 않을래?"

김정도가 그를 쏘아보며 물었다. 무슨 일이냐고 묻고 싶었으나 최갑태는 그것을 눌러 참았다. 그리고 머리를 끄덕였다.

"저, 여긴 봉천동 사거린데요."

최지영이 공중전화 박스 밖을 둘러보면서 말했다.

—그럼 그 부근 다방에 들어가서 다시 전화하세요. 우리가 데리러 갈 테니까.

여자는 친절했다.

"네, 알았어요."

최지영은 전화박스를 나왔다.

머리를 숙이고 얼마 동안 걷자 버스 정류장이 보였다. 최지영은 마침 다가와 멈춘 버스에 올라탔다. 수화기를 내려놓는 순간 겁이 덜컥 난 것이다. 이제까지 수없이 일어난 인신매매나 유괴 사건들이 떠올랐고 그것이 그녀에게도 덮쳐 올 것 같았다.

그녀는 신문에 난 월수 2백만 원 보장에 무료 침식 제공, 초보자 환영에 주간 근무인 웨이트리스 모집 광고를 보고 전화를 했던 것이다.

창밖을 바라보고 선 최지영의 눈에 아버지의 얼굴이 떠올랐다.

자신이 회사를 그만두었다는 소식을 듣는 아버지의 얼굴은 허탈해 보였다. 일어나기 싫은 듯 보였으나 서둘러 옷을 입고 아버지는 집을 나섰었다. 그녀는 아버지가 갈 곳이 없다는 것을 알고 있었다.

*　　　*　　　*

장영길 상무가 바쁘게 들어왔다. 그는 차영화를 보았으나 눈동자의 초점이 제대로 잡혀 있지 않았다.

"사장님, 그 사람들이 곧 들어올 겁니다."

"몇 명이나 돼?"

"네 명이랍니다. 곧장 사무실로 올라온답니다."

차영화는 이맛살을 찌푸렸다. 그녀도 당황하기는 마찬가지였다. 청와대에서 직접 수입품 가격 조사를 하러 올 줄은 생각지도 못했다.

열흘쯤 전에 김중오에게서 주의를 들었던 것이 생각났고, 그것이 그녀를 더욱 불안하게 만들었다.

노크 소리가 들렸다.

장 상무가 미처 대답을 하기도 전에 문이 열리고 직원의 뒤를 따라 네 명의 사내가 들어섰다. 차영화가 자리에서 일어나서 그들에게 다가갔다.

"사장님, 청와대에서 나오신 사정 위원들이십니다."

1층 매장의 임 부장이었다. 그의 얼굴도 긴장되어 있었다. 앞장을 선 사내가 잠자코 차영화를 바라보았다.

"제가 사장으로 있는 차영화입니다."

그녀가 정중히 머리를 숙였다.

"난 김 과장입니다."

그는 호주머니에서 명함을 꺼내어 차영화에게 건네주었다.

"청와대 사정 위원회 소속입니다."

뒤쪽의 세 사내는 말없이 서 있었다.

차영화가 권한 자리에 앉으며 김 과장이라는 사내가 손가방을 열고 서류를 꺼내놓았다. 흰머리가 희끗희끗한 날카로운 인상의 사내였다.

"영화상사는 자본금 2억에 작년 매출이 45억이었군요."

그가 서류를 손가락으로 짚으며 말했다.

"참고로 말씀드리는데 우린 어느 회사든 감정을 가지고 조사하지는 않습니다. 국세청의 자료도 가지고 있지만 우린 우리대로 특별한 정보를 수집해 놓고 있으니까요. 조사에 협조해 주시겠지요?"

"네, 물론이죠."

"우린 몇 군데를 더 가봐야 합니다. 영화상사는 직영 매장을 가지고 있으면서 수입 가격에다 엄청난 마진을 붙여서 판매하고 있다는 정보를 가지고 있습니다. 그에 대한 증거도 확보해 놓았어요. 담당 세무서장도 문책할 겁니다."

차영화는 침을 삼켰다. 얼굴이 달아오르고 가슴이 두근거렸다. 장 상무는 감히 시선을 들지 못하고 탁자 위에 놓인 재떨이만 바라보고 앉아 있었다.

"난 다른 곳을 또 가봐야 하니까. 사장님, 차 사장이라고 하셨던가?"

"네, 차영화입니다."

"작년분부터 매출 관계와 세금 집행 관계 서류를 박스에 담아 청와대로 가져와야 합니다. 전표까지 포함해서 말이오. 청와대에는 각 세무서에서 파견된 직원이 50명쯤 대기하고 있어요. 하루 이틀이면 끝날 거요. 걱정하지 마시오."

차영화는 다시 침을 삼켰다. 이제 망했다는 생각이 들었다. 머릿속이 텅 빈 것 같았고, 무엇으로 가득 채워져 있는 것 같기도 했다.

"여기 최 계장을 남겨두겠소. 최 계장, 서류 담는 것 지켜보다가 같이 본부로 들어오도록 하게."

"네, 알겠습니다."

부하인 듯한 직원이 큰 소리로 대답했다.

"청와대까지 사람이 같이 갔으면 좋겠는데요. 사장도 좋고, 아무나라도 좋습니다. 매출 관계에 대해서 물어볼 일이 있을지 모르니까요."

최 계장이라는 사람이 차영화를 바라보며 말했다. 차영화는 시선을 돌렸다. 장영길 상무는 그녀와 눈길이 마주치자 황급히 머리를 숙였다.

"좋아, 그건 최 계장이 알아서 해."

김 과장이 자리에서 일어섰다.

"저……."

안간힘을 쓰듯 차영화가 입을 열었다.

"뭡니까?"

그의 싸늘한 말투와 눈빛에 차영화는 온몸이 오그라들었다.

"아니……."

"자, 그럼 먼저 실례합니다. 나올 것 없습니다."

그는 사내 한 명을 데리고 서둘러 나갔다.

"이것 참, 못 할 짓입니다. 미안합니다. 빨리 좀 서둘러 주십시오."

남아 있던 최 계장이란 사내가 소파에 등을 기대고 앉으면서 부드럽게 말했다.

"저, 어떻게 안 될까요?"

차영화는 그의 분위기에 매달렸다. 필사적이었다.

"뭘 말입니까?"

그가 웃으며 물었다.

"어떻게 말씀 좀……."

그녀의 얼굴은 상기되어 있었다.

"청와대에 들어가서서 잘 말씀해 보세요. 같이 들어갑시다. 우선 몸부터 살고 봐야지요. 안 그렇습니까? 돈이 문제가 아니에요. 이렇게까지 되어버렸으니까 몸이 살 궁리를 해야 합니다. 참, 어떻게 해서 청와대에 투서가 날아오게 됐습니까? 아 참, 괜히 이런 말을 했군."

그는 입을 다물었다.

차영화는 울고 싶었다. 김중오 검사나 기관의 여러 사내가 생각났으나 그들은 이렇게 된 줄 알면 어마뜨거라 하고 머리를 감출 것이다.

차영화는 그들의 속성을 알고 있었다. 그들은 차영화와 관계가 있다는 것을 감추려고 전전긍긍할 것이다. 그들은 약한 자에게는 강하고 강한 자에게는 한없이 약했다. 그것이 그들이 가지고 있는 힘의 논리였다.

"가만있자… 짐이 꽤 많겠지요?"

최 계장이 차영화와 장 상무를 바라보았다.

"예, 여남은 박스가 됩니다."

밖에 나갔다 들어온 장 상무가 말했다.

"안 되겠군. 이봐, 서장에게 전화해서 날 좀 바꿔줘. 그 친구들, 비상이라 기다리고 있을 거야."

최 계장이 다른 사내에게 말했다. 사내가 전화기를 들고 버튼을 눌렀다.

"서장이십니까? 여긴 청와댄데, 사정위 최 계장님 바꿔드리겠습니다."

최 계장이 수화기를 건네받았다.

"아, 서장. 나, 최요. 여기 영화상사라고 압구정동에 있는 회사에 와 있어요. 네, 그 일 때문에. 그런데 여기서 서류를 가져가려면 차가 필요한데… 잠깐만요."

최 계장이 전화기를 들고 장 상무와 차영화를 바라보았다.

"누구 서장 전화 좀 받아보세요."

차영화가 전화기를 건네받았다.

"네, 여기 사장으로 있는 차영화입니다."

—이봐요, 그 회사는 차가 없습니까?

서장이 대뜸 거칠게 물었다.

"아, 아네요. 있습니다."

―그분들을 어떻게 대접하는 겁니까? 우리야 차를 보낼 수도 있지만 차도 준비를 못 한다니 한심한 사람들이구먼. 도대체 어떡하려구 그러시오?

"아네요. 그게 아니라 저희들이 준비하려고 했는데, 이분들이……."

―뭘 모르시는구먼. 잘해드려요, 고생하시는 분들이니까. 잘해드려서 나쁠 게 없어요.

"네, 고맙습니다."

차영화는 진땀을 흘렸다.

―거기 사정위 최 계장님을 바꿔주시오.

전화를 건네받은 최 계장은 몇 마디 응답을 하다가 수화기를 내려놓았다.

"승용차는 저희들이 준비하겠습니다."

차영화가 말했다.

"서장한테 들었어요. 그 친구 생색을 내려고 하는구먼."

최 계장이 싱긋 웃으며 그녀를 바라보았다. 차영화는 입술이 마르는 것 같아 혀로 입술을 핥았다.

"저, 어떻게 구제해 주실 수 없겠어요? 제가 최선을 다하겠어요. 정말 부탁합니다. 방법만 말씀해 주시면……."

"안 됩니다. 현재로선 길이 없습니다. 제 선에서는 안 돼요."

최 계장이 정색을 하고 말했다.

"그럼 어느 분? 아까 김 과장님이세요?"

차영화는 그에게 바짝 다가가 앉았다.

"이봐, 서 주임. 자네 잠깐 바깥에 나가 있게."

최 계장이 말하자 서 주임이 일어서면서 장 상무를 보았다.

"이봐요, 같이 나갑시다."

장 상무가 깜짝 놀라 일어섰다. 서 주임이 그것을 보더니 혀를 찼다.

그들이 나가자 차영화는 상기된 얼굴로 최 계장을 바라보았다. 당장 옷을 벗으라고 해도 벗을 것이지만 이 사람들은 그런 것에 아예 관심조차 없어 보였다.

그들은 광화문에 있는 정부의 청사 건물로 들어섰다. 앞의 승용차에는 최 계장과 차영화가 탔고, 뒤의 봉고차에는 서류를 싣고 운전수와 함께 서 주임이 타고 있었다.

"청사를 빌려서 작업을 하고 있어요. 저쪽은 어른이 계셔서 들락거리는 것이 걸리거든요."

그들은 차에서 내렸다.

"잠깐, 내 저 친구에게 이야기하고 오겠습니다."

최 계장이 뒤차로 다가가 서 주임에게 기다리라고 전하고 돌아왔다.

그들은 김 과장이 기다리고 있는 지하의 커피숍으로 들어섰다.

회사에서 출발하기 전에 최 계장이 김 과장에게 전화를 했던 것이다. 작업실의 아래층 커피숍에서 만나기로 겨우 약속을 받아냈었다.

"아주 탁 까놓고 사정해 보세요. 밑져야 본전이니까. 그리고 대상 업체가 수십 군데니까 과장님이 빼내려면 할 수 있습니다. 내가 그랬다고는 말씀하시지 말고. 알았지요?"

"네, 은혜는 잊지 않겠어요."

"흥, 그런 소리 수십 번 들었소. 아마 나는 천당 갈 거요. 이렇게 마음이 약해서 말이오."

"아녜요, 정말이에요."

차영화는 끝까지 매달릴 작정이었다. 청사 안은 처음 들어온 것이므로 차영화는 위축되었다. 그들이 지하실 커피숍으로 내려가자 김 과장이 한 보따리 서류를 탁자 위에 놓고 짜증 난 얼굴로 앉아 있었다.

"뭐야? 왜 그러는 거야?"

공손히 인사하는 차영화를 본 척도 하지 않고 최 계장에게 물었다. 그들은 김 과장 앞에 앉았다.

"할 일이 태산같이 밀렸고 어른의 독촉은 매일 오는데 커피숍에서 만나 뭘 하자는 거야?"

김 과장은 눈을 부라렸다.

"과장님, 여기 차 사장 이야기나 한번 들어보시죠."

"듣기 싫어. 너, 돈 먹었어?"

"아니, 무슨 말씀을 그렇게 하시오? 나도 명색이 사정반원인데……"

최 계장은 말소리를 낮췄으나 분한 모양인지 씩씩거렸다.

"그럼 왜 그러는 거야? 투서까지 올라왔는데 날더러 어쩌라는 거야?"

"저… 투서는 어떻게 왔나요?"

"나 참."

김 과장은 어이없다는 듯 웃었다.

"기가 막혀서. 우리 여사장님이 뭘 모르시는구먼. 그걸 어떻게 말합니까? 어른한테 온 투서를 말이오. 내 죽는 꼴 보실라우?"

"과장님, 내친김에 한 건 빼주시죠."

"그래, 빼주지."

김 과장이 장난처럼 선뜻 말했으므로 차영화는 눈을 번쩍 떴다. 최 계장도 못 믿겠다는 듯 그를 바라보았다.

"세금 포탈 얼마나 했소? 그리고 작년 이득금 기장 안 한 금액이 얼마요?"

김 과장이 차영화에게 물었다.

"저……"

차영화는 침을 삼켰다. 모두 합하면 15억쯤 되었다.

"이것 봐요, 시간 없어요. 난 올라가 봐야 돼."

"10억쯤 됩니다."

차영화가 망설이며 말했다.

"조사해서 더 나오면 어떻게 하실 거요? 우린 하루면 거기 회사 것은 끝내요."

"12억쯤 될 것 같아요. 자세히는 모르지만."

"그럼 10억 세금을 내요, 정부에다가. 그러면 끝나는 거요."

"네?"

차영화는 살길이 생긴 것 같았다.

"내일 청와대로 보고서를 올리기 전에 10억을 여기 세종로 지점의 은행에 입금시켜요. 그러면 끝을 내주겠소. 이상이오."

"네, 알겠습니다."

"서류는 차에 실려 있소?"

"네, 서 주임이 지키고 있습니다."

"그 서류는 입금시키고 나서 찾아가시오. 그 전에 우리가 형식적으로라도 검토는 해봐야겠소."

"그럼요. 고맙습니다, 과장님."

"이번 세금은 청와대에서 걷는 것이니까 우리가 발행한 영수증을 가져가시오. 그 영수증은 세무서에서 인정하게 되어 있어요. 영수증은 최 계장, 자네가 입금 확인되면 지급해 드려. 알았어?"

"네. 미안합니다, 과장님."

"내가 부하 직원은 믿어야지. 최 계장, 여기 사장께서 앉아 있지만 돈 몇 푼 가지고 신세 망친 사람 많아. 그 말, 명심해."

"과장님, 난 그저… 에이, 정말 답답합니다."

차영화가 나섰다.

"제가 최 계장님께 매달렸어요. 과장님께 부탁드려 달라구요. 정말 미안해서 어쩌죠?"

"알겠소. 그리고 그건 알아두시오. 영화상사라고 했던가? 우리가 그쪽을 봐드린 건 사실이오. 내일 청와대로 올라가면 영업정지는 물론 대표자 구속 방침까지 서 있어요. 세금이나 이득금 포탈이 12억이라면 12억 넘게 세금이 추징될 거요. 어쨌든 이 일이 끝나고 이야기합시다. 그때 가서 우리에게 인사를 하든지 말든지… 그런 것에 신경 쓸 시간은 없소."

김 과장이 보따리를 들고 일어섰다. 차영화가 바쁘게 따라 일어섰고 최 계장에게서 세종로 지점의 계좌번호를 받았다.

"제가 늦어도 오늘 오후 3시까지는 입금시키겠어요."

차영화가 현관 앞에서 말했다. 최 계장이 시계를 내려다보았다. 12시 30분이었다.

"그러면 그때 여기로 와서 영수증하고 서류를 찾아가세요."

최 계장이 말하며 돌아섰다.

"저, 그리고……."

차영화가 그의 뒤에 대고 말했다. 최 계장이 돌아섰다.

"김 과장님하고 최 계장님께 인사는요?"

최 계장이 얼굴을 찡그렸다.

"나, 그 사람한테 의심받는 게 싫습니다. 여기 오실 때 가져오셔서 그 사람에게 직접 주세요. 난 상관 안 할랍니다."

"네, 그럼 3시에 다시 여기 커피숍에서 뵙겠습니다."

차영화는 바쁘게 걸어 기다리고 있던 승용차에 올랐다. 승용차가 세종로를 빠져나가자 그녀는 길게 한숨을 내쉬었다.

"어디로 갑니까?"

미스터 강이 물었다. 공용으로 필요할 때 운전을 하는 회사 직원이었다.

"우선 회사로 가."

운수가 나쁘지는 않다고 생각했다. 차영화는 휴대폰을 집어 들고 버튼을 눌렀다.

회사에 판매 대금으로 입금된 것이 30억이 남았고, 은행에 물품 구입 비용으로 보관시켜 놓은 금액이 3억 정도 있었다. 우선 판매 대금을 돌려 쓸 작정이었다. 작년 이득금이 날아갔으나 아직도 돈 걱정은 없었다.

회사와 통화를 끝내고 차창 밖을 바라보던 차영화는 문득 한 사내의 얼굴이 떠올랐다.

인상이 깊은 사내였다. 280만 원짜리 울 재킷을 바라보던 사내의 얼굴이었다.

그놈이다. 차영화는 그렇게 생각했다. 그놈이 투서를 했을 것이다. 신분을 밝히지도 않고 그 비싼 옷을 보면서 무시하는 듯했다.

그의 시선이 아직도 기억에 생생했다. 차영화는 어금니를 물었다.

이 새끼, 잡아서 갈아 마실 거야. 비겁한 자식 같으니. 그러나 차영화는 그가 왜 투서를 했는가를 미처 생각해 보지 않았다. 온통 마음에 두서가 없었기 때문이다.

제3장

또 다른 진출

밤의
대
통
령

조웅남은 고향이 전라도로, 부모님은 시골에서 농사를 짓고 계셨다. 형제는 위로 누나가 둘 있었는데 모두 출가하였다. 2녀 1남의 외동아들인 셈이었다. 부모님은 그가 교도소에 두 번째 들어갔을 때 모두 돌아가셨다.

어렸을 때부터 기골이 남달리 뛰어났던 그는 싸움에도 천부적인 소질이 있었던지 중학생인 그에게 두들겨 맞지 않은 건달이 없었다. 인근 건달은 말할 것도 없고 사방 100리 안쪽에서였다.

고등학교 때부터 인근 도시에서 일어나는 패싸움의 지도자가 되든가 청부 일을 맡아 하기 시작했다. 고등학교 3학년 때 사람을 친다는 것이 경찰서 수사과장의 건달 아들의 머리를 깨고 팔을 부러뜨렸다.

첫 번째 전과였다. 그때 아버지의 배경을 믿고 날리던 건달이었던 수사과장 아들은 조웅남보다 여덟 살이나 연상인 27살이었다. 시비도 그쪽이 먼저 걸었으므로 조웅남으로선 억울한 징역을 1년이나 살았다.

교도소에서의 1년은 그야말로 피눈물 나는 세월이었지만 깡다구가 몸에 배는 계기가 되었다.

형을 마치고 나온 조웅남은 그다음 날, 수사과장 집에 불을 질렀다. 불을 지르고 나서 불구경을 하고 서 있었으므로 현장에서 체포되어 다시 징역을 살았다.

교도소엔 그가 배워야 할 것이 많이 남아 있다고 생각했기 때문에 견딜 만했다. 앞뒤 가리지 않고 날뛰기만 하던 조웅남은 교도소 안에서 만난 여러 유형의 사람들로부터 세상을 배웠던 것이다.

출옥하고 사흘 후에 그는 이번에는 트럭을 몰고 수사과장 집을 부수고 들어갔다. 수사과장이 밥을 먹다 말고 뛰어나왔다. 그러고는 그의 두 손을 붙들고 애원을 했다. 온 가족이 울면서 매달렸다. 건달 아들도 무릎을 꿇고 빌었다. 조웅남의 독기에 완전히 기가 질려 버린 수사과장은 다시 그를 잡아넣었다가는 무슨 일이 있을지 몰라 무조건 잘못했다고, 없었던 일로 해달라고 빌었던 것이다.

수사과장 일가의 사죄를 받아낸 조웅남은 건달 생활로 돌아왔다.

24살, 눈에 보이는 사람이 없었을 때 그는 김원국을 만났다. 김원국이 찾아온 것이다. 그의 위아래를 훑어본 김원국이 대뜸 말했다.

"너, 내 동생 해라."

김원국의 명성은 들었으나 호락호락하게 말하는 것이 조웅남의 비위를 뒤집었다. 김원국은 1미터 80센티미터에 80킬로그램 정도의 체격이었으므로 우습게도 보였다. 그리고 그를 눕히고 났을 때 찾아올 영예를 생각하자 당장에 보이는 것이 없었다.

그는 아수라처럼 달려들었다. 그러고는 난생처음으로 작살나게 두들겨 맞은 것이다.

떨어져서 뛰었을 때는 떨어진 대로 손에 찍히고 발에 차였고, 기를 쓰고 붙들었으나 이젠 명치끝과 급소를 안 찍히고 안 차인 데가 없어 결국은 주저앉았다.

"따라오너라. 갈 데가 있어."

그가 주저앉자 김원국은 덤덤하게 말했다. 왜 주저앉아 있느냐고 묻는 것 같은 얼굴이었다. 조웅남이 이 세상에서 가장 존경하는 사람이 있다면 김원국이었다. 그리고 무서운 사람도 딱 한 사람이었다.

점심시간이 되어가고 있었다. 차를 타면 잠이 드는 버릇이 있는 조웅남은 어느덧 까물까물 잠이 들었다. 차는 강남대로에서 우회전하여 테헤란로로 접어들었다.

운전사인 김세덕은 액셀러레이터를 밟아 속력을 냈다. 얼핏 머리를 들던 조웅남은 다시 머리를 숙이고 눈을 감았다. 잠시 후 갑자기 요란한 소리와 함께 조웅남은 앞좌석 등받이에 온몸을 부딪치며 잠에서 깨어났다.

그는 자신의 몸이 뒷좌석 바닥에 엎어져 있음을 깨달았다.

머리와 한쪽 팔은 앞쪽 의자 사이에 끼어 있었다. 운전을 하던 김세덕의 몸이 바로 코앞에 보였다.

"뭐여?"

무의식중에 버럭 소리를 쳤다.

"사, 사곱니다."

김세덕이 떨리는 목소리로 대답했다. 앞쪽의 유리창이 부서져 내렸는지 보이지 않았다. 조웅남은 목을 흔들고 팔과 다리를 차례로 움직여 보았다. 멀쩡한 것 같았다.

"빨리 내려, 인마."

그제야 김세덕이 안전벨트를 풀고 문을 열려고 안간힘을 썼다. 문은 찌그러져 있어서 열리지 않았다. 그는 부서진 창문으로 몸을 내밀어 빠져나갔다. 조웅남도 앞자리로 나가 창문을 통해 밖으로 나왔다. 그의 손바닥이 유리에 긁혀 피가 흘렀다.

양쪽 차선의 차들이 모두 멈춰 있었다. 과속으로 달려오던 화물 트럭이 정지하려고 하는 그들의 차를 들이받은 것이다. 조웅남의 차는 앞에 있는 소형차를 들이받고 소형차는 12톤 트럭의 꽁무니에 틀어박혀 있었다.

조웅남은 소형차 안을 들여다보았다. 사람이 보였다. 운전하던 남자가 얼이 빠져서 아직도 핸들을 움켜쥐고 있었다. 조수석의 여자는 온몸이 의자 밑으로 들어간 채 얼굴만 내밀고 있었다.

"야, 너 빨리 내려!"

조웅남이 남자에게 소리쳤다. 그는 안전벨트를 끄르려고 철거덕거렸으나 당황한 탓인지 좀처럼 끌러지지 않았다.

"이런 병신 같은 놈."

조웅남이 몸을 들이밀고 벨트를 끌러주었다. 사내가 나오자 여자가 보였다. 젊은 여자였는데, 몸이 전혀 움직이지 않았다. 그녀는 소리도 지르지 않고 조웅남을 바라보았다. 얼굴이 하얗게 질려 있었다. 그녀의 가슴 아랫부분은 발 뻗는 부분으로 들어가 보이지 않았다.

"어이, 아가씨, 괜찮어?"

조웅남이 운전석에 상체를 뻗고 큰 소리로 물었다. 여자가 움직이지 않았기 때문이다. 여자는 눈을 갑자기 크게 뜨고 그를 보았다.

조웅남이 그녀의 상체를 살펴보았으나 끄집어낼 방법이 떠오르지 않았다. 가슴 아랫부분이 어떻게 되었는지 보이지도 않는 것이다.

"내가 빼줄 탱게 걱정 말어잉?"

조웅남이 눈을 부라리며 소리 질렀다. 그녀는 보일 듯 말 듯 머리를 끄덕였다. 차 밖으로 몸을 돌리자 운전하던 사내가 멀뚱히 서 있었다.

오고 가던 차량들은 모두 멈춰 있었다. 경찰이 다가왔으나 힐끗 여자를 보고는 돌아서서 교통정리를 하려는 듯이 차를 향해 손짓을 하였다. 조웅남은 서 있는 사내에게 다가가 귀빰을 쳤다. 땅바닥에 자빠진 사내가 볼을 싸쥐고 조웅남을 올려다보았다.

"이노무 새끼야, 어디서 쇠몽둥이 하나 찾아와, 어서!"

조웅남이 김세덕을 찾느라 두리번거렸다. 김세덕은 화물 트럭 운전사의 멱살을 잡아 땅으로 끌어내리고 있었다.

"이놈의 새끼는 꼼짝도 않고 앉아 있어? 내가 창자를 끄집어내겠어!"

빌써 몇 차례 얻어맞은 운전사는 얼굴이 피투성이가 되어 있었다.

"아! 빨리 쇠몽둥이나 찾아와!"

조웅남이 고함을 질렀다. 경찰이 이쪽을 힐끗거리다가 다시 교통정리를 했다. 조웅남은 반대쪽으로 가보았으나 문짝이 찌그러져 붙어버린 통에 열리지 않았다.

"아가씨, 괜찮어. 쬐끔만 기다려. 내가 빼줄 탱게."

여자는 그를 바라볼 뿐 대답하지 않았다. 조웅남과 김세덕이 다시 고래고래 소리를 질러 쇠몽둥이를 찾았으나 연장은 나오지 않았다.

3미터쯤 떨어진 옆 차선에 멈춰 선 차 안에서 이쪽을 바라보고 있는 사람이 조웅남의 시야에 들어왔다. 사고 난 차와 나란히 서 있는 꼴이었다. 중형차였고 말쑥한 차림의 30대 사내가 유리창 너머로 이쪽을 바라보고 앉아 있었다.

조웅남이 그쪽으로 다가가 불문곡직으로 그 차의 유리창을 내려쳤다. 유리창이 산산이 부서지고 사내는 얼굴을 차여 조수석에 엎어졌다. 조웅남은 다시 돌아서서 거칠게 윗도리를 벗어던졌다. 반대편 문 쪽으로 간 조웅남은 일그러진 문짝을 두 손으로 움켜쥐었다.

"으으악."

그의 얼굴이 붉게 상기되었다. 이마의 핏줄이 곤두섰다.

우지직.

소리가 나면서 문짝이 구부러지듯 조웅남 쪽으로 당겨졌다.

"에에익."

다시 우지직거리면서 문짝이 더 당겨지더니 조웅남이 내리누르듯 다시 한 번 힘을 쓰자 문짝은 떼어져 땅바닥에 떨어졌다.

그녀의 상반신과 하반신이 보였다. 접은 종이처럼 발바닥이 엉덩이에 닿아 아래쪽으로 밀려 있었다. 조웅남은 그녀를 두 팔에 가득 안았다. 헐떡이며 그가 껴안자 여자는 눈을 감았다.

"아프면 아프다고 말혀!"

그가 그녀를 조심스럽게 들어내며 소리를 질렀다. 여자의 눈에서 눈물이 흘러내렸다. 조웅남이 그것을 보고는 주춤했다.

"아퍼서 그려?"

여자가 머리를 저었다. 조웅남이 그녀를 안고 차에서 빠져나오자 쿵 소리와 함께 차가 아래로 떨어졌다. 이제까지 소형차는 트럭의 꽁무니에 매달려 있었던 것이다.

"야, 세덕아, 이 아가씨 병원에 데려다주고 와라."

김세덕이 달려왔다.

경찰이 다가와 여자를 살펴보더니 따라오라고 손짓을 했다. 병원으로 김세덕을 딸려 보내고 조웅남은 옷에 묻은 부스러기를 털었다. 택시나 잡아 회사로 들어갈 작정이었다.

"아저씨, 잠깐 봅시다."

경찰이 다가왔다. 차량의 통행이 시작되고 있었다.

"아저씨가 이 사람 폭행했습니까?"

경찰 옆에 코에 종이를 쑤셔 박은 사내가 서 있었다. 입술이 터져서 부어 있었고 와이셔츠에 피가 묻어 있었다.

"아니? 내가 사고당한 사람인디 언지 이 사람을 폭행혀?"

조웅남이 버럭 고함을 질렀다.

"내가 여자 빼낼라고 정신이 하나도 없었는디. 당신도 봤잖여?"

경찰은 잠자코 있었다.

"어디서 벼락 맞았능갑만."

조웅남이 으르렁대며 노려보자 사내는 시선을 피했다.

*   *   *

오야마는 이른 아침이었는데도 정장 차림을 하고 기다리고 있었다. 그는 어젯밤 서울에 도착했던 것이다.

연락도 없이 불쑥 찾아온 것이어서 김원국도 놀랐다. 밤중에 연락이 되어 아침에 호텔에서 만나기로 한 것이다. 동행은 사베뿐이었다.

"갑자기 웬일이십니까?"

사베와 오함마가 밖으로 나가자 둘이 되었다. 김원국이 궁금한 얼굴로 물었다.

"전에 이야기했던 홍콩 문제 때문이오. 그것이 요즈음 다급하게 되었소."

그의 표정이 초조해 보였다.

"사업에 수익성이 없소. 적자 운영이라고 해야 할 것이오. 그렇다고 팔 수도 없고 말이오."

"……."

"김 선생, 해리슨 리키라고 들어보았지요?"

"네, 들었습니다."

홍콩 암흑가의 거물이었다. 그가 홍콩을 지배하고 있다고 봐도 되었다. 그의 수하에 있는 형주량, 조진량, 강개, 원삼기 등 보스들의 이름도 어지간한 한국의 주먹이면 모두 알고 있었다.

"그놈 때문이오."

"……."

"얼마 전까지는 그런대로 마찰 없이 지내왔는데 이제는 노골적으로 우릴 몰아내려고 해요. 아예 우리 기업체를 모두 인수해 버릴 속셈인 것 같소."

"어떻게 말입니까?"

"못 견디게 해서 팔게 하려는 거지요. 그것도 헐값에 사들이려고 말이오. 벌써 우리 회사들의 주식 값이 5퍼센트 이상 떨어졌소."

"……."

"백화점은 아예 장사를 못 하게 안에서 매일 저희들끼리 싸움판을 벌이고, 호텔은 투숙객이 들어가지 못하도록 호텔 앞을 지키고 서거나 택시 운전사들이 못 오게 협박을 하고 있소."

"거긴 선생의 부하가 몇 명이나 나가 있습니까?"

"30명 정도인데 그것도 문제요. 사기가 떨어져서 이젠 일도 안 됩니다."

오야마는 식은 엽차 잔을 입에 붙였는데 그저 무의식중에 가져다 대는 것처럼 보였다.

김원국이 알기로 오야마의 사업체는 홍콩에 열 개가 넘었다. 한국보다 훨씬 전에 진출해서 착실하게 기반을 닦아온 것이다.

"해리슨이 갑자기 왜 그럴까요?"

오야마는 김원국의 물음에 잠시 생각하는 듯하다가 대답했다.

"중국 정부에서 밀어주는 것 같소."

그러고는 혀를 찼다.

"중국 정부가요?"

"그렇소. 그가 중국계인 것은 잘 알고 있지 않습니까? 홍콩의 중국에로의 반환 년도가 얼마 남지 않았으니까 그 전에 기업들을 완전히 소유하려고 하는 거요. 중국 정부는 그렇게 되면 직접적인 책임은 지지 않을 거 아니오? 홍콩이 영국령이었을 때 일본 기업들이 해리슨에게 넘어갔으니까 말이오."

"……."

"어떻소, 나하고 홍콩에서 같이 일하지 않겠소? 내가 의지할 사람은 김 선생밖에 없소."

"제 동생은 그 얘길 했더니 총알받이 할 거냐고 묻더군요."

그러면서 김원국이 웃었다.

"총알받이?"

오야마가 놀란 듯 눈을 크게 떴다. 불쾌한 표정이었다.

"농담이었습니다. 하지만 처음에 분명히 하고 시작해야지 아니면 그런 경우가 될 수도 있겠습니다."

오야마가 머리를 끄덕였다.

"나한테 어떤 것을 요구하십니까? 그리고 내가 해드릴 건 무엇입니까? 그것을 듣고 나서 나도 말씀드리지요."

오야마는 잠시 생각하다가 입을 열었다.

"우선 우리 소유의 기업체 두어 개를 양도해 드리겠소. 그것을 싼값에 좋은 조건으로 인수하게 해드리지요. 그 대신 홍콩에 있는 우리 기업들을 함께 보호해야 합니다. 아니, 그것을 보호할 책임을 김 선생이 맡아주시오."

좋은 조건이었다. 김원국으로서는 덕분에 홍콩의 기반이 저절로 굴러 들어온 셈이다. 그러나 그것이 조웅남의 말마따나 해리슨의 총알받이 한 대가로 얻는 것이라면 결코 좋다거나 싸다고 말할 것도 못 되었다.

오야마가 다시 입을 열었다.

"고인 물은 썩게 마련이오. 끊임없이 흐르게 하는 것이 우리들의 책임이기도 합니다. 애들은 우리가 잠깐 한눈을 팔면 타락하게 됩니다. 나도 이렇게 나이 들고 나서 그저 쉬고 싶은 생각이 들 때가 있소. 그렇지만 그러면 안 된다고 나를 채찍질합니다. 나나 김 선생은 죽을 때까지 뛰어야 해요. 물이 흐르게 해야 한단 말이오."

김원국은 머리를 끄덕였다. 국적을 떠나서 그는 존경할 만한 사내였다.

"좋습니다. 하지요."

그리고 오야마가 순수한 마음으로 동참하기를 원한다는 것도 믿을 수 있었다. 그는 김원국이 필요했고 김원국 또한 그의 기반이 필요했다.

"고맙소."

오야마는 진심으로 기쁜 듯 보였다. 주름진 얼굴이 퍼졌다.

"시간을 내서 홍콩에 가겠습니다. 먼저 한번 둘러보아야 할 테니까요."

"좋소. 그러면 나는 나대로 김 선생이 운영하실 기업체의 내역과 가격, 조건 등을 자세히 준비하리다. 그리고 홍콩에도 연락해 놓겠소."

김원국은 머리를 끄덕였다.

늦은 아침이 되었다. 그들은 아직 아침 식사도 하지 않았다. 사베와 오함마가 마침 궁금한 듯 함께 들어오고 있었다. 그들에게 아침 식사를 방으로 들여오라고 이르고 나서 오야마는 김원국을 바라보며 웃었다.

"솔직히 지금 우리가 김 선생에게 인수하게 해드리겠다는 기업체는 팔리지도 않소."

김원국은 잠자코 그를 바라보았다.

"해리슨이 두려워서 사갈 사람이 없는 거요. 모두 그가 우리 기업체에 눈독을 들이고 있다는 것을 알고 있으니까 말이오."

"……."

"객실 250개짜리 호텔과 400평 정도의 2층짜리 슈퍼마켓, 그리고 무역 회사 하나요."

"지금도 영업은 하고 있습니까?"

"그렇소. 하지만 계속 적자요. 아까 말했다시피 손님이 못 오게 방해가 철저해요. 이렇게 되면 얼마 지나지 않아 문을 닫게 되지요."

김원국은 솔직히 이야기해 주는 오야마에게 오히려 호감이 갔다. 잠자코 머리를 끄덕여 보였다.

"우선 인수하시고 천천히 지불하셔도 좋소. 조건은 최대한으로 좋게 해드리겠소."

"나도 능력껏 준비하겠습니다. 공짜로 얻는 기분이 들면 일할 마음이 적어집니다."

김원국이 웃으며 말했다.

＊　　　　＊　　　　＊

홍성철의 제일유통은 빌딩 수리를 끝내고 1, 2층을 판매장으로 꾸며놓았다. 3층은 사무실로 사용할 작정이었다. 원명구의 공장도 영등포에 150평짜리 건물을 빌려 기계를 들여놓고 인원을 모집하는 중이었다.

아침에 그들과 회의를 마친 김원국은 홍성철을 데리고 밖으로 나왔다. 그에게 움베르토 알베르를 보여주고 싶었던 것이다.

내부의 장식이라든가 제품의 진열 상태가 그쪽이 훨씬 세련되었다고 생각하고 있었다. 그들이 움베르토의 유리문을 밀고 들어섰을 때는 11시가 넘어 있었다.

"근처에 이런 데가 있었군요."

홍성철이 주위를 둘러보며 말했다. 오함마는 언짢은 표정으로 주위를 훑어보았다. 지난번 개망신을 당한 곳이었다. 김원국만 없었더라면 불을 지르든지 했을 것이다. 아니, 이곳에 들어오지도 않았을 것이다.

"좋군요. 사람들을 꼬이게 만들어놓았습니다."

홍성철이 말했다.

"물론 돈 없는 사람들은 위축감을 느끼겠지만요."

그들은 2층으로 올라갔다.

"이렇게 비싼 옷들도 팔리는 걸 보면 우리나라도 부잡니다."

홍성철이 280만 원짜리 재킷을 보면서 말했다.

오함마가 '흥' 하고 코웃음을 쳤다.

"어떤 놈이 입는지 모르겠지만, 그놈은 아마 우리하고는 인종이 다를 거요."

"암, 다르겠지."

홍성철은 김원국을 돌아보았다.

"형님, 이런 델 오면 돈 냄새가 나는 것 같지 않습니까? 돈이 얼마나 중요한 것인지도 알 수 있을 것 같습니다."

"제에기, 그래서 전에 나하구 형님이 쫓겨났군? 우리한텐 돈 냄새가 안 나는 것 같소?"

홍성철이 오함마의 말에 놀란 듯 걸음을 멈추었다.

"실례합니다."

뒤쪽에서 들리는 남자의 목소리에 그들은 멈춰 섰다. 30대의 직원이 그들을 바라보고 서 있었다.

"저희 사장님께서 잠시 뵙자고 하십니다. 잠깐 올라와 주시겠습니까?"

그는 김원국에게 말했다.

"이런, 젠장."

오함마가 썩 나섰다.

"야, 이 새끼야. 누굴 함부로 오라 가라 하고 있어? 이것들이 정말……."

김원국이 오함마의 어깨를 두드리고 그에게 다가섰다.

"나를 왜 보자고 합니까?"

사내는 오함마의 얼굴에서 시선을 떼었다. 긴장한 얼굴이었다.

"글쎄요. 저는 잘 모릅니다. 하지만 옆의 분 말씀이 좀 심하지 않습니까?"

그제야 홍성철도 분위기를 깨달은 듯 싱긋 웃는 것이 보였다.

"말이 심하다구?"

오함마는 우악스럽고 무뚝뚝한 성격이었다. 말보다 주먹이 먼저 나가는 버릇이 있었다. 그러니 이동수 대신 김원국을 수행하면서 참으로 속이 끓은 게 한두 번이 아니었다. 바로 이런 경우가 될 것이다.

그는 씩씩거렸으나 선뜻 사내에게 다가서지 못하고 김원국의 눈치를 살폈다. 오유철 같았으면 웃어버리고 나중에 찾아와 주리를 틀 것이다. 그러나 오함마는 한 번 지나면 끝이었다. 욱하는 것만 잠시 눌러주면 되었다.

"좋아, 어디로 가면 되겠소?"

"3층입니다."

사내는 따라오라는 듯이 몸을 돌렸다.

"너희들은 여기 있거라."

김원국이 그를 따라나섰다.

"사장이 어떤 놈이야?"

홍성철이 물었다. 오함마는 김원국의 뒷모습을 바라보며 씩씩거리고 있었다.

"어떤 놈이 아니라 년이오."

"여자냐?"

흥미가 있다는 듯이 홍성철이 바싹 다가섰다.

"그런데 왜 그러는 거야?"

"낸들 압니까?"

차영화가 사장실에서 김원국을 맞았다. 그녀는 소파에서 일어나는 시늉을 하다가 다시 앉았다.

"거기 앉으시죠."

거만한 태도였다. 김원국도 슬그머니 부아가 치밀었다. 전번에는 여자의 앙탈쯤으로 받아들이고 참을 수가 있었다. 그런데 지금은 사장실로 불러들이고는 부하 직원을 다루듯 하는 것이다.

김원국은 10평 정도의 사장실을 둘러보았다. 여자답게 세심하고 아기자기한 장식물들로 꾸며져 있었다. 밝은 색깔과 어두운 색깔을 잘 조화시켜 놓았다고 생각했다.

시선을 돌려 차영화를 바라보았다.

검정색 투피스를 입고 있었는데 한쪽 다리를 꼬고 앉아 있었으므로 다리의 곡선이 드러나 보였다. 그의 시선을 느꼈을 것임에도 그녀는 다리를 움직이지 않았다. 잠자코 그를 바라보기만 했다.

"도대체 누구시죠?"

입을 연 것은 차영화였다. 그녀는 태연한 척 가장하는 김원국에게 꽃병을 집어 던지고 싶은 충동을 느꼈다.

"허어, 그걸 물어보려고 부르셨소?"

김원국이 웃어 보였다.

"왜 또 오신 거예요? 그만하면 되지 않았습니까?"

그녀의 눈빛은 날카로웠다.

"그만하다니?"

"투서 말예요. 우리가 세금 포탈을 하고 이런저런 탈법 행위를 했다고 투서를 한 것으로 알고 있습니다."

"내가 말이오?"

김원국이 상체를 일으켜 세웠다.

"댁이 아니면 할 사람이 없어요. 우린 뜨내기손님을 받지 않는 회삽니다."

"……."

"그래서 세금도 냈어요. 이젠 다 끝났습니다."

"세금을 냈다구?"

"흥."

차영화는 코웃음을 쳤다.

"청와대에다 10억을 냈어요. 이젠 누가 뭐래도 상관없어요. 당신이 어슬렁거리면서 무슨 꼬투리를 또 잡아도 이젠 소용없단 말예요."

"청와대에다 말이오?"

차영화가 말하기 싫다는 듯이 입을 다물었다.

"내가 투서를 했다……."

김원국이 혼잣소리로 중얼거렸다.

"진정서인지도 모르지만 남자다운 방법은 결코 아니죠. 그렇지 않습니까?"

그녀는 입가에 웃음을 띠웠다.

김원국은 잠시 생각해 보았다. 누군가 투서인지 진정서인지를 냈고, 영화상사가 세금 포탈로 걸려들어 청와대에 추징금을 냈다는 말이 된다.

"내가 알아보지."

김원국이 자리에서 일어섰다.

"무얼 알아본단 말예요? 더 이상 우리에게서 알아볼 것은 없어요. 내가 이 말을 하려고 부른 건 아네요."

차영화가 날카롭게 말했다.

"그럼 무슨 말을 하려고 한 거요?"

"앞으로 내 회사에 얼씬거리지 마세요. 만일 그랬다간 바로 경찰에 잡아넣겠어요. 조심해요. 내 말은 빈말이 아닙니다. 댁이 겉은 멀쩡하게 보여서 내가 직접 말해 드리는 거예요. 고맙게 여기세요."

"……."

"그러지 않고 남자 직원들을 시켜 몰아낼 수도 있었어요. 하긴 당신의 뻔뻔한 모습을 한 번 더 보고 싶기도 했지만요."

"생각해 줘서 고맙군."

김원국은 돌아서서 문고리를 잡았다. 그러다가 생각난 듯이 몸을 돌렸다.

"나도 잊은 것이 있는데."

차영화는 그를 노려보고 있었다.

"내가 관심 가는 부분이 이 회사에 몇 가지 있었소. 그중 하나가 당신의 몸이었지. 보기와는 달리 좋은지 어떤지는 나중에 알겠지만 말이야."

문을 닫자 닫힌 문 안쪽에서 무엇인가 깨지는 소리가 들렸다.

"아버지, 저 학원 갔다 올게요."

지영이가 방문을 열고 말했다.

"응, 그래."

늦은 아침을 먹던 최갑태가 머리를 끄덕였다. 일주일 전부터 지영이는 의상 학원에 다니고 있었다.

"회사 늦어도 괜찮아요?"

밥상 앞에 앉은 아내가 걱정스러운 듯 물었다.

"괜찮아."

식구들은 그가 친구 회사의 전무로 취직이 된 것으로 알고 있었다.

김정도와 영화상사의 작업을 끝낸 최갑태는 김정도로부터 3억을 받았다. 10억의 돈은 몇 시간 사이에 갈가리 나뉘어서 수표와 현금으로 열 번도 넘게 뒹굴었으므로 추적이 불가능하게 됐다. 최갑태는 방 두 칸짜리 전셋집으로 이사를 했고 지영이를 공부시킬 수 있게 된 것이다. 친구가 집을 옮기고 생활비에 보태 쓰도록 목돈을 주었다고 가족들에게 말했다.

"아무리 그래도 일찍 나가봐야죠."

아내는 걱정이 되는지 서두르고 있었다. 지금 나가본다 해도 당분간은 흩어지기로 했으므로 김정도나 서성구는 만날 수가 없다.

최갑태는 회사에 간다면서 시내에 나가 기원에 앉아 있다 오곤 했다.

"이봐, 당신 가게 하나 하지 않겠어? 집에서 노느니 조그마한 식품점이나 해보는 것이 어때?"

최갑태가 숭늉을 마시면서 말하자 아내가 반색을 했다.

"아이구, 그러면 오죽 좋아요? 애들도 다 컸겠다. 그렇게만 되면 우리 식구는 살기 걱정 없지요. 하지만……"

"돈?"

"그 돈이 어디 있어요? 이렇게 친구 덕에 3천만 원짜리 전셋집을 얻은 것도 감지덕지한 참인데……"

"1억 정도면 될까?"

"에그머니, 그만하면 충분해요. 제법 큰 것으로 얻을 수 있어요. 요 아래 슈퍼가 팔천으로 시작했다는데 우린 그보다 더 크게 할 수가 있겠군요……"

그녀의 말소리가 점점 사그라지더니 최갑태를 바라보았다.

"그런 돈이 어디 있어요?"

아내의 눈에는 조그마한 희망이라도 찾아보려는 절박감이 배어 있었다.

"내 친구가 말이야."

"그 사장이라는 분요?"

그녀는 바짝 다가앉았다.

"그놈이 땅을 팔아서 돈을 엄청나게 벌었는데 날더러 빌려가려면 말을 하래. 돈 벌면 갚으라고 말이야. 그래서 오늘 이야기를 꺼낼까 해. 그 정도는 빌려줄 것 같아."

"아이구, 고맙기도 해라. 그럼 당장……"

"그래, 나도 가게를 알아볼 테니까 당신도 아침 먹고 알아봐.

빠를수록 좋으니까 말이야. 돈은 오늘이래도 빌려올 수 있어."

"아이구, 이젠 우리도 제대로 살게 되었군요."

아내의 눈에 눈물이 맺혔다.

"당신이 성실하고 착해서 복 받은 거예요."

＊　　　　＊　　　　＊

차영화는 벤츠의 문을 열고 운전석에 앉았다. 막 키를 꽂으려는데 반대편 문이 열리더니 사내가 들어와 그녀의 손목을 쥐었다.

"뭐예요?"

그녀가 날카롭게 소리를 질렀다. 사내는 히죽 웃었다. 차영화는 갑자기 소름이 끼쳤다. 문을 열고 밖으로 나가려던 그녀는 또한 명의 사내가 문에 두 손을 짚고 자신을 바라보고 있는 것을 보았다.

납치범이다. 순간적으로 차영화는 그렇게 느꼈다. 전신에 힘이 빠져나가는 것 같았지만 기를 쓰고 앞과 옆을 바라보았다. 퇴근 시간이 훨씬 지났으므로 회사에서 나오는 사람도 눈에 띄지 않았다.

"당신을 뵙자고 하는 분이 계십니다."

옆에 앉은 사내가 점잖게 말했다.

"우리는 지시를 받았어요. 당신이 싫든 좋든 우리는 데려가야 합니다. 따라오겠어요?"

"도대체 누구요? 어떻게 이렇게?"

"씨발 년아, 입 닥치고 있어."

갑자기 창 쪽의 사내가 문을 열고 말했다.

"뒤쪽으로 가! 어서!"

그는 그녀의 팔목을 잡아 차의 뒷좌석으로 밀었다.

"어머나!"

그녀는 뒤쪽으로 밀려 상체가 뒷좌석에 닿았으나 하체는 아직 앞좌석에 걸려 있었다. 짧은 스커트 차림인 그녀의 팬티가 훤히 드러났고 두 다리가 의자 위에서 버둥거렸다. 조수석에 앉은 사내가 운전석으로 옮겨 앉고 창가의 사내가 뒷좌석에 올랐다. 겨우 다리를 끌어내린 차영화는 헝클어진 옷을 가다듬으며 정신을 차리지 못했다. 눈에는 아무것도 보이지 않았다.

차는 도로를 나와 속력을 내고 있었다.

"여보세요, 왜 이러시는 거예요?"

차영화가 안간힘을 쓰듯이 물었다.

"시끄러!"

옆에 앉은 사내가 버럭 고함을 쳤다. 소스라치게 놀란 차영화는 입을 다물었다. 말로만 듣던 인신매매범이었다. 기가 막혔다. 몇십만 원에 팔려가 이것들의 노리개가 될 것을 생각하니 죽고 싶었다. 그러나 어떻게 죽어야 할지 아직 준비도 덜 된 것이다.

"이봐요, 돈이 필요하면 말해요. 돈은 달라는 대로 주겠어요."

운전하던 사내가 킥킥 웃었다.

"하지만 내 몸에 손을 대면 죽어버리겠어. 당신들 뜻대로는 안 돼."

"안 되겠군. 시끄러워서."

옆자리의 사내가 주먹을 그녀의 코앞에 대었다 싶었는데 찰칵 하는 무딘 금속 소리와 함께 기다란 칼날이 번쩍 튕겨져 나왔다. 차영화는 황급히 얼굴을 젖혔다. 눈앞에 차갑게 빛나는 칼이 보였다.

"씨발 년아, 우린 데리고 오라고 해서 데려가는 거야. 어떻게 대접해서 데리고 오라고는 못 들었어. 너 같은 계집은 쌔고 쌨으니까 오해하지 마. 괜히 허튼짓하면 도려내 버릴 거야."

차영화는 입을 다물었다. 인신매매범은 아닌 것 같았다. 그렇다면 누구인가?

차는 한적한 길로 접어들어 어느 빌딩 앞에 멈춰 섰다.

사내는 그녀의 눈을 가릴 생각도, 주위 사람들을 경계하는 것 같지도 않았다. 그들이 차에서 내리자 빌딩에서 나오던 서너 명이 그들에게 아는 척을 하고 있었다.

차영화는 더욱 기운이 빠졌다. 그들은 2층의 커다란 사무실로 들어섰다. 늦은 저녁이었는데도 2, 30명의 사내가 바쁘게 일을 하고 있었다.

"형님, 데려왔습니다."

사내들은 그녀를 뒤쪽으로 끌듯이 데려가더니 뒤쪽의 회전의자에 앉은 사내에게 말했다.

사내가 얼굴을 들었다. 육중한 체격의 젊은 사내였다. 부리부리한 눈으로 차영화를 바라보았다. 서른이 조금 넘어 보였다.

"이것 보세요. 도대체 왜 이렇게 끌고 오는 거예요?"

차영화가 얼굴을 붉히면서 소리쳤다. 사무실이었으므로 안심도 되었다. 사내가 눈을 둥그렇게 떴다.

"끌고 오다니요? 모셔 오랬는데?"

"뭐예요? 칼로 위협해서 욕질을 하고 끌고 오는 것이 모셔 오는 거예요?"

그의 표정에 더욱 마음이 놓인 차영화가 다시 소리를 질렀다. 눈물이 글썽해져 있었다.

"예? 누구야? 누가 그랬어?"

사내가 그들을 노려보았다.

"너야? 지팡이, 너지?"

그는 칼을 들이댄 사내를 용케 골라냈다. 사내가 머리를 숙이며 말했다.

"형님, 글쎄 잔소리가 많아서……."

철썩!

그는 재빠르게 다가와 옆에 선 사내의 귀뺨을 갈겼다. 깜짝 놀란 차영화가 비켜섰다. 사무실 안의 직원들은 아랑곳하지 않고 자기 일에만 몰두했다.

"이 새끼야, 모셔 오랬으면 그렇게 대접해야지 그것도 못 알아들어?"

뺨을 얻어맞은 사내는 볼이 빨갛게 부었는데도 차렷 자세로 서 있었다.

"이거 큰 실례를 했습니다. 이해해 주십시오."

그는 차영화에게 정중히 말했다.

"도대체 무슨 일이에요?"

차영화가 물었다.

"네, 잠깐 저쪽으로 가시지요. 기다리고 계십니다."

그는 차영화를 안내하여 닫혀진 문을 열었다.

"형님, 모시고 왔습니다."

그를 따라 들어선 차영화는 안쪽을 바라보았다. 순간 가슴이 철렁 내려앉았다. 투서한 놈인 것이다. 그의 시선은 잠깐이었으나 그녀의 머리에서 발끝까지 훑었다. 전신에 오한이 일었다. 차디찬 시선이었던 것이다.

차영화는 잠시 그를 바라보며 서 있었다.

"앉아요."

김원국이 말했다. 차영화는 그의 앞에 앉았다.

"도대체 날 이렇게 끌고 온 이유가 뭐죠? 댁이 그럴 수 있는 사람이에요?"

그녀가 얼굴을 붉히며 대들듯 물었다.

"당신의 경솔함 때문이야."

김원국이 싸늘하게 말했다.

"건방지고 오만하기 짝이 없어. 거기에다 경솔하기까지 하니 그런 몸뚱이마저 없었다면 쓰레기 취급을 당할 여자야."

차영화는 숨이 막힌 듯 입을 연 채 그를 바라보았다. 그의 또박또박 끊어 뱉는 말 한마디 한마디가 그녀의 몸을 치는 것 같았다.

"우리 동생은 당신을 점잖게 대한 것 같은데, 앙탈을 부린다면 옷을 모두 벗겨서 길거리로 쫓아낼 거야."

차영화는 숨을 헐떡거렸다. 그의 차디찬 시선을 받자 자꾸 몸이 떨렸다.

"넌 점잖은 남자들에게 예우를 받고 살아온 것에 익숙한 모양인데 네 몸뚱이가 시간제로 상대하는 창녀처럼 두 다리를 벌리고 누워 있다고 생각해 봐. 수십 명이 네 앞에서 기다리고 있고."

"……"

"지금 당장에라도 그렇게 만들어줄 수가 있어. 내가 한마디만 하면 말이야."

그의 눈을 보자 그가 멀리 보였다. 멀리 떨어져서 이야기하는 것 같았다.

"내 말, 듣고 있나?"

차영화는 침을 삼켰다.

"듣고 있냐고 물었다."

"네."

"행여나 해서 이야기하는데 자존심 상할 거 없다. 네가 계산의 척도로 생각하는 돈이나 또 다른 것들을 나는 너보다 몇 배는 더 가지고 있다. 힘도 마찬가지야. 네가 추구하는 어떤 힘도 나는 가지고 있어."

문이 벌컥 열리고 조웅남이 들어섰다. 오함마에게서 연락을 받고 부랴부랴 달려온 것이다. 조웅남은 김원국을 쫓아낸 시원스런 여자를 구경하고 싶었다. 차영화는 그의 거구를 보자 침을 삼켰다.

"형님, 이년이오?"

털썩 차영화의 앞자리에 앉자 소파가 무너질 듯이 들썩거렸다.

"아따, 그년 좀 밝히게 생겼는디?"

조웅남의 무지막지한 시선이 그녀의 위아래를 훑었다.

"연설허고 있는 거요? 나한티 냉겨주쇼. 회포나 풀고 배꼽 밑에다가 큼직헌 자지 문신이나 히줘야지, 기념으로."

김원국은 입맛을 다셨다.

"넌 사무실로 가 있어."

"왜요?"

조웅남은 움직이지 않았다. 그는 차영화에게서 시선을 떼지 않았다.

"야, 일어서 봐."

조웅남이 그녀에게 말했다.

"얼릉, 이년아."

차영화는 당황하여 눈을 깜박거렸다. 그녀는 소리칠 기운도, 말할 의욕도 생기지 않았다.

"이년이 엉뎅이는 괜찮은디 젖이 쬐께 쪼그마헌디? 야, 이년아, 뭐 혀? 일어서서 돌아서 보란 말여!"

조웅남이 버럭 소리쳤다. 차영화는 이를 악물었으나 온몸이 떨렸다. 눈물이 흘러나왔다.

"나가 있어."

김원국이 꾸짖듯 말하자 부스럭대며 조웅남이 엉덩이를 들었다.

"그러면 이야기 끝나고 나한티 돌리쇼잉? 문신 파는 애 데리꼬 기다리고 있을 텡게. 아니, 털도 깎어야긋어. 그것도 기념으로 백으로 맹글어야지."

휘적거리며 조웅남이 방을 나갔다. 눈물이 뚝뚝 떨어지고 있었으나 차영화는 그것을 닦지 않았다. 난생처음, 아니 생각해 볼 수도 없고 상상할 수도 없는 일이 일어나고 있는 것이다.

"있을수록 겸손하기가 힘들지. 나중엔 그럴 필요를 느끼지 않게 돼. 귀찮아지는 거지. 그리고 아예 없는 사람들을 다른 차원의 사람인 양 대하기 쉬워지는 거야."

혼잣소리처럼 김원국이 말했다.

"쟤는 네가 남자들에게 윤간을 당하고 담요에 뒤집어씌워진 채얼마 동안을 같이 지내면 네가 똑같은 사람이 된다고 믿을 거야. 쟤들도 겸사겸사 네가 같은 인종이라는 걸 확인도 하고 말이야."

"……"

"난 네 회사에 대해서 투서한 적 없다. 우리도 회사를 하나 만들었는데 그쪽 회사를 참고하기 위해서 갔던 거야."

"……"

"그리고 너는 청와대를 사칭한 사기단에게 당했어. 청와대에서는 지금까지 추징 세금을 걷은 적도 없고 걷을 수도 없어. 사기단이 만들어낸 말이야."

차영화는 눈물을 그치고 그를 바라보았다. 그러나 입을 열지는 않았다.

"그 사기단이 어떤 놈들인가는 우리가 알아내려면 알아낼 수도 있다. 하지만 이렇게 알려주는 것으로 끝내기로 하지. 이젠 돌아가 봐."

차영화는 김원국을 바라본 채 움직이지 않았다. 그녀는 머리가 혼란스러운 듯 보였다.

"가서 잘 생각해 봐. 돌아가."

차영화는 엉덩이를 들었으나 성큼 문 쪽으로 다가가지 않았다.

김원국이 인터폰을 눌렀다. 문이 벌컥 열리고 조웅남이 들어섰다. 차영화가 주춤 반걸음쯤 물러섰다.

"모셔다 드려라."

김원국이 말했다.

"안 돼요."

차영화가 질겁을 하고는 뒷걸음질을 치다가 소파에 걸려 주저앉았다.

"나와. 면도기는 준비했어."

조웅남이 양복 주머니를 두들기며 말했다.

"얼릉 나와! 안 나올 꺼여?"

조웅남이 눈을 부릅떴다.

"저를 좀… 네?"

차영화가 김원국을 돌아보며 말했다. 겁에 질려 이제는 태와 끼를 벗어버린 그냥 한 여자로 보였다. 그러자 문득 애착이 갔다.

"걱정 마시오. 잘 모셔다 드릴 거요."

"그래도 저 혼자 가겠어요."

그녀의 이마에 땀방울이 돋아나 있었다.

"사장님이 문 앞까지만 바래다주세요. 거기서부턴 제가 혼자 가겠어요."

"무슨 소리여? 니가 먼디 형님이 문 앞까지 따러 나와? 내가 같이 간다는디, 이년아."

김원국은 혀를 챘다. 조웅남이 여자를 건드릴 위인은 아니었다. 겁을 준다고 한 것이 꼼짝없이 그가 문 앞까지 나서야 되게 생긴 것이다.

"넌 여기 앉아 있어."

조웅남에게 말하고 김원국은 차영화와 함께 방을 나왔다.

"이런 썩을 년이 오줌을 쌌는가? 왜 이렇게 의자가 축축혀?"

안에서 구시렁대는 조웅남의 목소리가 들렸다.

제4장
살기 위해 뛴다

밤의
대통
령

강만철은 장갑수와 함께 홍콩에 도착했다. 공항에는 사베가 마중 나와 있었다.

"어서 오십시오. 이젠 우리가 홍콩에서 같이 일을 하게 되었군요."

그는 반가운 듯 싱글거렸다.

이른 봄 날씨였으나 따뜻했다. 그들은 공항을 빠져나와 호텔로 차를 몰았다.

"사베 씨, 혼자 있습니까?"

강만철이 물었다. 사베가 얼굴을 돌려 그를 바라보았다.

"아닙니다. 오사카에서 히로시 형님이 와 계십니다."

히로시는 오야마의 참모였다. 전에 만나본 기억이 났다. 40대로 대머리에 둥글둥글한 체격을 가진 언제나 웃는 얼굴의 사내였다.

"히로시 형님이 하치야 군을 데리고 일주일 전에 왔습니다."

홍콩의 상황이 점점 더 나빠진다는 이야기를 들었다. 강만철은 장갑수와 여덟 명의 부하를 데리고 먼저 들어온 것이다.

호텔 방에 들어가 짐을 풀고 나자 노크 소리가 들렸다. 문을 열자 히로시가 웃고 서 있었다.

"강 형, 공항에 못 나가 미안합니다. 해리슨이 촉각을 세우고 있는 통에 움직이지 못했습니다."

방에 들어온 그가 미안한 듯 말했다.

"아니, 천만에요. 번거롭게 그러실 필요 없습니다. 더욱이 이제 한식구인데."

"그래서 우선 우리 일본 식구들을 소개시키려고 합니다. 어때요, 지금 들어오라고 할까요?"

"그럽시다. 우리도 소개시켜 드려야죠."

그들은 강만철의 방으로 부하들을 불러 모았다. 사베와 하치야가 먼저 들어왔다. 하치야는 초면이었으므로 강만철에게 정중히 절을 했다. 20대 후반의 눈매가 날카로운 사내였다. 이어서 홍콩에 주재하고 있는 구로다와 무카이가 들어와 인사를 했다.

강만철은 장갑수와 김일두를 그들에게 소개했다. 모두 제각기 소파와 의자에 나누어 앉았다. 자연히 서열이 정해졌다.

강만철과 히로시는 동격이었다. 장갑수와 김일두는 하치야와 구로다, 무카이와 동격이 되었다. 사베는 중간 위치였다.

호텔은 김원국이 곧 인수할 예정인 오리엔트호텔이었다. 강만철은 이번 체류 기간 동안에 인수 작업도 마쳐야 했다. 그러나 호텔은 해리슨 측의 영업 방해로 손님이 거의 없었다. 인수를 한다고 해도 이렇게 손님이 없다가는 빚만 늘어날 것이다.

"형님, 해리슨 측에서 형님이 오신 것을 알고 있습니다."

구로다가 입을 열었다. 그는 콧수염이 무성했다. 마흔쯤 되어 보이는 그는 머리를 짧게 깎았다.

"어떻게 안단 말인가?"

강만철이 의아한 듯 물었다.

"이 호텔에 든 숙박인 명부는 모두 컴퓨터에 기록됩니다. 공항 기록도 마찬가집니다. 해리슨은 모든 기록을 빼내고 체크할 전산망을 가지고 있습니다. 당국의 협조가 있는 거지요. 그리고 형님을 따라온 미행자도 있었습니다."

강만철이 히로시를 돌아보았다. 히로시가 웃어 보였다.

"거의 모든 기관에 끄나풀이 있지요. 당국의 공공연한 묵인도 받습니다."

"묵인한단 말입니까?"

"네, 몇 년 후면 이쪽 신계는 중국령이 되니까요. 그들과 밀착해서 지원금을 내고 있는 해리슨과 적이 되었다가는 중국 땅이 되었을 때 지내기 힘들겠지요."

강만철은 머리를 돌려 그들을 바라보았다.

"지금까지 충돌은 없었나?"

하치야가 자세를 바로 하여 앉았다.

"제가 말씀드리겠습니다."

그는 어깨를 펴고 강만철을 바라보았다.

"수십 번이어서 하나하나 말씀드리려면 순서가 바뀔 것 같습니다. 그래서 대강 말씀드리겠습니다. 제가 일주일 전에 왔습니다만 일주일 동안 두 번의 싸움이 있었습니다. 그놈들은 대개 슈퍼마켓이나 백화점 내에서 기물을 부수면서 저희끼리 싸우는 흉내를 냅니다. 그러면 기물은 기물대로 부서지고 손님들은 도망치고 계산은 엉망이 되어버리지요. 엊그제는 저희 다섯 명이 그놈들 일곱 명과 슈퍼마켓 안에서 싸웠습니다. 어쩔 수 없었습니다. 양쪽을 말릴 수도 없지 않겠습니까? 그래서 놈들을 쫓아냈지만 저희도 좀 다쳤습니다."

그 대신 기물은 엄청나게 부서졌을 것이다.

"문제는 경찰입니다."

구로다가 말했다.

"그들은 이것이 공공연한 방해 공작인 줄 알면서도 싸운다는 것만으로 경범죄 처벌을 해버립니다. 막는다는 것은 상상하지도 못합니다."

"오히려 그놈들은 우리들을 귀찮게 합니다. 변상받지도 못해요."

이번에는 무카이가 말했다.

"해리슨의 본거지는 어디야?"

"파라마운트 빌딩입니다. 20층짜리인데 빌딩 20층에 사무실이 있습니다. 그 빌딩이 해리슨의 소유지요. 빌딩 전체가 유흥업체입니다."

무카이는 홍콩에 주재하고 있었으므로 상황에 익숙했다.

"해리슨 밑에 형주량과 장넘이 있습니다. 두 사람이 왼팔, 오른팔 노릇을 하지요. 그중 장넘이 수완이 좋고 뛰어난 보스라고 합니다."

"……."

"그 밑에 조진량, 강개, 원삼기 등의 보스급이 있습니다. 장녕은 엠퍼러호텔이 본부이고, 형주량은 홍콩 빌딩이 본부입니다."

강만철은 거대한 산 앞에 서 있는 듯한 기분이 들었다. 장갑수와 김일두도 마찬가지인 모양이었다. 모두 입을 다물고 심각한 얼굴이 되어 있었다. 구로다 등은 강만철이 도착하자 기운이 나는 것같이 보였다. 그것이 강만철의 가슴을 더욱 답답하게 했다.

"이봐, 강 선생이 오늘내일 가실 것도 아니니까 천천히 하자. 오늘은 우리가 서로 인사를 나눈 것으로 끝내기로 하고 말이야."

강만철의 무거운 기분을 눈치챈 듯 히로시가 가볍게 말했다. 공수특전단 대위 출신인 김일두가 슬그머니 한숨을 내쉬는 소리가 강만철에게 들렸다.

강만철은 오리엔트호텔의 방 안에서 그동안 메모해 놓은 종이를 모아 다시 한 번 읽어보았다. 유리창을 통하여 아침 햇살이 따듯하게 내리쬐었다.

아침 9시가 되자 강만철은 전화기를 집어 들었다. 김원국은 그의 전화를 기다리고 있었는지 반갑게 전화를 받았다.

"형님, 여긴 심각합니다."

강만철이 침울하게 말했다.

"해리슨의 방해가 심합니다. 이러다간 모두 문을 닫게 생겼습니다. 지금 제가 묵고 있는 호텔도 손님이 거의 없습니다."

강만철은 상황을 하나씩 설명해 나갔다. 그들이 인수한 호텔과 백화점은 적자 운영이 불가피했다. 해리슨 때문에 고사 직전인 것이다.

　―할 수 없지.

　그의 말을 듣고 난 김원국이 무겁게 입을 열었다.

　―가만히 있을수록 기세를 올리고 있는 걸 보니 그쪽도 정신이 들게 해줘야겠다. 어차피 승부가 있어야 할 일이니까. 우리도 공격하도록 해라.

　"저도 그럴 생각이었습니다."

　―기습하도록 해. 나머지는 너에게 맡긴다.

　"본부를 때릴까요?"

　김원국은 잠시 생각하는 듯 말이 없었다.

　―본부는 해리슨이 있는 곳 아니냐?

　"파라마운트 빌딩이죠."

　―경계가 심하겠지?

　"심합니다."

　―그럼 그의 참모 중 하나를 때리는 것이 낫겠군.

　"알겠습니다."

　강만철은 수화기를 내려놓았다. 해리슨의 참모라면 장념과 형주량, 원삼기, 강개 등이 있다. 그중 왼팔, 오른팔 역할을 하는 것이 장념과 형주량이었다. 강만철은 다이얼을 돌려 히로시를 불렀다. 히로시가 방으로 들어왔다.

　"전화하셨습니까?"

　그는 강만철이 김원국에게 보고한 것을 짐작하고 있었다.

　"형님 말씀이 우리도 저쪽을 치고 나가라는 것이셨소. 기습 공격으로 정신을 들게 하라고 했는데 상대를 누구로 정해야 할지 그걸 상의하고 싶습니다."

히로시가 긴장한 얼굴로 머리를 끄덕였다.

"이제까지 우리가 당하기만 했으니까 그것도 효과가 있을 겁니다. 기습할 줄은 생각도 못 할 거요."

히로시도 동의했다.

"그럼 누가 좋겠소?"

"내가 보기엔 장넘이오. 엠퍼러호텔이 그놈 본부인데 해리슨의 두뇌 역할을 하고 있어요. 그놈만 치면 해리슨도 기가 꺾일 겁니다."

강만철이 머리를 끄덕였다. 그도 장넘에 대해서는 귀에 못이 박히도록 들어왔다. 해리슨과는 젊었을 때부터 같이 일해온 사이로 머리 회전이 빠르고 조직력이 강한 사내였다.

점심을 마치고 강만철과 히로시는 간부들을 불러 모았다.

방에 모인 간부들에게 강만철은 앞으로 해야 할 일을 간략하게 말했다. 이제는 우리가 선제공격을 하겠다고 선언하자 분위기가 술렁거렸다.

"히로시 형과 상의해 본 결과 장넘이를 치기로 했다. 그래서 지원자를 뽑아야겠는데……."

"저요."

장갑수가 말이 끝나기도 전에 나섰다.

"아니, 내가."

김일두가 장갑수를 바라보며 말했다. 그는 장갑수가 대뜸 나서자 언짢은 모양이었다.

"우리 측에서는 저밖에 없습니다."

하치야가 웃으며 말했다.

"이봐, 왜 형님 말이 끝나기도 전에 나서고 그래?"

김일두가 장갑수에게 투덜거렸다.

"어쨌든 내가 먼저야."

장갑수는 물러서지 않았다. 일본 측에서는 그들이 무엇 때문에 다투는지 아는 모양인지 웃으며 그들을 바라보았다. 장갑수는 김일두가 특전단 대위 출신이라고 뽐내는 것이 보기 싫었기 때문이다. 그는 언제고 한번 김일두에게 자신의 실력을 보여주려고 벼르는 중이었다.

"그럼 갑수가 준비해라."

강만철이 말했다. 그도 그들 사이의 미묘한 감정을 알고 있었으나 모른 척했다.

"그럼 갑수와 하치야가 조장이 되어서 장념을 공격하기로 한다."

강만철은 히로시를 바라보았다.

"인원은 몇 명 정도가 좋겠습니까?"

"각각 열 명 미만으로 하지요. 기습이니까 많을 필요가 없습니다."

"우선 그쪽 장념이 있다는 엠퍼러호텔을 정찰이라도 해야 하지 않겠습니까?"

"물론이지요."

이제야 서로 연합했다는 의식이 작용하고 있는 것 같았다.

강만철과 히로시의 말투가 팽팽해졌고, 그것을 듣고 있는 간부들도 온몸으로 긴장감과 함께 연대감이 흐르는 것을 느꼈다. 강만철은 문득 기습이 성공하든 실패하든 간에 이런 공동 의식이 중요한 것 같다는 생각이 들었다.

해리슨 리키는 50대 중반으로 혈색이 좋았다. 알맞게 살이 찐 몸에 철저하게 건강관리를 하고 있어서 체력도 뛰어났다. 지금도 젊은 사내 한둘 정도는 거뜬하게 때려눕힐 수 있었고 젊은 여자를 끼고 자야만 활력이 솟았다. 정력도 출중해서 하룻밤에 두 여자를 녹초로 만들 수도 있었다.

그는 20층의 자기 방 창가에 서서 밤거리의 야경을 내려다보았다. 이제 3개월 정도만 지나면 열두 개의 회사가 그의 손아귀에 쥐어질 참이었다. 그런데 갑자기 한국에서 김원국이 나타난 것이다. 그는 김원국에 대해서 잘 알고 있었다. 오야마의 일본 세력들을 상대하다 보니까 그와 작년에 피비린내 나는 싸움을 치른 김원국에 대해서 듣게 되었던 것이다.

그놈이 오야마와 손을 잡다니. 해리슨은 김원국이 괘씸하기도 했지만 오야마의 처세에 혀를 찼다. 병신 같은 놈, 이제는 오야마의 수족이 되었구나. 해리슨은 김원국을 경멸했다. 역시 조그마한 반도인이라 우리 중국인처럼 통이 크지 못하다. 만일 홍콩에 온다면 여기서 숨통을 끊어주겠다.

해리슨은 창가에서 물러나 가죽 소파에 깊숙이 몸을 묻고는 방을 둘러보았다. 화려하면서 품위 있게 꾸며진 방이었다. 한쪽 구석에 세워진 커다란 항아리는 진시황이 쓰던 술독이었다. 수백만 달러는 갈 것이다.

그는 홍콩을 장악하고 있었지만 그것은 꿈의 일부분에 지나지 않았다. 이제 중국이 홍콩을 돌려받으면 해리슨은 재력과 능력을 인정받아 명실상부한 홍콩의 지배자가 될 것이다. 그다음 순서는 중국의 지도층으로부터 암시를 받은 대로 북경이다.

해리슨은 옆에 놓인 전화기를 집었다. 버튼을 누르자 장녑이 전화를 받았다.

"난데. 그쪽 오리엔트호텔을 잘 감시해. 그곳은 자네가 맡아. 알았어?"

—염려 마십시오.

장녑이 공손히 대답했다.

그들은 저녁 무렵의 전체 회의 때도 이야기를 나눴었다. 그러나 해리슨은 다시 한 번 다짐을 받고 싶었던 것이다. 전화기를 내려놓은 해리슨은 사무실을 나왔다. 두 명의 경호원이 그의 뒤를 따랐다. 엘리베이터 앞에도 경호원이 서 있었다.

그는 전용 엘리베이터를 타고 지하 차고로 내려갔다. 엘리베이터 문 앞에 두 명의 경호원이 서 있었다. 차가 굴러와 그의 앞에 멈췄는데 미국에서 특수 제작된 방탄 링컨 컨티넨탈이었다. 경호원들이 탄 차가 컨티넨탈 뒤에 와 멈췄다.

"해밀턴호텔로 가자."

차에 오른 해리슨이 말했다.

호텔 특실에서 리첸이 기다리고 있을 것이다. 한창 날리는 모델이자 배우인 그녀의 나긋나긋한 몸매를 생각하자 기분이 조금 풀렸다.

장갑수와 하치야는 엠퍼러호텔의 건너편 음식점에 앉아 있었다. 그들은 호텔을 들락거리는 사람들을 주시하고 있는 중이었다. 호텔의 아래층은 나이트클럽이었다. 수많은 젊은 커플이 클럽의 현관 앞에 진을 치고 있었다.

"일고여덟 명 정도 있군. 저기 저놈들 하고, 저쪽의 현관 앞에……"

하치야가 손으로 가리켜 보였다. 이제 장갑수도 낯이 익은 얼굴이 보인다. 그러나 어느 놈이 어느 놈인지 도무지 분간하기 힘들었고 그놈들의 얼굴을 모두 머릿속에 넣으려면 몇 년이 걸릴 것 같았다.

"장녑인가… 그놈은 도대체 어디에 있는 거야?"

장갑수가 물었다.

"글쎄, 보통 때는 사무실에 있던데… 10층의 클럽에 있을 수도 있고……"

장갑수가 혀를 찼다.

"이게 무슨 꼴이야? 제기랄! 하치야, 우리 호텔에 들어가 보자구."

"안 돼. 오늘은 장녑이가 어디 있는지 확인만 하고 가야 돼. 형님의 지시야."

하치야가 정색을 하고 말했다.

"아니, 여기서 그놈이 어디에 있는지 알 수가 있나? 무조건 호텔 안에 있다고만 할 거야? 그놈이 호텔에 있는 것도 확인하지 못했잖아?"

"이봐, 그놈들한테 걸리면 괜히 시끄러워진단 말이야."

"시끄러우면 어때? 겁나?"

하치야의 얼굴이 순식간에 붉어졌다. 그는 눈을 부릅뜨고 장갑수를 쏘아보았다.

"이봐, 말조심해. 허를 뽑아버리기 전에. 난 너 같은 놈한테 무시받을 사람이 아냐."

"뭣이? 허를 뽑는다구? 이런 개새끼가?"

장갑수가 마지막 욕설은 한국어로 하면서 와락 하치야의 멱살을 잡았다. 하치야가 같이 장갑수의 멱살을 잡았다. 그들은 서로 멱살을 잡은 채 씨근거리며 노려보았다.

그러나 적지가 지척인 이곳에서 소동을 부려 그들에게 발각될 만큼 어리석지는 않았다. 하지만 경쟁의식이 있는 데다 아직 서로를 잘 알고 있지 못했다. 웃으며 넘길 수 있는 말 한마디에도 자존심을 내세운 것이다. 이윽고 그들은 멱살을 쥔 손을 풀었다.

"그럼 내가 들어가 볼 테니까 하치야, 너는 여기서 기다려."

장갑수가 일어서며 말했다.

"그렇다면 나도 간다."

하치야가 자르듯 말하면서 따라 일어섰다. 그들이 호텔 안으로 들어섰을 때 주목하는 사람은 없는 것 같았다.

장갑수는 로비의 사람들을 헤치고 2층으로 오르는 계단 앞에 섰다. 붉은 카펫이 나선형 계단에 깔려 있었다. 잠시 좌우를 둘러보던 그는 계단을 밟고 2층으로 올랐다. 2층에는 연회장이 있었으나 사람들의 왕래가 적었다. 뒤를 돌아보자 하치야가 시치미를 떼고 따라오고 있었다.

안쪽에 사무실이 보였다. 문은 반쯤 열려 있었고 서너 명의 사내가 문 앞의 소파에 앉거나 서서 잡담을 나누고 있었다. 장갑수는 2층의 한복판에 있는 기둥가의 의자에 털썩 앉았다.

젊은 여자가 그를 힐끗 바라보았다.

사무실 입구가 정면으로 보였다. 장갑수는 사무실을 바라보면서 움직이지 않았다. 뒤따르던 하치야가 어처구니가 없는 듯 잠시 멍한 얼굴로 그를 바라보다가 어금니를 질끈 물었다. 그는 장갑수를 스쳐 지나면서 말했다.

"나는 10층으로 간다."

하치야는 엘리베이터 앞에 서서 단추를 눌렀다. 10층의 클럽은 회원제였다. 문은 열려 있었으나 지배인이 문 앞에 서 있었다. 하치야는 그 앞으로 다가갔다.

"일본 은행의 나카무라 지점장을 만나러 왔소. 오늘 여기에서 약속이 있어."

"아, 나카무라 지점장님은 아직 안 오셨는데 들어가 기다리시죠."

"그럴까?"

하치야는 나카무라가 클럽의 회원인 것을 조사해 놓고 있었다. 클럽엔 사람이 많았다. 안쪽에서 음악이 흘러나왔고 조그만 무대가 보였다. 하얗게 비치는 조명 아래 여자 하나가 나체로 춤을 추고 있었는데 주변 사내들은 느슨한 자세로 둘러앉았다.

하치야의 클럽을 휘둘러보던 시선이 무대의 왼쪽 원탁에 앉은 세 명의 사내에게서 멈췄다. 장념이 두 사내와 함께 앉아 있었다. 그 옆에 그의 경호원 세 명이 앉아 있었으나 무대 위의 여자에게 정신이 팔려 있었다. 하치야는 몸을 돌려 입구로 나왔다.

"잠깐 나갔다 와야겠어."

지배인에게 말하고는 엘리베이터를 탔다. 2층 의자에 장갑수가 아까 그 자세 그대로 앉아 있는 것이 보였다.

*　　　　　*　　　　　*

도서관 앞의 잔디밭에 학생들이 제각기 편한 자세로 앉아 있다. 드러누워 있는 학생도 보였고 둘러앉아서 무언가를 도의하는 그룹에서는 웃음소리가 났다.

장민애는 잔디 위에 앉아 책을 읽고 있었다. 오후의 햇살이 기분 좋게 온몸에 와 닿는 사월 초의 날씨였다. 문득 머리를 든 그녀는 잔디밭을 가로질러 다가오고 있는 사내를 보았다. 사내는 장민애에게 시선을 준 채 곧장 걸어오고 있었는데 시선이 마주치자 씨익 웃었다.

과 선배인 한중권이었다. 제대하고 얼마 되지 않았기 때문인지 아직 피부는 검게 탔고 머리도 짧다.

"너 오늘 강의 없지?"

옆에 앉으며 그가 물었다.

"응, 왜?"

한중권은 여학생들에게 인기가 있었다. 여자 친구도 꽤 있는 것으로 알려진, 조건을 제대로 갖춘 사내였다.

"나하고 드라이브나 하자. 답답한 데 앉아 있지 말고 밖으로 나가자. 군대 생활하면서 다른 건 다 견디겠는데 밖에 마음대로 못 나가는 게 제일 힘들었어."

"난 싫어. 여기 있다가 집에 갈 거야."

한중권은 적극적이었고 장민애도 시원스런 성격의 그가 마음에 들었다.

"정말 싫어?"

한중권이 확인하듯이 묻자 그녀는 머리를 끄덕였다.

"너 혹시 남자 기피증 아니냐? 나 같은 놈의 청을 거절하다니 믿기지가 않아서 그래."

"착각하지 마."

한중권은 일어서서 가방을 들었다.

"어쨌든 난 근질거려서 앉아 있지 못하겠어. 그럼 내일 봐."

장민애는 끄덕이며 그의 뒷모습을 바라보았다. 대범한 척 일어섰으나 그는 자존심이 상했을 것이다.

장민애는 가방에 책을 챙겨 넣었다. 불현듯 김원국 생각이 난 것이다. 그와 만난 지 한 달이 넘었다. 그동안 세 번 전화 통화를 했을 뿐 무엇이 바쁜지 만날 시간도 만들지 못하는 모양이었다.

"야, 이 새끼야, 운전 잘혀! 또 처박지 말란 말여!"

조웅남이 으르렁댔다.

차가 신호에 걸려 급브레이크를 밟았던 것이다. 운전을 하던 김세덕은 조웅남의 기분이 더러운 걸 알고 있었으므로 조심하고 있었다.

"정말 죄송합니다, 사장님."

옆에 앉은 30대의 여자가 조심스럽게 말했다. 짧게 자른 머리에 검은 테 안경을 끼고 있어서 첫눈에 선생같이 보였는데 실제로 선생님이었다. 지금 조웅남은 영문도 확실히 모르는 채 병원으로 끌려가고 있는 것이다.

30분 전이었다.

그의 사무실에 중학교 국어 선생이라는 김경숙 씨가 찾아온 것이다. 조웅남 씨를 찾은 그녀는 그가 있는 사장실로 안내되자 물었다.

"사장님이 제 동생을 구해주셨나요?"

"그게 무슨 소리여?"

"열흘쯤 전에 영동에서 제 여동생이 차에 끼여 있을 때, 그때 빼내주셨다면서요?"

"아, 그거. 아따, 차가 종이처럼 쭈그러졌드만."

"제 동생 좀 만나주셨으면 해서요. …예의가 아닌 줄 압니다만, 한 번만 만나주시면 고맙겠어요."

그렇게 된 일이었다.

차는 조심스럽게 달리다가 갑자기 속력을 냈다가 하면서 달렸는데 때때로 조웅남이 심통을 부렸기 때문이었다. 차는 병원에 와서 멈췄고 김세덕은 한숨을 내쉬었다. 여자는 12층 특실을 차지하고 있었다.

"경지야, 경지야, 모서 왔다."

김경숙이 눈을 감고 있는 여자에게 소리쳤다. 침상가에 대학생으로 보이는 앳된 사내가 앉아 있다가 주춤대며 일어나 조웅남을 바라보았다.

김경지의 온몸은 깁스에 덮여 있었는데 창백한 얼굴이었다. 머리칼이 베개 위에 어지럽게 흐트러져 있었다.

"경지야, 경지야."

김경숙이 부르자 여자가 눈을 떴다. 여자의 맑은 눈길이 방 안을 헤매다가 조웅남에게 와서 멈췄다. 잠시 동안 여자는 조웅남을 바라보았다. 그러더니 여자의 창백한 얼굴이 조금씩 붉어졌고 두 볼이 빨갛게 되었다.

"저희들은 나가 있을게요. 사장님, 잘 좀 부탁합니다. 우리 경지가 기운을 내도록 도와주세요."

김경숙이 다시 말했다.

"언니."

김경지가 조그맣게 그녀를 불렀다.

"부탁합니다."

김경숙은 그녀의 나무라는 듯한 부름을 무시한 채 조웅남에게 다시 말하고 동생인 듯한 사내를 데리고 방을 나갔다.

"뭐여? 어디가 아픈 거여?"

조웅남이 다가앉아 물었다. 그의 목소리가 병실을 울렸다. 김경지는 보일 듯 말 듯한 미소를 지었다.

"이거 석고만 떠면 되겠고만. 안 그려?"

조웅남이 김경숙에게 듣기로 김경지는 중태였다. 충격으로 창자가 밀려 내려온 상태라는 것이다. 그리고 문제는 뭘 먹으려고도 하지 않고 살려는 의욕을 상실했다는 것이었다. 그러던 그녀가 언니에게 조웅남의 이야기를 한 모양이었다. 뭐라고 이야기했는지는 말하지 않았다.

"뭘 먹을라고도 안 헌다면서?"

조웅남이 물었지만 그녀는 잠자코 시선만 주었다.

"그러고 나를 찾았어? 왜? 신세 갚을라고? 내싸둬. 나도 사장여. 돈 많어."

"……."

"왜 안 먹을라고 허는 거여? 그게 다 호강에 질려서 그려. 왜, 죽을라고? 뭣 때미? 세상 살아가는 것이 얼매나 힘든지 알어? 지기미……."

말을 하다 보니 앞뒤가 맞지 않았으므로 조웅남은 입을 다물었다. 그러다가 울컥 화가 치밀었다. 특실에 누워 껠껠대는 그녀가 꼴 보기도 싫었다.

"야, 나는 말여. 먹고살라고 죽을 고비를 열 번도 더 넘긴 사람여. 먹고살라고 말여. 죽는 게 겁났지. 암먼, 죽어서 썩어삐리면 무슨 소용여? 씨발, 그래서 죽기 아니면 살기로 뛰어댕겼어. 목숨을 걸었단 말여, 볼텨?"

조웅남은 상의를 벗고 넥타이를 풀어 던졌다. 와이셔츠를 벗어 내던지자 울퉁불퉁한 근육에 싸인 드럼통 같은 상체가 드러났다.

"자, 이것 봐."

젖가슴에서부터 배에까지 찢기고 터진 상처가 흉측하게 나 있었다. 10여 군데나 되었다.

"목숨을 걸고 댕겼어. 별놈이 많었어. 여자 팔어먹는 놈, 칼 잘 쓰는 놈, 친구 등쳐 먹는 놈. 나는 나쁜 짓은 안 혔어. 다 먹고살라고 이러는디 거그는 특실에 누워서 밥을 안 먹을라고 헌담서?"

조웅남은 입을 다물었다. 그림처럼 누운 그녀가 자신을 바라보고만 있었기 때문이다. 싱거워진 조웅남은 자신의 벗은 몸을 내려다보았다. 혀를 찬 그는 와이셔츠를 주워 몸에 걸쳤다.

"저, 밥 먹겠어요. 걱정 끼쳐 드려서 미안합니다."

그녀가 입을 열었다.

"그려, 식구들 속 썩이지 마. 나는 갈 꺼여."

조웅남이 일어섰다.

"다시 와주시겠어요?"

그녀가 물으므로 조웅남은 마주 보았다.

"오늘은 피곤해서… 저 밥 많이 먹고 기운이 났을 때 절 보러 와주세요. 할 이야기가 많아요."

"나한티?"

조웅남이 의아한 듯 물었다.

"네, 약속하시죠?"

조웅남은 혀를 찼다.

"그려."

"그럼 다음 주 수요일이에요. 기다릴게요."

김경지는 눈을 감았다. 얼굴에 홍조가 어려 있었으나 평온해 보였다. 조웅남은 방문을 열고 나갔다.

제5장

기습

밤의
대통령

집 근처에 슈퍼마켓이 하나 있었는데 위치가 좋았다. 근처에 비슷한 가게도 없었고 바로 지척에 아파트 단지가 있었다. 최갑태가 부동산 사무실에 찾아가서 부탁하자 바로 그 슈퍼마켓이 매물로 나와 있었다. 주인이 부산으로 내려가기 때문이라는 것이었다.

최갑태와 주인은 당장에 흥정이 되었다. 재고품까지 포함해서 1억 1천만 원에 인수하기로 합의를 본 것이다. 최갑태의 아내가 뛰어오를 듯 기뻐한 것은 물론이고, 온 가족이 생기에 찼다. 다음날부터 주인만 바뀐 채 영업을 시작했는데 경리를 보아왔던 점원이 한 명 남아 있어서 최갑태의 아내와 최지영이 당분간 함께 슈퍼를 관리하면서 배우기로 했다.

최갑태는 당신은 가게 걱정 말고 회사에 나가보라는 아내의 권고를 묵살하고 슈퍼에 눌어붙어 있었다. 아내에게는 친구에게 얘기해서 당분간 휴가를 얻었다고 말했다.

첫날은 50만 원도 못 되게 팔리더니 차츰 손님들과 낯을 익히고 구비할 물품들을 들여놓자 열흘쯤 지나서는 하루 평균 1백만 원이 되었다.

배달원을 고용하고 중고 오토바이를 샀다. 하루 매상이 200만 원이 되어야 했다. 한 달이 지나면서부터 하루 매상이 150만 원을 넘고 있었다. 최갑태의 아내는 신바람이 났다. 욕심을 부려 하루 매상 200만 원을 두 달 안에 올리겠다고 의욕을 부렸다.

새벽에 일어나 6시에 문을 열고 밤 10시에 문을 닫지만 고된 줄을 몰랐다. 이득이 나기 시작한 것이다. 하루 매상 200만 원이 되면 경비를 제하고도 월 순이익이 2,000만 원이 되는 것이다.

그러던 어느 날 최갑태는 김정도가 자신을 찾는다는 연락을 받았다. 집을 이사한 후로 전화번호도 바꾸었으나 그들에게는 알려주지 않았다. 손을 털고 싶었던 것이다.

죄책감을 느끼고 있는 데다 자신의 행동을 합리화시켜 자위하는 데 시간이 꽤 걸렸다. 이제는 그 짓을 반복하고 싶지 않았다. 틀림없이 꼬리가 잡힐 일이었고 그러한 상황이 되었을 때 아내와 자식들을 볼 수가 없을 것이다. 그들에게서 다시 찾은 존경과 사랑의 감정을 잃고 싶지 않았다. 그들이 남편으로서, 아버지로서 자신을 부끄럽게 생각한다면 차라리 죽어 없어지는 편이 낫다고 생각했다.

우연히 시내의 기원에 들렀다가 그의 전갈을 받은 최갑태는 망설이다가 김정도에게 전화를 했다. 김정도는 무조건 만나자고만 했다. 최갑태는 어쩔 수가 없었다. 무조건 피한다고 될 일이 아니었다.

"이봐, 한잔 쭈욱 들이켜란 말이야. 그동안 술도 끊은 거야, 뭐야?"

김정도가 재촉했다. 그는 이미 얼굴이 붉게 달아올라 있었다.

영동의 룸살롱이었다. 번쩍이는 샹들리에부터 가죽 소파에 육중한 티크 탁자까지 모두 값지게 보였다. 김정도는 이 집의 단골인 모양으로 마담으로부터 지배인까지 그에게 굽실대고 있었다.

"야, 이년아. 너는 뭘 해? 사장님한테 술 권하지 않고?"

김정도가 이제는 최갑태의 옆에 앉은 아가씨를 꾸짖었다.

"그래, 마실게. 그런데 웬일이야. 날 보자고 한 이유는?"

최갑태가 술잔을 들며 물었다.

"제기, 술이나 마셔. 천천히 얘기할 테니까."

김정도가 그를 쏘아봤으므로 최갑태는 이차 싶어 입을 다물었다. 아가씨들 앞에서 할 이야기가 아닐 것이다. 최갑태는 술잔을 들어 한 모금 술을 삼켰다.

"너희들, 10분만 나가 있다 와."

김정도가 아가씨들에게 말했다. 얼굴도 붉게 상기되었고 눈이 번들거렸다. 아가씨들이 일어서서 문을 닫고 나갈 때까지 기다리던 김정도가 입을 열었다.

"큰 건이 하나 있어."

탁자 위에 두 팔을 짚은 김정도가 최갑태를 노려보며 말을 이었다.

"아주 큰 놈이야. 지난번보다 몇 배, 몇십 배 크단 말이야."

"난 그만두겠어."

예상하고 있던 터라 최갑태가 잘라 말했다.

"흥."

김정도는 놀라지 않았다. 가볍게 코웃음을 치고는 피식 웃었다.

"야, 갑태야, 넌 직장 생활도 오래했고 우리에게 꼭 필요한 사람이야. 너하고 나하고는 고등학교 동기 동창이다. 손발이 맞는단 말야. 배신할 염려도 없고……."

"부탁이다. 난 이제 그런 짓 싫다. 그만두게 해줘."

"안 돼."

김정도가 단호하게 말했다.

"나도 부탁 하나 하자. 이번 일만 같이하고 나도 손을 털겠다. 맹세할 수 있어. 이번 일은 꼭 믿을 만한 놈이 필요하단 말이야. 손발이 맞는 너 같은 놈이 말이야."

"너, 지난번에도 그랬잖어? 딱 한 번으로 끝내주겠다고."

"사정이 그렇게 되었지만, 정말 이번이 마지막이다. 부탁한다. 야, 너 아니면 믿을 놈이 없어서 그래."

"글쎄, 봐줘. 난 못 하겠어."

"야, 그까짓 슈퍼 하나 차리고 최갑태가 끝나는 거야? 3천만 원짜리 전셋집으로 만족하냐?"

"……."

최갑태는 김정도를 노려보았다. 그가 알고 있으리라고는 생각지도 못했던 것이다.

"우린 같은 배를 탄 거야. 너, 내가 잡혀가면 너도 온전할 것 같으냐? 돈을 어떻게 썼느냐를 취조당하면 어쩔 수 없이 너도 나타나게 돼. 다른 놈들은 말할 것도 없어. 이미 우린 더럽혀진 거야, 인마."

최갑태는 이를 악물었다. 이것은 협박이다.

"그리고 이렇게 생각해 봐. 너도 성실하게 살려고 노력했던 놈이야. 내가 잘 알아. 그런데 누가 인정해 주더냐? 성실하고 정직하게 살았다고 누가 표창장이라도 줘? 돈 번 놈들 봐라. 도둑질 안 한 놈이 어디 있니? 거짓말 않고 사기 치지 않고 돈 번 놈 봤냐? 높은 놈들하고 짜고는 땅 사두었다가 떼부자 된 놈들. 그래서 흥청망청 돈을 풀면서 돈 없는 사람 살맛 떨어지게 하는 놈들. 그 놈들이 돈 없는 사람, 사람 취급하더냐? 나는 분하더라. 재주 없고 운 없어서 이렇게 되었지만 그놈들한테 빚 갚고 싶더라."

"거짓말 말어. 너 그렇게 돈 벌어서 그놈들하고 똑같이 쓰고 있어. 그렇게 하려고 사기 치는 거야."

"그놈들 돈은 괜찮아. 나는 죄책감이 없어. 갑태야, 그렇지만 이번이 마지막이다. 사슴이나 기를 테야. 정말이야."

"……."

최갑태는 입을 다물고 잠자코 시선을 돌렸다. 가슴에 통증이 일어난 것 같았고 온몸의 힘이 빠졌다. 김정도는 언제나 처음이자 마지막 인생을 살고 있었고 그 줄 위에 자신도 얹혀 있는 것처럼 느껴졌다. 그러나 이 짓은 결코 다시 하지 않을 것이다. 그러려면 차라리 죽을 작정이었다.

"어서 들어와."

김중오 검사가 싱글거리며 문을 열었다. 그는 와이셔츠 차림에 언제나처럼 맥주잔을 손에 들고 있었다.

"오늘은 웬일이야? 먼저 전화를 다 하고."

그는 붉어진 얼굴로 차영화의 옆에 앉았다. 그의 콧잔등 위에 조그맣게 땀방울이 맺혀 있었다.

"그동안 더 아름다워졌어. 볼수록 섹시하단 말이야."

그의 시선이 그녀의 다리와 가슴을 훑었다.

"저, 상의를 하러 왔어요. 문제가 생겨서 그래요."

차영화가 입을 열었다. 그녀의 기색이 심상치 않자 그는 맥주잔을 탁자 위에 내려놓았다.

"무슨 일이 있어?"

"네, 사기당한 것 같아요."

"사기? 얼마나?"

그의 얼굴이 굳어졌다.

"10억."

"10억?"

김중오가 둥그렇게 뜬 눈으로 그녀를 바라보았다. 차영화는 입술을 깨물었다. 그가 놀라는 것을 보자 새삼스럽게 분하고 억울했던 것이다. 김중오는 차영화의 이야기를 주의 깊게 들었다.

"영화가 알고 있는 것은 그놈들의 얼굴밖에 없단 말이군."

그는 한참 후에 입을 열었다.

"그리고 두 달이 지났단 말이야? 허어, 참."

"……."

김중오는 머리를 저었다.

"이봐, 차 사장. 어렵겠어. 그놈들은 전문가야. 수표 추적할 필요도 없어. 서너 시간만 지나도 그것은 몇 번씩 굴려져서 추적이 안 돼. 더욱이 두 달이 지나서 이젠 인상착의만 가지고는 힘들어."

"……."

"더구나 공식적으로 사기당했다고 할 수도 없겠어. 이건 차 사장 생각해서 하는 소린데, 그랬다간 약점이 있으니까 10억을 추징금이랍시고 사기당하지 않았겠느냐고 말들이 나올 거야. 세무서에서도 즉각 달려올 것이고."

차영화는 입술을 깨물었다. 그것을 모르는 것이 아니었다. 그녀는 그가 다른 방법을, 별도의 방법을 동원해서 자신을 위해 힘써주었으면 했다. 경찰을 동원하든 검찰을 움직이든 알 바 아니었다. 그의 힘으로 사기단을 잡아주었으면 하는 바람이 있었던 것이다.

그러나 그의 말을 듣고 나자 그것은 불가능했다. 그의 능력이 닿지 않기도 했겠지만 그녀가 생각했던 대로의 김중오가 아니었다. 그녀를 위해서라면 무슨 일이든지 해낼 것 같았던 그가 아닌 것이다. 김중오는 팔을 들어 차영화의 어깨를 감싸 안았다.

"내가 사람을 시켜 알아보지. 물론 비공식으로 말이야."

그는 공식적인 일을 처리하는 데도 바쁜 사람이었다.

"저, 갈 데가 있어요."

차영화는 그의 손을 어깨에서 내려놓았다.

"제가 다시 전화드릴게요."

그녀가 제일실업을 찾아냈을 때는 오후 3시가 넘어 있었다. 한 시간이 넘게 근처를 헤맸다. 전에 납치되었을 때는 정신이 없었기 때문이다. 사무실 문 앞에 다가선 그녀는 문득 조웅남의 짐승 같은 태도와 말투가 떠올랐고, 그 수모를 받으니 차라리 돌아갈까 생각해 보았다. 그러다가 마음을 고쳐먹었다. 김원국의 알아낼 수 있겠다는 말을 기억하고 있는 것이다. 그가 찾아내 준다면 충분히 사례를 할 작정이었다.

사무실은 활기차 보였다. 전화벨 소리, 타이핑 소리, 말소리로 시끄러웠다. 차영화는 뒤쪽의 사내에게 다가갔다. 그가 얼굴을 들었으나 그는 잠깐 동안 누군지 기억나지 않은 것 같았다.

"저, 지난번에 제가 여기에……."

그제야 그는 얼굴에 웃음을 띠었다.

"몰라봤습니다. 여기 앉으시죠."

그는 옆에 놓인 의자를 밀어놓았다.

"그런데 웬일이십니까?"

자리에 앉자 그가 물었는데, 생긴 것과는 달리 교양도 있어 보였다.

"저, 사장님은 안 계세요?"

차영화가 사장실을 눈으로 가리키며 물었다.

"아, 형님 말씀입니까?"

"그분이 사장님 아니세요?"

"아뇨, 여기 사장님은 다른 분입니다."

차영화는 이맛살을 찌푸렸다. 사장도 아닌 사람이 사장실에 앉아 사장 행세를 한 것 같았다. 다시 머릿속이 어지러웠다.

"그럼 그분은 누구세요? 사장도 아닌 분이 왜?"

김칠성이 피식 웃었다.

"그저 형님이죠."

"형님?"

"사장님 위에 계신 분입니다."

"그럼, 회장……?"

"우린 사장님 위가 형님입니다."

차영화는 손바닥으로 이마를 짚었다.

"아무튼 그분을 뵈었으면 좋겠어요. 지금 계세요?"

"안 계십니다."

"저, 차영화라고… 영화상사의 사장이에요. 만나게 해주실 수 없나요?"

"지금은 안 됩니다. 연락처를 적어주시면 제가 바로 형님께 연락을 드리도록 하겠습니다."

차영화는 직통 전화번호를 적어 그에게 주었다.

"전화번호하고 이름만 적으셨는데, 이렇게 전하고 전화드리라고 할까요?"

김칠성이 친절하게 물었다.

"네? 네, 꼭 전화 부탁드린다구요."

차영화는 자리에서 일어섰다. 세상에서 의지할 사람도, 믿을 사람도 없어진 것 같은 기분이 들었다. 그런 수모를 당하고서도 이렇게 찾아와 그에게 부탁한다는 것도 부끄러웠다. 그렇지만 김원국에게 모욕을 당한 것에 대해서 분한 마음은 들지 않았다.

오히려 시간이 지날수록 그 심한 말이 진솔하게 가슴에 와 닿는 것이다.

*   *   *

"이봐, 장녀이는 클럽으로 올라갔어."

하치야가 다가와 말했다.

"클럽에 들어간 걸 확인한 부하 한 놈한테서 연락이 왔어."

장갑수는 식당 안을 둘러보았다. 그가 다섯 명을 데리고 왔고
하치야가 일곱 명을 거느리고 있다. 열두 명으로 장녀을 치는 것
이다. 그들은 긴장하고 있었다. 10여 일간의 긴장 끝에 오늘 밤 전
쟁이 시작되는 것이다.

"하치야, 알지? 조무래기들은 놔둬. 장녀이 한 놈만 노리고 쳐
들어가는 거야."

하치야가 이맛살을 찌푸렸다.

"이봐, 나도 명색이 보스야. 형님 지시를 어길 것 같나? 자네나
조심하라구."

사전에 계획을 치밀하게 세웠으나 그들은 그래도 불안했다. 장
갑수는 시계를 들여다보았다. 밤 10시 5분 전이었다.

"자, 그럼 내가 먼저 간다."

장갑수가 일어나며 말했다. 다섯 명의 한국인은 흩어져서 음식
점을 나왔다. 길 건너편의 엠퍼러호텔의 네온사인이 휘황하게 빛
나고 있었다. 그들은 엠퍼러호텔의 옆 건물로 들어갔다. 사무실
빌딩이었으므로 건물을 들락거리는 사람들이 적었다.

1층 로비에 경비원 두 명이 한가하게 오락가락하고 있었다. 그

들은 경비원 옆을 지나 엘리베이터에 올랐다. 부하 한 명이 10층 단추를 눌렀다. 몇 사람이 타고 있다가 5층과 7층에서 내렸다.

10층에서 내린 그들은 다시 비상계단을 타고 옥상으로 올라갔다. 옥상으로 통하는 문은 열려 있었다.

"자, 서둘러라."

장갑수가 말하며 건너편의 엠퍼러호텔을 바라보았다. 엠퍼러호텔도 같은 10층 높이였으므로 두 빌딩은 나란히 서 있었다. 빌딩과 빌딩 사이는 5미터쯤 되었다. 부하들이 서둘러 다가와 옥상 바닥에 사다리와 나무 조각들을 내려놓았다. 조립 사다리였다. 그것들은 이틀 동안 조금씩 옥상에 모아놓은 것이었다.

장갑수는 시계를 내려다보았다. 하치야가 올라올 시간이 되었다.

"됐습니다."

주저앉아 사다리를 맞추던 부하들이 말했다. 두 개의 기다란 사다리가 놓여 있었다.

"자, 하나는 여기다 걸치고 다른 하나는 반대편에다 걸어놓고 고정시켜라."

미리 역할을 정해주었으므로 두 명의 사내가 사다리를 들고 재빠르게 일어섰다. 옥상으로 통하는 문에 사람의 그림자가 얼씬 보이더니 하치야가 사내 둘을 이끌고 왔다.

"됐나?"

다가온 그는 엠퍼러호텔 쪽을 보면서 소리 죽여 물었다. 옥상 위에까지 뻗쳐진 호텔의 대형 네온사인이 번쩍이고 있었다. 네온사인의 뒤편이라 판자와 어지럽게 얽힌 전선이 지저분하게 보였다.

장갑수의 부하가 조심스럽게 사다리를 엠퍼러호텔의 난간에 걸쳤다. 둘이서 사다리의 양쪽을 잡고 다른 한 명은 반대편 끝에 잡아맨 줄을 천천히 늦추면서 내려놓은 것이다. 다시 장갑수는 시계를 보았다. 10시 20분이었다. 10분쯤 전에 하치야의 부하 네 명이 호텔의 로비에서 시비를 걸며 소동을 일으키고 있을 것이다. 그들의 주위를 딴 곳으로 쏠리게 하려는 것이다.

"자, 가자."

하치야가 사다리 위에 올라섰다. 잠시 중심을 잡은 그는 성큼 성큼 사다리를 건넜다. 10층 아래는 주차장이었다. 시멘트 바닥이 었으므로 떨어지면 뻔한 일이 생길 것이다.

부하들이 뒤를 따르고 장갑수가 마지막으로 사다리를 건넜다. 모두 옥상의 문 앞에 몰려 있었다. 문의 자물쇠가 열려 있어서 아 래층의 소음이 희미하게 들렸다. 곧장 비상계단을 내려가면 클럽 이 나온다.

"자, 가자."

하치야가 다시 앞장을 섰다. 철문을 소리 죽여 열고 계단에 발 을 디뎠다. 계획대로 장갑수는 맨 끝이었다.

두 명을 사다리 감시로 남겨놓았으므로 모두 여섯 명이었다. 날렵한 차림새들이었다. 해리슨 측이 총과 무기를 쓰고 있으므 로 강만철은 휴대용 칼을 허용했다. 편리한 대로 칼이나 쇠로 된 짧은 파이프, 손가락에 끼울 수 있는 강철 장갑을 가진 자도 있었 다.

하치야의 눈에 제일 먼저 띈 것은 지배인과 그와 마주 서 있는 경호원이었다. 하치야가 달려가자 그들은 입을 쩍 벌리고 그들을 바라보았다. 경호원이 주춤하면서 허리춤에 손을 집어넣었다. 그러나 하치야의 발길이 날아 그의 턱을 부쳤다. 무의식중에 지배인이 몸을 구부렸으나 하치야의 뒤를 따라 달려온 장갑수의 부하가 그의 관자놀이를 쇠주먹으로 후려갈겼다. 나머지는 이미 클럽 안으로 달려 들어가고 있었다.

하치야의 시선이 장녑을 잡았다. 그는 며칠 전의 그 자리에 앉아 있었다. 클럽 안은 여자들의 짧은 비명 소리와 남자들의 고함 소리로 순식간에 아수라장이 되었다. 장녑과 관계가 없는 손님들은 재빨리 몸을 비켜서거나 오금이 굳은 듯 자리에 앉아 있었다. 부하 하나가 엘리베이터의 단추를 누르며 현관 앞에 남았으므로 클럽 안에 뛰어든 것은 다섯 명이었다. 맨 뒤에 따라온 장갑수는 클럽의 입구를 가로막고 선 채 날카롭게 상황을 관찰했다.

하치야는 일직선으로 장녑에게 달려가는 중이었다. 장녑의 주위에는 세 명의 경호원이 있었다. 그들은 당황하고 있었으나 장녑을 둘러쌌다. 하치야 쪽으로 좌측 무대 옆에서 두 명의 사내가 달려갔다. 앞장선 사내가 손에 쥔 권총이 보였다. 달려가면서 그는 권총을 겨누었다. 여자가 두 손바닥으로 얼굴을 가리면서 그의 앞에 있었다. 그는 여자의 어깨를 옆으로 밀었다. 여자를 치우면 하치야와의 사이에 장애물은 없게 되는 것이다. 하치야와의 거리는 10미터쯤 되었다.

장갑수는 주춤 물러서서 손에 든 당구공을 힘껏 그 사내에게 던졌다. 그는 중학교 때까지 촉망받던 야구 피처였었다. 파란색의 당구공은 직선으로 날아가 그의 왼쪽 눈 옆의 관자놀이에 맞았다. 따악 하는 소리가 들리는 것 같았다. 사내는 두어 걸음을 더 내딛는가 싶더니 의자를 안고 의자와 함께 땅바닥에 넘어졌다. 하치야가 껑충 뛰어오르면서 경호원의 배를 걷어찼다.

그제야 장념이 보였다. 벽에 붙어 서 있었다. 장갑수는 주머니에서 당구공 하나를 다시 꺼내 들었다. 부하들이 경호원들과 맞붙고 있었다. 만만한 놈들이 아니었다. 한 놈이 휘두른 칼에 하치야의 부하가 팔을 찔렸는지 주춤거렸다.

장갑수가 다시 당구공을 날렸다. 당구공은 칼을 든 사내의 코를 정통으로 맞혔다. 눈을 홉뜨면서 사내가 뒤로 넘어졌다.

하치야가 장념에게 다가섰다. 장념은 하치야에 가려 보이지 않았다. 장갑수의 귀에는 아무 소리도 들리지 않았다. 아마도 여자들의 비명 소리와 우당탕거리는 소리가 요란할 것이다.

무대 위의 나체 댄서는 잠시 엉덩이를 내밀고 엎드려 있다가 엉금엉금 기어서 무대 안쪽으로 들어갔다. 엉덩이가 흉하게 보였다.

갑자기 탕 하는 총소리가 났다. 장갑수가 퍼뜩 정신이 들어 주변을 둘러보았다. 경호원들은 모두 쓰러져 있었다.

경호원 한 명만이 이쪽 부하 둘에게 몰려 쓰러지기 직전이었다.

"아아악."

처음으로 비명 소리가 났다. 이제까지 장갑수 측에서 비명을 지른 자는 없었다. 장념의 경호원도 마찬가지였다. 하치야가 장념의 위에서 일어섰다. 옆구리를 손으로 누르고 있었다. 하치야의 뒤쪽으로 벽에 머리를 기대고 앉아 있는 장념이 보였다.

부하들이 뛰어나왔다. 하나, 둘, 셋. 세 번째 부하는 팔을 찔려 피투성이였다. 하치야가 마지막으로 다가왔다. 장갑수는 하치야가 자신을 스치며 지나간 후 클럽을 쏘아보고 서 있었다. 하치야의 걸음으로 계단을 다 올라갔으리라고 생각되자 장갑수는 몸을 돌려 현관으로 뛰어나갔다.

부하가 필사적으로 엘리베이터 단추를 누르고 있었다. 단추를 떼면 문이 열리고 안에 있는 녀석들이 쏟아져 나올 것이다. 계단을 보자 하치야 등은 보이지 않았다.

"자, 뛰어 올라가!"

장갑수가 소리치자 부하가 손을 떼고 계단 쪽으로 몸을 날렸다. 장갑수가 뒤를 따랐다. 계단을 반쯤 올랐을 때 엘리베이터가 열렸고 사람들이 쏟아져 나오는 소리가 들렸다. 어지럽게 고함을 치고 있었다.

장갑수는 계단을 올라가 철문을 닫았다. 하치야가 옆에 있었다. 부하가 빗장을 걸었다.

"자, 가자!"

남은 것은 두 명의 부하와 하치야, 장갑수였다.

"하치야, 괜찮아?"

하치야는 옆구리를 누르고 있었다.

"장녘이가 총을 쐈어."

장갑수는 그의 옆구리를 힐끗 보았다.

"그래, 장녘은?"

"가슴을 세 번 찔렀어."

죽었을 것이다.

"자, 가자."

부하들은 건너가 있었다. 하치야는 비틀거리며 사다리를 건넜
다. 철제문을 몸으로 부딪는 소리가 났다. 요란한 소리여서 빌딩
이 울리는 것 같았다. 장갑수는 두 걸음에 사다리를 건넜다. 기다
리던 부하가 사다리를 치웠다. 그들은 반대편으로 달렸다. 먼저
간 부하들은 9층짜리 옆 빌딩에 내려가 있었다. 부하들이 미끄러
져 내리고 하치야가 내렸다. 장갑수가 훌쩍 뛰어서 옥상 위에 내
리고는 사다리를 치웠다. 그들은 옥상의 문을 통해 아래로 달려
내려갔다.

                    *   *   *

창문을 조금 열자 초여름의 더운 바람이 휘몰려 들어왔다. 흙
과 풀 냄새가 섞인 바람이었다. 고속도로를 달릴 때는 이런 냄새
를 맡을 수 없을 것이다.

장민애는 창문을 조금 더 내렸다. 한중권이 그녀를 보더니 차
의 속력을 줄었다.

"고속도로보다는 국도가 좋아. 가끔 차가 밀려 짜증날 때도 있
지만 말야."

"맞아."

"길가에 볼 것도 많고, 그렇지?"

한중권의 표정은 밝았다. 오늘 아침에도 그는 장민애를 건드려
보았다. 며칠 동안 장민애의 얼굴에 그늘이 끼어 있어서 궁금하기
도 했다. 잠시 망설이는 듯하던 장민애는 그를 따라 나왔다. 기대

하지 않았던 터라 한중권은 기운이 났다. 지금까지 그의 마음을 이토록 뒤흔드는 여자를 만난 적이 없었다.

"저녁 8시까진 집에 돌아가야 돼."

장민애가 그를 보며 말했다.

"미리 김 빼지 마."

"왜? 그런 말 가지고 김이 빠지나, 뭐? 형은 보기보다 대가 약한 것 같애."

"상대 나름이겠지."

한중권은 액셀러레이터를 밟아 차의 속력을 올렸다.

"형, 내가 형의 데이트 신청을 번번이 거절하니까 오기가 난 것 아냐?"

장민애가 장난스레 물었다.

"글쎄."

가끔 그렇지 않나? 하고 혼자 생각해 보기도 했다. 그리고 그녀가 거절할수록 애가 탔던 것은 사실이었다. 그리고 점점 더 초조해지고 장민애를 원하는 감정이 더욱 증폭된 것도 사실이었다.

"잘 생각해 봐, 형. 이런 감정은 가끔씩 착각에 사로잡히기 쉽대."

"젠장."

"최면술 같다고 그래. 주입식 교육처럼 말이야."

"어이구, 김새는군."

한중권이 한숨을 쉬며 말했다. 여자에 대해서는 자타가 공인하는 도사였던 그는, 장민애에게 휘둘리고 있는 자신을 느꼈다.

"뭐랄까… 반복적 강조에 의한 자기최면. 그런 거에 빠지기 쉽다고 그래."

"뭐? 반복적 뭐라구?"

"반복적 강조에 의한 자기최면. 말하자면 나는 너를 좋아한다, 좋아한다, 사랑하는 것 같다, 사랑한다… 이렇게 수없이 자신이나 상대방에게 말하다 보면 그것에 빠져 버리는 거야. 실제로 사랑하고 좋아하는 것처럼 말야. 냉정해질 수가 없어."

"그거, 누가 그래?"

한중권이 속력을 줄이며 물었다.

"들었어."

"누구한테?"

"한때 최면에 빠졌던 사람한테."

장민애가 선배 언니에게 들었던 말이다.

"결과가 좋지 않았겠군."

"아니, 결과는 몰라."

한중권은 아산만의 제방가에 차를 세웠다.

"방법도 여러 가지군."

차에서 내려 바다 쪽을 바라보고 앉은 한중권이 말했다. 장민애는 그의 옆에 앉았다.

"무슨 방법?"

"견제하는 방법 말야."

장민애가 피식 웃었다.

"좌우간 너, 매력 있는 애야. 네 몸도, 네가 풍기는 분위기도 말야."

그는 장민애의 시선을 잡고 놓치지 않을 듯 눈을 떼지 않았다.

"듣기 좋은데?"

장민애는 시선을 돌렸다. 바다에는 두 척의 배가 떠 있었다. 그녀는 자신이 아주 조그맣게 느껴졌다.

"설령 네 말대로 착각에 빠진다손 치더라도 그 순간은 아름다울 거야. 그렇게 생각 안 해?"

한중권이 돌멩이를 들어 앞으로 던지며 말했다.

"그런 착각이나 미화시키는 감정 없이 계산기를 두드리며 사랑을 하니?"

그의 말은 서글프게 들렸다. 이미 착각과 자기최면에 빠진 사람의 말처럼도 들렸다.

"끝까지, 오래도록 그런 착각이나 최면에 빠져들고 싶은 것, 그런 것도 있을 수 있지 않겠어?"

"형은 도사라던데, 왜 그래?"

"인마, 상대적이라고 했잖아. 난 임자 만난 거야."

"그런가 봐."

장민애가 무릎에 턱을 괴었다.

"뭐가?"

"상대적이라는 것."

한중권은 출렁이는 물결을 내려다보면서 그녀와의 사이에 좁혀질 수 없는 벽이 있다는 것을 느꼈다. 그것을 캐 들어가기에는 그의 자존심이 허락하지 않았고, 장민애도 반발할 것이다. 안타까웠으나 그녀의 벽이 조금씩 무너지기를 기다릴 작정이었다. 그리고 그런 기회가 언젠가는 오리라는 것을 경험으로 알고 있었다.

"가자. 천안에서 밥 먹고 돌아가자. 돌솥밥 맛있게 해주는 집이 있어."

일어난 한중권이 손을 내밀었다. 장민애는 그의 손을 잡고 끌려 일어났다. 따뜻한 손이었다.

조웅남이 입원실에 들어서자 김경숙이 활짝 웃었다.

"어머나, 사장님. 일찍 오셨네요."

오늘 오겠다고 김경지와 약속은 했으나 몇 시라고는 말하지 않았었다. 아직 아침 10시였다. 조웅남은 병원 앞에서 예쁘게 포장된 과일 바구니를 사 들었다.

"오시는 것도 미안한데 뭘 이렇게 사오셨어요?"

조웅남은 김경지를 내려다보았다. 그와 시선이 마주치자 그녀가 살짝 이를 내보이며 웃었다.

"사장님, 전 학교에 돌아가 봐야겠어요. 하지만 잠시 후에 제 남동생이 올 거예요. 그럼 죄송하지만 조금만 앉아 계세요."

김경숙이 일어서며 말했다. 그녀가 병실을 나가자 조웅남은 김경지 옆에 의자를 끌어다 놓고 앉았다.

"인자 많이 나섰는가?"

"네."

"밥은 잘 먹고?"

"네."

김경지는 선생에게 대답하는 초등학생처럼 보였다. 그녀는 조그만 화실을 열고 학생들을 가르치고 있었는데 작년 말, 약혼자인 노상호를 교통사고로 잃었다. 부산으로 출장을 갔던 그는 교통사고를 당해 시체로 실려 왔던 것이다. 사랑했던 사람이었다.

그가 떠나자 그와의 추억이 그녀를 괴롭혔다. 시간이 지날수록 그 아픔이 둔해지는 대신 그녀를 무력한 상태로 빠뜨리고 있었다. 살아 있다는 것이 그녀에겐 어떤 의미도 없었다. 삶의 기쁨과 의욕은 노상호와 함께 떠난 것이다. 교통사고가 났을 때 김경지는 죽음을 생각했다. 고통도 없었고 두려움도 없었다. 잠시 노상호의 얼굴이 떠올랐고 그것은 야릇한 기대감으로 바뀌어갔다.

그 순간에 그녀는 조웅남을 보았다. 무섭고 험한 얼굴이 그녀에게 다가왔을 때 지옥의 사자같이 보였다. 그러나 그는 악을 쓰듯 소리치며 그녀를 안심시켰다. 당연히 살아야 한다고 그녀에게 다가와서 놀라게 했다. 문짝을 뜯어낸 그에게 안겼을 때 김경지는 삶의 뜨거움이 전해져 오는 것을 느꼈다. 노상호와는 전혀 다른 모습으로 조웅남이 다가왔던 것이다. 그것은 처음 느껴보는 진실한 삶의 모양이었다.

"그러면 되얏어. 잘 먹으면 되는 거여."

조웅남이 투덜거리듯 지껄이는 말투가 우스웠으나 김경지는 입술을 깨물며 웃음을 참았다.

"왜 그려? 뭐가 우스운 거여?"

뚱한 얼굴로 조웅남이 물었다. 참지 못한 김경지가 쿡쿡 웃었다. 모처럼 웃어보는 것이었다.

"실례합니다."

문 밖에서 사내의 목소리가 들렸다. 최갑태는 신문을 내려놓고 일어섰다. 아내와 큰아들 성훈이는 새벽부터 슈퍼에 나갔고 지영이와 재훈이는 학교에 나가 그가 집을 지키고 있었다. 이제 식구들에게 회사를 그만두었다고 했으므로 아침마다 출근하지 않느냐는 성화는 없었다. 방을 나서면서 시계를 보았다. 오전 10시 30분이었다.

문을 열자 사내 세 명이 서 있었다. 최갑태는 가슴이 철렁 내려앉았다. 방심하고 있었던 것이다. 영화상사의 일은 철저하게 처리했고 신문 보도도 되지 않았다. 차 사장은 아직도 청와대에 세금을 낸 것으로 믿을 것이라 생각했었다. 김정도가 그 후로 두 번인가 더 찾아와 사정하였으나 단호하게 거절했다. 김정도는 화를 냈으나 단념하고 발길을 끊었다.

"최갑태 씨세요?"

세 명의 사내 중 건장한 체격의 사내가 물으며 한 걸음 다가왔다. 눈초리가 매서웠다. 최갑태는 머리를 끄덕여 보였다. 사내가 싱긋 웃었다.

"만나서 반갑습니다. 난 김칠성이라고 합니다."

경찰은 아닌 것 같았다. 그러나 최갑태는 긴장을 늦추지 않았다.

"무슨 일입니까?"

김칠성이란 사내가 좌우를 둘러보았다. 서른이 조금 넘은 듯했으나 행동에 무게가 있었다.

"조용한 곳이 없습니까? 이야기를 좀 해야겠는데요. 여기 서서 이야기할 수도 없고……."

"무슨 일이신데요?"

최갑태가 짜증스레 묻자 김칠성은 다시 씨익 웃었다.

"영화상사 사기 건에 대해서 상의를 하려구요."

최갑태의 가슴이 다시 철렁 내려앉았다. 그는 놀란 얼굴로 김칠성을 바라보았다.

"어디가 좋을까요?"

그와 동행인 듯한 사내들은 무표정한 얼굴로 최갑태를 바라보며 서 있었다.

"영화상사라니오?"

안간힘을 쓰며 최갑태가 겨우 물었으나 스스로도 소용없는 일임을 느꼈다. 이들은 모두 알고 있는 것 같았다. 그러나 도대체 이들이 누군지는 알 수 없었다.

"긴말하지 맙시다. 옷 입고 나오쇼. 이 근방에 마땅한 데도 없으니까 아예 우리 회사로 갑시다."

김칠성이 자르듯 말했다.

김칠성과 최갑태는 제일실업의 회의실에 마주 앉아 있었다. 오후 3시가 넘었다. 최갑태가 여기 온 지도 세 시간이 넘은 것이다.

"그러니까 당신은 현재 1억 2천만 원을 가지고 있단 말이군?"

김칠성이 물었다.

"네, 집 전세로 얻고, 슈퍼 차리고 남은 돈은 그대로 두었습니다."

"어디다 두었어?"

"통장에 넣어두었습니다."

김칠성은 최갑태가 적어놓은 금전 지출 명세표를 들여다보았다. 인천에서 빠칭코 수금할 때부터 경리를 익혀온 터라 한눈에 알아볼 수 있었다. 최갑태는 양복 호주머니를 뒤지더니 통장과 도장을 꺼내 책상 위에 놓았다. 김칠성은 말없이 그것을 보았다.

"잔금이 들어 있는 통장입니다. 가져왔습니다."

옷을 입으면서 함께 가져온 모양이었다.

"당신, 여기서 좀 기다려."

김칠성은 금전 지출 명세표와 통장을 들고 일어서서 밖으로 나갔다.

최갑태는 빈 회의실에 앉아 우두커니 벽을 바라보았다. 모든 것이 허사로 돌아갔다는 생각이 들면서 곧 처자식이 떠올랐다. 성훈이는 다시 공장의 재단사로 들어가야 할 것이고, 재훈이의 학비도 당장에 걱정이 된다. 지영이는 의상 학원에 나가지 못한다. 어차피 이렇게 될 일이었으므로 후회하는 마음은 없었으나 남편과 아비로서의 구실을 못 한 것이 부끄러웠다. 최갑태는 머리를 숙이고 눈을 감았다.

김원국은 최갑태를 바라보았다. 시선이 마주치자 최갑태는 씁쓸한 미소를 떠올리며 머리를 숙였다. 최갑태는 앞에 앉은 사내가 보스인 줄 한눈에 알아보았다. 김원국이 차가운 시선으로 그를 쏘아보자 이내 모든 것을 체념하는 마음이 되어갔다.

김원국은 탁자 위에 놓인 통장과 도장을 바라보았다. 그는 김칠성으로부터 그가 슈퍼를 차리고 살아간다는 이야기도 들었다. 김칠성도 말없이 김원국을 바라보고 앉았다.

"그럼 이 통장과 도장은 당분간 맡아두기로 하지."

"네."

대답한 것은 김칠성이었다.

"그리고 최갑태 씨는 놀고 있다는데… 옛날에 회사 기획실장까지 했던 사람이라 아깝군."

최갑태는 머리를 들었다.

"제일유통에 일이 있을 거야. 거기 기획실장으로 일해보는 것이 어때?"

최갑태와 김칠성을 바라보며 김원국이 말했다.

"좋을 겁니다."

김칠성이 대답했다. 최갑태는 우두커니 김원국을 바라보았다.

제6장

새로운 만남

밤의
대통
령

사무실로 돌아온 해리슨은 침울한 얼굴로 몇 시간 동안이나 움직이지 않았다. 형주량과 조진량이 바깥 사무실에서 그의 동정을 살피면서 대기하고 있었다.

해리슨은 저녁때가 되어서야 그들을 방으로 불러들였다. 방에 들어선 그들이 조심스럽게 소파에 앉았을 때 해리슨이 형주량에게 물었다.

"지금 강만철인가 하는 놈이 오리엔트호텔에 묵고 있나?"

"예, 그곳이 놈들의 본거지입니다."

형주량이 긴장해서 대답했다. 그는 해리슨이 당장 그쪽을 짓밟아 버리라는 말을 하리라고 짐작했다.

해리슨은 머리를 끄덕였다. 장념이 있는데도 어처구니없게 본거지를 습격당했다는 것은 수치였다. 본인도 전혀 상상하지 못했을 것이다. 해리슨도 마찬가지였다. 해리슨 자신부터가 방심하고 있었던 것이다. 그들이 이렇게 무모한 기습을 하리라고는 생각지도 못했다. 김원국 일파를 얕보았다는 생각이 들었다.

"건방진 놈들이……"

하지만 분했다. 장넘이 죽은 것도 안타까웠지만 그들에게 허를 찔려 창피를 당한 것이 분한 것이다.

"그놈들을 짓밟아 버릴까요? 당장 오리엔트호텔로 치고 들어가면 그까짓 놈들은 30분이면 끝낼 수 있습니다."

형주량이 말했다. 그는 40대 후반의 사내로서 얼굴이 붉었고 떡 벌어진 가슴에 단단한 체격이다. 형주량이 부리부리한 눈으로 해리슨을 응시한 채 대답을 기다렸다.

"조금 기다려야 합니다."

그때 조진량이 말했다. 형주량과 비슷한 나이지만 체격은 대조적이었다. 약간 마른 듯한 몸매에 긴 얼굴을 한 사내였다.

"일본 정부를 통해 정청에 항의가 온 것 같습니다. 오야마가 일본 정부를 움직인 모양이에요. 이런 시기에 오리엔트호텔을 공격한다는 것은 좋지 않습니다."

"그럼 당하고만 있으란 말인가?"

형주량의 서열이 높았으므로 그는 벌컥 화를 내었다.

"우리가 잠자코 있으면 사람들이 어떻게 보겠어? 비웃을 게 아닌가?"

해리슨은 머리를 들었다. 그는 그 말을 제일 싫어했다. 누군가가 비웃는다면 비웃는 놈부터 처치하고 비웃음의 원인을 캐 없애지 않으면 잠을 못 자는 성격이었다. 그는 존경과 두려움의 대상이어야지 비웃음의 대상이 되어서는 안 되었다. 형주량은 실언을 깨달은 듯 입을 다물었다.

"누가 비웃는단 말이냐?"

카랑카랑한 목소리로 해리슨이 물었다.

"아닙니다, 형님. 그럴 사람은 없습니다. 저는 단지 화가 나고 분해서……."

"강만철이하고 히로시가 데리고 있는 부하가 몇 놈이나 되나?"

이번에는 조진량에게 물었다.

"3, 40명 정도 됩니다."

"흥."

해리슨은 머리를 돌려 창밖을 바라보았다. 어두운 하늘이 보였다. 바깥은 벌써 밤이 되어서 건너편 빌딩의 네온사인이 빛나고 있었다.

"장념이의 원수는 꼭 갚는다."

해리슨이 중얼거리듯 말했다.

"그렇다고 모양내기 위해서 보복을 하지는 않겠다. 우리도 놈들에게 따끔한 맛을 보여주어야 한다. 내가 가슴이 아픈 만큼 그놈들도 아파 봐야 할 것이다."

"그럼 지금은 그냥 놔둡니까?"

형주량이 불만인 듯 물었다.

"지금은 놔둬. 아까도 경찰청의 호 경감한테서 전화가 왔었다. 경찰청에서도 긴장해서 경계하고 있다고 한다. 아무리 우리 사람이 많다고 해도 공공연하게 치고 들어가면 문제가 생겨."

"……"

"하지만 방법이 없는 것은 아니지. 놈들을 말라 죽게 할 방법들이 있다."

오야마의 일본 세력들을 거의 빈사 지경에까지 몰고 갔는데 김원국의 한국 세력들이 일본 놈들의 앞잡이로 들어오자 일본 놈들보다도 그들이 더 괘씸했다.

오야마가 소유하고 있었던 업체들의 주식 값은 계획했던 대로 10퍼센트가량 떨어져 있었고 이제 조금만 더 내려가면 그가 손을 써 주식을 매입하려고 하던 참이었다.

"원삼기와 강개를 불러라."

해리슨이 지시하자 형주량이 인터폰을 눌렀다. 잠시 후 원삼기와 강개가 들어섰다.

원삼기는 40대 후반의 얼굴이 검은 사내로 건장한 체력에 흰 눈동자가 유달리 눈에 띄었다. 강개는 30대 후반이었는데 1미터 80센티미터 정도의 신장에 80킬로그램쯤 중량이 나갈 것 같은 몸매였다.

"원삼기, 네가 장념의 조직을 인수해라."

해리슨이 선뜻 말했다. 원삼기는 놀란 표정으로 그를 바라보았다. 형주량과 조진량도 의외라는 듯 해리슨을 바라보았다.

"그리고 강개, 너는 원삼기를 보좌하도록 해라."

"알았습니다."

강개가 대답했다. 원삼기도 뒤늦게 머리를 숙였다.

"애들이 동요하고 있을 테니까 절대 서툰 짓 하지 말도록 해."

"예."

"내가 지시할 때까지 움직이지 마라. 부하들이 복수한다 어쩐다 하고 떠들어댈 거다. 꽉 눌러두어라."

"알았습니다."

해리슨은 강개를 바라보았다. 강개의 무표정한 시선과 마주치자 해리슨은 잠시 입을 열지 않았다.

"강개는 원삼기를 보좌하지만 내 지시를 전달해 주는 역할도 한다. 알았지?"

"알았습니다."

강개는 해리슨의 심복 중의 하나였다. 태어난 고향도 같았으므로 그에게 신변 호위의 책임을 맡기고 있었다. 무술에 능하고 특히 단검을 잘 던져 해리슨의 신임을 받았다. 이것이 해리슨의 조직 관리 방법이다. 보스에게는 꼭 견제 장치를 해놓는 것이다.

＊　　　　＊　　　　＊

사우나를 마친 백광남이 호텔의 현관 앞에 서자 기다리고 있던 벤츠가 미끄러지듯 다가와 그의 앞에 멈췄다. 문을 열어주는 호텔의 도어맨에게 가볍게 머리를 끄덕여 보인 백광남이 차에 올랐다.

"대치동으로 가자."

저녁 식사는 서혜란의 아파트에 가서 할 생각이었다. 온몸이 나른해진 백광남은 가죽 의자에 깊숙이 몸을 묻었다. 창밖으로 분주하게 오가는 행인들이 보였다. 모두 바쁜 모습이었으므로 월급 몇 푼에 매달려 허둥대는 그들이 가엾게도 보였다.

그는 기분이 좋았다. 오늘 아침에 귀빈과 금성을 15억 5천만 원에 팔았던 것이다. 정재희에게 준 2억까지 합해서 12억에 인수했던 것을 다섯 달 만에 3억 5천을 얹어서 팔 수 있었다. 그리고 그동안 그곳에서 나온 이익금만 해도 3천만 원은 되었다.

백광남은 머리를 돌리고는 의자에 기대어 눈을 감았다. 차는 엔진 소음도 울리지 않고 부드럽게 굴러가고 있었다.

벨이 울렸으므로 눈을 뜬 백광남이 핸드폰을 들었다.

ㅡ사장님, 접니다.

박채동이었다.

"그래, 어떻게 됐어?"

그에게 이철주가 갖고 있는 공장 서류를 찾도록 했는데 1억쯤 손해를 봐도 공장을 처분하면 3억 원금을 까고도 2, 3억은 남을 것이다.

ㅡ이철주가 없어졌습니다.

"뭐야?

백광남이 버럭 소리를 질렀다.

"어저께만 해도 있었다고 했잖아?"

ㅡ네, 집은 그대로, 가구도 그대로 있는데 이철주만 없어졌습니다.

"도망친 거야?"

ㅡ모르겠습니다. 오늘 아침에 나갔다는데요.

백광남은 혀를 찼다. 좋던 기분이 순식간에 깨졌다.

"그래서 어떡할 거야?"

─애들더러 이삼 일 집을 지켜보고 있으라고 했습니다.

"알았어. 내일 이야기하자구."

수화기를 내려놓은 백광남은 얼굴을 찡그렸다. 이철주는 이제 날개 없는 새였다. 예전의 이철주라면 그가 감히 얼굴을 맞대지도 못할 테지만 이젠 다르다. 그에겐 지켜줄 신의도 없으니 받을 건 모조리 받아내야 한다.

서혜란은 앞치마를 두른 채 생글거리며 그를 반겼다. 구수한 된장찌개 냄새가 아파트 안에 퍼져 있었다.

"당신 좋아하는 된장찌개 끓였어요."

그녀의 음식 솜씨는 형편없어서 겨우 먹는 시늉만을 해왔으나 정성을 들이는 모양을 보자 귀여웠다.

백광남은 다시 기분이 좋아졌다. 그는 소파에 길게 앉아 서혜란을 바라보았다. 그녀는 용모도 아름다웠을 뿐만 아니라 잠자리의 기교도 뛰어났다. 23살의 나이답지 않게 남자를 즐겁게 해주는 방법을 터득하고 있었다. 그리고 자신도 즐기는 것이다.

마음씨가 어떤가는 생각해 보지 않았다. 본래 여자든 남자든 사람을 믿지 않는 성격인 데다 돈에 이끌리는 그런 여자들의 허영과 기질을 잘 알고 있던 터여서 정을 줄 생각은 없었던 것이다.

먼저 그가 소유한 아파트 중의 하나인 40평짜리에 들여앉히고 가구를 들여놓았다. 그다음에 중형 자가용을 사주고 한 달 생활비를 달라는 대로 내놓았다. 가끔 비싼 선물을 사주거나 옷을 사 입으라고 돈을 집어주었는데 절대로 한목에 큰돈을 쓰지 않았다. 조금씩 조금씩 그녀를 길들여 갔던 것이다.

"너, 참, 시골의 아버지가 아프다고 했지? 어떻게 되었어?"

식사를 하면서 백광남이 물었다. 전에 서혜란에게서 얼핏 들었던 기억이 났던 것이다. 그때는 흘려듣는 척했었다.

"이젠 괜찮아요."

그녀의 부모는 대전에서 조금 떨어진 시골에 살고 있었다. 백광남은 머리를 끄덕였다. 돈이 들어갈 일이 생길까 봐 기분이 언짢았었다. 그저 모른 척할 수는 없고 해서 조마조마한 마음으로 물었던 것이다.

"밥 더 드려요?"

이번의 된장찌개는 조미료를 너무 많이 넣었는지 단맛이 났으나 제법 먹을 만했다.

"됐다. 잘 먹었다."

백광남은 소파로 되돌아와 드러눕듯이 앉았다. 텔레비전에서 그가 좋아하는 개그 프로가 방영되는 중이었고 주방에서는 서혜란이 달그락대며 그릇들을 치우고 있었다. 와글거리며 텔레비전 속의 구경꾼들이 가짜 웃음소리를 내었지만 백광남은 빙그레 따라 웃었다.

알맞게 온도가 조절된 방 안은 쾌적했다. 백광남은 온몸이 나른했고 만족스러웠다.

＊　　　＊　　　＊

원명구는 원단을 살펴보았다. 제법 쓸 만하게 보였다. 염색도 잘되어 있었고 중량도 떨어지지 않았다.

"됐어. 마카를 잘 대어야 돼. 소매 한쪽이 더 들어가야 된단 말이야."

그는 재단사에게 다시 주의를 줬다.

공장은 기계 돌아가는 소리로 요란했다. 그런 소리를 들으면 원명구는 즐거웠다.

본봉의 무디지만 다짐하듯 찍어가는 소리와 오바로크의 가볍게 달려가는 소리, 단추 다는 기계의 껑충거리며 뛰어 건너는 소리, 그것들이 그는 교향악단의 음악 소리보다 더 듣기 좋았다. 가끔 기계 소리가 줄어들면 원명구는 연주하던 악기가 고장 난 것처럼 불안해져서 공장으로 머리를 돌렸다. 그때는 미싱사가 일감을 교체하든가 봉제사를 갈아 끼우는 중이었다.

그는 그녀들이 귀여웠고 사랑스러웠다. 야근 수당까지 합쳐서 70만 원이 안 되는 금액으로 훌륭하게 생활해 가는 그녀들은 한창 나이였다.

김원국의 지시로 직원들의 급료는 다른 업체보다 20퍼센트가량 높았다. 점심도 언제나 고기가 끊이지 않게 준비되어 있었고 무료였다. 출퇴근 버스를 운용하고 있어서 교통비도 들지 않을 것이다.

그야말로 이상적인 직장이었다. 그리고 원명구는 그들의 사장인 것이다.

원명구는 김원국이나 지원을 해주는 홍성철의 제일유통이 매월 1천만 원에 가까운 적자를 내고 있다는 것을 알고 있었다. 그러나 그들은 내색하지 않았다. 조금이라도 적자를 줄여서 자신의 체면을 세우려면 부가가치가 있는 품목을 목표 수량만큼 만들어야 했다.

2개월 후면 손익이 제로인 상태까지 될 것이다. 원명구는 그렇게 마음먹고 있었다.

사무실 문이 열리더니 김원국과 홍성철이 공장으로 들어오는 것이 보였다. 깜짝 놀란 원명구가 뛰듯이 다가갔다.

"아이구야, 사장님이 웬일이십니까?"

김원국을 만난 지도 한 달이 넘었다. 그는 다른 일로 바쁜 것 같았다.

"그냥 들렀습니다. 고생 많으시군요."

김원국이 웃으며 말했다.

"이런 것이 고생이라뇨? 그저 좋아 죽겠습니다."

그러고는 원명구가 뒷머리를 긁었다.

"어쨌든 2, 3개월 내에 적자는 내지 않겠습니다."

"서두르지 마세요. 홍 사장에게서 얘기 다 들었습니다."

기계 앞에 앉아 있던 아가씨들이 그들을 힐끗거렸다. 모두 김원국과 홍성철의 얼굴을 알고 있었다. 김원국과 눈이 마주치자 웃으며 인사하는 아가씨도 보였다.

김원국은 공장을 한 바퀴 돌았다. 모두들 열심히 일하는 것을 보자 그의 가슴도 뿌듯해졌다.

화장하지 않은 풋풋하고 탄력 있는 얼굴들을 보는 것도 즐거웠다. 그녀들은 익숙한 손놀림으로 상의의 앞부분을 접어 미싱으로 박아 내려가고 포켓을 순식간에 만들어내고 있었다. 그들은 사무실로 돌아와 의자에 앉았다.

"이거, 형님이 홍콩에서 받으신 건데요. 우리한테는 한 번도 이런 걸 주시지 않았는데, 여기 아가씨들 주라고 홍콩에 연락해서 받아 온 것입니다."

홍성철이 쇼핑백을 들어 탁자에 올려놓았다.

"아니, 이런."

원명구가 당황하여 김원국을 바라보았다. 김원국은 싱긋 웃기만 할 뿐 입을 열지 않았다.

"시곕니다. 50개를 보내왔는데 내가 5개를 빼서 제일상사 조 사장하고 간부들하고 나눠 가졌어요."

"아이구, 이런."

"시계가 괜찮습니다."

"뭐가 괜찮아? 짝퉁이야."

김원국이 말했다.

"사장님, 이러시면 버릇되어서……."

"기념이니까. 제일유통의 공장 창립 기념으로 생각하세요."

"네, 애들이 아주 좋아할 겁니다."

원명구는 김원국의 배려에 가슴이 저렸다. 얼른 적자를 면하는 것이 그에 대한 보답이라고 생각되었다.

*　　　*　　　*

조웅남이 입원실에 들어갔을때 김경지는 혼자 누워 있었다. 그녀는 조웅남을 보자 활짝 웃었는데 소리를 내지 않고 꽃이 갑자기 활짝 피어나는 것 같았다. 조웅남은 그것이 보기 좋았다.

과일을 내려놓은 조웅남은 의자를 당겨 그녀 곁에 앉았다. 허리와 다리 부분을 통째로 깁스를 해서 그녀는 두 달 가깝게 누워만 있었다. 가끔 돌아눕기나 할 뿐이었다.

"어이, 오줌 매리면 이애기혀. 내가 받아줄 팅게."

아무도 없는 것 같았으므로 조웅남이 불쑥 말하자 그녀의 얼굴이 금방 새빨개졌다. 조웅남도 아차 싶었으나 내친걸음이었다.

"머, 어뗘? 나는 울 엄니 똥도 췄는디?"

김경지는 기분이 풍비박산이 되었고 아예 새빨개진 얼굴로 눈을 감았다. 한동안 조웅남은 뚱한 표정으로 그녀를 내려다보았다.

요즘은 일주일에 두 번 꼴로 병원에 들렀다. 그녀는 별로 말이 없었고 조웅남이 무슨 말을 하면 웃기만 했다. 그러는 그녀에게 조웅남은 자신도 알 수 없는 감정이 일어나는 중이다.

어떤 때는 웃음을 띠고 있는 그녀를 왈칵 껴안고 싶은 충동도 일어났다. 가끔 사무실에 앉아 있다가도 김경지의 얼굴이 떠올라서 당황하여 주위를 살폈던 적도 있었다.

"오면서 의사를 만났는디 열흘만 지나면 이것도 푼다고 허도만."

"……."

"한 달 후에는 걷게 된대야."

김경지가 눈을 떴다. 바위 같기도 하고 만화책에 나오는 장군 같기도 한 얼굴이 눈앞에 떠 있다. 처음 사고가 난 차에서 그의 얼굴을 보았을 때는 저승사자인 줄 알았다.

"어이, 이것 봐."

조웅남이 호주머니에서 시계를 하나 꺼내 그녀의 눈앞에 보였다. 싸구려 전자시계였다. 강만철이 홍콩에서 보낸 시계 중에서 홍성철을 협박해 두 개를 빼낸 것이다.

"내 친구가 나 줄라고 보냈는디 여자 꺼여. 자네가 가져."

"어마, 제가 왜… 싫어요."

당황한 김경지의 얼굴이 또 빨개졌다.

"아니, 그러면 내가 여자 시계를 차고 댕기란 말여?"

"아네요, 그게 아니라."

"그러면 받어."

"……."

"걸어 댕길 때 이걸 차고 댕겨. 한 달 후에 말여."

"한 달 후에……."

김경지는 나직하게 그 말을 음미하듯 입안에서 내놓았다. 그녀는 노상호가 죽은 이후로 그렇게 멀리 생각해 본 적이 없었던 것이다. 아니, 내일도 기대하지 않고 살아왔다.

김경지의 눈꼬리에 눈물이 맺히고 이내 귓가로 눈물이 흘렀다.

"왜 그려?"

놀란 조웅남이 물었다.

"아무것도 아네요. 미안해요."

조웅남이 혀를 찼다.

"그렇게 웃다가 울다가 허는 거 보면 신기허당께?"

"……."

"재주가 좋은 거여. 나는 죽었다가 깨어나도 그렇게는 못 혀."

다시 기분이 엉망이 된 김경지는 그를 빤히 쳐다보았다. 얼마나 깨끗한가, 이 사람은. 험한 얼굴이었으나 있는 그대로를 드러내 놓고 사는 사람이었다.

이 사람에게 비교하면 자신의 하얀 피부가 무색하고 버릇이 된 부끄러움도 어색하고 지금까지의 무력감도 정당한 이유가 되지 않았다.

그의 말에 선뜻한 자극을 받는 자신이 잘못된 것이지 이 사람 탓은 아니었다. 그리고 이 사람의 말은 시간이 지나면 오히려 개운한 맛이 풍겼다.

"거시기 말여."

조웅남이 그녀를 바라보며 입을 열었다. 시선이 마주치면서 김경지가 빤히 올려다보자 침을 삼켰다.

'꿀떡.'

침 넘어가는 소리가 요란하게 났다. 소주잔으로 하나쯤은 넘어간 것 같았다. 김경지는 잠자코 기다렸다.

"거시기 말인디."

그러면서 그의 눈동자가 어지럽게 흔들렸다. 김경지의 가슴이 두근거리기 시작했고 다시 얼굴이 상기되었다. 그녀도 조그맣게 침을 삼켰다. 조웅남이 갑자기 그녀를 노려보았다.

"거시기, 나, 키스혀도 돼야?"

그는 버럭 화가 난 듯 말했다. 김경지는 욱 하고 터져 나오는 가슴속의 바람을 진정시키려고 이를 악물었다.

조웅남은 그녀를 노려보고 있었는데 콧잔등에 땀방울이 맺혔고 이마에도 돋아난 땀이 보였다. 자동차 문짝을 뜯어낼 때보다도 더 힘이 드는 모양이었다.

"아, 싫으면 싫다고 혀. 아픈 사람한티 내가 어쩔 사람은 아닝게."

그가 화난 듯 다시 말했다.

"어쩌? 혀, 허지 마?"

김경지는 이를 악무느라고 얼굴이 새하얘졌다. 그녀의 얼굴에도 조그마한 땀방울이 맺혔다.

그녀를 내려다보던 조웅남은 김경지가 오줌을 참고 있는 것 같아 보였다.

"오줌 매린 거여?"

조웅남이 얼굴의 근육을 풀고 걱정스러운 듯 물었다. 김경지는 참을 수 없었다.

그녀의 입에서 웃음이 터져 나왔다. 어리둥절한 조웅남의 얼굴을 보자 더욱 참을 수가 없었다. 웃음을 참으려고 눈을 감았으나 이젠 더욱 힘이 들었다. 이를 악물자 얼굴이 새빨개졌고 딸꾹질이 났다.

조웅남은 깜짝 놀랐다. 상체를 반쯤 일으켜 엉거주춤 선 자세로 그녀를 내려다보았다. 갑자기 지랄병이나 간질병이 발작한 것처럼 보였기 때문이다.

다시 눈을 뜬 그녀는 조웅남의 얼굴을 보았다. 다시 목구멍에서 웃음소리가 터져 나오는 걸 참느라고 눈물이 흘렀다. 조웅남의 얼굴이 점점 험악해졌다. 눈을 부릅뜨고 그녀를 내려다보던 조웅남은 돌아서서 방문을 열었다.

"저."

당황한 김경지가 겨우 웃음을 멈추고 그를 불렀다. 그는 문짝이 부서질 듯이 문을 닫고 나가 버렸다. 김경지는 입술을 깨물고 문 쪽을 바라보았다. 가슴이 사정없이 두근거리고 있었는데 한참이 지나도록 그는 돌아오지 않았다.

*   *   *

필리핀계의 남녀가 피아노 반주에 맞춰 로비의 라운지에서 노래를 부르고 있었다. 도무지 흥이 나지 않는 표정으로 흥겨운 가락의 노래를 불렀다.

차영화는 라운지의 깊숙한 의자에 등을 묻고 다리를 포개어 앉았다.

검정색의 허리가 좁은 투피스를 입었는데 그녀가 아끼는 것으로 산 후에 처음 꺼내 입은 것이다. 작년에 그녀가 파리에 갔을 적에 거금 1만 프랑을 주고 산 옷이었다. 오만하게 앉은 그녀를 힐끗거리면서 사내들이 지나갔다.

갖가지의 표정을 지으면서 곁을 지나고 있으나 그들의 가슴 밑바닥에 깔린 것은 동물적인 욕망과 부러움이었다.

나같이 화려하고 미끈한 여자를 갖기 위해서는 힘이 있어야 할 것이고, 힘이 없는 자는 온갖 핑계를 대고 스스로를 자위할 것이다. 그 바닥에서는 나에게 다가오고 싶은 욕망과 좌절감이 함께 싸우고 있겠지.

여자는 더욱 단순하다. 그녀들은 차영화가 입고 걸친 장신구가 어떤 것들인가를 한눈에 알아낸다. 그녀들의 얼굴에서 읽을 수 있는 열등감을 차영화는 만끽하고 있었다.

약속 시간이 10분이나 지났으나 김원국은 아직 나타나지 않았다. 요즘 들어 차영화는 김원국이 어떤 사내인가를 알게 되었다.

그는 가히 밤의 대통령이라고 불릴 만한 존재였다. 아니, 낮의 대통령보다도 더 힘이 센 존재인지도 모른다. 스스로의 힘과 조직의 힘으로 그는 한국에서 군림하고 있다.

그는 사무실도 없었다. 이곳저곳의 사장실에 잠깐씩 앉아 일을 보기 때문에 그를 찾기가 쉽지 않았고 더욱 신비스러웠다. 나이도 37, 8세밖에 되어 보이지 않는 건장한 사나이.

차영화는 20분이 넘게 기다리는 자신을 결코 되돌아보지 않았다. 이렇게 남자를 기다려 보는 것도 처음이다. 그녀가 제일실업의 김칠성에게 전화번호를 적어놓고 가고 며칠 후에 그에게서 전화가 걸려왔던 것이다.

그가 무뚝뚝하게 물었다.

―나, 김원국인데 무슨 일이오?

차영화는 호흡을 고르느라 조금 시간이 걸렸다.

"여보세요?"

그가 다시 말했다.

—당신, 차영화 씨 맞소?

"네, 저예요."

—그런데 무슨 일로 날 찾아왔소?

차영화는 긴장을 풀었다.

"뵙고 말씀드리고 싶어요. 시간을 내주실 수 있으세요?"

남자에게 이런 식으로 말한 적은 처음이다.

—그거, 돈 찾으려고 하는 거요?

그가 불쑥 물었다.

"그것도 그렇고……."

그에게 잔인한 취급을 받았으면서도 화가 나지 않았던 것은 어쩌면 본능 탓일지도 모른다. 짐승의 강한 수컷은 암컷을 자연스럽게 거느리고 따르게 한다.

인간이 문화와 문명 세계를 이루기 전에는 그들처럼 살았을 것이다. 그리고 지금도 그가 가지고 있는 힘은 돈과 권세로 인해 만들어진 힘보다 훨씬 더 현실적이고 강했다.

차영화의 생각으로는 그는 법이 닿을 수 없는 곳에까지도 손을 뻗칠 수 있는 사람이었다. 김원국에 대해서 알아가면서 그녀는 무례했던 그때의 자신을 생각하고 가끔씩 몸서리를 쳤다. 어쨌든 이것도 인연이었다.

차영화는 라운지 입구로 들어서는 김원국을 보았다. 뒤에는 두툼한 입술과 딸기코의 사내가 따라오다가 입구의 빈자리에 앉았다. 그도 낯이 익었다.

김원국은 차영화를 발견하고 곧장 다가왔다. 진한 색깔의 양복에 흰색 와이셔츠가 단정하게 보였다. 차영화는 엉거주춤 일어섰다.

"기다렸소?"

앞자리에 앉으며 김원국이 물었다.

"아뇨, 저도 지금 왔어요."

차영화의 가슴이 소녀처럼 두근거렸다. 지배인이 다가왔다. 언제나 로비 한복판에서 뒷짐을 지고 서 있던 사내였다. 그는 김원국에게 다가와 허리를 90도로 꺾어 인사를 했다.

김원국의 이마가 찌푸려졌다.

"형님, 미리 연락이라도 해주셨으면 준비를 했을 텐데요. 식사를 하시겠다면 제가……."

"알았다."

김원국의 얼굴을 살펴본 그는 다시 인사를 하고 물러갔다. 차영화는 지금까지 저 오만한 지배인의 허리가 그렇게 굽어지는 것을 본 적이 없었다.

"차 사장, 그 사기 친 놈들은 곧 찾아낼 수 있을 거요. 그렇지만 돈을 찾기는 힘들 것 같은데."

김원국이 말했다.

"내가 내 결백을 입증한답시고 쓸데없는 말을 해서 속만 더 상하게 한 것 같군."

차영화는 그의 말투가 마음에 들었다.

"잃어버린 돈으로 생각할 수밖에 없겠군요."

그녀의 말에 김원국은 대답하지 않았다. 그는 노래를 부르는 필리핀 남녀를 바라보고 있었다.

"그나저나 힘 안 들이고 돈 벌려는 사람이 많아."

김원국이 혼잣소리처럼 말하고는 천천히 시선을 돌려 주위를 바라보았다.

"서로 상대방의 등을 치려고 기회를 노리고 있지. 허점을 보이면 어느 사이에 벌거숭이가 돼."

그러면서 김원국은 싱긋 웃었다. 차영화를 바라보고 웃었으나 차영화는 긴장하여 눈을 내리깔았다.

"목욕탕에서 씻을 때는 너 나 할 것 없이 똑같아. 비누도 먼저 쥔 것이 임자고, 탕 안에 사람이 있으면 서로 조심스럽게 비켜 앉아. 덩치 크고 우람하게 생긴 사내 앞에서 약한 사내들은 조금 위축이 될 뿐이지."

"……."

"그렇지만 탕 밖에 나오면 문명 세계야. 작은 사내가 옷장에서 몇백만 원짜리 양복을 꺼내 입고 기사가 기다리는 자가용을 타고, 덩치 큰 사내는 작업복에 연장 꾸러미를 챙겨 나가는 경우도 있겠지. 하긴 서로 그 꼴들이 보기 싫어서 아예 비싼 목욕탕을 만든 경우도 있지만 말야."

차영화는 그가 무슨 이야기를 하는지 잘 알 수 없었으므로 잠자코 있었다.

"난 그때 차 사장의 돌연한 변화를 보고는 놀랐어."

"네?"

"그때 차 사장 회사에서 말이오. 내가 옷이 비싸다고 할 때."

"……."

"그러다가 나중에 이해가 되었지. 아, 거긴 내가 간 것이 잘못이었다. 거기는 쓸데없는 허세로 들어갔다가는 망신당하게 되어 있는 세계다, 하고. 난 허세 부리러 간 건 아니었소."

"그건……."

차영화는 주저하며 입을 열었다.

"잠깐! 그때 이야기를 차 사장에게서 듣고 싶지는 않소. 그런데 당신, 나하고 친해지고 싶소?"

차영화는 머리를 들었다. 그가 너무 당당하게 물어왔으므로 얼핏 이해가 되지 않았다.

"나하고 친해지고 싶냐고 물었소."

김원국의 시선을 받은 차영화는 그게 무슨 말인지 알아들었다. 그리고 여기서 우물쭈물하고 말장난을 한다면 그가 일어서리라는 것도 알았다. 이것저것 따질 것도 없다.

김원국이 한 손을 들었다. 웨이터가 다가왔다.

"지배인을 불러와."

웨이터는 말없이 돌아 나갔다. 지배인이 서둘러 다가왔는데 얼굴은 긴장으로 굳어져 있다. 김원국이 말했다.

"방 열쇠 하나 가져와."

"네."

그동안 김원국의 시선은 차영화에게서 떨어지지 않았다. 차영화도 그의 시선을 받은 채 움직이지 않았다.

그의 거친 표현에 저항감이 일었지만 그것은 잠깐이었다. 다음에는 그가 부드럽게 쓰다듬어 주기를 간절하게 바라는 마음으로 변했다. 물론 그가 자신을 바라보는 눈빛의 의미를 알고 있었으므로 기대감으로 입안이 말라왔다.

지배인이 올 때까지 무슨 말이라도 해야 한다. 그래서 지금의 어색한 분위기를 깨줘야 하는 것이다. 그러나 김원국은 잠자코 있었다. 그렇다고 차영화가 놀라는 시늉이나 부끄러움으로 어설픈 몸짓을 할 여자도 아니었다.

그들은 결전을 앞둔 레슬러나 복서처럼 상대방을 응시한 채 잠자코 앉아 있었다.

지배인이 다가왔다. 오함마한테 일차 검문을 당하고 오느라 조금 늦어진 것이다. 오함마의 못마땅한 표정이 멀리서도 보였다.

그것을 보고 김원국이 저도 모르게 풀썩 웃었다.

지배인은 신경을 쓴 듯 조그마한 메뉴판 속에 열쇠를 끼워서 탁자 위에 올려놓았다.

"615호입니다, 형님."

지배인이 허리를 굽히고 그에게 낮은 소리로 말했다. 김원국이 웃으며 끄덕이자 그도 만족한 얼굴로 물러났다.

"올라갈까?"

김원국이 물었다. 차영화가 보일 듯 말 듯이 머리를 끄덕이며 일어섰다. 김원국은 메뉴판을 집어 들고 입구로 다가갔다. 오함마가 엉거주춤 일어섰다.

"여기서 기다려라."

"……"

지나쳤던 김원국이 머리를 돌려 그를 바라보았다. 대답이 없었기 때문이다. 못마땅한 얼굴로 그를 바라보고 선 오함마와 시선이 마주쳤다. 당황한 오함마가 시선을 돌렸다.

엘리베이터 안에서도 둘은 서로 말을 나누지 않았다. 열쇠로 방문을 열고 안으로 들어서자 차영화는 몸을 돌려 그를 마주 보았다. 그녀에게서 향수와 화장품이 뒤섞인 향기가 풍겨 나왔다.

"항상 이런 스타일이세요?"

그녀는 바짝 다가와 섰다. 그의 턱 밑에 그녀의 눈동자와 콧날이 다가와 있었다. 눈동자가 반짝였고 반쯤 열린 입에서 살구 냄새가 맡아졌다. 그녀의 뜨거운 호흡이 그의 턱을 스치고 지나갔다.

*   *   *

강만철과 교대하려고 홍콩에 도착한 홍성철은 택시를 잡아타고 곧장 호텔에 도착했다. 공항에는 아무도 나와 있지 않았는데 나오지 말라고 했기 때문이다.

그는 강만철이 묵고 있는 오리엔트호텔에서 약간 떨어진 로체스터호텔에 여장을 풀었다. 해리슨 측에서 머지않아 알게 되겠지만, 미리부터 강만철과 합류하여 그들을 긴장시킬 필요는 없었다.

노크 소리가 들렸다.

"누구요?"

"접니다. 이정우입니다."

문을 열자 이정우를 선두로 이번에 함께 온 세 명의 부하가 들어왔다.

이정우는 제일유통의 부장이었다. 무역 업무만 10년 가깝게 해온 전문 직업인으로 이번에 제일그룹에서 인수한 백화점 업무 관계로 같이 온 것이다. 그들은 제각기 소파에 앉았다.

홍성철은 전화기를 집어 들었다. 강만철에게 도착했다고 알려줘야 했다.

—여보세요.

강만철이 전화를 받았다.

"나야. 성철이야."

—응, 도착했니?

그는 무척 반가운 모양이었다. 목소리가 밝았다.

"여기 로체스터호텔인데 어디서 만나면 좋겠냐?"

—구룡반도 끝에 '뉴 홍콩'이라는 중국 음식점이 있어. 오늘 저녁 8시에 그곳에 가 있어.

"뉴 홍콩?"

—그래, 택시 운전사들은 다 안다. 그럼 그곳에서 보자.

전화가 끊겼을 때 홍성철은 입맛을 다셨다.

한국과는 달리 이곳에서는 만나려 해도 간첩들이 접선하듯이 조심해야 한다는 사실이 그를 다시 긴장시킨 것이다.

"이 부장, 자네는 백화점 일이나 보고 나에게 따로 보고할 필요는 없어. 필요한 것이 있으면 본사에다 연락해서 협조를 얻도록 하라구. 무슨 말인지 알고 있지?"

그의 말에 이정우는 머리를 끄덕였다.

"저는 일을 마치고 나면 어떻게 합니까? 그냥 귀국합니까?"

"그렇게 해."

홍성철은 부하들을 돌아보았다.

"오늘 저녁 8시에 구룡반도 끝에 있는 뉴 홍콩이라는 음식점에서 강 사장을 만나기로 했다. 택시 운전사들이 잘 안다니까 상관없겠지만 준비를 해두도록."

이정우는 우두커니 앉아 있다가 일어서서 방을 나갔다. 홍성철은 잠깐 그를 보았을 뿐 아무 말도 하지 않았다.

8시 정각에 기다리고 있는 홍성철 앞에 강만철과 김일두가 나타났다. 10여 명의 부하와 함께였다.

"야, 오랜만이구나."

홍성철이 일어나 웃어 보였다.

"응, 정말 반갑다."

강만철도 서둘러 다가와 그의 손을 잡았다.

"형님, 반갑습니다."

김일두가 싱글벙글 웃으며 인사를 했다. 멀찍이 둘러선 부하들의 얼굴에도 반가운 기색이 드러나 있었다.

"그나저나 어마어마하게 다니는군그래?"

홍성철이 주위를 둘러보며 말했다. 음식점은 사람들로 북적거렸다. 소란스런 중국 말로 떠드는 바람에 소리를 질러야 알아들을 수 있을 정도였다. 그들 사이사이에서 부하들이 눈을 번뜩이고 있었다.

강만철은 싱긋 웃었다.

"넌 아직 몰라서 그래. 해리슨이 장넘이 복수를 하려고 노리고 있단 말이야. 우리는 경찰한테도 꽤 시달렸다. 이젠 조금 나아졌지만."

"지금도 영업 방해를 하고 있어?"

"여전해. 하지만 해리슨이 조심하는 것 같아. 예전과는 달라. 전에는 슈퍼나 호텔 안에서 훼방을 놓다가 우리 애들이 다가가면 더 날뛰던 놈들이 이젠 조금 수그러든 것 같아. 기세가 조금 죽은 것 같기도 해."

"장넘이를 친 효과가 있군그래."

김일두가 쓰게 웃었다.

"어제도 저희 식구 하나가 다쳤어요. 며칠 전에는 히로시 형의 부하가 팔이 부러졌구요. 끊임없어요, 싸움은."

강만철이 고기를 집으면서 웃었다.

"귀찮은 일 인계해 주고 떠나니까 시원섭섭하다."

"야, 완전히 업무 인계인수할 때까지 가면 안 돼."

홍성철은 걱정스러워 보였다.

"어쨌든 넌 며칠 있다가 오리엔트호텔로 들어와도 돼. 그동안 해리슨 측은 네 나름대로 관찰해 보고 말이야. 히로시 씨도 네가 온 줄 알고 있으니까 내일은 함께 만나기로 하자."

"그렇게 하지."

강만철은 주위를 둘러보았다.

"왜 이곳에서 만나자고 했냐면 이곳이 진상주 씨의 영역이기 때문이야."

진상주는 해리슨과 적대 관계에 있는 대만파라는 조직의 보스였다. 그러나 그의 조직은 해리슨파에 비하면 해리슨의 일개 지부보다도 힘이 약했다. 4, 5년 전만 해도 제법 커다란 조직이었으나 시간이 갈수록 위축되어 지금은 겨우 명맥만을 이어가고 있는 것이다.

"아, 여기가 그런가?"

홍성철은 새삼스럽게 주위를 둘러보았다.

"우리가 여기서 만나는 것을 진상주 씨는 알고 있을 거다. 그 영감을 우리 편으로 끌어들여야 돼. 힘은 없지만 우리에게 큰 도움이 될 거야. 하다못해 이런 장소 제공이라도 말이야."

홍성철은 머리를 끄덕였다.

"그래서 장소를 일부러 여기로 한 거야. 안전하기도 하지만 그 영감에게 우리를 보여주기 위해서지."

홍성철은 강만철의 치밀한 생각에 마음속으로부터 감탄했다.

"그 영감이 우리를 보고 있을지 모르겠군."

강만철이 장난스레 주위를 훑어보며 말했다.

채청은 진상주의 방으로 들어섰다. 깡마른 얼굴의 진상주는 입에 파이프를 물고 있었는데 흰 수염이 턱 밑으로 풍성하게 길러져 있다.

"저쪽 오리엔트호텔의 강만철이 곧 교체될 것 같습니다."

자리에 앉은 채청이 말했다. 채청은 50대 초반으로 붓 끝 같은 턱수염이 나 있는 붉은 얼굴의 사내였다. 진상주는 잠자코 채청의 보고를 듣는다.

"오늘 저녁에 저희 뉴 홍콩 식당에서 강만철과 서울에서 온 새로운 보스인 홍성철이 만났습니다. 양쪽의 수행원이 열다섯 명이었습니다."

진상주는 머리만 끄덕였다.

"그들이 장념을 치고 나서 저희들에게 자주 연락을 하고 있습니다만……."

진상주는 파이프를 입에서 떼었다.

"대단한 놈들이야."

"그렇습니다. 만나고 싶다고 했습니다."

"알고 있어."

"제 생각엔 그들은 호락호락한 놈들이 아닙니다. 해리슨도 함부로 손을 대지 못하는 것 같습니다."

"……."

"예전 같았으면 장념이를 습격한 상대를 내버려 둘 리가 없습니다. 어처구니없어 하다가 차츰 시간이 지나면서 기가 질린 것이 아닐까요?"

"흥."

진상주는 가볍게 웃었다. 채청은 말을 멈추고 그를 바라보았다.

"그들이 오늘 우리 마당에서 만난 이유를 모르겠나?"

"모르겠습니다."

"그들은 우리를 이미 끌어들였다고 생각하고 있어. 그래서 뉴홍콩에서 만난 것이겠지."

"……."

"그리고 우리가 거절할 명분도 없어. 우리가 그들과의 제휴를 거부한다면 어떨까? 부하들의 사기가 바닥으로 떨어지겠지? 진상주와 채청은 해리슨이 겁나서 도망만 다닌다고 하겠지?"

"……."

"아니면 한국인들이 소문을 내고 다닐지 모르겠다. 일본인들과 함께 말이야."

진상주는 파이프를 내려놓고 재를 털었다.

"그렇지만 기다려 보기로 하지. 서둘 필요는 없지 않겠어?"

제7장
닥쳐오는 위기

밤의
대통령

화창한 오후였다. 학생들이 삼삼오오 학교 정문을 빠져나오고 있었다.

오함마는 정문 앞에 서서 여학생들이 올 때마다 목을 빼고 그녀들을 바라보았다. 30분이나 기다리고 서 있는데도 장민애는 보이지 않았으므로 오함마는 슬그머니 뒤쪽에 세워둔 차에다 시선을 주었다.

김원국은 차 안에 있었다. 혹시 형님이 약속 시간을 잘못 알고 있는 것이 아닌가 하는 생각이 들었다. 다시 한 무리의 여학생이 나왔으나 장민애는 보이지 않았다. 그녀들이 힐끗거렸으므로 기분이 언짢았다.

"함마야, 돌아가자."

어느새 뒤로 다가온 김원국이 말했다.

"아니, 형님, 조금 더 기다려 보지요. 혹시 시간을 잘못 알고 계신 게 아닌가요?"

오함마는 미련이 남았으므로 냉큼 돌아서지 않았다. 한 달 넘게 김원국은 장민애를 만나지 않았다. 바빴으나 시간을 내려면 얼마든지 낼 수 있었다는 것을 오함마는 잘 알고 있었다.

"아냐. 오늘은 그냥 와본 거다."

"예?"

오함마가 몸을 돌렸다.

"약속도 안 하셨단 말입니까?"

"응."

그렇다면 이야기가 다르다. 벌써 끝났을 수도 있고 아직도 강의실에 있을지도 모른다.

"화요일은 오후 2시면 끝난다는 말을 들어서 말이야."

"……"

"돌아가자."

"잠깐만요. 제가 학교 안에 들어갔다가 오겠습니다."

오함마는 장민애에게 미련이 있었다. 어쩌면 애착이 가고 있다고 봐야 될 것이다. 그녀가 마음을 잡고 다시 학교에 나가게 된 것을 흐뭇하게 생각했고, 그것이 김원국과의 결합으로 이어지기를 바랐다. 더욱이 김원국은 며칠 전 차영화를 호텔에서 만나 방까지 올라간 터라 기분이 좋지 않았다. 다른 때 같았으면 신경 쓰지 않았겠지만 지금은 다르다. 형님을 믿고 있는 장민애가 있지 않은가? 오함마는 속이 탔다.

"그냥 돌아가자."

김원국이 돌아섰다. 오함마는 할 수 없이 그의 뒤를 따라 차에 올랐다.

"갑자기 생각이 나서 들른 거다."

차가 혼잡한 학교 앞을 빠져나가자 김원국이 말했다.

"학교생활에 적응을 잘하고 있겠지. 원래가 밝은 성격이니까."

학교생활을 다시 시작한 그녀는 이제 다른 환경에서 제약 없이 생활을 즐겨야 할 것이다. 거기서 새로운 기쁨을 찾도록 슬그머니 물러나야 한다.

차영화는 고가품 판매에 뛰어난 사업가였다. 그녀는 돈 많고 허영심 강한 사람들의 구매 욕구를 충족시킬 능력이 있었다. 또한 그녀의 허영심과 자기과시 욕망이 자신을 요구하고 있다는 것도 김원국은 잘 알고 있었다. 홍성철이나 제일유통의 담당자들이 차영화의 협조를 받아 움베르토 알베르에서 제품의 진열과 판매에 대한 공부를 하고 있다.

김원국은 창밖을 바라보며 씁쓸하게 웃었다. 앞자리에 앉은 오함마의 마음을 읽을 수가 있었기 때문이다.

김칠성은 업무 때문에 제일상사에 왔다가 조웅남에게 발견되었다. 조웅남의 직속 부장인 오유철은 요즘 들어 사무실에 앉아 있는 시간이 별로 없었다. 조웅남은 반갑게 그를 사장실로 불러들였다.

"형님, 유철이는 요즘 바쁩니까?"

김칠성이 소파에 앉으며 물었다.

"응, 바뻐."

하지만 무슨 일로 바쁜지 자세한 내막은 몰랐다. 하루 종일 보이지 않는 때도 있었다. 그럴 때면 조웅남은 말 상대가 없어서 온몸이 근지러울 지경이었다. 마침 김칠성이 잘 찾아온 것이다.

"야, 너는 기집애들만 다룽게로 잘 알겄고만."

조웅남이 입을 열었다.

"너도 비디오를 많이 본담서?"

김칠성은 이야기의 갈피를 잡을 수가 없었다. 멀뚱히 조웅남을 바라보았다.

"비디오 많이 보잖여?"

다시 조웅남이 물었다.

"예, 많이 봐요. 그런데 왜요?"

"음."

조웅남은 입을 다물었다.

"비디오 좋은 것 빌려드려요? 형님은 홍콩 무술 영화만 보신다면서요?"

"인자 그런 거 안 본다."

"왜요?"

"그놈의 시키들 줄 달고 날어댕기는 것에 질려 뻗졌다."

"그럼 어떤 걸 보세요?"

"애정물."

김칠성은 어금니를 힘주어 다물었지만 콧구멍이 썰룩거렸다.

"야, 연애헐 때 말이다."

"……."

"내가 며칠 전에 개 좆 같은 비디오를 하나 보았는디."

조웅남은 김칠성을 힐끗 보았다.

"그래서요?"

"알아먹지를 못허겄단 말여."

"왜요? 자막이 없어요?"

"이런, 씨발 놈."

조웅남이 얼굴을 찌푸렸다.

"그게 아니라 장면을 이해 못 하겄단 말여. 영 찜찜허도만."

"무슨 장면인데요?"

"거시기, 연애헐 때 웃는단 말여."

조웅남은 주의 깊게 김칠성을 바라보았다.

"웃어요? 아아, 그거야 뭐."

김칠성이 시답지 않다는 듯한 표정을 했다.

"뭣이 어쨌단 말여? 너도 알어?"

"그거 할 때 웃는 여자도 있고 그래요. 서양 년들은 밑에 깔렸을 때 별짓을 다 하던데요, 뭘. 웃고 고함치고 난리에요, 난리. 그런 비디오 많아요."

"이런, 씨발 놈이."

조웅남이 김칠성을 노려보았다.

"왜 이렇게 침을 튀기고 지랄여, 지랄이. 야, 이 시키야. 누가 그것 할 때라고 했어?"

"아니, 그럼 뭔데요?"

욕을 얻어먹자 김칠성도 기분이 상했으므로 곱지 않게 물었다.

"키스헐라고 헐 때 말여."

"키스하려고 할 때… 말입니까?"

김칠성이 멍한 얼굴이 되었다.

"그려. 남자가 여자한티 키스혀도 되겠냐고 물응게로… 여자가 막 웃어버렸는디 그것이."

"비디오에서 그래요?"

"그려."

"그리고 어떻게 되었는데요?"

"응? 뭣이? 아, 그것으로 끝여."

"쪼다 같은 자식이구먼."

"응?

조웅남이 깜짝 놀라 그를 바라보았다.

"병신 같은 놈이 키스하려면 그저 붙잡고 쩍 하고 입을 맞춰버릴 거지 묻기는 뭘 물어요? 병신 같으니까 여자가 웃었겠지요, 뭘."

"응."

조웅남의 이마에 진땀이 배어 나왔다.

"유치한 영화를 보셨구먼요. 내가 애들 시켜서 화끈한 것 몇 개 보내드릴게요."

"……."

"온 김에 형님한테 저녁이나 얻어먹고 갈까요?"

조웅남이 김칠성을 노려보았다.

"야, 너, 가봐라."

"예?"

"이 새끼야, 난 바쁘단 말여."

김칠성도 부아가 났다. 언제는 곰살맞게 손바닥을 까불대며 들어오라고 하더니 이상한 비디오 이야기나 늘어놓다가 다짜고짜 나가라고 하는데 성질이 안 날 리가 없다.

"앞으로 난 부르지도 마쇼."

김칠성이 벌떡 일어섰다. 조웅남이 그를 노려보았으나 입을 열지는 않았다. 김칠성은 거칠게 문을 닫고 나갔다.

"지금은 말기 현상입니다. 말씀드리기는 거북합니다만, 이젠 치료가 안 됩니다. 환자를 편하게 해주세요."

이제는 친해진 이병수 박사가 오유철에게 말했다.

"저, 미국이나 다른 나라에서 고칠 수는 없을까요? 혹시 홍콩 같은 데서……."

이 박사는 안타까운 표정으로 머리를 저어 보였다. 반백의 머리였으나 얼굴은 팽팽하고 붉은 혈색이었다.

"이봐요, 오 선생. 그럴 수 있다면 내가 이야기해 주지 않았겠습니까? 미국이 아니라 소련이라도 안 됩니다. 환자에게 고통만 줄 뿐이오."

"그렇다고……."

이제는 하루에 한 번씩 병원에 들르고 있었다. 김성희의 증세를 꼼꼼히 이야기하고 조그마한 변화라도 설명해 주기 위해서였다.

이 박사도 성의 있게 그의 얘기를 들었다.

"박사님, 병원에 다시 입원을 시켜 볼까요?"

오유철이 다시 매달리는 듯한 얼굴로 물었다.

"왜?"

"혹시 차도가 있을지도 모르잖습니까?"

"……."

"그렇게 해주십쇼. 돈이야 얼마가 들든지 상관없습니다."

"글쎄, 그것이……."

"부탁합니다. 혹시나 압니까?"

오유철은 이마의 땀을 손바닥으로 닦았다.

"다음 주에 봅시다."

이 박사가 입맛을 다시며 말했다. 오유철은 그 말만으로도 얼굴에 기쁜 표정을 드러내었다. 어떤 희망이 보이는 것 같았기 때문이다.

"그럼 다음 주에 데리고 오겠습니다."

이 박사는 씁쓸하게 웃어 보였다.

"고맙습니다, 이 박사님."

오유철이 일어서려 하자 이 박사는 그의 손을 잡아 자리에 앉혔다.

"오 선생, 잠깐만."

오유철은 의자에 다시 앉았다. 이 박사는 안경을 벗어 책상에 내려놓았다. 그는 삼성종합병원의 암센터 책임자였다. 그는 피로한 듯 눈을 감았다가 잠시 후 떴다. 오유철은 긴장한 채 그의 얼굴을 바라보았다.

"오 선생, 어차피 생명은 언젠가 끝나게 됩니다. 사람은 언젠가 죽는 거지요."

"……."

"우리는 어느 땐 집착을 버려야 할 때가 있습니다. 체념한다는 말이 아닙니다. 자연의 법에 따라야 한다는 말이지요."

"……"

"그것을 받아들이는 마음을 갖도록 해보세요. 반발하고 저항을 하면 양쪽 모두에게 고통을 줄 뿐입니다. 죽는 사람도 괴롭지만 산 사람은 더욱 고통을 받고 괴로움을 이겨내지 못하는 겁니다.

"……"

"최선을 다하고, 마음을 열고 받아들이라는 말이 있지요. 그 준비를 해두세요. 나도 최선을 다하겠습니다. 그렇지만 오 선생이나 부인께서도 준비를 해두서야 합니다."

"내가 왜요?"

오유철이 거칠게 물었다. 그는 흘러내리는 눈물을 감추려 들지 않았다. 이 박사를 바라보며 물었다.

"왜 하필 불쌍한 성희가 죽어야 합니까? 걔는 나밖에 없는데요. 나도 성희밖에 없습니다."

"……"

"나는 받아들일 수가 없어요. 이건 억울합니다. 너무 억울해요. 너무한 것 아닙니까?"

이 박사도 오유철과 김성희의 상황을 알고 있었다. 천지에 혈연한 점 없는 두 고아가 결합하여 사랑하며 사는 것을 알고 있는 것이다. 그는 길게 한숨을 내쉬며 안경을 집어 코에 걸었다.

열쇠로 문을 열고 집 안에 들어선 오유철은 깜짝 놀라 입을 벌렸다. 김성희가 소파에 앉아 있었다.

"아니, 웬일이냐, 우리 성희가?"

오유철이 활짝 웃었다. 먹지 않는 줄 알면서도 오늘도 사과와 오렌지를 사왔다.

"아줌마는 일찍 가셨어?"

파출부 아줌마가 집에 돌아가는 시간인 오후 5시에 맞춰 오늘은 일찍 돌아왔다.

"네, 집에 일이 있다구 해서."

"오늘은 괜찮아?"

오유철은 그녀 옆에 앉았다. 그러고 보니 얼굴에도 엷으나마 화색이 돌았다. 팔을 돌려 그녀의 앙상한 어깨를 가슴에 끌어안았다. 김성희는 그의 품에 얼굴을 묻고 잠자코 있었다. 오유철은 그녀의 흘러내린 머리칼을 쓸어 올려주었다.

"미안해요."

그녀가 가슴속에서 말했다.

"뭘?"

"……."

"뭘 미안하다는 거야? 쓸데없는 소리 하지 말랬지?"

오유철이 언짢은 듯 말했다.

"두고 봐."

김성희가 얼굴을 들었다. 두 볼이 붉게 물들어 있었다. 열기가 있는 듯한 눈으로 그를 올려다보았다.

"가만 안 두겠어."

오유철이 혼잣소리처럼 중얼거렸다.

"여보."

오유철은 문득 머리를 돌려 그녀를 내려다보았다.

"뭘 말예요?"

그녀가 불안한 듯 물었다.

"아냐, 딴 일이야."

오유철은 그녀의 머리를 잡아당겨 다시 가슴에 안았다.

그는 벽에 걸린 그림을 바라보았다. 김성희가 그린 것이었다. 고등학교 때 그렸다는 그림으로, 앞에 개울이 있고 양쪽에 조그마한 산이 있었는데 그 가운데 작은 집이 그려져 있었다. 개가 마당에서 놀았고 남자는 개울에서 낚시를 하고 그 옆에서 여자가 빨래를 한다.

김성희가 오유철을 생각하고 그린 그림이었다. 그녀는 어렸을 때 가끔 방에 찾아와 사탕이나 초콜릿을 쥐어주던 오유철을 잊지 못했다. 아파 누워 있을 때 손으로 머리를 짚어주던 때도 있었다.

김성희가 초등학교 5학년이었을 때 고등학교를 졸업한 오유철은 고아원을 도망쳐 나가 소식이 끊겼다. 그녀는 며칠 동안 울었으며, 아무도 어쩌지를 못했다. 그때는 오빠나 의지할 친척을 잃어버린 것 같은 슬픔이었다. 그러나 세월이 흐르고 성숙해 가면서 그녀는 오유철을 이성으로 그리게 되었다. 그리고 고등학교 때부터 그를 찾아 결혼하겠다고 결심했다.

고아원을 나와 취직을 하고 나서 매달 한 번씩 고아원을 찾아간 것도 행여나 오유철의 소식을 알게 될까 싶어서였다.

오유철은 빨래하는 여자를 바라보았다. 밝은 표정으로 남자를 바라보면서 빨래를 한다. 남자는 낚싯대를 들고 웃고 있었는데 오유철처럼 갸름한 얼굴형이었다. 오유철은 힘주어 김성희를 껴안았다. 숨이 막힌 듯 그녀가 몸을 뒤치락거렸다.

"뭐 먹고 싶은 것 없니?"

버릇이 된 말이 저절로 입에서 튕겨 나왔다. 머리를 든 그녀가 잠자코 그를 바라보았다. 그리고 힘들게 웃었다.

맛있는 것이 있으면 얼마든지 사줄 수 있게 되었고 입고 싶은 것이 있으면 무엇이든 입혀줄 수가 있게 되었는데… 왜? 의지할 곳 없는 두 고아가 힘들게 다시 만나 가정을 이루었는데, 왜?

오유철은 그녀의 앙상한 어깨를 쓰다듬었다. 성희는 그토록 나를 그리다가 이렇게 만나 2년밖에 지나지 않은 것이다.

"두고 봐, 이 자식들아."

그가 다시 중얼거렸다.

"당신, 이상해요."

그의 가슴팍에서 얼굴을 들고 말하는 김성희에게 오유철이 조용히 혼잣말을 했다.

"우리가 행복하게 사는 것을 질투하는 놈이 있는 모양이야."

"……"

오유철은 이를 부드득 갈았다. 그러나 김성희를 내려다보고는 표정을 바꾸었다.

"야, 이놈의 새끼야. 너는 어디를 그렇게 싸댕기는 거여? 느그 집구석의 전화는 고장 난 거여, 아니면 재미 보느라고 안 받는 거여?"

오유철이 사장실에 들어서자 조웅남이 소리쳤다. 아침에 출근하자마자 불려 들어간 것이다.

"너, 어저께 밤에 어디 갔었어? 집에 아무도 없었던 거여?"

"네, 어젯밤엔 집에 없었습니다."

어젯밤만이 아니었다. 일주일 전에 다시 김성희를 병원에 입원시켰으므로 매일 밤 병원에서 잤다. 오후 7시면 무슨 일이 있든 제쳐 놓고 병원으로 가서 그녀의 옆에 있었다.

"어젯밤에 무슨 일이 있었어요?"

조웅남은 오유철을 흘겨보면서 잠시 입을 열지 않았다. 화가 난 듯 보였다. 상대가 오유철이었기에 망정이지 다른 사람 같았으면 불문곡직하고 두들기고 봤을 것이다.

"어저께 밤에 김도식이가 잽혀갔다."

조웅남이 찡그린 얼굴로 말했다.

"김도식이가요? 왜요?"

김도식은 오유철의 직계 동생으로 영동 지역의 주류 공급을 담당하고 있었다. 오유철은 놀란 얼굴로 물었다.

"그놈의 새끼가 아편을 팔아먹은 모양여. 홍콩에서 중국 놈이 가지고 오면 그걸 맡어 가꼬 이놈저놈한티 팔어먹다 잽혀갔다."

오유철은 머리를 숙였다. 이것은 그가 동생들 관리를 소홀히 한 탓인 것이다. 마약은 몇십 배가 남는 장사였다. 그러나 마약에 손을 대지 않는다는 김원국의 원칙이 있었으므로 마약 사업은 제일그룹과는 관계가 없었다.

"그놈의 새끼가 마약을 뿌리다가 꼬리를 밟힌 모양여. 지금 경찰에서 조사허는디 내일이면 신문에 대문짝만 허게 나올 거다."

조웅남은 울화통이 터지는 듯 주먹으로 책상을 내려쳤다.

"그 씨발 놈이 우리 제일그룹 이름에 먹칠했단 말여. 아침에 형님한티 보고했는디 형님은 기가 멕히능 것 같더라. 암말도 안 허더랑게."

"……."

"너는 이 씨발 놈아, 애들 관리를 어뜨게 허는 거여? 맨날 저녁 때 7시만 딱 되면 집구석으로 가는 거여, 아니면 딴 구멍 파러 가는 거여?"

오유철은 시선을 돌렸다. 그러고 보니 김도식의 행동이 석연치 않았었다. 가끔 행선지를 알 수 없을 때도 있었고, 거래처에 가겠다는 핑계를 대고 아침에 출근을 하지 않았던 적도 있었다.

"이거 야단났는디."

오유철을 붙잡고 닦달해 보아도 소용없는 일이고 더욱이 당사자가 말대꾸라도 해야 속 시원하게 퍼부어댈 것인데 오유철은 기가 죽어 있었다. 싱거워진 조웅남은 혀를 찼다.

"제가 경찰서에 다녀오겠습니다."

오유철이 일어서자 조웅남은 대답하지 않았다.

"어떻게든 일이 크게 벌어지도록 하면 안 됩니다. 우선 김도식이나 담당 수사관들을 만나봐야겠어요."

"나도 여그서 이곳저곳에다가 연락허고 있을 텡게 빨랑 가봐."

찌푸린 얼굴로 조웅남이 말했다.

김도식은 30살로 서울 태생이다. 체격이 좋았고 용모도 미끈해서 어렸을 때부터 연예인이 되는 것이 꿈이었다.

예술전문대학을 졸업하고 몇 년간 떠돌아다니면서도 배우 모집이나 탤런트 공채에 빼놓지 않고 응시했지만 번번이 떨어졌다.

결국 그는 배우 되는 것을 포기하고 주먹에는 자신이 있었으므로 연줄을 통하여 한강상사에 입사했다. 이철주가 사장으로 있을 때였다.

김도식은 한강상사에서 어느 정도 꿈을 이루었다. 탤런트 뺨칠 정도로 예쁜 아가씨들을 관리하는 것이 일이었기 때문이다. 그는 머리 회전도 빨랐고 관리 능력도 인정받았으므로 금방 두각을 나타냈다. 김도식은 적응력이 빠른 데다 쉽게 타협하는 성격이었다. 이철주가 몰락하자 그는 자진해서 강만철과 김칠성의 수하에 들어갔다. 그러다가 제일실업의 오유철에게 배속된 것이다.

어젯밤 수사관들에게 잡혀와 밤새도록 조사를 받고 유치장에 들어온 김도식은 벽에 등을 기대고 주저앉아 있다.

아침 5시가 되어가고 있었다. 서너 명의 사내가 쇠창살 앞에 쪼그리고 앉아 초조한 듯 밖을 내다보고 있는 것이 누굴 기다리는 것 같았다. 너덧 명은 모로 쓰러져 잠을 자고 있었는데 방 안 가득히 술 냄새와 발 냄새가 번져 있어서 머리가 아팠다. 어젯밤 현장에서 같이 체포된 고필상은 다른 방으로 배치되어 어떻게 되었는지는 알 수가 없다.

"재수 없군."

김도식이 저도 모르게 중얼거렸다. 이제 끝장이 났다는 것을 그는 잘 알고 있었다. 조직에서는 도와주지 않을 것이다. 아니, 용서하지 않을 것이다. 그의 머리에 오유철의 모습이 떠올랐다. 그리고 조웅남의 얼굴도 보였다. 김도식은 머리를 저었다. 다시 김원국의 모습이 보였을 때 김도식은 머리를 숙이고 눈을 감았다.

김도식이 중국인 장규를 만난 것은 4개월 전이었다. 동대문의 조그만 호텔에서 근무하고 있는 후배에게서 연락이 온 것이다. 후배는 장규가 마약 판매책인 것을 알아보았다.

"형님, 큰 놈이요. 이곳저곳에다 연락하고 사람을 찾는 것 같아요."

후배는 제일그룹 소속이 아니었다. 그는 김원국이 마약에 관계하지 못하도록 명령을 내린 것도 모르는 처지였다.

"한국이 처음이라 거래할 사람을 찾는 모양인데, 해볼래요?"

그냥 넘겨 버릴 수도 있었다. 그러나 그날 밤, 김도식은 동대문의 호텔에 들어섰고, 그것이 시작이었다. 장규와 김도식은 손발이 맞았다. 그리고 김도식은 얼마든지 고객을 늘려갈 수 있으리라고 생각했다.

김도식은 창살 근처에서의 다투는 소리에 생각에서 깨어났다. 하찮은 일로 두 사내가 언성을 높이고 있었다. 형을 살고 밖으로 나간다 하더라도 조직은 나를 처벌할 것이다. 오유철의 끈질기고 용서하지 않는 표독한 성격을 알고 있었다. 조웅남의 잔혹한 성질도 보아왔다. 이제 나는 끝난 것이다.

김원국은 창밖을 바라보았다. 건너편 빌딩의 유리창이 오후의 햇살을 받아 하얗게 빛났다. 방 안에는 조웅남과 강만철, 오유철, 김칠성, 오함마 등이 앉아 있었다. 모두들 굳은 얼굴로 입을 열지 않았다.

"그 새끼를 잡으면 죽여 버릴 거여."

조웅남이 불쑥 입을 열어 말했다. 김도식을 말하는 것이다.

"애당초 이철주한티서 물이 들어뻗진 놈이었어. 그런디 칠성이 가 골치 아픈게 우리한티 보낸 거여."

김칠성이 혀를 찼으나 대꾸하지는 않았다. 전에는 일 잘한다고 칭찬했던 조웅남이었다.

오유철은 김원국을 바라보았다. 창밖으로 시선을 준 채 김원국 은 입을 다물고 있었다. 오유철은 강동 경찰서에 찾아가 세 시간 동안 김도식을 면회하려고 애를 썼다. 다른 때 같았으면 안면도 많았겠다 면회하는 건 문제가 아니었다. 그러나 오늘은 달랐다. 유치장 근처에 얼씬도 못 하게 하는 것이었다. 그의 눈치로는 경 찰 소관이 아닌 것 같았다. 안면이 있는 수사관에게 매달려 보았 으나 그는 머리를 저었다.

김원국이 머리를 돌려 그들을 바라보았다.

"내가 듣기로는 물량이 5킬로그램이 넘는다는군."

모두들 경악하는 표정을 감추지 않았다. 그것은 팔기에 따라 서 몇십억 원이 되는 물량이었다.

"장규인가 하는 녀석은 김도식이 우리 조직의 일원인 줄 알고 있었을 것이다. 그것을 알고 나서 김도식을 믿게 되었을 거야. 장 규는 우리 조직이 마약 사업을 하는 줄로 생각했겠지. 아니면 김 도식이가 우리 조직이 마약 사업을 하겠다고 떠벌렸든가."

"……."

"지금 장규도 잡혀 있는데 그놈이 어떻게 입을 열지 그것이 걱 정되는군."

"김도식이도 위험합니다."

오유철이 머리를 숙인 채 말했다.

"그놈은 형을 살고 나와도 우리가 용서해 주지 않을 걸 알 겁니다. 자포자기해 버릴지도 모릅니다."

"그게 무슨 말이여? 김도식이가 우릴 물고 늘어진단 말여?"

조웅남이 버럭 언성을 높이며 오유철을 바라보았다.

"그럴 수도 있어. 우리가 시켰다고 하면 형량도 가벼워질 테니까 말이야. 그리고 어차피 막판이니까 이판사판으로 물고 늘어질 확률도 있어."

강만철이 말했다.

"제가 알기로 그놈은 대가 약합니다. 오래 견디지 못하는 성격이었습니다."

그는 김원국을 바라보았다.

"그거, 죽여 버립시다. 면회를 가서 모가지를 뚝 뿐지르고 옵시다."

조웅남이 나섰다.

"이렇게 이야기해 봤자여. 그 씨발 놈의 새끼를 죽여 뻔지면 되잖여."

김칠성과 오함마가 머리를 끄덕였다. 그들은 별다른 방법이 떠오르지 않았다. 조웅남의 단순한 방법이 어쩌면 제일 속 편하고 규율을 어긴 김도식을 응징하는 것이니 일석이조라고 생각하는 것 같았다.

오유철은 머리를 들었다.

"형님, 제가 다시 한번 가보겠습니다."

어쨌든 김도식은 그의 직속 부하였다. 자신이 책임을 져야 한다고 오유철은 생각했다. 김원국은 머리를 저었다.

"그럴 필요 없다."

그는 다른 생각을 하고 있었다.

*　　　　　*　　　　　*

김석주 비서관이 응접실에 들어갔을 때 고인호 의원은 막 신문을 내려놓는 참이었다. 신문에는 다가오는 국회의원 총선을 앞둔 정가의 동향이 연일 보도되고 있었다.

"음, 그래, 무슨 일이야?"

3선의 고 의원은 여당의 총무로서 이번에 당선되면 4선이 된다. 그는 말이나 태도에서 상대방을 압도하는 듯한 분위기를 풍겼다. 고인호가 마른 얼굴을 들어 김석주를 바라보았다.

"긴밀히 말씀드릴 것이 있습니다."

김석주가 앞자리에 조심스럽게 앉았다. 초선 때부터 모시고 있으니 10년이 넘은 셈이다. 어느덧 김석주는 고인호에게 긴밀한 이야기의 의논 상대가 되어 있었다.

"지금 문제인데요."

김석주가 운을 떼었으므로 고인호는 퍼뜩 시선을 들었다.

"이철주 씨라고 총무님께서 들어보셨는지 모르겠습니다."

"이철주?"

고인호가 머리를 한쪽으로 기울이며 김석주를 바라보았다.

"글쎄, 기억이 안 나는데. 누구야?"

"영동의 유흥업계에서 사업체를 운영하고 있었지요. 저번 선거 때도 지원금을 받았습니다만."

"아아, 기억이 난다."

고인호가 머리를 끄덕였다.

"그때 1천만 원인가 받았지, 아마? 그 친구가 날 찾아왔었지?"

"네, 그렇습니다."

"그런데 왜?"

"제가 그 사람을 오늘 만났습니다."

"……."

"그 사람은 지금 사업을 하고 있지 않습니다."

고인호가 잠자코 머리를 끄덕였다.

"김원국에게 사업체를 모두 빼앗겼다고 말하더군요."

"김원국?"

김원국이라면 이름을 들은 적이 있다. 서울의 유흥업계를 장악하고 있는 보스라고 했던가?

"네, 그에게 밀려난 모양입니다."

"……."

"그 이철주가 저에게 연락을 해왔습니다. 이번에 마약을 팔다가 적발된 사건이 있지 않았습니까? 신문에 났습니다만."

"음, 그래, 본 것 같아."

"그놈이 김원국의 부하더군요. 지금 조사 중입니다."

고인호가 잠자코 그를 바라보았는데 얼른 용건을 말하라는 것 같았다.

"이철주의 말로는 김원국이도 마약에 연관이 있다는 겁니다."

"김원국이?"

"네, 부하가 마약을 거래하다가 잡혔으니까요. 조직의 생태로 봐도 김원국의 승낙 없이는 안 된다는 겁니다."

고인호가 보일 듯 말 듯 머리를 끄덕이다가 문득 김석주가 자금 이야기를 꺼냈다는 것을 생각해 냈다.

"그래서? 이철주가 말하는 요지는 뭐야?"

"이철주는 김원국이에게 뺏긴 사업체들을 찾아야겠답니다. 김원국이는 당연히 마약 거래의 주모자로 잡혀가야 한다는 거죠."

"그거야 수사기관이 알아서 할 것 아니겠어?"

고인호가 이맛살을 찌푸렸다.

"20억을 내겠답니다."

고인호가 김석주를 노려보았다.

"정황으로 보아 김원국이를 잡아넣을 수 있지 않겠냐는 말이었습니다. 그러면 자신은 뺏긴 사업체를 다시 인수할 수 있답니다. 그 대가로 20억을 내겠다고 했습니다."

"……."

"제가 알아보니까 제일상사와 제일실업이라는 두 업체가 주류 유통과 인력 수급 일을 하고 있습니다. 그 두 업체를 인수하려고 하는 것 같습니다. 수사 과정에서 이철주 앞으로 명의 이전만 어떻게 해준다면 20억을 내겠단 얘깁니다."

고인호가 담뱃갑에서 담배를 꺼내 입에 물었다. 그러나 불은 붙이지 않았다. 그가 생각에 잠길 때 하는 버릇이었다.

"그 외에 김원국 조직의 비리나 비행에 대한 모든 증거자료가 있다고 합니다. 하긴 그런 조직들은 숨겨진 일들이 많을 테니까요."

김석주를 내보내고 난 고인호는 소파에 앉아 한동안 생각에
잠겼다. 이제 곧 밑도 끝도 없이 선거 자금이 들어갈 참이었다. 당
에서 주는 보조금과 기업들에게서 얻어 쓰는 지원금만 가지고는
자금이 모자랐다. 더욱이 원내총무인 그로서는 몇 명의 소속 의
원들을 지원해 줘야 할 책임도 있었다.

"김원국이라……"

고인호는 혼잣말로 중얼거리다가 문득 그가 재수 없는 사내라
는 생각이 들었다. 선거 전에 부정과 사회악을 척결하는 의지를
강력하게 보여주는 것도 나쁘지 않을 것이다. 몇 번 써먹어 보았
지만 정부의 강한 모습을 보여주면 국민들은 두려움과 함께 감동
을 한다. 더욱이 그의 부하가 마약 매매를 하다가 검거되었으니
얼마든지 혐의를 잡을 수가 있을 것이다.

고인호는 김원국도 마약과 관계가 있을 것이라고 믿기로 했다.
그러자 가슴이 가벼워지면서 김석주가 때마침 큰 건을 잘 물어
왔다고 생각했다. 뒤탈은 없을 것인가 생각해 보았으나 김 비서관
의 얘기대로 이철주란 작자가 증거자료를 충분히 제공한다면 무
리는 아닐 것 같았다. 고인호는 오랫동안 그 일의 앞뒤를 맞춰보
았다.

김중오는 수프 그릇을 옆으로 밀어놓았다. 힐끗 고인호를 바라
보았으나 그는 상어 지느러미 수프를 떠먹기에 열중한 듯 보였다.

여의도의 중국 요릿집이었다. 밀실에 자리를 잡은 그들은 차례

로 나오는 요리 접시를 비우고 있었다.

대검의 중수부장인 김중오는 고인호로부터 점심 초대를 받자 당황하면서도 반가웠다. 그는 정계의 실력자였고 승진을 하려면 그의 영향력이 큰 도움이 될 것이다. 더욱이 고인호와는 같은 향우회 소속이었다. 정계와 관계의 고위급에 있는 사람만이 그 향우회에 가입할 수 있었고 고인호가 회장을 맡고 있는 것이다.

"어떤가? 자네, 요즘 바쁘지?"

수프 그릇을 옆으로 치우면서 고인호가 입을 열었다.

"저야 매일 그런 일 아닙니까?"

김중오가 고인호의 눈치를 살피며 말했다. 무엇인가 고인호가 할 말이 있을 것이라고 예상하고 있었다. 조금 긴장이 되었다.

"마약 밀매자를 잡았다면서?"

고인호가 수건으로 입을 닦으며 물었다. 붉은 얼굴에서 눈이 번들거렸다.

"아아, 네."

"그것, 큰 건 아닌가?"

"글쎄요. 아직 수사 중이라서요."

김중오는 언뜻 말을 뱉기가 어중간했다. 김도식이라는 마약 밀매자를 잡은 것은 이미 보고를 받았다. 그리고 그가 김원국의 부하라는 것도 알고 있었다. 폭력과 범죄행위 추방이라는 정부의 시책에 맞추어 자기가 나서서 김원국이라는 거물을 깬다면 그가 바라는 승진도 이루어질 것이다.

그러나 어설프게 목표만 크게 잡고 나팔을 불었다가 용두사미가 되어버렸을 때는 차라리 안 한 것보다 못하게 된다. 또 사건들을 캐다 보면 감자 뿌리가 뽑혀 나오듯이 줄줄이 정부 기관의 비리가 나오는 경우가 비일비재하다. 그래서 처음에는 고위층에게 격려 전화까지 받았다가 사건이 끝나고 나서 좌천을 당한 예도 있었던 것이다.

"그놈이 김원국이 부하라면서?"

"예, 그렇습니다."

"그것 큰 건이군."

머리를 끄덕이며 고인호가 단정을 짓듯 말했다. 김중오의 가슴이 두근거렸다.

"큰 건이야."

고인호가 다시 강조하듯 말하자 김중오가 그를 바라보았다. 무언가 생각하는 얼굴이었다.

"이봐, 뭘 망설이나? 부하가 마약 거래하다가 잡혔는데 김원국이가 관계가 있을 것 아닌가? 밀고 나가게. 놈들에게 뜨거운 맛도 보여주고 국민들에게 정부의 의지를 보여주게."

김중오는 눈을 껌뻑이며 그를 바라보았다. 고위층에서 이렇게 밀어준다면 아예 김원국의 호주머니에 마약이라도 집어넣을 수 있었다.

"자네도 승진할 때가 되었지? 내가 밀어줄 테니까 이 건으로 정부와 우리 당에 얼굴을 세워보게."

김중오는 머리를 끄덕였다. 마음속으로 고인호가 그 사건에 관심을 갖는 이유를 생각해 보았으나 알 수 없었다. 그러나 이유야 어쨌든 그 건으로 도와주겠다니 밑져야 본전이었다. 하지만 고인호의 성격으로 봐서 뭔가 바라는 바가 있을 것 같았다.

"잘 알겠습니다만……."

김중오가 말끝을 흐리자 고인호가 말했다.

"아, 깊이 생각할 거 없네. 죄지은 놈 잡아들이는 게 뭐가 나쁜가. 특히 김원국이, 그놈은 혼이 좀 나야 돼. 내 조만간 비서관을 보낼 테니까 그 친구 얘길 들어보도록 해. 자네도 납득이 갈 거야."

김중오는 뭔지는 모르겠지만 고인호 의원이 김원국에 대해 불쾌한 기억을 갖고 있다고 생각했다.

"자넨 운이 좋은 사람이야."

고인호가 젓가락을 들어 돼지고기 볶음을 집었다.

"이렇게 때맞추어 기회가 오는 일도 드물다네. 다 관운이라는 것이 있는 법이야."

김중오가 비로소 얼굴에 웃음을 띠었다.

"모두가 의원님 덕분입니다."

"이 사람아, 인사치레하지 말고 높은 자리에 오르거든 괄시나 하지 말게."

고인호가 얼굴을 펴고 웃었다.

"김중오 부장검사를 만나봐요. 의원께서 이야기를 해주셨고 만나서 얘길 해두었으니까 그 사람도 기다리고 있을 겁니다."

김석주가 말하자 이철주는 얼굴에 웃음을 띠었다. 눈이 반짝였다.

"그분 이름은 들었습니다. 그럼 내일이라도 당장 찾아가야죠. 비서관님, 신경 많이 쓰셨습니다."

"원, 천만에요. 죄지은 사람은 당연히 법의 심판을 받아야 하는 것 아닙니까? 의원님도 그렇게 말씀하십니다."

"그럼요. 당연하죠."

이철주의 가슴이 두근거렸다.

"마약 거래 외의 다른 범법 행위들도 적발될 수가 있겠지요?"

"그건 염려 마십시오. 잘 아시다시피 그런 계통의 사업은 법하고 숨바꼭질을 하는 겁니다. 맡겨주십시오."

김석주는 머리를 끄덕였다.

"그리고."

김석주는 이철주를 바라보았다.

"전번에 말씀하신 건 말인데, 30억은 만들어 주셔야겠습니다."

이철주는 눈을 크게 뜨며 그를 바라보았다.

"내가 조사해 보니까 제일상사와 제일실업의 매출액이 연 3, 4백억은 되더군요. 그리고 때가 때이니만치 30억이 필요합니다."

"아아, 네."

이철주는 침을 삼켰다.

"저는 그것을 당에다 내는 기업의 지원금으로 생각하겠습니다. 어때요, 하실 수 있겠지요?"

김석주가 다른 말은 아예 기대하지도 않는다는 얼굴로 이철주를 보았다.

"네."

무리라고 생각했다가 이철주는 마음을 고쳐먹었다. 여기서 우물쭈물하다가는 모처럼 닥쳐온 기회가 없어질지도 모른다.

"네, 하겠습니다."

"그걸 빠른 시일 내로 만드셔야 할 겁니다. 시간이 없으니까요."

"알겠습니다."

이철주는 머리를 끄덕였다. 방법이 있을 것이다. 제일상사와 제일실업을 놓치기는 싫었다.

다음 날 10시 정각에 이철주는 김중오 부장검사의 사무실에 들렀다. 아침 9시에 전화를 해서 10시에 만나기로 한 것이다.

김중오는 날카로운 시선으로 들어서는 이철주를 훑어보았다. 만만치 않게 보였다. 험한 세상을 살아온 사람의 분위기가 금방 풍겼다. 그들은 사무실에 딸린 작은 방으로 가 마주 앉았다.

"말씀은 들었습니다. 김원국의 범죄행위에 대해서 증거자료를 준비해 주시겠다구요? 협조해 주셔서 고맙습니다."

김중오가 담배를 권하며 말했다.

"천만의 말씀입니다. 도와드리다니요. 솔직히 말씀드려서 제가 억울한 일을 당했기 때문에 고발하려는 것이지요."

김중오가 머리를 끄덕이는 것이 고인호나 김석주에게서 대충은 이야기를 들은 눈치였다.

"저는 몇십 년 피땀 흘려 일으켜 놓은 업체를 김원국이한테 억울하게 강탈당했기 때문에 그러는 겁니다."

"호오, 그렇습니까?"

김중오는 담배 연기를 길게 내뿜었다.

"지금 현재 김원국이 장악하고 있는 제일상사나 제일실업의 원소유주는 접니다. 직원들도 대부분 제 직원이었구요."

"제일상사도 그렇습니까? 제일상사는 김원국이 처음부터 시작했던 것으로 압니다만."

이철주는 머리를 저었다.

"제일상사라는 이름이 중요한 것이 아니지요. 그곳에서 관리하는 유흥업체들이 중요합니다. 제가 장악했던 업체들이 모두 제일상사의 손아귀에 들어가 있습니다. 강제에 의해서 업체를 정리해야 했지요. 그러니까 제일상사도 저와 관계가 없다고 볼 수 없습니다."

"……."

"이제 김원국의 마약 매매 사실까지 드러난 이상 그 업체들이 저에게 돌아오는 것이 사필귀정이 아니겠습니까?"

김중오가 머리를 끄덕였다.

"그 회사들은 조웅남이나 강만철이 같은 김원국의 부하들 이름으로 명의가 되어 있습니다. 이놈들도 모두 김원국이와 한통속이지요. 악랄한 놈들입니다."

"……."

"저기, 말씀을 들으셨지요?"

이철주가 문득 물었다. 김중오가 무슨 말이냐는 듯 그를 바라보았다.

"명의 이전 건에 대해서 말씀입니다."

"아아, 그야……."

김중오는 말끝을 흐렸다. 김석주한테서 들은 이야기는 원주인인 이철주에게 회사의 명의를 이전하는데 도와달라는 것이었다. 김원국이나 그의 수하들이 검거되면 회사들이 풍비박산될 것이므로 명의 이전이니 뭐니 할 필요가 없을 텐데도 그런 이야기를 들자 거북했다.

그것은 다른 사안이었던 것이다. 문제가 있으면 소송을 걸든지 해야 했다. 그것이 고인호가 자기를 도와준 대가로 바라는 반대급부라면… 그러나 김중오는 거절하지 못했다. 그리고 그것은 어떻게 보면 간단한 일이기도 했다.

"그걸 좀 부탁드립니다. 그래야 제가 빨리 사업을 명실공히 인수할 수가 있습니다."

"……"

"그리고 아시겠지만, 김원국이에게는 제 이야기나 명의 이전 이야기를 꺼내지 말아주십시오. 제가 이러는 걸 알면 모든 것을 감추려 들 겁니다. 그놈의 약점을 제일 잘 알고 있는 것이 저니까요."

김중오는 머리를 끄덕였다. 다소 꺼림칙하였지만 그의 말에 신빙성이 없는 것도 아니었다.

"그럼 자료가 준비되는 대로 넘겨주시지요. 그리고 필요한 일이 있으면 연락을 하십시오."

김중오가 말하자 이철주는 머리를 끄덕였다.

"최선을 다하겠습니다."

자리에서 일어선 이철주가 김중오를 보았다.

"그리고 사례하겠습니다."

"아니, 무슨 말씀을."

김중오가 이맛살을 찌푸렸다.

"이것은 단순한 사례입니다. 아무리 뺏긴 것을 찾는다고 해도 이 이철주가 그냥 넘길 사람이 아닙니다."

"허어."

김중오는 입을 다물었다. 이철주는 정중히 인사를 하고 방을 나왔다. 이철주의 발걸음이 가벼워졌다. 이제 새로운 생활이 시작되는 것이다.

아파트 안은 어딘지 모르게 썰렁했다. 탁자 위에 놓인 재떨이에는 담배꽁초가 수북이 쌓였다. 응접실 소파에 앉아 있던 구영산이 입을 열었다.

"6개월 동안 병원에서 썩은 걸 생각하면 이가 갈려요."

이철주는 잠자코 그를 바라보았다. 누워 있는 것이 속이 더 편했을지도 모른다. 사지가 멀쩡한 자신이 일 년이 넘도록 절치부심하고 기다려 온 것과 비교할 수는 없다. 바닥은 같다고 하더라도 떨어진 곳의 높이가 다른 것이다. 그리고 크고 작은 것의 차이도 있지 않은가?

구영산과 이철주는 5개월 전부터 계획을 세워 나갔다. 구영산은 어차피 밑져야 본전이었다. 그는 갈 곳이 없기도 했지만 조웅남을 생각하면 이가 갈렸다. 복수를 해야 눈을 감을 수 있을 것 같았다. 놈은 나를 죽이려고 했다. 사람의 머리를 라디에이터에다 던지는 천하의 무도한 놈이었다.

"재용이는 아직 돌아오지 않았니?"

이철주가 묻자 구영산은 머리를 들었다.

"7시경에 들어온다고 했습니다."

이철주는 벽에 걸린 시계를 보았다. 저녁 6시 30분이었다.

수원에 얻어놓은 48평짜리 아파트에서 이철주와 구영산, 천재용 셋이 생활하고 있었다.

천재용은 이철주가 요즘 들어 심복으로 끌어들인 대전 출신 주먹이었다. 나이는 34살에 어렸을 적부터 폭력 전과를 붙이기 시작해서 지금까지 별을 7개 달고 10년을 교도소의 맑은 물을 마셨다. 나이 들고 의지할 데 없는 그를 이철주가 거둬들인 것이다. 우연하게 연줄을 타고 만나게 되었으나 이철주가 보기엔 진국이었다. 술을 많이 마시는 것 하나가 흠이었지만 의리 있고 입이 무거웠다.

이철주는 구영산과 천재용을 정점으로 은밀하게 조직을 만들어 나갔다. 그렇다고 활동하는 것은 아니었다. 드러나는 행동은 하지 않고 부하들을 단련시켜 온 것이다.

"어제 만나신 일은 잘되었습니까?"

구영산이 물었다.

"음."

이철주는 입을 열지 않았으므로 구영산도 더 이상 묻지 않았다. 그러나 그가 정부의 관리들을 만나고 있는 것을 구영산은 알고 있었다. 어차피 한배를 탄 입장이었다.

벨이 울리자 구영산이 문 앞으로 다가가 문을 열었다. 우람한 체격의 사내가 들어섰다. 신장이 1미터 85센티미터 정도에 체중이 100킬로그램은 되어 보였다. 부리부리한 눈을 들어 구영산을 힐끗 보더니 잠자코 신발을 벗고 안으로 들어왔다.

"또 쐬주 사온 거냐?"

구영산이 그가 들고 있는 비닐봉지를 보면서 물었지만 천재용은 대꾸하지 않았다. 그는 이철주를 보고 꾸벅 머리를 숙이고는 소파에 앉았다.

"별일 없는 거냐?"

"예."

탁한 목소리다. 그는 눈을 끔뻑이며 이철주를 바라보았다. 처음에는 그의 무뚝뚝함이 눈에 거슬렸다.

이철주는 사근사근한 성격을 좋아했다. 그러나 쓰라린 경험을 쌓고 나서는 매끈한 말이 얼마나 쓸데없었던가 깨우치게 되었다. 말보다 몸으로 때워줄 부하가 없었고 지금 그가 찾는 것은 그런 부하였다.

천재용은 수원 변두리에 있는 부하들의 합숙소에 다녀오는 길이었다. 20명가량의 부하가 3개월 전부터 변두리의 2층 양옥집에서 기거하고 있었다. 전과자가 대부분인 그들은 천재용이가 끌어모았다.

"준비 단단히 해둬라. 이젠 우리가 뛰어들 차례가 온 것 같다."

구영산과 천재용이 시선을 주었지만 이철주는 더 이상 입을 열지 않았다.

"그럼 이 사장, 둘이서 이야기하시오."

이철주를 수사과의 안쪽에 있는 조그마한 방으로 안내한 박 수사관이 말했다.

"그놈은 바로 이리 보낼 테니까 조금만 기다려요."

그는 문을 닫고 나갔다. 이철주는 검찰에서 파견된 박 수사관과 함께 김도식이를 수사하고 있는 시경 특수대에 들어와 있는 것이었다.

이철주는 방 한복판에 놓인 철제 의자에 앉았다. 방 안의 가구라 해봐야 서랍도 없는 길쭉한 탁자와 의자 두 개뿐이다. 창문도 없어서 습기와 묵은 공기 냄새에 저절로 이맛살이 찌푸려졌다.

잠시 후 노크 소리도 없이 문이 열리더니 김도식이 불안한 듯 안을 들여다보았다. 며칠 동안 면도를 하지 않아서 코밑에는 거뭇한 수염이 자라 있었다.

"여어, 도식이냐?"

한강상사에 있을 때는 말단인 그와 이야기를 나눈 적도 없었지만 얼굴은 기억이 났다.

"아니?"

김도식은 금방 이철주를 알아보더니 놀라서 눈을 크게 떴다.

"어서 들어와. 놀랄 것 없다."

이철주가 부드럽게 말하자 그는 주춤대며 맞은편에 가서 섰다.

"앉아라. 내가 인마, 널 도와주러 온 거야. 마음 놓아라."

"어떻게 여길 오셨습니까?"

의자에 앉은 김도식이 불안한 얼굴로 물었다. 제일상사 측에서는 아무도 찾아오지 않았다. 찾아올 리가 없는 것이다. 김도식은 그들이 찾아오는 것이 오히려 겁이 났다. 그에 믿을 곳이 아무 데도 없었고 차츰 자포자기 상태로 되어가는 중이었다.

"네가 난처한 입장에 빠졌다고 해서 말이야. 손을 써가지고 찾아온 거다."

이철주가 담배를 꺼내 그에게 내밀었다. 그는 냉큼 받아 들고 머리를 숙이면서 이철주가 켜준 라이터에 담뱃불을 붙였다.

"너, 지금 네 입장이 어떤지 잘 알지?"

김도식은 길게 담배 연기를 내뱉었다. 어지러운지 눈을 감은 김도식이 머리를 끄덕였다.

"마약은 너 혼자 했지? 조직과는 관계가 없었지?"

이철주는 김원국이 마약에 손을 대지 않는 것을 잘 알고 있었다. 그가 지시했을 리는 없는 것이다. 김도식은 눈을 떴으나 대답하지 않았다.

"그것이 너한테는 제일 큰 문제다. 그걸 내가 잘 알지."

"······."

"네가 혼자 했다고 해도 수사기관에서는 믿어주지도 않을 거다. 제일그룹의 엄격한 규율을 그들도 알고 있으니까 말이야. 검찰은 김원국이가 지시한 것으로 보는 모양이더라."

"그건 저 혼자 한 겁니다."

김도식이 내뱉듯 말했다.

"글쎄, 안다니까."

이철주가 딱하다는 듯 혀를 찼다.

"네가 그런다고 수사기관에서 오, 그러냐? 하지 않는다는 것이 문제야. 어차피 수사는 그쪽으로 확대되게 되어 있어. 네가 의리를 지킨다고 해도 결과는 뻔하다는 이야기다. 네가 그 중국 놈한테 마약을 넘겨받으면서 지불한 돈이 누구 것이었니? 제일상사 돈이 아니냐?"

"······."

"그리고 제일상사에서 너를 내버려 둘 성싶으냐? 놈들이 얼마나 잔인한지 너도 잘 알지?"

김도식은 퀭하게 뚫린 눈으로 이철주를 바라보았다.

"너는 본래 내 식구였다. 네가 지금부터 나를 의지하면 너는 아무것도 걱정할 것이 없다. 내가 여길 찾아온 것을 봐라. 배경이 든든하다는 말이야. 김원국이나 그 누구도 너를 건드릴 수가 없고, 너는 형식적으로 몇 달만 살고 나오면 돼. 그리고 나와 함께 다시 일하는 거다."

김도식은 침을 삼켰다. 뚫어질 듯이 이철주를 바라보았으나 조금 전의 눈빛이 아니었다. 눈동자가 어지럽게 흔들렸으나 생기를 찾아가고 있었다.

"너도 인마, 남자야. 남자는 어쨌든 승부를 한번 걸어야 한다. 네가 몇 달 후에 밖으로 나왔을 때 제일그룹은 없어졌을 거다. 김원국도, 조웅남도 없다. 이것은 극비 사항인데… 정부와 내가 같이 움직이고 있다."

"……"

"너는 내가 시킨 대로만 해라. 그놈들이 너를 죽이려고 하는데, 남자가 이런 좋은 기회를 놓치는 거 아니다."

이철주는 그의 표정을 보면서 점점 자신감이 붙었다.

"그 말이 정말입니까?"

김도식이 어렵게 말문을 열었다. 그의 눈이 똑바로 이철주를 바라보고 있었다.

"뭐가 말이냐?"

"정부하고 같이 움직인다는 말……."

이철주가 웃었다.

"내가 빈말하러 여기 온 것 같으냐?"

김도식은 눈을 내리깔았다.

오늘이 5월 25일이다. 열흘이 지났으므로 구속 기간을 연장시킨 것도 알고 있다. 시간이 지날수록 초조했고 절망에 빠져들고 있었던 것이다.

이철주의 말은 그에게 새로운 희망과 용기를 불어넣었다.

제8장

빛은 보이지 않고

밤의 대통령

후텁지근한 날씨였다.

6월로 접어들면서 날씨는 갑자기 더워졌다. 검사실 벽에 걸린 달력의 6월 2일에 빨간 동그라미가 그려져 있었다.

김원국은 철제 의자에 앉아 책상 건너편의 함주민 검사를 바라보았다. 오후 2시가 넘었으나 그는 점심 식사를 할 생각도 없는 모양이었다. 신참 검사인 것 같다. 검은 테 안경을 끼고 있었는데 안경 속의 눈빛이 날카로웠다.

30대 초반의 그는 열중한 표정으로 조서를 작성하는 중이다.

아침에 김원국은 제일상사 현관에서 기다리던 시경 특수대 수사관들에게 연행되었다. 조웅남과 강만철, 김칠성, 오함마 등 모두가 연행된 것이다.

모두들 심상치 않다고 생각하고 있었으나 이렇듯 갑자기 보스급 전부가 연행된 것은 예상 밖이었다. 오유철만이 집안에 일이 있었는지 회사에 출근하지 않아서 그들에게 연행되지 않았다.

김원국은 시선을 돌렸다. 천장에 가까운 높은 곳에 손바닥만 한 창문이 하나 있었는데 그 너머의 탁한 하늘이 뿌옇게 보였다. 방 안은 수사관의 자판 두드리는 소리만 들릴 뿐 조용했다.

"어쨌든 김도식이가 제일상사의 직원인 것은 시인하는 거지요?"

함 검사가 머리를 들고 물었다.

"네."

"그리고 마약 거래를 시켰다는 것도 시인하는 게 좋을 거야."

함 검사 옆의, 특수대 소속 사내가 말했다. 그는 처음부터 반말이다. 40대 초반쯤으로 보였는데 분위기가 거칠었다.

"시인하는 거요?"

함 검사가 물었다.

"그런 사실 없습니다."

"그럼 중국인 장규를 만나지 않았다는 말이군요."

"모르는 사람입니다."

"여기가 어디라고 거짓말하고 있어, 이거."

사내가 얼굴을 찌푸리면서 다시 나섰다. 함 검사가 힐끗 그에게 시선을 주었다가 김원국을 보았다.

"유흥업소에서 매달 상납금을 받았지요?"

"아닙니다."

김원국이 머리를 저으면서 웃었다.

"요즘이 어떤 땐데 그런 돈을 받습니까?"

"여자들을 일본 유흥업소에 취업시켜 준다고 하고 여자들과 일본 유흥업소에서 돈을 받았다던데?"

앞에 앉은 함 검사의 얼굴이 지쳐 보였다.

"그런 일 없습니다."

"그럼 왜 재작년 말에 일본에 간 거요?"

"여자들을 구해내기 위해서죠."

"저거, 거짓말하는 것 좀 봐."

사내가 이죽거렸다.

"제가 무슨 홍길동이라고……"

"박재팔을 알아요?"

함 검사가 사내를 무시하고 말을 이었다.

"이름은 들었습니다."

"그 사람이 교통사고로 죽은 것도 당신이 시킨 일이지요?"

"아닙니다."

박재팔과 자신을 연관시키는 함 검사의 말에 김원국은 수사 팀들이 엮어 넣을 자료들을 가지고 있다는 생각이 들었다. 박재팔이 그 당시에 무엇을 하려고 했는지를 아는 사람이 극히 드물었기 때문이다. 그러자 가슴이 답답해져 왔다.

이제 시작이나 마찬가지인 것이다. 모든 업체를 양성화하고 생산성이 있는 회사들을 설립하여 동생들을 떳떳하게 하겠다는 자신의 꿈이 흔들렸다.

"김도식이는 자백했어요."

함 검사가 말머리를 돌렸다.

"모두 당신의 지시라고 진술했고 서명까지 했단 말입니다."

"……"

"조웅남이나 오유철, 강만철, 김칠성 등도 모두 알고 있다고 진술했어요."

함 검사가 의자를 뒤로 물리고 두 손의 깍지를 끼더니 김원국의 얼굴을 빤히 들여다보았다.

"김도식이 거짓말을 했군요. 우리는 모르는 일이었습니다."

40대의 사내가 혀를 찼다. 그는 함 검사가 못마땅한 것 같았다. 고참 수사관으로 보였는데 신참인 함 검사를 무시하는 표정을 가끔 드러내 보인다.

"어떻게 조직에서 그럴 수가 있습니까? 더구나 당신 조직은 위계질서가 철저히 잡혀 있다고 들었는데."

"내가 부하 관리를 잘못한 겁니다."

"중국인에게서 마약을 가져올 때도 김도식은 제일상사의 공금을 썼어요."

"그놈이 공금을 횡령한 것입니다. 조사해 봤는데 수금한 날에 입금시키지 않고 며칠 후에 입금을 시켰더군요. 장부에 기록되어 있습니다."

"장규도 당신이 거래의 배후에 있는 것으로 알고 있던데 뭘 그래요."

"김도식이 신용을 얻기 위해서 거짓말을 했을 겁니다."

함 검사는 머리를 저었다.

"그건 말이 안 돼요. 모든 상황이 당신에게 불리합니다. 솔직하게 인정할 건 인정하는 게 사내다운 태도 아니겠어요?"

　　　　＊　　　　　　＊　　　　　＊

김중오는 신문을 펼쳐 들었는데 얼굴이 상기되어 있었다.

'한국의 마피아 두목 체포.'

큼직한 활자가 사회면을 가득 채우고 있었다. 김원국의 사진이 한쪽에 커다랗게 찍혀져 있었는데 우울한 표정이었다. 선량한 국민들은 그의 얼굴을 보고 두려움과 증오심을 느낄 것이다. 그리고 정부의 강력한 의지에 역시 두려움과 함께 공감을 품게 될 것이다.

김중오는 신문에 자신의 일문일답 기사가 난 것도 세밀하게 읽어보았다.

이윽고 그는 머리를 끄덕였다. 기자들은 그의 의도를 모두 반영시켜 주었다. 김원국의 비행과 비리가 가득 적혀 있었고 조직의 어두운 단면들을 파헤쳐 놓은 것이다. 김중오는 신문을 옆으로 치우고는 인터폰을 집어 들었다.

신문을 읽는 김원국의 반응이 보고 싶어진 것이다.

김원국은 지검 부장검사까지 파견 나온 이유가 뭘까 생각했다. 김중오의 표정은 들뜬 것처럼 보였다. 담배를 권했다가 그가 사양하자 담뱃갑을 책상 위에 던져 놓았다.

"이걸 읽어보시오."

김중오가 앞에 신문을 던져 놓았을 때 김원국은 커다랗게 찍혀져 있는 글자를 보았다. 그리고 자신의 사진도 보았다.

그는 한동안 신문을 집어 들지 않고 그것을 노려보았다. 점점 얼굴이 굳어져 갔고 이윽고 그는 신문을 집어 들었다.

김중오는 그의 행동을 숨죽이고 바라보았다. 김중오는 김원국이 신문 기사를 읽는 동안 손이 떨리면서 신문지가 흔들리는 것을 보았다. 김중오는 담뱃갑을 집어 담배를 빼어 물었다.

담배 연기를 내뿜자 김원국이 신문을 책상 위에 내려놓았다. 그의 눈동자는 흔들리지 않았고, 물끄러미 김중오를 응시한 채 입을 열지 않는다. 그러고 보니 김원국은 지금까지 한마디도 하지 않았다.

슬그머니 짜증이 일어난 김중오가 담배를 재떨이에 비벼 껐다.

"김원국 씨, 보다시피 이젠 모든 국민이 당신과 우리를 주시하고 있어요."

"……"

"당신에게 충고하겠는데, 수사에 협조해요. 그것이 당신의 형량이 줄어들 수 있는 유일한 길이오."

"……"

"담당 검사한테 당신이 모든 사실을 부정하고 있다고 들었는데 그건 당신에게 도움이 안 돼요."

김중오는 김원국을 향해 웃어 보였다.

"당신한테 개인적인 감정이 있어서 이러는 건 아니오. 그렇지만 나는 당신이 상황을 판단할 수 있는 안목을 가지고 있다고 생각해요. 고집 부리지 않는 게 좋을 거요."

김중오가 자리에서 일어섰다.

김원국은 심호흡을 했다. 자신이 고립무원의 상황인 것을 깨달았던 것이다.

"국민들은 깜짝 놀랐을 거요, 당신 때문에."

김중오가 내려다보면서 말했을 때 퍼뜩 김원국이 머리를 들었다. 습기를 머금은 두 눈이 번들거렸다.

"변호사를 만나게 해주시오."

잠시 그를 내려다보던 김중오의 얼굴에 웃음이 걸렸다.

김중오가 머리를 끄덕이며 말했다.

"이길량 변호사가 당신 고문 변호사로 알고 있는데 그분 얘기를 들어보는 것도 도움이 될 거요. 경험이 많은 사람이니까. 허허. 하기야 그 양반이라고 특별히 도움이 될 것 같지는 않지만 말이오."

김중오는 인터폰을 집어 들었다.

"이 사람 데려가."

수사관들이 들어와 김원국의 팔짱을 꼈을 때 그의 등에 대고 김중오가 말했다.

"시간이 얼마 없어요, 김원국 씨."

이길량 변호사는 60이 넘은 나이였으나 몸놀림이 경쾌했다. 조그마한 체구에 백발이 어울렸다. 김원국과는 10년쯤 전부터 법률 문제를 상의해온 사이다.

"신문 읽었는가?"

김원국을 보자마자 이길량이 묻더니 담배를 꺼내 탁자 위에 던져 놓았다. 김원국이 머리를 끄덕이자 이길량이 입맛을 다셨다.

"재수 없었다고 생각하기에는 너무 공교롭군."

"동생들은 잘 있습니까?"

이길량은 힐끗 김원국을 바라보았다. 못마땅한 듯 이맛살이 찌푸려져 있다.

"자네 걱정이나 해. 그 잘난 동생 놈인지 어떤 놈인지 저질러 놓은 일 좀 보라구. 그리고 만나지도 못했어. 김 검사가 자네와 만나는 것도 큰 선심 쓰듯이 생색을 내더군, 원."

"……."

"온통 떠들썩하다네. 정부에서 신바람이 나 있어. 야당에서도 정부에서 잘한 일이라고 인정하는 모양이야."

"……."

"참아야지 어떡하나? 억울하고 답답하더라도 버티고 있게. 나도 최선을 다할 테니까."

그도 답답한 듯 피우고 있던 담배를 비벼 끄고는 시선을 돌렸다.

"언론이 저런 식으로 나왔을 때는 잠잠해질 때까지 기다리는 것이 상책이야."

이길량은 김원국을 잘 알고 있었다. 그는 마약 거래를 할 사람이 아니었다. 자존심이 강했고, 그 자존심의 바탕을 이루는 것이 차가운 자기희생과 절제, 그리고 명예에 대한 욕망이라는 것을 어렴풋이 짐작하고 있었다.

이길량은 이번 사건으로 김원국이 치명적인 상처를 받았다고 믿었다. 사업체를 잃고 몸이 갇히게 되는 게 그를 괴롭히는 것이 아니었다. 그의 명예가 일순간에 진흙밭으로 떨어진 것에 좌절하고 있는 것이다.

"이것 봐, 기운 내게. 언젠가는 만회할 수 있네. 그리고 내일 저녁쯤 구속영장이 떨어질 것 같으니 그리 알고 있게."

이길량의 말에 김원국이 시선을 돌렸다.

"어떻게든 동생들에게 안부 전해주십시오. 기운을 내라고 말입니다. 그 말을 전해주고 싶었습니다."

김원국은 창밖으로 시선을 돌렸다.

최지철 계장은 44살로 다부진 몸매의 사내였다. 수사관 생활을 20년 가깝게 하였으므로 폭력범이나 강력 범죄 사건에는 이골이 나 있었다. 그리고 그는 김중오 부장의 은밀한 지시를 받은 입장이어서 뒤가 든든하기도 했다.

며칠째 밤을 새운 황 계장이 지쳐서 옆으로 물러앉자 그가 대신 나섰다.

"이봐, 엉뚱한 이야기 하지 말고, 서로 피곤한데 빨리 끝내자구. 김도식이가 다 불었단 말이야."

조웅남은 힐끗 최지철을 바라보았으나 이내 딴전을 피웠다. 최지철은 슬그머니 부아가 치밀어 올랐다.

"이야기해. 김도식을 시켜 마약 거래를 시켰지? 김원국하고 말이야."

"글쎄, 김도식이가 뉘기여?"

조웅남이 말했다. 텁수룩하게 수염이 자라 있어서 그의 얼굴은 더욱 험상궂게 보였다. 최지철이 기가 막힌 듯 의자에 등을 대고 앉았다.

"이봐, 말도 안 되는 소리 하지 마. 네가 제일상사 사장 아니야? 김도식이를 모른다니 그게 말이 되는 소리야?"

최지철이 눈을 부릅뜨고 물었다.

그는 김원국을 취조할 때부터 옆에서 지켜봐 왔지만 도무지 함 검사의 취조 방식이 마음에 들지 않았다. 우선 몇 대 두들겨서 겁을 주고 나면 술술 불게 마련인데 함주민은 아직 신참 검사여서 그런지 선생님이 학생에게 묻는 것 같았다. 그렇게 하다가는 구속 기간 동안 조서도 작성할 수 없을 것이다.

"글씨, 어떤 시러베 아들놈인지 나는 모른당게? 한번 데꼬 와보쇼. 상통을 보면 알 수 있을랑가 모르겠네."

"이 새끼가 정말?"

최지철이 자리에서 일어섰다.

"너, 제일상사하고 제일실업을 어떻게 가로챘어?"

"그게 무신 소리여?"

조웅남이 최지철을 노려보았다.

"그 회사들을 너희들이 빼앗았다는 것을 알고 있단 말이야."

"얼래? 누구한티서?"

조웅남이 눈을 크게 떴다.

"다 정보가 있단 말이야. 잘 생각해 봐. 너희들이 그 회사를 넘겨준다면 정상이 참작될 수도 있어."

"……."

"그 회사를 강탈한 죄명까지 뒤집어쓰기 전에 명의 이전을 해준다면 모른 척해 줄 수도 있단 말이야."

조웅남이 눈을 껌벅였다. 무엇인가 심상치 않은 분위기를 눈치챈 것 같았다.

"어때? 마약 거래니 다른 죄명도 무거운데 사업체를 가로챈 죄명까지 안고 갈래?"

"그건 형님을 만나야겠어."

불쑥 조웅남이 말했다.

"형님은 죄가 없응게 형님을 풀어주면 내가 다 혀줄 꺼여."

갑자기 최지철의 주먹이 조웅남의 볼을 쳤다. 조웅남의 머리가 한쪽으로 기울었다가 다시 제자리로 돌아왔다.

"이 새끼야, 너, 나하고 장난하자는 거야? 김원국이를 내보내야 말을 들어?"

다시 발길이 날아와 조웅남의 옆구리를 찼다. 조웅남은 의자에 앉은 채 그의 발길을 받았다. 입안이 터져 입가에서 피가 배어 나왔다.

"너는 이 새끼야, 마약 거래에다가 유흥업소 착취, 세금 포탈, 폭력, 거기다 사업체 강탈까지 한 놈이야."

조웅남이 머리를 들어 그를 바라보았다.

"지랄허고 있네."

최지철이 놀란 듯 눈을 끔벅였다. 옆에 있던 황 수사관이 입술을 깨물었다.

"이 새끼."

다시 최지철의 주먹이 날아와 조웅남의 턱과 얼굴을 어지럽게 쳤다. 조웅남의 손은 의자 뒤로 묶여져 있었으므로 움직일 수도 없었지만 움직이려 하지도 않았다. 그는 최지철이 휘두르는 주먹과 발길에 고스란히 얻어맞았다.

"이봐, 최 형. 그만해."

황 수사관이 일어나 최지철의 팔을 잡았다.

"이 새끼, 아직 맛을 덜 봤어."

최지철이 가쁘게 숨을 쉬면서 그에게 끌려 자리에 앉았다. 조웅남이 상체를 바로 세웠다. 입과 코가 터져서 얼굴이 피투성이가 되어 있었다.

그는 최지철을 바라보면서 입을 벌리고 웃었다.

"요즘 시상에도 저런 것이 다 있네잉? 그라고 참말로 주먹질허는 것봉게 같잖코만. 주먹을 그렇게 쥐면 못쓰는 거여. 니놈은 주먹 쥐는 법부터 배워야것다, 이 씨발 놈아. 그래, 사람 묶어놓고 치는 게 재밌냐? 내 주먹 한 방이면 니 대가리에서 아이수크림이 쏟아진다는 거 알고 있쟈?"

"아니, 이 새끼가?"

이제는 눈에 핏발이 선 최지철이 이성을 잃은 듯 벌떡 일어섰다. 그 서슬에 의자가 뒤로 넘어졌다.

"이봐, 입 다물지 못해?"

황 수사관이 최지철을 잡으면서 소리쳤다.

"내가 죄가 없는디 저 씨발 놈이 불문곡직허고 치는디 가만있으란 말여?"

그는 입안에 가득 고인 피를 책상 위에 뱉었다. 타이프 된 서류에 피가 어지럽게 튀었다. 잡힌 양팔을 뿌리치고 최지철이 달려들었다. 기다렸다는 듯이 조웅남이 그의 얼굴에 피를 뱉었다. 최지철의 얼굴에 피가 튀었다. 그는 한 손으로 얼굴을 닦으며 다른 손으로 조웅남의 멱살을 쥐었다. 조웅남이 선뜻 목을 숙여 최지철의 팔목을 물었다.

"아이고."

최지철이 비명을 지르면서 다른 주먹으로 조웅남의 얼굴을 쳤다. 조웅남은 팔목을 물고 얼굴을 좌우로 흔들었다.

"아이고!"

다시 최지철의 비명을 들으면서 조웅남은 목덜미에 거센 충격을 받았다. 그러고는 의식을 잃었다.

다른 수사관들이 달려와 조웅남을 떠메고 방을 나갔다. 최지철까지 밖으로 나가자 김 수사관이 들어왔다. 그는 방에서 일어난 소동을 들었는지 잠자코 황 수사관의 옆에 앉았다. 피로한 얼굴이었다. 황 수사관이 그를 바라보았다.

"김도식이는 회사 자금으로 마약을 구입했다고 하는데 말이야. 김원국이나 조웅남의 허락을 받았다는데 아무래도 미심쩍어."

김 수사관이 머리를 끄덕였다. 30대 중반인 그는 황 수사관보다 10년쯤 어려 보였다.

"제 생각도 그래요. 그들이 시켰다면 그렇게 잔돈푼을 줄 리가 없지요. 김도식이는 장규가 가져온 5킬로그램 중에서 60그램을 가져갔더군요. 그것도 20그램씩 세 번 가져갔어요."

아침에 장규를 심문했었다. 제일상사에서 아는 건 누구냐고 묻자 김도식 하나밖에 없었다. 그는 조웅남이나 김원국을 만나게 해달라고 여러 차례 김도식에게 부탁한 모양이었다. 김도식은 보스들이 바쁘다면서 말만 전했다고 했다.

"그런데 위에서는 그렇게 안 보는 모양이지?"

황 수사관이 어지러운 책상 위를 치우면서 나직하게 말했다.

"그렇게 밀고 나갈 것 같습니다. 최 계장이 검찰 지시를 받은 것 같아요."

"……"

"어쨌든 제일상사 측에는 김도식이의 자백이 치명적이니까요."

"그 자식, 혹시……."

말을 멈추고 황 수사관은 김 수사관을 바라보았다.

"예, 저도 그런 생각이 듭니다만."

그러나 어쩔 수 없는 일이라는 걸 그들은 알고 있었다. 그들보다 높은 곳에서 정한 지침을 따라 행동해야 한다. 지침에 어긋나는 가지는 설령 뻗어나가는 쪽이 양지더라도 잘라야 한다.

강만철이 들어왔다. 그는 단정한 차림새로 조금 전에 조웅남이 앉았던 자리에 앉았다. 책상 위에 치우다 만 핏자국과 피를 닦은 휴지들이 여기저기 버려져 있었다.

황 수사관은 그의 표정을 살폈다. 강만철은 책상 위를 훑어보다가 머리를 들어 그를 보았다. 곧은 시선이었다. 날카로운 눈매와 얇으나 꽉 다문 입술로 그의 시선을 받는다.

"강 사장, 우리 다시 합시다."

여러 날째 매일 만나고 있으므로 황 수사관이 입을 열자 강만철이 머리를 끄덕였다.

"조금 전에 여기에 누가 있었는지 궁금하지 않소?"

그가 불쑥 물었다. 잠시 시선을 그에게 돌린 강만철은 머리를 저었다.

"당신 동료인데 걱정도 안 된단 말이오?"

"그런 걱정 안 합니다."

그의 말은 차갑게 들렸다.

"허, 강 사장 냉정한 사람이야. 역시 보스는 다르구먼."

황 수사관이 비웃는 듯 웃어 보였다.

"자, 다시 시작합시다. 마약 대금을 대주었소?"

"안 댔습니다."

"왜 안 대었소?"

"장사를 안 하니까요."

"김도식이는 제일그룹에서 마약을 취급했다고 자백했소."

"거짓말이죠. 누가 시킨 겁니다."

"누가?"

강만철이 다시 싸늘하게 웃었다.

"당신들이."

그들은 여러 차례 이 이야기를 들었으므로 흥분하지 않았다.

"당신이 부인해도 김도식이가 자백했으니까 이것은 끝난 거요. 자, 다음. 일본에 여자를 팔아먹은 사실이 있지요?"

"없습니다."

"김원국 씨가 왜 일본에 갔소? 거기서 여자들과 함께 귀국했는데."

"데려온 겁니다, 이철주가 팔아먹은 여자들을."

"당신들이 판 여자가 아니고?"

강만철은 코웃음을 쳤다.

"당신들이 그 여자 중 하나만이라도 찾으면 다 알게 될 겁니다. 어쩌면 이미 알고 있는지도 모르겠고."

"우린 여자들이 어디 있는지 몰라요."

김 수사관이 말했다.

"그것이 아니라는 증거도 없소, 강 사장. 여자들을 못 찾아서 말이오. 그리고 부산에서 있었던 박재팔의 교통사고 말인데, 당신이 시킨 것 아니오?"

"아닙니다."

"그럼 그가 왜 갑자기 차 사고로 죽게 되었소?"

"운이 그것밖에 없어서겠죠."

"그것을 한 사람이 당신이 아닙니까?"

"아닙니다."

황 수사관은 김 수사관을 바라보았다. 조응남과는 다른 성격이었으나 결과는 마찬가지일 것 같았다. 심문은 소용없어 보였다. 그들에게서 자백이나 협조를 얻어내는 것은 불가능했다. 그들을 협박할 수도 회유할 수도 없다고 느꼈다. 김 수사관도 같은 생각인 듯 잠자코 있었다.

*　　　　　*　　　　　*

오유철은 잠이 든 김성희를 내려다보며 앉아 있었다. 그녀의 얼굴은 창백했다.

하얗다 못해 푸른 기운이 돌았다. 숨을 쉬는지 걱정이 될 정도로 움직이지도 않았다. 파란 정맥이 튀어나온 가느다란 팔목에 굵은 링거 바늘이 꽂혀 있었다.

이 박사가 말하지 않더라도 이제 며칠밖에 남지 않은 것을 오유철은 알았다. 자는 것 같았던 김성희가 눈을 떴다. 눈을 깜박이지도 않고 오유철을 바라보았다.

"몇 시예요?"

목소리가 가늘다.

"응, 12시 좀 넘었어."

새벽 3시였다.

"주무세요."

병실의 한쪽에 그의 침대가 놓여 있었다. 오유철은 잠자코 그녀를 내려다보았다. 김성희가 마주 보았다.

"여보."

김성희가 다시 그를 불렀다. 오유철은 손바닥으로 그녀의 이마에 배인 땀을 닦았다.

그녀의 표정에는 이제 곧 눈을 감으면 죽을 것 같다는 두려움이 배어 있다. 오유철은 그녀의 야윈 손을 힘주어 잡았다. 김성희의 표정에 당신을 사랑한다는 말이, 당신과 오래도록 같이 있고 싶다는 안타까움이 끼어 있다. 그러다가 당신이 옆에 앉아 있으니까 행복하다고 말하면서 눈빛이 가라앉는다.

"무서워하지 마."

문득 오유철이 말했다.

"내가 따라가 줄 테니까."

김성희가 놀란 듯 눈을 크게 떴다.

"여보."

"나는 왜 네가 죽어야 하는지 받아들일 수 없어. 나한테 행복하게 잘 사세요, 따위의 말은 하지 마. 네가 죽으면 이 세상엔 나 혼자뿐이야."

"여보, 그러면 안 돼요."

"너는 나보고 같이 가자고 떼를 써야 돼. 그래야만 돼. 무서우니까 저 세상에도 같이 가자고."

"……."

"내가 죽으면 성희, 넌 혼자 살 수 있겠니? 생각해 봐."

김성희는 잠자코 그를 올려다보았다.

"혼자 살 수 있겠어?"

그녀는 머리를 저었다. 한 줄기 눈물이 귀밑으로 흘러내렸다.

"내가 따라갈게."

오유철이 가볍게 말했다. 그는 그녀의 눈물을 손가락 끝으로 닦아내었다.

"이젠 걱정할 것도, 무서워할 것도 없어. 내가 옆에 있으니까."

"여보."

김성희는 가쁜 숨을 몰아쉬었다.

"왜?"

오유철은 그녀의 얼굴을 두 손으로 감싸 쥐었다.

"이제 갈 거야? 그럼, 가서 기다려."

그녀의 상반신을 껴안고 잠시 잠이 들었던 오유철은 문득 눈을 떴다. 김성희의 손바닥이 그의 볼을 덮고 있었다. 그가 자는 사이에 그녀가 볼을 만졌던 모양이다. 그러나 손바닥은 차가웠다. 그녀의 얼굴을 보았다. 눈을 반쯤 뜨고 그를 바라보고 있었다. 입술은 엷게 웃음을 머금고 있었다. 그녀는 죽었다. 죽는 순간까지 그를 바라보면서 행복한 웃음을 머금고 그의 볼을 만졌다. 그가 따라오리라고 믿었던 것이다.

오유철은 그녀를 바라보며 말했다.

"나도 곧 갈게."

그는 자리에서 일어섰다. 그녀의 두 손을 가슴에 포개놓고 눈을 바라보다가 입술을 가져다 대었다. 눈이 감겼다.

김성희를 화장시키고 난 오유철은 유골을 안고 서울로 돌아왔다. 아무에게도 알리지 않았다. 서울로 돌아오는 도중에 그는 김원국과 조웅남, 강만철, 김칠성, 오함마 등 모두가 구속된 것을 알았다. 김도식의 마약 사건이 도화선이 되어 터진 것이다.

오유철은 자신이 지명수배된 것을 신문에서 읽을 수가 있었다. 김도식은 그가 데리고 있던 부하였다. 부하들 관리의 책임은 그에게 있었다. 마약 사건이 터지지 않았으면 김원국이나 조웅남 등이 체포되지도 않았을 것이다.

오유철은 망설였다. 가장 간단한 방법은 자수하는 길이다. 그러나 오유철은 머리를 저었다. 그렇게 간단히 책임을 질 문제가 아니라고 생각했다.

그는 행방을 감추었다.

김원국과 조웅남이 체포된 지 열흘이 지났다. 6월도 중순에 접어들었으므로 다방은 에어컨을 가동시키고 있었다.

오유철은 신문을 내려놓았다. 연일 대대적으로 떠들어대던 매스컴의 열기는 식어 있었다. 대신 총선을 앞둔 여당의 내분으로 여론이나 매스컴의 관심이 쏠려 있었다. 다방 입구에 이형구가 나타났다. 그는 두리번거리다가 오유철을 발견하자 허겁지겁 다가왔다.

"형님."

이형구가 잠시 목이 메인 듯 말을 꺼내지 못했다. 열흘 만에 만난 오유철은 두 눈이 쑥 들어갔고 광대뼈가 드러났다. 수배 중이므로 피해 다니는 신세가 되었고, 마음고생이 심했을 것이라고 생각되었다.

"그래, 회사는 별일 없지?"

오유철이 가라앉은 목소리로 물었다.

"형님, 이철주가 들락거리고 있습니다."

이형구의 말에 오유철의 눈이 번뜩였다.

"이철주가? 어디에 말이냐?"

"저희 회사에 옵니다. 수사관들하고 같이 올 때도 있고, 구영산이나 천재용이를 데리고 올 때도 있어요."

"천재용이?"

"네, 그놈을 아시죠?"

살인 전과가 있는 놈이었다. 교도소 들락거리기를 밥 먹듯 하므로 일정한 거처나 조직에 매이지 않는 떠돌이였다. 필요한 때해결사 노릇을 하는 놈으로 알고 있었다.

"그런데 왜 오는 거야?"

"입출 대장은 말할 것도 없고 모든 서류를 검사합니다. 저희들이야 어쩔 수가 없었어요. 수사관들이랑 함께 오는 바람에요. 이제는 애들을 하나씩 불러 설득하고 있습니다. 형님들이 아주 못나오신다는 소문이 들리고 그놈들이 나와 살다시피 하니까 흔들리고 있습니다."

"……."

"저희들이 똘똘 뭉쳐서 안 계시는 동안에 지켜보려고 합니다만 그놈들이 조직을 깨고 흡수하려는 것 같습니다."

"……."

"제일상사하고 제일실업을 인수한다는 소문이 났습니다."

오유철은 잠자코 있었다.

"천재용이가 데리고 있는 애들이 열 명도 넘는 것 같아요."

한참 만에 오유철이 입을 열었다.

"믿을 만한 애들을 모아봐. 그리고 이철주나 천재용, 구영산을 미행시켜라. 어디로 돌아다니는지, 집이 어디인지를 알아봐."

오유철이 자리에서 일어섰다.

"형님, 어디 가시게요?"

"응?"

그러고 보니 갈 곳이 없었다. 집은 수사기관에서 감시하고 있을 것이다.

"형님, 형수씨는 어디 가셨습니까? 저희들이 걱정이 돼서 댁에 가봤는데 아무도 안 계시더구먼요."

"응."

"피하셨습니까?"

"응."

오유철은 돌아섰다.

＊　　　　＊　　　　＊

이철주가 커피숍에 들어서서 두리번거리자 안쪽에서 최지철이 손을 들었다. 이철주는 서둘러 그에게 다가갔다.

"이거 조금 늦었습니다, 차가 막혀서."

이철주는 어색하게 웃어 보이며 그의 앞에 앉았다. 최지철은 잠자코 머리를 끄덕였는데 표정이 밝지 않았다.

"어때요? 잘돼갑니까?"

"지독한 놈들이오. 난 그런 놈들 처음 봅니다."

"왜요?"

최지철이 시계를 보았다.

"오늘이 6월 17일이니까 15일쨴데 무엇 하나 제대로 시인한 게 없단 말이오."

"……."

"세금 포탈이나 협박해서 업체를 인수했다는 증거는 이 사장님 도움으로 우리가 확보해 놓았으니까 공소 유지는 될 것도 같은데… 아무래도 불안해요."

이철주는 저도 모르게 이맛살을 찌푸렸다.

"마약 밀매 사건은 김도식이가 자백을 했으니까 그것으로도 충분하지 않습니까?"

이철주가 물었다.

"그렇죠. 자백을 했지요. 하지만 그놈의 자백밖에 다른 증거가 잡히지 않아요."

"……."

"그리고 상해 교사 건이나 박재팔 살인 건은 아무래도 증거가 부족해요."

"그놈들이 틀림없습니다."

"글쎄, 그건 알겠는데……."

그러다가 최지철은 자신의 팔목을 내려다보았다. 흰 붕대를 동여매고 있었다.

"그런데 이 사장님, 그놈들은 김원국의 말을 들어야 명의 이전을 해준다고 고집을 부리고 있어요."

"김원국의 허락을 받아야 한다고 합니까?"

최지철이 머리를 끄덕였다. 이철주는 입을 다물었다.

"그리고 일본에 여자들을 팔았다는 것 말입니다."

이철주가 눈을 크게 뜨고 그를 바라보았다.

"그놈들은 모두 이 사장님이 했다고 그러던데요. 그래서 여자들을 찾으러 간 것이라고 말입니다. 그건 너무 말이 똑같아요. 그것 하나는 확실하게 대답을 해요."

"확실하다니? 그럼 내가 그랬단 말입니까?"

이철주가 기가 막히다는 얼굴을 해 보였다.

"그놈들이 도대체 뭣 하러 일본에 갔겠어요? 애들 팔아먹으러 갔겠지, 뭐 하러 갔겠습니까? 아니면 조건이 맞지 않아 흥정을 하러 갔겠지요. 그러다가 싸움이 일어나서 한 놈이 죽었겠지요."

"놈들은 구출해 내었다고 합니다만."

이철주는 껄껄 소리 내어 웃었다.

"요새 세상에 제가 하지도 않은 일로 그럴 놈이 어디 있소? 생각해 보시오. 그놈이 뭐가 아쉬워서 일본에 갑니까? 내 회사까지 빼앗은 그놈이 모든 것을 내 탓으로 넘기면 되는데 뭘 하러 목숨 걸고 수습하러 갔겠소? 그것이 그놈이 한 짓이니까 해결하러 갔을 것 아닙니까?"

이해가 간다는 듯 최지철이 머리를 끄덕였다.

"저기, 홍성철이란 놈 있지 않소? 그놈이 내 밑에 있었는데 김원국이와 짜고 나를 꼭두각시로 만들고 있었던 거요. 창피한 말이지만 나는 서류 하나 제대로 볼 수 없었소. 그러다가 아예 나를 몰아낸 거요."

"지독한 놈들이야."

최지철이 눈살을 찌푸렸다.

"비참했었소. 회사에서 무슨 일이 일어나는지 알지도 못하고 꼭두각시 노릇을 하는 것이 말이오."

"홍성철, 그놈이 나쁜 놈이군요. 그건 그렇고, 넘겨주신다는 건 어떻게 됐지요?"

"그게 그것이……."

이철주가 말꼬리를 흐렸다. 이철주는 김원국의 재산 내역을 캐내어 보강 증거로 수사 팀에게 건네주기로 했으나 막상 조사해 보니 김원국 앞으로 되어 있는 재산은 시골의 산장과 통장에 있는 1억 원 정도의 현금이 고작이었다. 사업체 규모로 보면 빈약하기 짝이 없는 개인 재산이었다.

"아주 교묘하게 은폐시킨 것 같아요. 이것은 그놈이 이제까지 투자했거나 지출했던 내역을 뽑아온 거요."

최지철은 서류를 건네받았다.

"그나저나 명의 이전이 문제인데……."

이철주가 중얼거렸으나 최지철은 대답하지 않았다. 자신 없는 눈치였다.

최지철은 모르고 있겠지만 이철주에게 지금 다급한 것은 고인호 의원에게 약속한 30억이었다. 고인호 의원이 기다리고 있을 것이다. 명의 이전을 받아 그것을 담보로 돈을 만들 계획이었으나 불안했다. 서류를 넘겨보는 최지철을 바라보면서 이철주는 생각에 잠겼다.

＊　　　　＊　　　　＊

장민애는 방 안에 누워 있었다. 오늘도 학교에 나가지 않았다.

보름 동안 반 정도나 출석한 것 같았다. 그날 신문과 텔레비전에 김원국의 사진과 이름이 커다랗게 나왔을 때 장민애는 죽고 싶었다. 부끄러웠고 그가 부끄러워할 것을 생각하자 더욱 그랬다.

"아니, 저 사람, 어디서 본 사람인데. 아니, 민애야, 너희 사장님 아니냐?"

신문은 감춰두었으나 텔레비전을 끌 수는 없었다. 어머니가 놀라 소리치자 장민애는 방으로 들어가 문을 잠갔다. 이불 위에 엎드려 오랫동안 울었다.

그가 결백하다는 것은 알고 있었다. 착취하지도, 협박하지도, 약한 사람을 괴롭히고 상해를 입히지도 않은 것을 알고 있었다. 이철주가 팔아버린 여자들을 찾으러 일본에 가서 목숨을 내놓고 싸워 그녀들을 찾아온 것도 오함마에게서 들었다.

그러나 이제 그것을 해명하고 변명할 기회가 없으리라는 것도 알 수 있었다. 정부가 위신을 걸고 집행하는 일이었다. 이것이 잘못이라고는 결코 말하지 않을 것이다. 설령 그들이 사실을 알게 된다 할지라도 끝까지 덮어둘 것이다.

이제 김원국은 마약 거래 외에도 세금 포탈, 협박과 공갈, 상해 교사, 유부녀 납치 및 매매의 파렴치범이 되었다.

제일상사에 몇 번 전화를 하여 김원국의 소재를 물었으나 모두들 모른다고 하였다. 그리고 그녀가 알고 있던 모든 사람들은 현재 체포되어 있었다. 어머니는 신문을 찾아 샅샅이 읽어본 모양이었다.

"세상에, 이렇게……."

그러면서 어머니는 장민애를 바라보았다. 어떻게 해서 그가 그녀 회사의 사장이 되었느냐고 묻는 것 같았다.

"그렇게 안 생겼던데. 무섭기도 해라."

"엄마, 모르는 소리 제발 그만해."

장민애가 터질 듯한 가슴을 누르며 겨우 말했다.

"모르다니? 여기 다 써 있잖니? 유흥가에서 협박 공갈을 해서 돈을 뺏고, 사람을 해치고, 세금을 빼돌리고 마약 밀매에……."

일어서려는 장민애를 어머니가 붙잡아 앉혔다.

"이 사람이 어떻게 네 사장이냐? 무슨 회사 사장이냐? 깡패 회사냐?"

"회사가 있어."

장민애는 그러면서 주르르 눈물을 흘렸다.

"그 사람은 죄가 없어. 이건 모두 거짓말이야. 다 알아. 사람들이 다 안단 말이야."

울먹이며 말하는 장민애를 어머니는 이상하다는 듯 바라보았다.

"누가 알아? 신문에 이렇게 났고 특별 수사본부가 모두 밝혀냈다는데?"

"다 거짓말이야."

더 이상 말해줄 것이 없었다. 다 알고 있는 자신도 어머니마저 이해시키지 못했으니 다른 사람들은 더할 것이었다. 누워 있던 장민애는 벌떡 일어섰다. 어떻게든 알아볼 길이 있을 것이다.

특별 수사본부가 어디 있는지를 알아내서 찾아가기로 마음먹었다. 김원국에게 나는 아무렇지도 않다는 것을 꼭 보여주고 싶었다. 이제까지 무서워서 움츠리고만 있었던 자신이 미워졌고 한번 마음을 먹자 이제는 조급해졌다.

구치소로 송치되어 가는 날이었다. 구속된 후 두 번이나 구속 기간이 연장되었기 때문에 20일째인 오늘은 옮겨지리라고 예상하고 있었다.

김원국은 방 안에서 허리를 꼿꼿하게 세우고 앉아 기다렸다. 수사관들이 확실한 증거를 잡지 못했다는 것을 알고 있었다. 그러나 어떻게든 억지로라도 그를 묶어둘 수 있다는 것도 알았다.

동생들한테도 마찬가지일 것이다. 김원국은 그들이 걱정이었다. 조웅남이 특히 마음에 걸렸다. 뻣뻣한 성격으로 그들과 마주치면 많이 얻어맞을지도 몰랐다. 김칠성과 오함마는 그래도 예의를 차릴 때는 차리니까 난데없는 짓은 하지 않을 것이다. 강만철은 냉정한 녀석이니까 걱정하지 않아도 되었다.

김원국은 입을 다물고 억눌린 숨을 길게 내쉬었다. 장민애의 얼굴이 떠올랐다. 그녀도 신문을 읽고 텔레비전을 보았을 것이다. 그녀의 가족들과 같이 보았을지도 모른다.

김원국은 가슴이 끓어올랐다. 그것이 부끄러움인지 분노 때문인지는 아직 자신도 모르고 있었다.

카메라의 플래시가 번쩍였다. 김원국의 주변은 카메라맨으로 둘러싸였다. 그들은 끈질기게 그의 앞길을 가로막았다. 몇 번인가 김원국은 걸음을 멈췄다. 그의 얼굴은 굳어져 있었다. 앞을 가로막고 선 그들을 바라보면 플래시가 다시 번쩍였다.

"형님! 형님!"

김원국은 고함 소리에 시선을 돌렸다. 강만철과 김칠성이 그를 보고 소리를 지르고 있었다. 좌우에서 수사관들이 양팔을 붙잡고 있었으므로 상체만을 이쪽으로 향한 채 소리 질렀다.

"형님! 우린 염려 마세요!"

강만철의 소리였다.

김원국은 수사관에게 떠밀려 다시 걸음을 옮겼다. 밖은 6월의 화창한 날씨였다. 폐에 공기가 가득 흘러들었고, 밝은 햇살에 머리가 어지러웠다. 아직도 그의 주위에는 카메라맨이 몰려 있었다.

두어 걸음 계단을 내려가던 김원국은 문득 걸음을 멈췄다. 계단의 끝 쪽 모퉁이에 장민애가 그를 바라보며 서 있었다. 놀란 것 같기도 하고 화난 것 같기도 한 얼굴이었다. 그러나 뚫어지게 그를 올려다보면서 움직이지 않았다. 김원국은 수사관에게 끌려 다시 걸음을 옮겼다.

차츰 그의 표정이 허물어져 갔다. 이마에서 땀방울이 솟아올랐고, 차에 태워졌을 때는 어느덧 이를 악물고 있었다.

장민애는 몸을 돌려 그를 실은 자동차가 사라지는 것을 보았다. 그의 얼굴만이라도 본 것이 다행이라는 생각이 들었다. 그도 자신을 발견하고 놀란 것 같았다. 그녀는 잠시 우두커니 그 자리에 서 있었다. 사람들이 뿔뿔이 흩어졌다.

장민애는 힘들게 발을 뗐다. 그를 위해 이제 무엇을 해야 될지 막막했다. 자신을 바라보던 김원국의 얼굴이 머릿속에서 오랫동안 떠나지 않았다.

*   *   *

결재 서류를 덮고 차영화는 소파에 가서 앉았다. 담뱃갑을 열어 담배를 꺼내 물고는 불을 붙였다. 길게 연기를 내뿜으며 등을 기대고 편히 앉았다. 탁자에는 신문이 펼쳐진 채 놓여 있었으나 이젠 다시 읽기도 싫었다. 김원국의 송치 기사가 실려 있었다. 결국 그 사람의 종말이 온 것이라는 생각이 들었으나 담담했다.

지금 생각해 보니 김원국에게 언젠가는 닥쳐 올 일이었던 것 같다. 그 사실을 알고 있었지만 그의 힘과 매력에 휩쓸렸던 것이다. 어쩌면 자신의 허영심을 충족시키기 위해 그가 필요했는지도 모른다.

그는 당당했고 뭇 사내들은 그의 앞에서 허리를 꺾었다. 돈이나 지위로 얻은 힘이 아니었다. 차영화는 그런 김원국에게 매료당한 것이다. 그러나 초라하게 감옥으로 들어간 그는 이제 아무것도 없는 사내였다.

차영화는 담배를 재떨이에 비벼 껐다. 아무리 밤을 밝게 비추는 불빛이라도 햇빛 아래서는 초라하게 보이는 법이다.

차영화의 눈에 '마약'과 '유괴' 등의 글자가 보였다. 코웃음을 치면서 차영화는 자리에서 일어섰다. 잠시 망설이던 그녀는 전화기를 집어 들고 다이얼을 눌렀다.

—여보세요.

김중오 검사가 전화를 받았다.

"저예요."

—오오, 웬일이야?

반가워하는 그의 목소리를 듣자 그녀는 온몸에 묻은 더러운 찌꺼기가 샤워에 씻겨 내려가는 기분이 들었다.

"바쁘세요?"

—아니.

그는 바쁘냐고 물었을 때 한 번도 바쁘다고 한 적이 없었다.

"오늘 오후에 어때요?"

—좋지.

그의 밝은 목소리에 차영화는 자신도 모르게 싱긋 웃었다.

"요즘 김원국 사건 때문에 바쁘신 것 같아서……."

—괜찮아. 그런 걱정 말라구.

이제 그의 위상이 다시 김원국보다도 크게 차영화에게 자리 잡혀 있었다. 그는 김원국을 사로잡아 취조하는 사내였다.

"그 사람, 무서운 사람이에요?"

차영화는 궁금한 듯 물었다.

—왜? 잡혀서 일본으로 팔려갈까 봐?

김중오의 목소리에는 웃음이 섞여 있었다.

"세상에, 어디 그런 사람이 다 있죠?"

—흥분하지 마. 이젠 그놈도 끝났으니까.

"……."

―이젠 고생 좀 해야 할 거야.

"당신은 그 사람을 잡았으니까 승진하겠군요."

김중오는 가볍게 웃고는 대답하지 않았다.

"그럼 오후 3시쯤 호텔에서 전화하세요."

―알았어.

차영화는 수화기를 내려놓았다. 김원국은 끝난 것이다.

매장에 내려가려고 막 방문을 나서는데 전화벨이 울렸다.

"여보세요?"

―사장님이세요? 제일섬유의 원명구입니다.

"아, 네."

그는 몇 번 만난 적이 있었다. 공장을 관리하고 유통에 제품을 공급하는 제일그룹의 핵심 간부였다.

―사장님, 저희 사장님이 그렇게 된 것에 대해서 걱정하실 줄 압니다.

"네, 걱정하고 있어요."

차영화는 얼굴을 찌푸렸다.

―그렇지만 저희들은 더욱 열심히 일하고 있습니다. 우리 직원들은 저희 사장님이 결백하다는 걸 모두 믿고 있거든요.

"…네."

―이건 틀림없는 모함입니다. 나쁜 놈들이 사람들을 우롱하는 거예요. 요즘 정국이…….

"원 사장님."

차영화는 그의 말을 잘랐다.

"제가 바쁘니까 용건을 말씀해 주시지 않겠어요?"

—…네.

원명구는 섬뜩한 느낌을 받았는지 잠시 망설였다.

—저, 지난번에 저희들 공장에 오더를 주신다는 것, 아직 계약서를 받지 못했습니다. 견본은 합격했는데요. 그리고 견본 만드실 것이 10여 점 있다고 하지 않으셨습니까? 어제 저희 직원을 보냈더니 견본을 못 찾았다고 빈손으로 왔는데요.

"네, 그거요."

차영화는 제일섬유와의 계약을 취소하라고 담당자에게 지시해 놓았다. 설령 제일그룹 산하의 제일섬유가 변함없이 가동된다고 하더라도 김원국의 영향력 아래 있는 회사와 거래를 한다면 모양이 좋지 않을 것이다.

공장이야 얼마든지 있다. 그런데 일부러 흉악한 범법자인 김원국의 공장에 오더를 줘서 자신의 이미지를 깨뜨리고 싶지 않았다.

"원 사장님, 그 오더는 취소됐어요. 그러니까 그렇게 알고 다른 회사의 오더를 잡아보세요."

—아니, 차 사장님, 갑자기 그러시면… 닷새 후에는 저희들이 놀게 됩니다. 미리 말씀이라도 해주셨어야……

"제가 바빠서요. 그럼 다음에……"

차영화는 수화기를 내려놓았다. 얼굴을 찌푸리고 잠시 서 있던 그녀는 인터폰을 눌렀다. 교환이 나왔다.

"난데, 앞으로 제일유통이나 제일섬유에서 오는 전화는 나에게 돌리지 말도록 해. 알았어?"

날카롭게 지시하고 난 차영화는 방을 나섰다. 장 상무가 다가왔으나 그녀는 싸늘한 얼굴로 그를 지나쳐 매장으로 내려갔다. 장 상무는 멀뚱히 그녀의 뒷모습을 바라보다가 어깨를 움찔거렸다.

원명구는 제일상사 사무실에 들어섰다. 답답한 김에 들른 것이었으므로 입구를 들어서자 두리번거리면서 낯익은 얼굴을 찾았다. 예전에는 오유철이나 조웅남 등과 이야기를 하곤 했으나 모두들 자리에 없었다.

오유철은 수배중이어서 도망 다니는 입장이었고 조웅남은 구속되어 있는 것이다. 안면이 있는 박동민이나 이형구도 보이지 않았다. 사무실은 썰렁해 보였다. 항상 북적대던 사무실이었다. 그러나 서너 명의 직원만이 책상에 앉아 있을 뿐 두어 명은 창가에 몰려서서 수군거리고 있었다.

원명구는 입맛을 다시고 몸을 돌렸다. 차영화로부터 오더 취소를 당하고 답답한 김에 김원국의 소식이나 알아보려고 찾아왔지만 오히려 가슴이 더욱 무거워졌다.

아는 체하는 직원도 없었으므로 원명구는 우물쭈물 몸을 돌렸다. 그러자 사무실 문이 열리면서 서너 명의 사내가 들어섰다. 원명구는 앞장선 사내를 보고는 눈을 크게 떴다. 이철주였던 것이다.

"아니, 이 사장님."

엉겁결에 원명구가 그를 불렀다. 이철주도 그를 알아보았다. 일순 그의 얼굴에 당황하는 듯한 표정이 떠오르다가 입을 벌려 웃었다.

"원 사장 아니시오? 여긴 웬일이오?"

"네, 그냥 지나가다 들렀습니다."

"음."

이철주는 원명구의 아래위를 훑어보았다.

"제일유통에 계시다면서요?"

"네."

이철주가 들어서자 창가에 섰던 직원들이 슬금슬금 그들의 곁을 지나 문 밖으로 나가고 있었다.

책상에 앉아 있던 직원들이 긴장하고 있는 것처럼 보였다. 원명구의 위아래를 훑어보던 험상궂은 얼굴의 사내가 뒤쪽의 오유철 자리로 다가가고 있었다.

"여긴 웬일이십니까?"

원명구가 물었다.

"여기?"

그러면서 이철주가 다시 웃었다.

"일이 있어서 들른 거요."

이철주는 책상에 앉아 있는 직원 한 명을 손짓해 불렀다. 직원이 이맛살을 찌푸리고 있었다.

"그럼 나중에 봅시다."

이철주가 몸을 돌려 버렸다.

원명구는 이철주와 동행인 사내가 오유철의 책상에 앉아 있는 것을 보았다. 원명구는 머리가 어지러웠다. 3억 원 때문에 자신의 살점을 뜯어내는 심정으로 평생을 바쳐 일구었던 공장의 명의를 이전해 주던 일이 생생히 떠올랐다.

　백광남에게 돈을 빌렸으나 그 돈이 자기 것이었다며 악착같이
엉겨 붙어 결국 공장을 뺏어간 이철주였다. 그후 김원국의 도움
으로 섬유를 맡아 재기를 한 셈이었지만 원명구는 한시도 그 일
을 잊을 수 없었다. 하지만 믿었던 김원국마저 이 지경이 되고 나
자 온통 머리가 어지러워 이철주를 만나는 순간 복잡하게 꼬인
일의 가닥이 얼른 잡히지 않는다. 원명구는 어깨를 늘어뜨리고는
몸을 돌렸다.

　그날 저녁, 원명구는 이길량 변호사를 만나고 있다. 그들은 변
호사 사무실 근처의 식당에 마주 앉았다.

　"이철주라고 말씀하셨습니까?"

　이길량 변호사가 물었다.

　"네, 이철주가 맞습니다."

　"그 사람을 어떻게 아십니까?"

　이길량이 의아한 듯 물었다. 원명구는 자신과 이철주 간에 얽
힌 관계를 설명해 주었다.

　"허어, 이철주가 제일상사에 나타난다……"

　이길량은 손가락으로 턱을 쓸었다.

　"도대체 그 사람이 제일상사에 뭐 하러 나타날까요? 제가 회사
에 돌아가서 제일상사에 전화를 해보았습니다. 이철주, 그 사람은
매일 나온다고 합니다."

　이길량은 생각에 잠긴 듯 대답하지 않았다.

　"요즘은 박동민이나 이형구 같은 간부 사원들도 나오지 않는답

니다. 그래서 자세히 물어볼 수도 없었습니다."

"……."

이길량은 이철주가 이번 사건에 관계가 있을 것 같다는 생각이 들었다. 조급해졌으나 그것을 당장 김원국에게 말해줄 수도 없었다. 면회는 그동안 금지되어 있었던 것이다.

"이 변호사님이 김 사장께 알려주시는 것이 낫지 않겠습니까?"

원명구가 물었다. 초조한 듯 찻잔을 만지작거렸다. 이길량이 머리를 끄덕였다.

"내 생각도 그렇습니다. 원 사장님, 정말 고맙습니다."

"아이구, 천만에요. 고맙다니요."

원명구가 손을 내저으며 말했다.

제9장

덫

밤의
대통
령

백성재는 포르쉐에서 내렸다. 검정색 포르쉐는 엔진 소리도 힘찼지만 마력도 높았다. 신호 대기 중이었다가 파란불이 켜졌을 때 순발력으로 백성재가 탄 포르쉐를 따라잡을 차는 없었다.

저녁 7시가 조금 넘어서인지 압구정동의 카페 골목은 사람들이 그리 많지는 않았다.

그는 이제 막 문을 연 '테스'로 걸음을 옮겼다. 그가 찍어둔 애가 한 명 있었기 때문이다. 20살을 갓 넘은 것 같은 미스 리였는데 본명은 모른다. 가게에서 불리는 이름이 주희였다.

다른 애들 같으면 그냥 당일치기로 끝낼 수 있었을 텐데 이것은 어떻게 된 년인지 세 번을 찾아가 갖은 말로 꼬셔보고 지갑을 열어 보여도 요지부동이었다. 이제는 가게 주인인 김 마담이 안달을 하고 있었다. 그녀가 수단을 부려보았지만 넘어가지 않는 모양이었다. 백성재는 오늘까지만 해보고 안 되면 그만두겠다고 마음먹었다. 계집애는 그년 하나만 있는 게 아니었다. 더 늘씬하고 더 예쁜 년들이 수두룩하다.

백성재가 막 테스의 문을 밀고 들어서려는데 사내들 두 명이 다가왔다. 그를 바라보며 다가왔으므로 백성재는 시선을 돌려 그의 뒤쪽을 바라보았다. 아무도 없었다. 그들은 백성재 옆에 와 섰다.

"백성재 씨?"

"네, 그런데요?"

처음 보는 사내들이었다. 나이는 30살 전후로 보였다.

"우리하고 함께 갑시다."

사내가 그의 어깨를 잡았다.

"잠깐, 댁들은 누구요? 그리고 내가 왜 당신들을 따라가야 돼요?"

"허어, 이 친구 좀 봐."

그는 주머니에서 경찰관 신분증을 꺼내 보였다. 다른 사내가 백성재의 등을 밀었다.

"이봐, 잠깐이면 돼. 뭘 좀 조사하려고 그래."

"도대체 용건이나 압시다. 나는 죄진 일 없어요."

카페 앞이었으므로 마담이나 이주희가 알면 망신이었다. 백성재는 몇 걸음 걸어 카페의 옆 골목으로 비켜섰다.

"조사할 것이 있어요. 죄진 것 없으면 바로 나오게 돼."

"무슨 조사요?"

"당신 차 포르쉐 말야. 그걸 분실했다고 신고가 들어온 것이 있는데 당신 차하고 똑같아. 그것만 확인하면 돼."

"나 참, 기가 막혀서."

차는 현금을 내고 구입한 것이었다. 백성재는 혀를 차고 발길을 돌렸다.

"당신 차로 갑시다. 우린 가난한 사람들이라 차가 없소."

경찰 한 명이 핸들을 잡는 백성재에게 말했다.

"내가 운전할 테니까 타세요, 그럼."

백성재가 운전석에 앉으며 말했다.

"그렇게 하면 우리가 곤란해."

다른 사내가 말하며 조수석에 앉았다. 그러고는 주먹을 날려 백성재의 턱을 쳤다. 백성재의 눈에 불꽃이 튀었다. 사내 한 명이 뒷자리로 들어서더니 백성재의 목을 잡아끌어 뒷자리로 옮겨놓았다.

웨이터인 미스터 차가 밖으로 나왔다가 포르쉐가 가게 앞을 떠나는 것을 보았다. 며칠 동안 백성재가 단골로 출입하고 있었으므로 그의 차는 낯이 익었다. 머리를 숙여 인사를 하고 운전석을 보았으나 백성재가 아니었다. 뒷좌석에 사람이 두 명 탄 것 같았는데 포르쉐는 바쁜 듯이 골목을 빠져나가 버렸다.

두 시간쯤 후에 백성재는 어둑한 지하실에 앉아 있었다. 창문도 없는 지하실 벽에 철제 침대가 붙여져 있었고 가구라고는 침대와 나무 걸상 두 개에 탁자 하나뿐이었다.

그를 이곳까지 데리고 온 사내들은 보이지 않았다. 차 안에서 의식을 잃고 있어서 이곳이 어디인지 알 수 없었지만 서울에서 어느 정도 떨어진 곳이라고 짐작은 되었다. 지하실 안에서는 자동차의 소음도, 사람들의 말소리도, 움직이는 물체의 소리는 아무것도 들리지 않았다.

백성재는 불안한 눈을 들어 문 쪽을 바라보았다. 차츰 시간이 흐르면서 두려움으로 인해 숨쉬기도 거북해졌다. 그들이 경찰이 아니라는 것은 확실해졌다. 납치당한 것이다. 어린애만 유괴당하는 줄 알았다.

백성재는 이마에 흐르는 땀을 손등으로 씻었다. 돈 때문일 것이다. 아버지의 돈을 긁어내려고 나를 납치한 것이 틀림없다. 그렇게 생각하자 조금 마음이 놓였다. 그는 아버지인 백광남이 얼마나 많은 돈을 가지고 있는지 알고 있다. 언젠가 장난삼아 계산을 해본 적이 있었다. 동산과 부동산을 합하면 하루에 1억씩을 쓰더라도 10년을 넘게 쓸 수 있었던 것이다. 그사이 이자가 늘어난다면 20년도 쓸 수 있고 땅값이 뛴다면 50년, 100년도 쓸 수 있을 것이다.

백성재는 초조하게 문을 바라보았다. 문은 잠겨 있을 것이 틀림없었다. 겁이 나서 문 쪽에는 다가가지 않았다.

그놈들은 누구일까? 그리고 그놈들이 어떻게 나를 알아냈을까? 하고 생각해 보았다. 포르쉐를 타고 다니며 요란을 떨었으니 자신을 알아내는 것은 쉬운 일일 것이다.

백광남 사장은 아침에 출근하자마자 봉투 하나를 건네받았다. 그의 앞으로 온 소포였다.

"이거 누가 가져왔어?"

겉에 백광남 사장 앞이라고만 쓰여 있을 뿐 우체국을 통해 보내온 소포도 아니었다. 노란색 서류 봉투는 가벼웠다. 건네준 미스 리에게 물었다.

"어떤 아저씨가 출근하시면 전해드리라고 하면서 놓고 가셨어요. 중요한 것이라고 하던데요."

백광남은 방으로 들어와 탁자 위에 봉투를 던져 놓았다. 전화 벨이 울렸다. 옷을 벗어 걸고 난 백광남은 느긋하게 수화기를 들었다.

"여보세요."

─백광남 사장이쇼?

사내가 거칠게 물었으므로 백광남도 화가 났다.

"그렇소만. 뉘시오?"

─그건 알 것 없고. 서류 봉투 받아 보셨겠지? 그 속에 테이프가 들어 있어.

"이봐, 그게 무슨 소리야?"

백광남은 두 눈을 부릅떴다.

─당신 아들 백성재 말이야. 어제 집에 안 들어왔지? 못 들어갔지만 말이야. 우리가 데리고 있어. 그 테이프를 들어 보라구.

"뭐라구?"

─네 아들을 납치했단 말이야. 부모덕에 호강하는 녀석이더군. 다 키워서 죽이든지 돈을 내든지 마음대로 해. 경찰에 알려서 분위기가 수상하다 싶으면 그냥 죽여서 없앨 테니까, 알아서 해.

그리고서 전화가 끊어졌으므로 백광남은 멍한 얼굴로 전화기를 내려다보았다. 어젯밤 성재가 집에 안 들어온 것은 알고 있었다. 외박을 하더라도 전화는 꼭 했었는데 어젯밤은 전화도 없어서 제 엄마가 걱정하는 눈치였다.

백광남은 생각난 듯이 일어서서 봉투를 집어 들었다. 봉투를 뜯자 테이프가 하나 들어 있었다. 떨리는 손으로 테이프를 집어 방 안에 있는 녹음기에 끼워 넣었다. 찍찍 소리가 나더니 불쑥 아들인 성재의 목소리가 튀어나왔다.

—아버지, 저예요.

그러고는 스물여덟 살이나 먹은 놈이 찔찔 울었다. 백광남의 가슴이 무너져 내렸다. 마음에 드는 일이라곤 단 한 가지도 해본 일이 없는 녀석이었지만 아들은 아들이었다.

—아버지 절 살려주세요. 이 사람들이 절 잡아두고 있어요. 열흘 안에 현찰로 100억을 준비해 놓으라고 해요. 예, 새 돈 말구요. 헌 돈으로요. 예, 돈이 준비되는 대로 전달해 달라고 해요. 경찰이 알면 끝난대요. 전달 장소는 전화하겠답니다.

납치범이 지시하는 대로 말하는 모양이었다. 녹음된 것이 끝났는지 테이프가 공회전을 하고 있었다.

"100억?"

너무 어처구니가 없어 백광남이 중얼거렸다.

"100억을 내?"

기가 막히다는 표정이 되었다.

"그 망할 놈이."

괜히 외제차를 타고 싸돌아다니다가 이런 일이 일어난 것이다.

"이것 야단났는데……."

백광남은 자리에서 일어나 방 안을 서성거렸다. 박채동이 방에 들어왔을 때 백광남은 소파 뒤에 멍청히 서 있었다.

"무슨 일이십니까?"

정신이 나간 듯 자신의 얼굴만 바라보고 선 그에게 박채동이 물었다.

"박 실장, 이것 큰일 났어."

백광남이 다가와 말했는데 목소리가 떨렸다. 얼굴이 상기되어 있었고 눈이 충혈되었다.

"무슨 일인데요?"

박채동도 얼굴이 굳어졌다.

"성재가 납치됐어. 납치범들이 100억을 내라고 협박 테이프를 보내왔어. 저기, 저것."

백광남은 책상 위에 놓인 녹음기를 가리켰다. 박채동이 서둘러 다가가 스위치를 켰다. 다시 감고는 틀어보았다. 성재의 목소리가 흘러나왔다. 성재의 목소리가 끊기고 나서도 박채동은 망연한 얼굴로 서 있었다.

"어떻게 하지?"

백광남이 생각난 듯 소파에 앉았다.

"이거, 장난하는 건 아니겠지?"

"장난 같지는 않습니다."

"그럼 돈 안 주면 죽일까?"

"……"

"경찰에 이야기해서 그놈들을 잡을 수 없을까? 자네가 잘 알지?"

박채동은 대답하지 않았다.

잘못 대답했다가는 자신의 탓으로 돌려질 수 있다는 것을 잘 알고 있는 것이다.

"100억이야."

"……."

"미친놈들, 100억을 내라구?"

"그럼 경찰에 신고하고 내버려 두실랍니까?"

"……."

"아드님의 생명이 달린 문제 같습니다. 제가 뭐라고 말씀드리기가 어렵습니다."

"대체 어떤 놈들일까?"

"글쎄요."

"이봐, 박 실장. 돈을 좀 깎을 수 없을까? 10억 정도로, 아니, 20억 정도. 그렇지. 절충해서 15억이나……."

박채동은 무표정한 얼굴로 대답하지 않았다.

"그놈들이 정말로 죽일까?"

백광남이 혼잣소리처럼 다시 말했다.

"테이프의 말대로라면 그럴 확률도 있습니다."

"아침에 전화가 왔었어. 테이프를 틀어보라고 말이야. 죽인다고 했어."

"……."

전화벨이 울렸다. 백광남은 가슴이 철렁 내려앉아 전화기를 바라보다가 박채동에게로 시선을 돌렸다. 박채동이 전화기를 들었다. 그러고는 백광남을 돌아보았다.

"사모님입니다."

백광남이 얼굴을 찌푸리며 전화기를 넘겨받았다.

"나요."

—여보.

마누라는 울먹이고 있었다.

—여보, 우리 성재가 납치당했어요.

그녀는 징징 울었다.

—아이고, 이걸 어쩌나, 이걸 어째.

"이봐, 시끄러워!"

백광남은 전신에 오한이 일었다.

"도대체 어떻게 알게 된 거야?"

—테이프가 왔어요. 성재가 살려달라고 해요. 100억을 내라는데, 새 돈 말고……

똑같은 테이프가 집으로도 배달된 모양이었다.

—여보, 우리 성재……

"알고 있어. 걱정하지 마."

—여보, 돈 줍시다. 돈 줘버립시다.

"시끄러워!"

—경찰에 알리면 죽인대요.

"이봐, 성재 이야기 누구한테도 하지 말고 있어. 알았지?"

—알았어요.

백광남은 전화기를 내려놓았다. 박채동과 시선이 마주쳤다.

"이봐, 자네 어디 나가지 말고 사무실에 있어. 알겠지?"

"네, 알겠습니다."

백광남은 두 손바닥으로 얼굴을 쓸었다.

          *   *   *

"머리를 잘라라. 몽땅 잘라서 삭발을 시키고 머리 깎은 사진과
머리털을 그놈 어미한테 보내."

이철주가 말했다. 그는 얼굴에 싸늘한 웃음을 띠었다.

"그리고 모레까지 확실한 대답이 없을 때는 연락하지 않겠다고
말해."

"알겠습니다."

천재용이 대답했다. 그는 소파 위에 내려놓은 재킷을 집어 들
었다.

"백광남, 그놈은 지금 100억이냐 아들이냐로 고민하고 있을 거
다. 돈이냐, 자식이냐? 흥, 그놈한테 돈보다 더 중요한 것이 있을
까?"

천재용은 힐끗 이철주를 바라보았으나 일어서서 밖으로 나갔
다.

"만일 경찰에 신고하거나 돈을 내놓지 않을 경우에는 어떻게
합니까?"

구영산이 물었다.

"만일 경찰에 신고를 한다면 하는 수 없어 처치하는 수밖에.
그놈은 자식 잃은 고통으로 나를 배신한 죗값을 받아야 한다."

백성재는 수원 변두리의 주택에 감금되어 있었다. 이철주의 지
시였다. 그는 백광남이 정재희와 짜고 자신을 배신한 것을 잊지
않았다.

"어쨌든 사흘짼데, 백광남이 질기긴 질긴 놈이군요."

"흥, 그렇지만 이번엔 힘들 거야."

이철주는 머리를 돌렸다. 정재희는 귀빈에 몇 개월 있다가 종적을 감춰 버렸기 때문에 열불이 났지만 놔두었다. 그러나 아직도 건재한 백광남에 대해서는 생각할수록 치가 떨렸다. 이철주는 시계를 보았다. 아침 10시 30분이었다.

12시에 김석주 비서관과 약속이 있다.

"이제 슬슬 준비를 해야겠다."

이철주는 자리에서 일어섰다.

"약속이 있습니까?"

"응, 김 비서관과 말이야."

"잘돼 갑니까?"

구영산은 이제까지 한 번도 김 비서관을 만난 적이 없었다. 이철주가 철저하게 비밀을 지켰기 때문이다. 이철주는 일어선 채로 잠시 그를 내려다보았다.

"그렇지. 오늘은 너도 함께 가자."

"저도요?"

"그래, 이젠 거의 진행이 다 되어가니 너도 알아야 한다."

"그러죠."

구영산은 기운이 났다. 그는 방에 들어가 재빨리 옷을 갈아입고 나왔다.

"형님, 이젠 우리도 양지에서 뛰는 겁니까?"

엘리베이터 안에서 구영산이 물었다.

"아마 그렇게 될 거야. 김원국의 그룹을 그대로 물려받게 될 테니까. 거물들은 모조리 잡아넣었으니까 네가 할 일도 많아."

이철주가 조심스럽게 말했다.

"이건 철저히 비밀로 지켜야 한다. 그래서 너에게도 말하지 않았던 거야."

"알겠습니다. 염려 마십시오."

이철주는 들떠 있는 구영산에게서 시선을 돌렸다. 믿음직한 부하들이 있었다면 벌써 일이 시작되었을 것이다. 문득 그런 생각이 떠올랐다.

천재용은 백성재가 갇혀 있는 방으로 들어섰다. 침대에 앉아 있던 백성재가 놀라 몸을 일으켰다.

그는 천재용을 오늘 처음 보는 것이다. 얼굴에 불안한 표정이 서렸다. 수염이 지저분하게 자라 있었고 머리는 빗질을 하지 않아서 어지럽게 헝클어졌다. 부하 두 명이 따라 들어왔다.

"짤라라."

천재용이 말하자 부하들은 서슴없이 백성재에게 다가갔다. 놀란 그가 뒤로 물러나려다가 침대에 걸려 주저앉았다.

"왜 그러십니까?"

그는 부하가 들고 있는 가위를 보더니 얼굴이 새파랗게 질렸다.

"잠자코 있지 않으면 다쳐."

부하가 말했다. 그는 백성재의 머리칼을 주먹으로 가득 움켜쥐었다.

"이 새끼야, 움직이지 마. 아예 코나 귀를 짤라 버리겠어, 움직이면."

백성재는 공포에 질려 입을 열지 않았다. 크게 뜬 눈으로 그들을 바라보다가 의자에 앉아 있는 천재용에게서 가끔씩 시선이 멈췄다.

"모두 다 네 애비가 돈을 아끼려고 꾸물대기 때문이야. 지독한 놈이군. 아들이 죽을 텐데 말이야."

가위질을 하던 부하가 말했다.

"아직 연락이 없었습니까?"

백성재가 물었다. 그의 말투에 짜증스러움이 깃들어 있었다. 부하들의 말에 맞장구치려는 분위기도 보였다.

"머리털을 보냈다가 연락이 없으면 이제 넌 끝이야. 우린 이 짓 그만둘 거다."

백성재의 초조한 시선이 부하의 겨드랑이 사이를 지나 천재용에게 닿았다.

그는 입을 열지 않는 천재용 때문에 더 불안한 것 같았다.

"자, 그대로 있어. 사진 찍고 네 부모에게 할 말도 녹음해야 되니까."

부하들은 신문지에 수북이 담은 머리칼을 들고 밖으로 나갔다. 갓 벌채한 숲처럼 보기 흉하게 잘린 머리가 보였다.

백성재는 천재용을 바라보았다. 시선이 마주치자 얼른 머리를 돌렸다. 천재용은 돈을 받더라도 어차피 이놈은 죽여야 할 것이라고 마음먹고 있었다. 이철주가 뭐라고 하든 간에 없앨 작정이었다. 부하들의 얼굴이 드러난 이상 풀어주었다가 경찰에 알리기만 하면 체포될 공산이 컸다. 그렇게 마음을 정하고 자신도 백성재를 보려고 찾아온 것이다.

"저어, 아버지가 어떻게든 돈을 보내실 겁니다."

백성재가 눈치를 보면서 조심스레 입을 열었다.

"제가 이야기하겠습니다. 제가 받을 유산이라도 먼저 달라고 하겠어요."

천재용은 빙긋 웃었다. 그가 유산을 상속받기도 전에 제 아비보다 먼저 죽을 것을 생각하자 웃음이 나온 것이다. 백성재는 그가 웃자 기운이 났다.

"테이프를 어머니한테 보내주세요. 저 머리털도요. 아버지가 망설이면 어머니가 서둘도록 해주세요."

그도 그럴 작정이었다. 이철주의 지시를 받은 것이다. 천재용은 이 녀석을 어떻게 없앨까 궁리했다.

7, 8년 전에 싸우다가 상대방을 치사시킨 일이 있었다. 온양의 조그만 술집에서였는데 그때의 선뜻한 기분을 지금도 잊지 못했다. 그에게 덤벼들던 녀석은 일본도를 휘둘렀다. 그가 번쩍 칼을 치켜들고 달려들 적에 천재용은 의자를 집어던졌다. 그리고 비틀거리면서 자세가 흐트러진 그에게 달려들어 얼굴을 주먹으로 쳤다. 넘어진 그를 깔고 앉아 여러 번 얼굴을 치고 정신을 차려 보니 녀석은 죽어 있었다. 천재용은 상해치사로 3년을 교도소에서 보내야 했다.

그럴 필요는 없다. 천재용은 백성재를 보면서 그렇게 생각했다. 이놈하고 싸우는 것도 아닌 만큼 깨끗하게 죽여주는 것이 피차 속이 편할 것이다.

부하들이 녹음기와 폴라로이드 카메라를 들고 들어왔다. 천재용은 의자에서 일어섰다.

"이번에 연락이 없으면 넌 죽는다."

탁한 목청으로 백성재에게 말했다. 눈을 크게 뜬 백성재가 그를 바라보았다. 그에게서 풍겨오는 분위기가 능히 그럴 사람이라는 걸 보여주었다.

백성재는 숨이 막힌 것처럼 크게 숨을 들이켰다. 사흘째 감금당하고 있는 그는 며칠만 더 이곳에 머물면 미쳐 버릴 것 같았다. 그는 이제까지 한 번도 억압된 생활을 해보지 않았다. 가고 싶으면 가고, 갖고 싶은 것은 모조리 가질 수 있었다. 그는 사람들에게 부러움의 대상이었고 또 그들의 그런 시선을 받는 것이 당연했다.

학교에서도 마찬가지였다. 성적이 엉망이었으나 누가 탓하지도 않았다. 심각하게 걱정해 주는 사람도 없었다. 저놈은 부자니까 공부 못해도 잘살 놈이야. 모두들 그렇게 생각하는 것 같았다. 군대도 가지 않았다.

그에게 무얼 참고 견딘다는 것은 생소한 일이었다. 더욱이 고통을 참아내라는 것은 말할 것도 없었다. 백성재는 수백억이 들더라도 어서 이 더럽고 무시무시한 곳에서 나가고 싶었다.

*   *   *

김중오는 서류를 덮고 얼굴을 들었다. 이맛살을 찌푸리며 잠시 창밖을 바라보다가 손가락으로 서류를 두드렸다.

김원국에 대한 수사는 진전을 보이지 않았다. 모든 사건들의 증거가 애매했고 법정에 나갔을 때 김도식의 자백만으로는 승산이 보이지 않았다. 다행히 정국이 여당의 내분으로 인해 시끄러웠기에 망정이지 그렇지 않았다면 이것도 기사감이 될 것이다.

여자들을 일본으로 팔아넘겼다는 사건도 세 명의 여자들을 찾아내어 물어보았으나 그들은 김원국이 구출해 주었다고 강력히 주장했다. 자신들을 일본으로 넘긴 것은 한강상사라는 것이다. 그러면 이철주가 한 짓이 되었다. 이철주는 김원국과 홍성철이 짜고 자신도 모르게 그 일을 했고 나중에 회사까지 가로챘다고 하지만 그것은 말도 되지 않는 소리였다.

유흥업소 탈취도 두어 명의 업체 사장들을 불러 반강제로 얻어낸 증거였으나 이젠 그들이 법정에 섰을 때 과연 무슨 말을 할지 불안했다. 폭력이나 상해 교사도 피해자가 나타나지 않았다. 이철주가 제공해 준 정보로 고병길을 찾았으나 그는 피신해 버렸다.

김중오는 혀를 찼다.

이런 때에 고인호 의원은 가끔씩 전화를 걸어와 변죽 울리는 소리를 했지만 정작 그가 하고 싶은 말은 불 보듯이 뻔했다. 최지철로부터 명의 이전에 대한 독촉이 이만저만이 아니라는 걸 이미 들어 알고 있던 터였다. 아무리 뺏긴 업체들을 도로 찾겠다고 하더라도 그들이 분별없이 서두르는 것 같아서 불쾌했다. 업체를 뺏겼다면 그 증거를 첨부해서 법정에서 반환 허가를 받아야 했다. 그런데 수사 도중에 명의 이전을 하라는 말이었다.

그들의 내막은 어렴풋이나마 짐작하고 있었고 처음에는 명의 이전 같은 것은 아무 일도 아닌 것처럼 보였다. 다른 큼직큼직한 사건들에 가려 그것은 놈들이 저절로 뱉어낼 것 같았던 것이다.

전화벨이 울렸다. 김중오는 생각에서 깨어나 수화기를 집어 들었다.

"여보세요."

─부장님이십니까? 저, 이철주입니다.

김중오는 다시 얼굴을 찡그렸다.

"아, 예."

─지금 바쁘십니까?

이철주가 상냥하게 물었다.

"예, 좀 바쁩니다."

─이것 바쁘신데 죄송합니다.

"아닙니다. 그런데 무슨 일로……."

─제가 찾아뵙고 말씀을 드리고 싶은데요.

김중오는 잠시 생각해 보았다. 그에게서 증거나 증인을 더 이상 요청한 것이 없었다.

"제가 지금 바빠서. 전화로는 안 되겠습니까?"

─예, 이것 죄송합니다만.

이철주는 잠시 말을 멈췄다.

─그… 명의 이전 말씀인데요. 그것이 급하게 되어서.

"아아, 네."

이제 이철주까지 대놓고 자기에게 독촉한다는 생각이 들자 김중오는 화가 치밀어 올랐다.

─제가 그것을 명의 이전 받으면 그걸 담보로 해서 돈을 만들어야 하기 때문에… 이건 개인적인 일로 보이시겠습니다만…….

"예, 김 비서관에게 얘기 들었습니다."

─그렇습니까? 좀 서둘러 주셨으면 해서요.

"나 원, 이거야… 노력해 보리다."

김중오의 어투가 곱지 않았으나 이철주는 자기 사정이 급해서 그런지 그것도 알아차리지 못한 눈치였다.

수화기를 내려놓은 김중오는 흙을 삼킨 표정이 되었다.

"27개 업체 중 사장이 직접 참가한 곳은 열아홉 군데고 나머지는 영업부장이 대신 참석했습니다."

구영산이 말했다. 이철주는 머리를 끄덕였다. 그만하면 참석률이 나쁘지 않았다.

김원국의 장악하에 있는 업소들이었으나 그들은 이제 김원국 일당들이 모두 날개가 꺾인 것을 알고 있는 것이었다. 그리고 그들은 새로운 보호자를 원하고 있다. 간부급들이 모두 수감되어 있으므로 일반직 사원들은 그대로 흡수하여 운영해 나갈 생각이었다. 그러나 너무 깊게 뿌리를 박고 있는 말단까지의 세력들을 캐내서 제거하려면 적지 않은 시간이 들 것이다.

"앞으로 모두 형님의 체제하에 운용되어 나갈 거라고 설명했더니 아무 말도 하지 않더군요."

"……."

"그놈들이야 눈치로 살아가는 놈들이라 벌써 우리가 장악한 것을 알고 있는 것 같습니다."

이철주는 천재용을 돌아보았다.

"20억을 내겠다고 고집을 부려?"

"예."

"더러운 놈 같으니."

이철주는 눈을 부릅떠 창밖을 바라보았다.

"제 자식 놈보다 돈을 택했군그래."

"……."

머리칼을 잘라 보내고 나서 천재용의 부하는 백광남에게 전화를 했다. 백광남은 20억밖에 준비하지 못한다고 통사정을 했다는 것이다.

"어떻게 하실랍니까?"

천재용이 물었다.

"이봐, 문 좀 닫아."

이철주가 구영산을 바라보며 말했다. 여의도 사무실을 얻어 이철주와 구영산 등은 사무실로 출근하고 있었다. 천재용도 부하들을 이끌고 올라와 업소 장악과 기반 굳히기에 여념이 없었다. 구영산이 사무실과 통한 문을 닫고 소파로 돌아왔다.

"돈을 받기로 하자."

이철주가 말했다.

"그놈을 손봐줄 기회는 얼마든지 있어. 이젠 그놈이 우리에게 설설 기게 돼. 우선 돈부터 받자."

"……."

"연락을 해라. 돈을 가져오되 철저히 뒤를 밟히지 말도록 해."

"그건 염려 마십시오."

천재용이 일어섰다. 백성재는 아직 수원의 지하실에 감금되어 있었다. 천재용이 방을 나가자 구영산이 몸을 돌려 이철주를 바라보았다.

“백성재, 그놈은 돌려보냅니까?”

“그놈을 감시하는 것은 재용이 부하 두 놈이 하고 있다면서? 그 놈이 얼굴 아는 놈은 그놈들 둘밖에 없지?”

“글쎄요, 그건 잘⋯⋯.”

“내가 재용이한테 그건 철저히 하라고 했다. 재용이도 얼굴을 내밀지 말라고 했어.”

이철주는 잠시 생각하는 듯 얼굴을 굳히다가 구영산을 바라보았다.

“없애야 정상인데. 그렇지 않니?”

“그렇습니다.”

“하지만 돈 받으면 돌려보내라. 뒤늦게 돈 아까워서 백광남이 떠들지는 않을 거다. 오히려 돈 받고 안 보내면 그때 떠들썩해져서 문제가 된다.”

“알았습니다.”

“이것 참, 큰일이군. 돈이 모자라는데⋯⋯.”

이철주가 초조한 얼굴로 혼잣말처럼 중얼거렸다. 구영산은 지난번 이철주를 따라 김석주 비서관을 만나 보았었다. 그가 돈이 부족하다고 하는 것의 내용을 짐작하고 있었으므로 잠자코 있었다.

“조금 더 백광남하고 흥정을 하는 것이 어떻습니까?”

“지독한 놈이야. 돈 가지고 흥정하는 것엔 따라갈 사람이 없는 놈이야.”

“여보, 어떻게 된 거유?”

아내가 다가와 물었다. 며칠 사이에 그녀는 폭삭 늙어 버렸다. 화장도 하지 않은 모양인지 거칠어진 맨살이 보였다.

"뭘 어떻게 해?"

"타협이 됐느냔 말이오."

아내가 언성을 높였다. 그녀는 백광남이 무엇 때문에 질질 끌고 있는지 알고 있었다. 자식과 돈을 두고 지금까지 망설이고 있는 그의 속성을 누구보다도 잘 알고 있는 것이다.

"당신, 100억이 없소? 100억이 없다고 당신이 망해요? 끄떡없지 않아요? 당신은 성재가 죽어도 돼요?"

아내의 머리칼은 흐트러져 있었다. 퀭한 두 눈이 열기를 품고 그를 노려보았다. 문득 서혜란이 생각이 났다. 성재가 납치되고 난 후 그녀에게 가지 못했다.

"에이구, 지긋지긋해. 도대체 어떡할 거요? 연락해 줬어요? 돈 주겠다고 했겠지요?"

"시끄러워. 내가 알아서 할 테니까 잠자코 있어."

"당신 아들이오? 내 아들도 되니까 하는 소리요. 당신 돈 아까워 이러고 있는 거 내가 모르는 줄 아슈? 그래, 자식보다 돈 보따리 들고 사시구려. 자식 죽이고 돈하고 살아요."

이제 아내는 훌쩍거리고 울었다. 답답한지 주먹으로 가슴을 쳤다.

"내가 저런 피도 없고 눈물도 없는 지독한 작자를 만나 살다니. 차라리 돈 없더라도 자식새끼허고 오순도순 사는 게 낫지. 자식 생각하는 서방 만나 효도받고 살아야 하는데……."

"저런 망할 년이 얻다 대구!"

백광남이 화가 솟구쳐 소리쳤다.

"당신이 돈으로 여자들 사가지고 살림 차리고 노는 걸 내가 모르는 줄 알아요! 당신은 이년 저년한테서 새끼들 낳았는지 모르지만 나는 자식이라고는 딱 둘뿐이오, 이 피도 눈물도 없는 지독한 양반아!"

아내가 아우성을 쳤다. 제정신이 아닌 듯했다. 백광남은 그녀의 미친 듯한 표정을 보고 주춤 물러섰다.

"돈 아까워서 자식 죽이는 사람이라면 차라리 당신 죽고 나 죽읍시다."

그녀는 백광남의 옷깃을 잡고 매달렸다. 바깥 응접실에서 이 소동을 들으면서 서성대고 있던 박채동이 뛰어 들어왔다.

"사, 사모님, 참으십시오."

그는 겨우 그녀의 손을 풀어냈다.

"에이, 무식한 년 같으니."

백광남이 옷차림이 흐트러진 채로 응접실로 돌아 나왔다. 방 안에서 통곡하는 소리가 들려왔다.

"오후 3시에 연락하겠다고 했는데 오늘은 조금 늦는군요."

박채동이 말했다. 시계는 3시 10분을 가리키고 있었다. 어제 백광남이 20억에 하자고 통사정을 하고 난 후 그쪽은 3시에 대답을 주겠다고 한 것이다. 집으로 연락하겠다고 해서 백광남과 박채동은 집에서 기다리고 있었다.

다시 5분쯤 초조한 시간이 지났다. 벨이 울렸다. 백광남이 수화기를 들었다.

"여보세요."

—백 사장이오?

사내가 무뚝뚝하게 물었다. 어제도 통화를 한 낯익은 목소리였다.

"그렇소."

—20억은 현금으로 1만 원권 헌 돈으로 준비하시오.

"알겠소."

돈이 깎인 것이 기쁜 백광남이 서둘러 대답했다.

—오늘 중으로 준비해 오시오. 오후 7시까지.

"오늘? 7시까지?"

백광남이 엉겁결에 시계를 보고는 머리를 끄덕였다.

"좋소, 해보겠소. 그런데 내 아들은?"

—현금하고 맞바꾸는 거요. 7시 정각에 돈을 준비해서 기다리고 있으시오.

"집에서 말이오?"

—그래요.

전화가 끊어졌다. 백광남이 박채동을 바라보았다.

"20억으로 됐어. 봐! 내가 그럴 수 있다고 하지 않았는가."

"……."

"내가 은행에다 전화를 할 테니까 자네가 돈을 찾아오게. 그렇지. 이 통장하고 도장을 가져가. 기업은행으로 하지. 본점에다 연락을 해놓을 테니까 말이야."

백광남이 통장과 도장을 넘겨주었다.

"빨리 갔다 오게."

박채동은 시계를 보았다. 6시 30분이었다. 이제 10분 후면 기차는 출발할 것이다.

옆자리의 아내가 불안한 얼굴로 그를 바라보았다. 그녀는 대강 눈치채고 있었다. 나이 40이 넘도록 둘 사이에 자식이 없는 것도 이렇게 튀는 데 간편해서 좋았다. 고생만 직사하게 한 마누라였다. 경찰 생활을 할 때부터 고생에 시달려 온 것이었다.

생활에 지친 마누라는 박채동이 경찰을 그만두자 좋아했었다. 그러나 그것도 잠깐이었다. 자신도 모르는 사이에 남편이 경찰이라는 것에 자부심을 갖게 되었던 모양이다. 그래서 가난해도 떳떳할 수가 있었는데 사회생활에 뛰어들자 열등감에 사로잡혔다.

이제는 돈이 사람을 측량하는 척도인 것이다.

"걱정하지 마."

박채동이 부드럽게 말했다. 그의 눈은 움푹 들어가 있어서 겉으로 보면 병을 앓는 사람 같아 보였다.

돈뭉치는 쌀자루에 담고 다시 박스로 포장해서 화물 편으로 부산에 보냈다. 내일 아침 9시에 부산에서 찾으면 된다. 비교적 간단한 살림이었으므로 옷가지와 중요한 물품들도 일반 화물로 보냈다.

박채동과 아내는 각각 트렁크 하나씩만 들었을 뿐이다. 기차가 덜컹거리더니 스스로 굴러가기 시작했다. 백광남은 백성재의 유괴범들에게 40억을 준 셈으로 치면 될 것이다.

그는 조금도 죄책감을 느끼지 않았다. 박채동이 이 일을 결심한 것은 어제부터였다. 한사코 돈을 깎으려 드는 백광남에게 증오심을 느낀 것이다. 회사에서 백광남의 일을 도우면서 그의 엄청난 재산을 보았다. 하루에 유통되는 돈이 몇십억이었고, 그가 마음만 먹으면 몇백억도 모을 수가 있었다.

그러나 그는 자식의 목숨이 경각에 달렸는데도 어떻게든 돈을 깎으려 하였다. 20억을 말하면서 죽는 소리를 하는 그의 얼굴에 침을 뱉어주고 싶었다. 돈이 없다고, 요즘은 돈을 구하기가 힘들다고, 집과 세간을 몽땅 팔아야 한다고, 제발 살려달라고 울듯이 애원하는 백광남은 남이 보면 같이 울어주고 싶을 정도로 처절한 연극을 했다. 그리고 오늘 그의 마누라의 푸념을 들어보아도 그의 속성이 나타났다.

박채동은 어젯밤 모든 세간을 정리하고 준비를 했다. 어차피 백광남이 돈을 전달하는 것을 자신에게 시킬 것이 틀림없다고 생각한 박채동은 까짓것, 크게 모험 한번 해보자고 결심했던 것이다. 생각대로 일이 맞아들어 가면 20억을 가지고 새로운 생활을 할 작정이었다. 그리고 다행스럽게도 일은 잘 맞아떨어졌다.

박채동은 스쳐 가는 창밖을 무심히 바라보았다.

"이것 봐요, 잠깐만 더 기다려 봐요. 한 시간만 더……"

―당신, 우리하고 장난하자는 거야?

사내가 거칠게 말했다.

―지금이 9시야. 7시에서 두 시간이나 지났단 말이야.

백광남은 이마의 땀을 훔쳤다.

"사고가 생긴 모양이오, 배달 사고가. 글쎄, 이놈이……"

아까부터 자리 잡고 있던 불안감이 그의 가슴을 짓누르고 있었다. 지금 당장 그의 온 신경을 빼앗고 있는 것은 사내의 목소리도, 성재의 안위도 아니었다. 20억의 행방이었다. 그리고 박채동에 대한 분노였다.

"이놈이 돈을 가지고 튄 모양이오. 은행에서 돈을 진즉 찾아갔다고 하는데 네 시간이 넘도록 소식이 없소."

전화가 끊겼다.

"여보세요. 여보세요."

백광남은 수화기를 내려놓았다. 그러자 이제 겁이 덜컥 났다. 그들이 성재를 어떻게 할까 봐 두려웠다. 우두커니 앉아 있던 백광남은 벌떡 일어섰다. 9시가 넘어 있어서 이 밤중에 20억을 찾아올 수는 없는 일이었다.

방 안을 서성대던 백광남은 수화기를 집어 들었다. 박채동이 돈을 가지고 도망친 것은 확실해졌다. 이것까지 그가 안고 있기에는 너무 벅찬 것이다. 성재의 돈은 따로 만들더라도 박채동은 잡아야 했다. 그리고 경찰에게 성재가 납치되었다는 이야기는 하지 않을 작정이었다.

백광남은 다이얼을 돌리면서 이를 악물었다.

이철주는 어두운 창밖을 내려다보았다. 아파트의 아래쪽에서 오가는 사람들이 보였다.

"백광남, 이 지독한 놈."

몸을 돌려 소파에 앉아 있는 구영산을 바라보았다. 그의 눈을 바라본 구영산이 시선을 돌렸다.

"이놈이 핑계를 대는 거다. 어떻게든 시간을 끌려는 수작이 틀림없다."

구영산도 그들의 방법을 잘 알고 있었다. 무슨 이유를 만들든지 시간을 벌고 추적해 오려는 것이다.

"그놈은 돈 20억도 아까운 것이야."

이철주는 지친 듯 소파에 털썩 주저앉았다.

"말도 안 된다. 부하 직원이 20억을 가지고 달아났다는 것이 말이야."

구영산이 머리를 끄덕였다.

"한 시간 후에 다시 연락해 보지요. 백광남이가 한 시간만 기다려 달라고 했다면서요?"

"……"

이철주의 표정이 어두워졌다. 그는 김석주 비서관과 약속한 자금을 준비하지 못했다. 백광남에게서 나올 돈으로 그들의 자금을 댈 작정이었다. 이것은 처음부터 치밀하게 계획된 것이어서 차질이 있으면 안 되는 것이다.

"형님, 제일실업 말입니다. 옛날의 한강상사였던……"

구영산이 고쳐 앉으며 말했다.

"강만철이하고 김칠성이가 잡혀 들어갔는데도 밑의 놈들이 말을 잘 안 들어요."

"흥."

이철주는 코웃음을 쳤다.

"그놈들도 시간이 지나면 알게 될 거다. 거기서 몇 명은 포섭해 두었지?"

"네, 서너 명 정도. 그리고 싹수없는 놈은 몰아낼 작정입니다."

"최지철과는 협조가 잘돼?"

"네."

제일실업이나 제일상사는 수사관들의 집중적인 수사와 함께 세무 사찰을 받고 있었다. 업무는 거의 마비 상태였다. 구영산과 천재용이 수사관들과 함께 수시로 들락거리며 그들의 세력을 형성해 가고 있었다.

"형님, 김원국이나 조웅남이는 빠져나오지 못하겠죠?"

구영산이 불현듯 물었다.

"빠져나오다니? 그놈이 무슨 재주로 빠져나와? 적어도 5년은 썩고 나와야 할 거다."

전화벨이 울렸다. 시계를 바라보면서 이철주가 수화기를 집어 들었다. 9시 50분이었다.

"여보세요."

―형님, 접니다.

천재용이었다.

"웬일이냐? 연락해 봤냐?"

―안 했습니다. 그런데 이거 심상치 않습니다.

이철주가 수화기를 귀에 바짝 대었다.

"무슨 일인데?"

―백광남의 집으로 경찰들이 들어가고 있습니다.

"뭐야?"

―제 눈으로도 확인했습니다. 경찰 간부가 탄 차도 들어갔고, 수사관들도 들락거리고 있어요. 그놈이 경찰에 신고를 한 모양이라 이젠 전화도 못 하겠습니다.

"……"

―우리도 철수하겠습니다.

"잠깐, 철수하다니?"

―더 이상 그놈한테 집적거리다가는 꼬리가 잡혀요. 여기서 그 만둬야 해요.

"……."

―전화 끊겠습니다.

천재용은 다급하게 전화를 끊었다. 이철주는 구영산을 우두커 니 바라보았다. 멍한 표정이었다. 구영산은 어쩐지 불안했다. 처 음부터 잘 풀리지가 않는 것 같았다.

제10장

반전

밤의
대통령

"의원님은 기대가 크십니다. 이 사장께서 그 기대에 어긋나지 않으셔야 할 겁니다."

김석주 비서관이 말했다. 40대 중반인 그는 이미 상당히 취해 있었다. 이철주가 머리를 끄덕였다.

"기대하셔도 좋을 겁니다. 난 밑바닥까지 내려가 본 사람입니다. 더 이상 실수하지 말아야죠, 암요."

"실수라니요?"

여당 실세 중의 한 사람인 고인호 의원의 비서관을 10년 이상이나 지낸 김석주의 영향력은 어리바리한 초선보다 낫다. 그리고 고 의원으로부터도 신임을 얻고 있어서 거드름을 피우는 것도 잘 어울렸다.

그는 이번 일이 마무리되면 크게 사례하겠다는 이철주의 말에 기대하고 있는 모양이었다. 하긴 고인호 의원이 체면상 할 수 없는 얘기들을 그가 나서서 하고 있었으므로 그것은 당연한 일처럼 보였다.

이철주가 옆에 앉은 여자들을 내보내고 나서 심각한 얼굴로 입을 열었다.

"저… 판결은 어떻게 될 것 같습니까?"

"글쎄, 이 사장께서는 그가 감옥에 오래 있을수록 좋으시겠군요?"

술기운으로 붉어진 얼굴로 그는 웃음을 지었다.

"당연히 중벌이 있어야 할 것 아닙니까? 그리고 저도 시간이 필요합니다."

"김원국처럼 장악하려면 시간이 얼마나 걸리겠습니까? 그때면 김원국이 나와도 별수 없겠구면."

"최소한도 2년은 걸립니다."

"2년이나?"

김석주는 놀라는 표정이었다.

"아니, 우리가 뒤에서 밀어주는데 무슨 시간이 그렇게 걸린단 말입니까? 김원국의 중요한 부하들도 모두 잡혀 있지 않습니까?"

"그게 말처럼 쉬운 일이 아닙니다. 내 조직을 만드는 데 그만큼 시간이 걸립니다. 어느 정도는 확보했지만……."

"허어, 선거가 내일모렌데 큰일 났군."

이철주는 그가 걱정하는 것이 무언지를 알아차렸다. 아닌 게 아니라 이날의 술자리도 김석주가 먼저 제안을 했고 이철주는 자신이 약속한 30억에 대한 독촉이 있을 거라 짐작하고 마음이 무거웠던 터였다.

"얼마나 필요하십니까?"

고인호 의원에게 이미 5억을 바쳤으나 나머지가 문제였다. 김석주는 불쾌한 듯 얼굴을 돌리고 입을 열지 않았다.

"계획한 대로는 안 됩니다만 4, 5억 정도는 더 만들 수 있습니다. 그리고 나머지는 조금 시간을 주셔야 하겠는데……."

"야단났군."

"예, 저도 밤잠 안 자고 노력하고 있습니다만, 이거 몸 둘 바를 모르겠습니다."

"아아, 이 사장, 내가 그런 말 들으려는 게 아니고… 4, 5억이라니, 그게 말이나 됩니까? 그런 푼돈 바라고 우리가 무리를 해서 이 사장을 밀어드리는 줄 아시오?"

"이것 참, 명의 이전이 힘들게 생겨서 말입니다. 잘 아시다시피 몇 번이나 재촉했지만 그놈들이 좀체 명의 이전을 안 한다고 합니다. 차라리 죽이라고 한다는데 어떡합니까?"

이철주는 변명의 구실을 그쪽에서 찾았다.

"놈들이 두 손을 들고 대표이사 명의만 이전시켜 준다면 문제가 아닌데… 나머지 25억은 그것을 담보로 빌릴 작정이었습니다."

김석주는 이제 눈만 치켜뜨고 있다.

"재판이 있기 전에 명의 이전이 되어야 합니다. 그래야 나도 일하기가 쉽고 약속도 지킬 수가 있어요. 재판이 끝나면 놈들은 움직이지 않을 겁니다. 이미 형이 확정된 터라 명의를 이전해 주나마나라고 생각하겠지요."

"하긴 지독한 놈들이라더군."

"보통 악질들이 아닙니다."

그들이 다시 다그칠 것이 틀림없다고 생각한 이철주는 김석주 몰래 한숨을 내쉬었다.

김원국은 김중오 검사의 뒤쪽에 걸린 달력을 바라보았다. 오늘이 7월 4일이니 구속된 지 한 달이 넘었다. 어느새 한여름이 된 것이다.

"담배 피우겠소?"

담뱃갑을 그의 앞에 밀어놓으면서 김중오가 입을 열었다. 처음 만났을 때보다 그의 어투가 한결 정중했다. 김원국은 머리를 저었다.

"요즘은 선거 때문에 시끄러워요."

김중오가 담배를 입에 물면서 말했다.

"김 사장은 재수 없다고 생각하고 있소?"

김원국은 시선을 들어 그를 바라보았으나 대답하지 않았다.

"고집을 부리고 있는 건 뭔가를 믿고 있기 때문입니까?"

"……"

"김 사장, 그러면 그럴수록 당신에게 손해라는 걸 모릅니까?"

점점 김중오의 말소리에 힘이 들어가고 있었다.

"인정할 것은 해야 할 것 아니오? 조직을 이끌던 사람이 그러면 됩니까?"

"뭘 인정하란 말입니까?"

김원국이 물었다. 그는 이해할 수 없다는 표정으로 김중오를 바라보았다.

"당신 잘못을 말이야!"

"난 잘못한 것이 없고, 내가 스스로 잘못을 느꼈다면 이야기했을 겁니다. 난 내 양심과 도의를 깨뜨리지 않았습니다."

"법과 질서는 어떻게 하구?"

김중오가 입술을 비틀며 물었다.

"그것을 당신 마음대로 해석해서 양심에 꺼리지 않으면 집행하는 거요?"

"그런 일 없습니다."

"이봐요."

김중오는 담배를 재떨이에 내려놓았다.

"당신이 협조해 주지 않으면 당신 동생들이 고생이야."

"그럴 리가 없습니다. 그들은 그렇게 약하지 않아요."

"하다못해 반성의 빛이라도 보이란 말이야!"

김원국은 입을 다물고 그를 바라보았다. 오늘은 그가 초조해 보였다.

"뭘 말입니까? 뭘 반성하면 되겠습니까?"

김원국의 말이 비꼬는 것처럼 들렸는지 김중오가 노려보았다.

"당신이 사업체들을 빼앗아 갔다는 것을 알고 있소."

"……."

"그런 사회에서는 당연한 것처럼 보이겠지만 그것은 위법이오."

"……."

"그 사업체들을 돌려주시오."

"무슨 사업체 말입니까?"

"제일상사와 제일실업 말이오."

"……."

"그 회사들이 당신의 동생들 이름으로 명의가 되어 있더군. 그것의 명의를 이전해 주시오. 그러면 그 부분의 행위는 없던 걸로 해주겠소."

"……."

"당신 동생들에게 말해주는 게 좋을 거요. 이건 모두 당신을 생각해서 하는 내 충고요."

"누구에게 명의 이전을 합니까?"

"그건 나도 모르겠소. 원주인이 있겠지."

"충고, 고맙습니다."

김중오는 김원국을 바라보았다. 눈을 깜박이며 그의 표정을 보면서 잠시 동안 입을 열지 않았다.

"변호사를 만나게 해주십시오."

"내 충고를 잘 들었소?"

"들었습니다. 변호사를 만나도록 해주세요."

이제까지 접견도 금지되어 있었으므로 전번에 이 변호사를 한번 만났을 뿐이다.

"알겠소. 그렇게 하나씩 풀어나갑시다. 그러면 당신도 좋고 동생들도 좋은 거요."

김중오는 얼굴을 펴고 머리를 끄덕였다.

밤이 깊어져 있었다. 30촉짜리 알전구가 희미한 빛을 내며 천장에 매달려 있었고 빛을 보고 찾아든 나방 몇 마리가 어지러이 전구 주위를 날아다니고 있었다. 길게 뻗어 있는 복도에 면하여 20여 개의 감방이 나란히 붙어 있었으나 그 사동에 수감된 사람은 김원국밖에 없었다. 외부와의 연락과 대화가 완벽하게 차단된 생활이었다.

김원국은 책상다리를 하고 방 안에 앉아 있었다. 그는 낮에 김중오를 만났던 일을 곱씹고 있었다. 명의 이전을 원주인에게 하라는 김중오의 말이 가슴에 남아 있었다. 제일상사는 원주인이 있을 수가 없다. 그리고 한강상사는 자연히 폐업이 되었고 그 업무가 반도실업을 거쳐 이름만 바꾼 제일실업의 업무가 된 것이다.

이철주인가?

김원국은 퍼뜩 눈을 들었다.

이철주가 배후에 있는가?

그동안 이철주에 대해서는 소식을 듣지 못했다. 그는 발을 붙일 곳이 없었으므로 서울을 떠났을 것이라고만 생각하고 있었다. 그리고 애써 그를 찾으려고도 하지 않았다. 원명구의 공장 서류를 돌려받으려고 했을 때 오유철이 금방 찾아오겠다고 나섰지만 김원국은 오히려 그를 말렸었다.

"서둘 것 없다. 언젠가는 찾게 돼 있어. 그리고 공장 차리는 거야 우리가 처리할 수도 있잖니. 원 사장네 그 공장 기계도 많이 낡았다던데 우선 시작하고 보자."

당시 간부 회의 때 그가 했던 말이 떠올랐다.

그때 철컹거리며 복도 끝의 문 여닫히는 소리가 들렸다. 근무 교대인 모양이었다. 교대한 교도관들은 언제나 뚜벅뚜벅 발소리를 내며 다가와 힐끗 시찰구를 통해 김원국을 확인하고는 돌아가 버렸다. 그러고는 복도 끝의 담당실에서 소설을 읽거나 꾸벅꾸벅 졸면서 시간을 때우다가 시간이 되면 다시 교대를 하는 발소리를 울렸다. 그것뿐이었다. 말을 거는 사람이 없었다. 그런 생활에 익숙해진 김원국은 잠깐 끊어졌던 생각을 이어 다시 깊은 상념에 빠져들었다.

똑똑.

철문을 두드리는 소리에 김원국이 고개를 들자 낯선 교도관이 시찰구를 통해 그를 바라보고 있었다.

신참으로 보였고 돌아가며 교대를 하다가 이곳에 배치된 것 같았다. 김원국이 웃어 보이자 그는 창살에 어깨를 기대고 섰다.

"심심하시죠?"

상냥하게 물었다. 20대 초반의 두툼한 얼굴이었으나 심성이 순박하게 보였다.

"더구나 이렇게 텅 빈 곳에 혼자 있으면 더 답답할 것 같아요. 그렇죠?"

"할 수 없지요."

김원국이 그에게 이끌려 말을 받았다. 신참인 그는 소문으로만 듣던 암흑가의 보스인 김원국에게 관심이 쏠린 모양이었다.

"제 선배가 영동에서 술집 지배인을 해요. 이름이 유일천입니다. 아세요?"

김원국이 웃으며 머리를 저었다.

"하긴 높으신 분이라……."

그러나 비꼬는 것 같지는 않았다.

"김도식인가 그놈 때문에 고생하시는구먼요."

"……."

그는 목이 아픈지 주먹으로 목덜미를 두드렸다.

"그놈이 물고 늘어졌다고 하던데요. 그렇죠?"

김원국은 얼굴에 다시 웃음을 띠었다. 호의를 가지고 이야기를 거는 그가 우선은 고마웠던 것이다.

"제가 접견 땜통 담당하다가 그 친구 면회할 때 있었거든요. 김도식 그 사람, 여자깨나 후리게 생겼더구먼요."

"……."

"옛날 사장인가가 와서 면회를 하던데요. 접견물을 그렇게 많이 넣어 주는 사람 첨 봤어요. 영치금도 듬뿍듬뿍 넣어 주고. 그런 사람이 징역 수발하면 징역 깨는 건 식은 죽 먹기일 거예요. 그런 거 보면 그쪽 사람들이 확실히 통이 큰 거 같아요."

"옛날 사장?"

김원국의 얼굴에서 웃음기가 가셨다.

"예, 옛날에 그 친구를 데리고 있었다든가 어쨌든가 하더군요."

"이름이 뭡디까?"

교도관은 잠시 머리를 갸웃거렸다.

"글쎄, 내가 그때 보긴 봤는데… 왜요? 확인해 드릴까요?"

"이철주 아닙디까?"

"네? 이철주? 글쎄……."

"마르고 마흔여덟이나 아홉쯤 되어 보이는 사람 아닙니까?"

"예, 맞아요. 그 사람 아세요?"

교도관이 반색을 하며 물었다. 그는 김원국이 관심을 갖자 기쁜 모양이었다. 김원국은 잠자코 그를 바라보았다.

"고맙소, 담당님. 그런데 그게 언제였습니까?"

교도관은 열심히 기억을 더듬는 듯 머리를 갸웃거렸다.

"아마 6월 초순이었을 겁니다."

교도관이 틀림없다는 듯 밝은 얼굴로 말했다. 김원국은 머리를 끄덕였다. 그들이 체포된 것은 6월 2일이었다.

이제 윤곽이 드러나고 있었다. 김중오의 명의 이전에 대한 압력과 김도식의 철저한 배신의 배후에 이철주가 있었던 것이다. 김원국은 가슴이 뛰었다.

다음 날 오전에 이길량 변호사가 찾아왔다. 그는 접견실 문을 열고 들어서서 탁자 위에 가방을 내던지듯 내려놓았다. 땀을 많이 흘리고 있었다.

"망할 놈들. 이렇게 만나지도 못하게 하면 저희들이 변호까지 다 하지그래."

그는 의자에 앉아 손수건을 꺼내 이마의 땀을 닦았다.

"더운데 고생이 많으십니다."

김원국이 인사를 했다.

"여긴 그래도 바깥보단 시원하군. 그렇지만 자네 가슴에는 불덩이가 들어 있겠구먼?"

김원국이 웃어 보였다.

"얼마 전에 원 사장이 날 찾아왔었네."

이길량이 상체를 숙이고 말했다.

"원명구 사장 말입니까?"

"그래, 그 사람 말이 이철주가 제일상사와 제일실업을 매일 들른다는 거야."

"……"

"그래서 내가 알아보았네. 그 말이 사실이었어. 부하들까지 준비해 놓고 치밀하게 움직이고 있었네. 이제는 통째로 삼키려고 하는 것 같아."

김원국이 머리를 끄덕였다. 그것을 보자 이길량이 의외인 듯 물었다.

"아니, 이 사람아, 자넨 놀라지도 않는가?"

"저도 어제야 내막을 알 수 있었습니다."

김원국은 김중오가 강요하다시피 했던 명의 이전 이야기를 했다. 그리고 교도관에게 들었던 이철주와 김도식이 면회를 한 사실도 말했다.

"나쁜 놈들."

이길량이 김원국을 바라보며 말했다.

"도대체 이철주, 그놈은 김중오에게 뭐라고 모함을 했길래 이 지경까지 되었을까?"

김원국은 머리를 저었다.

"김중오가 아닌 것 같습니다. 이철주가 명의 이전을 서두는 게 우선 수상하고……."

"그야 이철주가 이 기회다 싶어 확실히 해두려는 게 아니겠는가?"

"그럴 수도 있지만… 이철주는 잔꾀가 많은 놈이죠. 자기 딴엔 뭔가 크게 생각하고 있을 겁니다. 하긴, 늘 제 발등 찍는 거였지만 말입니다."

"……."

"발단은 김도식이었지만 이철주가 들어 일을 키웠다고 볼 수 있겠지요. 그 과정에서 누군가의 힘을 업었을 겁니다. 아니면 그 힘을 끌어들였든가. 절대 혼자서 일을 꾸밀 스타일이 아닙니다."

"……."

"돈으로 그 힘을 샀을 겁니다. 그런데 제가 알기로 이철주의 재산이 별로 남은 게 없습니다. 원명구 씨 공장을 처분해도 그렇고… 그리고 그게 그리 쉬운 일도 아닐 거구요. 자기도 떳떳하지 못할 거고 팔아도 헐값이었을 겁니다."

"그렇다면 자네의 제일실업이나 제일상사 명의를 이전받아서 되판단 말인가?"

"조직적으로 먹어 들어오는 걸 보면 팔 것 같지는 않고 그걸로 어떻게든 돈을 만들려 하겠지요."

"그렇겠구먼……."

"그런데 그 돈이 검찰로 갈까요? 그 구린 돈이?"

이길량 변호사가 숨을 크게 들이쉬었다.

"선거철이라니 정치권으로 흘러 들어갈 것 같습니다."

"옳거니. 내가 그 생각을 못 했구먼."

김원국은 입을 다물고 뚫어져라 벽을 응시하고 있었다. 한참 만에 김원국이 입을 열었다.

"변호사님."

그의 목소리는 깊이 가라앉아 있었다.

"제가 변호사님께 크게 신세를 져야 할 것 같습니다. 저를 도와주십시오."

이길량 변호사는 그의 눈빛을 마주 받았다. 명예를 목숨처럼 소중히 여겼고, 치열한 자존심을 갖고 있던 김원국에게서 그처럼 절박한 음성을 듣기는 처음이었다. 나이는 훨씬 어렸으나 언제나 그에게서 큰 남자의 체취를 느끼던 이 변호사는 일을 떠나서 그를 사랑했다.

남자들끼리의 도도한 애정.

이길량 변호사는 어떤 얘기든 듣고 혼신의 힘을 다해 그를 도와주리라 작정했다.

"얘기하게."

"전에 이철주가 한강상사를 운영할 적에 고인호 의원에게 지원금을 보냈다고 저한테 자랑했던 일이 있었습니다."

"고인호?"

"그때 그놈은 제 주변에 정계와 관계의 고위층 인사들이 많다는 것을 자랑했었지요."

"……"

"특히 고인호 의원과 김 뭐라고 하던 비서관과는 밀접한 관계라는 것을 대놓고 자랑하더군요. 그때 저는 그 얘기를 듣고 이철주가 참 한심한 놈이라 생각했습니다."

"그렇군."

이길량이 탄식하듯 말했다.

"고인호에게 이철주가 제의했을 가능성이 제일 큽니다."

이길량은 막막한지 한숨을 쉬었다.

"변호사님, 고 의원을 만나주십시오."

이길량이 다음 얘기를 재촉하듯이 그를 바라보았다.

"저로서도 모험입니다. 변호사님도 마찬가지구요. 잘못 짚었을 때를 생각하면 저나 변호사님이나 치명적이니까요."

"그게 문제야. 고인호가 아닐 수도 있는데······."

"하지만 일이 이렇게 된 이상 부딪쳐 보는 수밖에 없습니다. 이철주가 얼마를 제의했는지 모르지만 100억을 내겠다고 하십시오."

"가만, 가만. 김 사장, 내가 정신을 차릴 수가 없네."

"죄송합니다. 하지만 변호사님, 어차피 이번 일은 돈이 관건일 것입니다. 변호사님과 이렇게 얘기를 나누면서 더 확실해집니다만, 명의 이전을 그렇게 서두르는 것도 그것을 담보로 돈을 만들려 하기 때문일 겁니다. 명의 이전이 안 되어도 영업은 할 수 있는 것 아니겠습니까?"

"그렇지. 제일상사나 제일실업의 이름이 중요한 것이지. 그 건물이나 부동산은 15억이나 갈까 몰라."

"그렇지만 명실공히 명의 이전을 받아 영업한다면 담보 가치는 훨씬 높지요."

"아무려나 그래도 100억이라면······."

이길량은 주저하는 것처럼 보였다. 김원국은 머리를 저었다.

"어쩔 수 없습니다. 누명을 쓰고 돈을 건지는 것보다 맨몸으로라도 깨끗한 이름을 남기겠습니다."

"······."

"고 의원을 만나봐 주십시오."

이길량은 머리를 끄덕였다.

"알겠네. 참, 이렇게 해서 자네가 깨끗한 몸이 된다는 게 우습기도 하지만 서글프기도 하네."

"명의 이전은 그쪽에서 지정한 아무에게나 해준다고 하십시오.

이철주는 안 됩니다. 그리고 제가 풀려나면 보름 안에 돈을 만들 겠습니다. 그 뒤에 명의는 다시 돌려줘야 합니다."

이길량은 머리를 끄덕였다.

"해보겠네. 다만 자네 짐작이 틀리지 않기를 바랄 뿐이네, 고인호라… 세상 참 더러워졌군."

그는 시계를 보더니 자리에서 일어났다.

"서둘러야겠어."

김원국은 이길량 변호사가 나간 후 방으로 되돌아왔다. 운동 시간이 지났으나 오늘은 움직이지 않았다. 하루에 세 시간씩 감방 안에서 제자리 달리기와 팔굽혀펴기를 해왔던 것이다.

땀을 비 오듯 쏟아내면서 운동을 할 때는 아무 생각도 하지 않았다. 잡념을 잊기 위해서도 운동은 필요했지만 신체를 단련시키는 것은 그의 정신력을 강하게 만들어 주는 바탕이었다.

권력을 쥐고 있는 사람들과 겨룬다는 것은 웃음거리밖에 되지 않는다.

권력을 가진 사람들은 그들이 강하므로 언제나 정의가 되었다. 그들은 한 번도 싸워서 패하지 않았다. 패한 쪽은 약했고 따라서 불의였다. 약한 쪽이 악으로 매도되어야 강한 자와 권력가와 정의로운 사람들의 명분이 섰던 것이다.

어느 누구도 강한 자가 악하다고 말할 수가 없다. 그런 자들이 있다면 국가의 기강을 해치는 자들이다.

김원국은 자신이 약하다는 것을 알고 있었다. 자신의 처세가 얼마나 어리석었는가도 깨닫고 있었다. 명분을 찾아 타협하지 않고 스스로 절제했던 순간들이 웃음거리가 되어버린 느낌이 들었다.

김원국은 몸을 일으켰다. 그러고는 방바닥에 엎드려 팔굽혀펴기를 시작했다.

"아니, 이게 누구요. 거물 변호사님 아니십니까?"

실내복 차림의 고인호 의원이 새삼스럽게 놀라는 척해 보였다.

이길량 변호사는 쓸쓸하게 웃으며 그가 권하는 방바닥의 방석에 앉았다.

"저녁 식사는 하셨습니까?"

"네, 했습니다."

그러나 이 변호사는 저녁을 먹지 않았다.

한가하게 저녁 식사 타령을 할 여유가 없었던 것이다.

김원국과 헤어져서 고인호 의원과 친한 정달섭 의원을 찾아가 부탁을 했다. 정 의원은 여당의 재선 의원으로 이 변호사의 후배였다. 학교와 검찰의 후배여서 부탁할 만했다.

정달섭은 해박한 법률 지식과 달변으로 당에서 인정받는 율사였다. 그가 고인호에게 직접 전화를 해서 저녁에 단둘이 고인호의 집에서 만나기로 약속을 정해준 것이다.

이 변호사는 고인호와 안면이 있었다. 그가 검찰의 차장검사로 있을 때 고인호는 초선 의원이었다. 국회의원 독직 사건에 연루된 고인호를 만나 증언을 들었었다. 고인호에게는 불쾌한 기억이었을 것이다. 이길량 변호사는 오후 내내 고인호 의원을 만나는 일에 대해서 앞뒤를 재보았다. 일이 맞아떨어진다면 단도직입적으로 얘기를 하는 편이 나을 것이다. 그러나 그가 이 일에 얽혀 있는 장본인이 아니라면 공연히 긁어 부스럼 만드는 일이었다. 고인호로서는 그런 얘기를 듣는다는 것 자체가 모욕일 수가 있는 일이기도 했다.

고인호는 정달섭 의원으로부터 이길량 변호사가 긴히 만났으면 한다는 얘기를 전해 듣고서 속으로 무척 당황했다.

"아니, 그 양반이 갑자기 나를?"

"저도 자세히는 모르겠고 어하튼 꼭 만나 뵈었으면 하더군요. 무슨 얘긴지 말이나 들어보시죠. 뭐, 혹시 압니까. 총무님께 실탄 지원이 있을지. 허허."

그렇게 해서 이루어진 약속이었다. 고인호는 고인호대로 이 변호사와의 약속에 대해 이리저리 궁리해 보았다. 김원국과 관련된 얘기를 해올 것이 틀림없다. 자, 그렇다면… 고인호는 노회한 스스로를 믿었다. 얘기에 따라서 대응하되 허튼소릴 하면 되받아치기로 마음먹었다. 그런 일에는 이골이 나 있었던 것이다. 그러나 찜찜한 건 사실이었다.

"책이 많습니다. 여러 종류를 고루 갖추셨군요."

서재였으므로 천장까지 가득 장서가 쌓여 있었다. 고인호는 빙긋 웃었다.

"변호사님은 내가 책 읽을 시간이 있겠느냐고 생각하시는 것 같군요."

"허어, 이런, 이젠 못 당하겠는데요. 말씀에 관록이 붙으셔서."

사양하는 말도 되었고 비꼬는 말로도 들릴 수 있었다.

"어때요? 장사는 잘되시고?"

고 의원이 눈살을 좁혀 으스스한 표정을 만들어 보이며 물었다. 야비한 표현이었다. 무례하기도 했다.

불쾌한 심사를 애써 누른 이 변호사는 어차피 흥정이라는 생각이 들었다.

"네, 아닌 게 아니라 요즘 제가 큰 건 하나를 물어서 늘그막에 불고체면 뛰어다니고 있습니다."

"호오, 부럽습니다. 노익장이시군요."

"그런데 영 길이 보이질 않습니다. 그래서 경륜 있으신 고 의원님을 뵙고 한 수 지도받을까 싶어서. 하하하."

부드러운 표정으로 나누는 대화였지만 두 사람은 신경을 곤두세우고 서로의 의중을 헤아리느라 앞에 놓인 찻잔에 손도 대지 않고 있었다. 이 변호사는 문득 이런 변죽 울리는 얘기가 무슨 쓸모가 있을까 하는 생각이 들었다.

"의원님, 제가 김원국의 고문 변호삽니다."

"……"

"그도 사람이라 이젠 깨달은 것 같습니다."

"잠깐, 그런 얘긴 검사나 판사한테 가서 하셔야지……."

말꼬리를 흐리는 여운이 얘기를 재촉하듯이 들렸다. 이 변호사는 침을 삼켰다.

"쉬셔야 할 텐데 본론을 말씀드리지요. 김원국은 죄가 없습니다."

"원, 저런. 누가 변호사 아니랄까 봐 그러십니까."

고 의원이 씁쓸한 얼굴로 시선을 돌렸다.

"제가 담당 검사, 함주민이라고 젊은 친군데, 그 친구도 만나봤습니다. 뚜렷한 증거가 하나도 없어서 공소 유지에도 자신이 없는 눈치였습니다. 국민들도 믿지 않아요. 이것도 선거용 관제 사건이 아닌가 하는 거지요."

"아니, 변호사님, 무슨 말을 그렇게……."

고 의원의 얼굴이 붉어졌다.

"아무리 사석이래도… 좋소. 손님이니 대접해 드리리다. 정 의원의 부탁도 있고 하니……."

"제가 명예를 걸고 말씀드리는 겁니다. 저와 의원님과 김원국, 셋만 아는 이야기로 하고 싶습니다."

고 의원은 이 변호사의 심각한 얼굴을 보면서 잠자코 있었다.

"김원국을 설득했소. 어쨌든 물의를 일으켰으니 회개하는 뜻을 보이라고 했습니다. 김원국이 재판 전까지 부하들을 설득하여 모든 업소의 명의 이전을 의원님이 지정해 준 사람에게 해준다고 했습니다. 그리고 석방되면 보름 안에 100억을 내겠다고 했습니다. 100억이면 그의 업소 전부를 처분하는 금액입니다. 그러고 나서 100억을 내고 나면 업소의 명의를 다시 이전의 사람들로 해달라고 했습니다. 어떻습니까? 나라에다 모든 것을 바치겠다니 그 뜻을 가상히 여겨주시지요."

고 의원은 이 변호사를 바라보며 잠시 동안 입을 열지 않았다. 명의 이전, 100억 같은 단어들이 툭툭 불거져 자신을 치는 느낌이 들었다. 혹시 이철주와 자신의 관계를 알고 있는 건 아닐까. 알고 있다면 어디까지 알고 있을까. 고인호는 긴장하지 않을 수 없었다. 김석주의 보고를 받고 잔뜩 짜증이 나 있던 참이었다. 10억을 바라고 그런 소동을 일으켰다면 체면 문제였다.

"정말 뉘우치고 있는 모양이긴 하군요."

"그럼요. 오죽하면 전 재산을 내놓겠습니까? 그러면 그는 아무것도 없습니다."

이 변호사가 재빨리 말을 받았다.

"그런데 100억을 나라에 바치는 건 좋은데 그걸 하필 나를 통해서 해야 할 이유가 있습니까? 어째 으스스하구먼요. 하하하."

이길량 변호사는 안도의 숨을 내쉬었다. 저런 반응이라면 제대로 짚은 모양이었다. 마무리할 말이 필요한 순간이었다.

"이철주라고, 의원님께서는 잘 모르시겠지만 김원국이가 없으면 그놈이 장악하게 될 겁니다. 하지만 이철주는 능력이 없어요. 아마 그놈은 돈 욕심 때문에 또 문제를 일으킬 겁니다. 지난번에도 그래서 부하들에게 쫓겨난 거였지요."

이 변호사는 이쯤 해두기로 했다. 힐끗 고인호를 바라보았을 때 그는 표정 관리가 힘들었던지 눈을 감은 채 상체를 좌우로 흔들고 있었다.

"열흘 후가 재판입니다. 그때까지 서두르지 않으면 업소들이 부하들의 명의로 되어 있어서 일단 판결이 나버리면 명의 이전이고 뭐고 의미가 없어져 버립니다."

"허어, 변호사님은 별것까지 다 신경을 쓰시오."

고 의원이 정신을 가다듬고 정색을 해 보였다.

"아까 말씀드리지 않았습니까, 사석이라고. 그리고 오죽하면 검찰 출신인 제가 이런 말을 하겠습니까? 의원님께서도 하등 부담이 없으실 겁니다. 담당 검사에게는 직업상 이런 얘기를 못 합니다. 의원님께서 나서서 처리해 주세요. 이 사건은 아마 공소 유지도 힘들 거예요. 그런 그들이 전 재산을 국가에 바치겠다니 가상히 생각해 주셔야 할 것 아닙니까?"

"……."

고 의원이 머리를 끄덕였다. 어쩌면 그에게는 전화위복이었다. 이철주와의 관계를 이 변호사가 알고 있는 것이 확실했으나 고맙게도 '고 의원님께서는 잘 모르시겠지만'이라고 출구를 열어주었다. 낯간지러운 일이었으나 '나는 이철주를 모른다'고 얘기할 수 있게 된 셈이었다. 그리고 돈의 단위가 달랐다.

고인호도 마무리하듯이 말했다.

"어쨌든 이 일은 변호사님하고 나, 그리고 김원국만 알고 있기로 합시다."

"그럼요. 어느 세상인데 함부로……."

"허어, 변호사님 말씀은 좋은 것 같다가도 어쩐지 꼭 가시가 있는 것 같소."

"아니, 의원님, 왜 그러십니까? 잘못하면 어떻게 될지 우리가 왜 모르겠습니까? 그런 의밉니다."

고 의원은 혀를 찼다.

"어쨌든 나는 변호사님의 그런 기질을 믿어요. 한번 생각해 봅시다."

"그럼 그렇게 알고 일어서겠습니다."

"아니, 대접이 이래서야… 술상 보아 오라 이르겠습니다."

고인호는 이길량을 붙들었다. 그날 밤 늦게까지 술자리가 벌어졌다. 이길량 변호사는 대취하여 자기가 이때까지 겪어온 김원국에 대해서 많은 이야길 했다.

지난번에 만났던 여의도의 중국 음식점에 고인호와 김중오가 마주 앉아 있었다. 요리 그릇을 비울 때까지 고인호 의원은 입을 열지 않았다. 김중오는 입안이 텁텁해서 음식 맛을 제대로 볼 수가 없었다.

김원국을 구속한 지 한 달이 훨씬 넘었으나 공소 유지가 될지도 걱정이었다. 증거자료가 얼마든지 있다고 큰소리를 치던 이철주는 웬일인지 요즘은 전화를 해오지도 않았다.

명의 이전으로 시달리던 김중오는 한결 마음은 가벼웠으나 그에게서 더 이상의 증거물이나 협조를 기대할 수도 없게 되었다. 김중오는 스푼을 내려놓았다.

"왜? 오늘 고기는 제법 입맛에 맞는데 왜 그러나, 더 들지 않고?"

고인호가 김중오의 그릇을 바라보며 말했다. 두어 젓가락 집어 먹다 남은 요리가 그대로 남아 있었다.

"예, 입맛이 안 나는군요. 소화가 안 돼서……."

"그 명의 이전인가 뭔가도 안 되었다면서?"

고인호가 입가를 수건으로 닦으면서 물었다. 얼굴을 들어 그를 바라본 김중오는 눈을 껌벅였다. 고인호는 웃는 얼굴이었다.

"네, 놈들이 지독해서요."

김중오는 방심하지 않고 대답했다. 이 사람들은 웃고 나서 등을 치는 데에는 도사라고 믿고 있었기 때문이다.

"잘했네."

"……."

"우격다짐으로 한다면야 그걸 못 하겠나? 하지만 민주주의 사회에서는 엄연히 원칙에 따라야지."

김중오는 젓가락을 들어 식은 고기를 입에 넣었다.

"내가 듣기로는 증거를 확보하기가 힘들다면서? 그 처음에 잡은 마약 밀매한 놈의 자백도 신빙성이 없다던데… 어때? 밀어붙일 수 있겠나?"

김중오는 고기를 삼켰다.

"그놈 말이 신빙성이 없다니요? 그럼 그놈의 자백이 거짓말이란 말씀입니까? 그놈이 왜 거짓말을 했겠습니까?"

김중오가 따지듯 말했다. 어떤 경로를 통해서 그런 정보를 들었는지 알 수 없었으니 그것까지 의심하고 들어간다면 승산이 전혀 없는 것이다.

"이 사람아, 자네 생각해서 하는 소리야. 처음에도 마찬가지였고. 그러니까 차분하게 내 말을 들어봐."

"……."

"무리하지 말게. 다행인지 불행인지는 모르지만, 지금은 정국이 시끄러워서 김원국에게 눈을 돌릴 여유들이 없어."

"……."

"만일에 무리를 했다가 그것이 나중에라도 잘못된다면 그것은 자네나 우리에게 치명적이야."

김중오는 물컵을 들어 물을 한 모금 마셨다.

"혐의가 없다면 차라리 풀어주는 것이 낫네. 어쩌면 그것이 신선하게 보일 거야."

"세금 포탈이나 그런 사유는 없습니다."

고인호는 혀를 찼다.

"이보게, 우리 법대로 집행하도록 하세. 일시 우리들의 의욕적인 업무 집행으로 김원국을 구속했지만 혐의가 불투명하니까 풀어주는 것도 나쁘지 않아."

"……"

"이번 선거가 끝나면 자네의 승진은 내가 적극 힘을 쓰겠네."

김중오는 눈을 내리깔았다.

"그 대신 담당 검사는 잠깐 지방으로 보내도록 해. 담당 검사에게 밀어버리란 말이야. 아직 젊을 테니까 좌천도 당해봐야 크는 거지. 그렇지 않은가?"

김중오는 묵묵히 앉아 있었으나 조금씩 가슴이 후련해졌다.

갑자기 고인호가 엄격하고 공정한 법 집행을 말하는 것이 어딘지 아귀가 잘 맞지 않는 기분이 들었으나 말 그대로만 들으면 하나도 틀린 게 없었다. 그리고 자신은 손해 볼 것이 없다고 생각했다.

고인호의 말대로 하면 그의 부탁을 두 번이나 들어주는 셈이 되는 것이다. 비록 처음에 너무 요란하게 떠들었던 것이 멋쩍기는 했으나 담당 검사에게 밀어버리면 될 것이다. 김중오는 머리를 끄덕였다.

"그렇게 하겠습니다."

고인호가 만족한 듯 웃어 보였다.

다음 날, 함주민 검사는 김중오 부장실에 들어섰다. 김중오는 힐끗 함주민을 올려다보았으나 책상 위에 펼쳐진 서류에 다시 시선을 주었다. 함주민은 의자에 앉아 잠자코 그를 바라보았다. 김중오는 머리를 들었다.

"그래, 함 검사, 자신 있는가?"

김중오가 나직하게 물었다. 김중오의 사건을 묻는다는 것을 짐작한 함주민은 대답하지 않았다. 매일 수사 결과를 보고하므로 자신이 있고 없고는 그보다 김중오가 더 잘 알고 있을 것이라고 생각했다. 김중오는 함주민의 대답을 기다리는 듯 그를 바라본 채 입을 열지 않았다.

"도대체 수사를 어떻게 하는 거야?"

짜증 난 말투로 김중오가 다시 입을 열었다.

"갖다 놓은 떡을 먹지도 못하면 우리 체면이 뭐가 돼?"

"처음부터 너무 크게 잡고 시작한 것 같습니다."

"그게 무슨 소리야?"

김중오의 얼굴이 붉어졌다.

"자네가 허술하게 수사를 했다고 생각하지는 않나?"

"……"

"그래도 난 자넬 믿고 골라서 보냈는데, 내 얼굴이 어떻게 된 줄 알아?"

"……"

"어때? 공소 유지에 자신 있어?"

함주민은 대답하지 않았다. 믿고 골라서 보냈다고 생색을 내지만 만만해서 내보낸 것이라는 것쯤은 알고 있었다. 사건을 어디에서인지 받아 온 것도 김중오였고 넘겨준 것도 그였다. 함주민은 자신의 입장을 알아차리고 있었다.

"함 검사, 자네 누구 물 먹이려고 작정했어?"

김중오의 말에 함주민이 머리를 들었다.

"그런 말씀 마십시오."

함주민의 얼굴도 상기되었다.

"이 사건은 시초부터 증거도 없이 추측만 가지고 시작한 것이 잘못입니다. 김원국이 조직 사회의 거물이니까 잡아넣으면 얼마든지 증거물이나 범법 사실이 드러나리라고 믿었던 것이 잘못입니다."

"그게 누구의 잘못이야?"

"……."

김중오는 함주민을 노려보았다. 그는 자신을 원망하고 있는 것이다.

"그럼 자네 생각은 어떤가?"

김중오가 시선을 돌리며 물었다. 함주민은 잠자코 있었다. 그들은 제각기 다른 생각을 하고 있었다. 함주민은 어차피 혐의가 불분명한 입장이니만치 김원국의 구속을 취소시키겠다고 말하고 싶었다. 그러나 김중오의 표정을 보자 입이 떨어지지 않았다. 그렇게 되면 그의 승진에 영향이 올 것 같아 보였기 때문이다.

김중오는 함주민이 책임을 지지 않으려는 것처럼 보였다. 어떻게 해서라도 김원국을 잡고 늘어질 것 같았다.

"이봐, 혐의가 없으면 풀어주는 것이 엄정한 법 집행이야!"

김중오가 차갑게 말했다.

"공소 유지에 자신 없으면 풀어줘."

함주민이 놀란 듯 그를 바라보았다. 그의 얼굴은 잔뜩 찌푸려져 있었다. 그는 책임을 지려고 하는 것 같았다. 함주민은 미안한 마음이 들었다. 김중오가 머리를 돌리자 함주민은 자리에서 일어섰다. 한동안 미안한 마음이 가시지 않았다.

"김 사장, 잘될 것 같아. 곧 석방될 것 같네."
이길량 변호사가 말했다.
"알아보니까 구속을 취소시킬 것 같더군."
"동생들도 함께 나갑니까?"
"물론이지."
"변호사님이 수고하셨습니다."
"내가 한 일이 뭐가 있는가? 자네가 고생했지. 그리고 나가서 그걸 만들 일이 걱정이군그래."
이길량은 돈이 걱정인 모양이었다.
"신경 쓰지 마세요. 그건 잘될 겁니다."
"어쨌든 그놈 때문에 더위에 고생 많았네."
김원국은 씁쓸히 웃었다.
"그놈은 지금도 제일상사와 제일실업을 들락거리는 모양이야."
"……."
"자네가 이렇게 풀려나리라고는 생각지도 못하고 있을 거네."
자신이 나타나면 이내 꽁무니를 뺄 것이라고 김원국은 생각했다. 그러나 이번에는 용서해 줄 생각이 없었다. 아직 방법은 생각하지 않았으나 다시는 그런 짓을 못 하도록 할 작정이었다.
"홍성철하고 오유철은 잘되었어. 몸들을 피해 있었으니 말이야."
이길량이 말했다. 홍성철은 홍콩에 있으니 그렇다손 치더라도 오유철은 한국에서 피신해 있었을 것이다.

"변호사님, 저희들이 석방될 거라는 말씀은 아직 하지 마십시오."

김원국의 말에 이길량이 머리를 끄덕였다.

"그건 나도 검찰에서 들었네. 그들도 조용히 처리할 모양이야. 체면도 있고 하니까 그런 모양이지?"

＊　　　　　＊　　　　　＊

야당 국회의원들이 개입한 뇌물 수수 사건이 터져서 연일 신문에 대서특필되고 있었다. 야당은 선거 국면을 맞이한 전형적인 야당 탄압이라고 목소리를 높이고 있었다.

김중오는 대청각에 앉아 술자리를 벌였다. 일고여덟 명의 일간지 데스크들과 함께였다. 모두들 낯이 익어서 스스럼이 없었다. 그들은 김중오가 마련한 술자리를 궁금해하면서도 사양하지 않았다. 서로 밉게 보여서 좋을 것이 없는 것이다. 일류 요정이었으므로 아가씨들도 모두 빼어난 미인들이었다. 술잔이 대여섯 잔씩 돌아가자 모두들 처음의 어색했던 긴장을 풀고 자세들이 흐트러졌다. 김중오는 싱글거리면서 술잔을 주고받았다.

"우리 취하기 전에 김 부장님 말씀이나 들읍시다."

대한일보의 최 기자가 불쑥 말했다. 그는 산전수전 다 겪은 사내였다. 40대 중반으로 다른 기자들을 리드하는 입장이었다. 그는 김중오가 뭔가 부탁할 것이 있다는 것을 눈치채고 있었다. 다른 기자들도 마찬가지일 것이다.

"뭡니까, 오늘 우리에게 약을 먹이는 이유가? 이유나 알고 먹읍시다."

"아무것도 아뇨. 그저 오랜만에 회포나 풀까 해서."

"어허, 김 부장답지 않게 왜 이러쇼?"

그러자 다른 기자들이 나섰다.

"뭐, 덮어둘 것 있습니까?"

김중오는 잠시 그들을 바라보았다. 옆에 앉은 아가씨들에게 잠시 눈길을 주었다가 입을 열었다.

"김원국이 말이오."

그러자 모두들 조용해졌다. 끝 좌석에서 아가씨와 장난을 치던 매일일보의 조 기자도 선뜻 머리를 이쪽으로 돌렸다.

"김원국이가 왜요?"

최 기자가 긴장한 얼굴로 물었다.

"무혐의로 석방시켜야겠어요."

그러고서 김중오는 입맛을 다셨다.

"혐의가 없어요?"

"그렇소."

최 기자가 머리를 끄덕였다.

"그건 당연한 일이지."

김중오가 어리둥절한 표정으로 그를 바라보았다.

"우리도 그렇게 알고 있었어요. 선거 전에 한바탕 김원국이로 북새통을 만들어서 언론이 떠들면 국민들이 그쪽을 볼 테니까. 옛날 수법이었지."

"이젠 그런 짓 좀 그만합시다. 꼭 선거 전에 석유가 나오니 어쩌느니 떠들게 만들고 말이오. 이젠 독자들한테서 항의 전화가 와요."

다른 쪽에서 술기운에 붉어진 얼굴로 누군가 소리쳤다.

"그래서 우리 체면이 깎였지만 풀어주기로 한 겁니다."

"그래서 언론에서 입을 다물어달라는 거요?"

최 기자가 물었다.

"부탁합시다. 우리가 조사해 보니까 혐의가 불분명했어요. 그렇다고 요즘 세상에 옛날처럼 죄를 만들어 붙일 수가 있습니까? 그래서 석방시키는 것이니까 우리 체면만이라도 세워주시오."

"톱 기사감이다."

누군가가 말했다.

"아아, 이러시지들 말고. 부탁합시다."

김중오가 그를 향해 울상을 지어 보였다.

"좋소. 그럼 오늘 밤은 끝내줘야 합니다. 나는 안 싣겠으니까 말이오."

최 기자가 김중오를 바라보며 말했다.

"하긴 의원들 뇌물 사건으로 정신들이 없으니까 말이야. 지면이 부족하기도 해."

누군가가 느긋하게 말했다.

"에이, 나도 한 번 봐줬다."

다시 누군가가 생색을 냈다. 유별나게 행동한다고 해서 득 될 것이 없다는 것도 그들은 잘 알고 있는 것이다.

백광남은 뜬눈으로 밤을 새웠지만 전화는 걸려오지 않았다. 대신 경찰에서 두 번 전화가 왔었다.

박채동은 마누라와 함께 행방불명이 되었다.

집 안에 있는 세간 중 값나갈 만한 것은 모두 들고 도망친 것이다. 이제 박채동과 성재의 문제가 겹쳐 있었으므로 백광남은 머리가 뽀개질 것 같았다.

그렇다고 드러누워 있는 마누라에게 상의할 일도 못 되었다. 왜 20억밖에 주지 않았느냐고 아우성을 칠지 모른다. 100억을 냉큼 줘서 성재를 찾아오지, 왜 질질 끌다가 데리고 있는 직원한테 사기당하고 말았느냐고 머리를 쥐어뜯겨도 할 말이 없는 것이다.

백광남은 이제 납치범들에게 20억을 더 줘도 좋으니까 제발 전화만 해오기를 기다리는 심정이 되었다.

아침 9시가 되자 백광남은 정신이 나간 듯 흔들거리면서 소파에서 일어섰다. 안방 문을 열어보았더니 마누라는 드러누워 천장을 바라보고 있었다. 집안일을 돌보는 아주머니가 주춤거리며 다가왔다.

"아침 식사를 드릴까요?"

"됐어요, 나는. 저기, 성재 엄마나 좀 먹여주시오."

아주머니는 걱정스러운 얼굴을 했다.

"어저께도 아무것도 안 잡수셨어요."

"억지로라도 먹여요."

백광남이 짜증을 내면서 일어섰다. 집안 식구들에게 함구령을 내렸으나 그들은 무슨 일이 일어났는지 알고 있었다.

백광남은 서둘러 회사로 나갔다. 회사로 연락이 올까 해서였다.

백성재는 오늘이 며칠째인가 하고 헤아려 보다가 그만두었다.

20일째인 것 같기도 하고 21일째인 것 같기도 했다.

시멘트 방은 언제나 60촉짜리 백열등 하나가 높은 천장에 켜져 있었다. 바깥에서는 아무 소리도 들려오지 않았다. 이제는 사내들이 찾아와 다시 머리라도 깎아주었으면 하고 그들을 기다렸지만 그들은 며칠이 지나도록 나타나지 않았다.

식사 시간이 되면 밥과 반찬이 담긴 양은 쟁반이 불쑥 들이밀어지고는 그만이었다. 문은 잠겨 있어서 두드려도 열리지 않았다.

한 번은 여러 번 문을 두드리다가 문 앞을 지키고 서 있던 사내에게 볼을 얻어맞아서 이가 흔들거렸다. 그 후로는 우두커니 침대에 앉아서 시간을 보냈다.

처음 며칠 동안은 빨리 돈을 보내주지 않는 아버지를 원망하는 마음이 들었다. 그때에는 어쨌든 나갈 것이라는 생각이 있었으므로 두렵지 않았다. 그러나 시간이 지나면서 무서워졌다.

그가 생각하기에도 아버지는 돈만 아는 사람이었다. 모든 것을 돈으로 생각하고 그 가치로 판단한다. 그가 자식인 나라고 예외로 했을 리가 없다. 100억이 아까워서 단념했을지도 모른다. 하긴 자신은 100억이 아니라 돈만 축내는 자식으로 100만 원의 가치도 없을지 모른다.

백성재는 침대에 걸터앉아 부들부들 떨었다. 이제까지 철없이 굴던 나날들이 후회스러웠다. 매일 하는 일이라고는 술 먹고 여자들과 노는 것이었다. 내일을 생각할 필요가 없었다.

문이 열리는 소리가 났다. 백성재는 깜짝 놀라 문을 바라보았다. 낯익은 두 사내가 들어서고 있었다. 그들은 말없이 그에게로 다가왔다.

"됐어요?"

엉거주춤 일어난 백성재가 물었다. 그들은 대답하지 않았다. 백성재는 그들의 손에 쥐어진 테이프를 보았다.

"아니, 왜?"

"가만히 있어, 이 새끼야."

몸을 틀어 그들에게서 피해 가려는 백성재의 어깨를 거칠게 잡은 한 사내가 그의 어깨를 눌러 침대에 앉혔다.

"손 내밀어."

부들부들 떨면서 백성재는 손을 내밀었다. 그들은 익숙한 손놀림으로 그의 손과 발을 묶었다.

"이것 보세요, 돈은 받았겠지요?"

안간힘을 쓰면서 그들에게 물었다. 그러자 그의 입에 테이프가 붙여졌다. 백성재는 눈을 부릅떴다. 이제 보이고 들리기만 할 뿐이다.

"네 애비는 돈을 안 낼 모양이야."

한 사내가 말했다. 그는 경멸하듯 백성재를 바라보았다.

백성재의 눈에서 눈물이 흘러내렸다.

"그래서 너를 보내려고 해."

그들은 보낸다고만 했을 뿐이었다. 그곳이 어디인지 몰라 백성재는 공포에 사로잡혔다. 두 사내는 백성재를 들어 올렸다. 발길로 문을 차 열고 그들은 밖으로 나갔다. 들어올 적엔 눈을 가렸었다. 그들은 눈을 가리지도 않았다. 그것을 의식한 백성재는 다시 온몸을 떨었다.

"저기, 저 집인데요. 오늘은 대여섯 명이 있는데요?"

이형구의 친구인 박동민이 손가락으로 가리키는 곳은 어둑한 2층 주택이었다. 주변에는 비슷한 모습의 주택이 일렬로 세워져 있었다. 수원 교외에 위치한 주택단지였다.

"저곳에서 천재용이가 묵는단 말이냐?"

"네, 어제도 저 집에서 잤습니다. 항상 여러 명이 집 안에 있습니다."

"이철주하고 구영산이는?"

"여기에 없습니다."

이틀 동안 박동민은 천재용을 미행했다. 재빠른 녀석이어서 발 견당하지는 않았을 것 같았다.

"천재용이는 들어갔니?"

"저녁때 들어갔습니다. 지금은 모르겠는데요."

시간은 밤 11시가 되어가고 있었다. 오유철은 망설였다. 목표는 이철주였다. 그를 제거하면 구영산이나 천재용은 자연스럽게 도 태된다. 박동민은 아직 이철주와 구영산의 거처를 탐지하지 못하 고 있었다. 오유철은 뒤에 선 이형구와 두 명의 부하들을 돌아보 았다.

"우선 가까이 가보자."

그들은 건물의 벽에 붙어 박동민이 가리킨 집 쪽으로 다가갔 다. 불이 꺼진 집들도 있었는데 새 집인 것으로 보아 아직 입주자 가 들어오지 않은 것 같았다.

천재용이 있다는 집 앞에 승용차 한 대가 세워져 있었다. 가로 등도 없는 도로였고 오가는 인적이나 차량도 없다. 그들은 집 모퉁이의 좁은 골목에 붙어 섰다.

그들의 좌측 3미터쯤 앞에 검정색 승용차가 세워져 있었고, 거기서 좌측으로 3미터쯤 앞이 집의 대문이다.

오유철은 머리를 내밀고 문 쪽을 바라보다가 인기척에 머리를 움츠렸다. 말소리와 함께 사람들이 나오고 있었다. 그들이 철제 대문을 열었다.

"에이, 이 새끼, 되게 무겁구먼."

말소리가 똑똑히 들렸다.

"어어."

무엇인가 땅바닥에 떨어지는 소리가 났다.

"이 새끼가!"

사내의 낮으나 성난 목소리가 들렸다.

"에이, 아예 여기서 죽여 버리자."

다른 사내가 굵은 소리로 말을 받았다.

"야야, 빨리 그 새끼 들고 와."

모두 세 명인 모양이었다. 오유철은 이형구와 박동민을 바라보았다. 그들이 누군가를 납치해서 죽이려 하고 있다는 것은 확실했다.

오유철이 그들에게 끄덕여 보였다. 호흡을 잠시 가다듬은 오유철이 몸을 날려 그들에게 달려들었다. 그들과의 거리는 3미터밖에 되지 않았다. 두 걸음 만에 오유철의 발길이 무엇을 들어 올리려는 사내의 턱을 차 올렸다. 덜컥 소리와 함께 사내는 턱을 번쩍 쳐들더니 자동차 보닛에 머리를 부딪치고 넘어졌다. 이형구가 그의 옆에 선 사내의 멱살을 잡더니 이마로 그의 얼굴을 곧장 받았다.

"아이고."

소리가 요란하게 났다.

"이 새끼들!"

당황한 사내 하나가 칼을 뽑아 들었다. 어두운 밤이었으나 칼날이 하얗게 보였다. 오유철이 오른발을 휘둘러 그의 팔목을 차면서 몸을 비틀고는 왼쪽 주먹으로 짧게 그의 가슴을 쳤다. 오른발을 땅에 짚으면서 성큼 다가가 머리로 콧잔등을 박았다.

오유철은 주위를 둘러보았다. 사내들이 모두 정신을 잃고 쓰러져 있었으나 땅바닥에서 꿈틀거리는 사내가 있었다. 그는 눈을 부릅뜨고 그들을 올려다보고 있었다. 이형구와 박동민도 그를 내려다보았다.

"이거, 어떻게 하죠?"

이형구가 나직하게 물었다.

그는 집의 현관 쪽을 힐끔거렸다.

'음, 음' 하면서 묶인 사내가 비명처럼 소리를 내려고 했다.

"풀어줘라."

오유철은 쓰러진 사내들 중 턱을 맞아 기절해 있는 사내를 가리켰다.

"이놈을 들고 와."

부하들이 재빠르게 달려들었다.

"가자."

그들은 결박이 풀린 백성재를 앞세우고 사내 한 명을 둘이서 들고는 집 앞을 떠났다.

제11장

응징

밤의
대통령

"이철주 어디 있어?"

오유철이 다시 물었다. 기진맥진한 사내가 건들거리는 머리를 들고 오유철을 바라보았다. 도로에서 50미터쯤 떨어진 야트막한 산속이었다. 오유철은 집 앞에서 데려온 사내를 심문하고 있었다.

"너 이 새끼, 납치에다 살인미수로 경찰에 그냥 넘길 수도 있어. 우린 너희들이 저 친구 죽이려고 했던 걸 본 사람들이야. 저 친구도 증언할 것이고 넌 꼼짝할 수 없어. 자, 다시 묻겠다. 네가 바른대로만 말해주면 널 도망가게 해주겠다. 이철주나 구영산, 천재용이는 지금 어디 있어?"

희미한 달빛에 그의 눈동자가 흔들리는 것이 보였다.

"저, 아파트에 있습니다."

"어디 아파트야?"

오유철이 다그쳐 물었다.

"소원의 해동아파트… 102동 709호……."

"그곳에 모두 있는 거냐?"

"네."

"몇 놈이나 돼?"

"……."

"이철주하고 구영산, 천재용이가 모두 거기 있단 말이지?"

"네… 보통 재용 형님은 우리하고 같이 계시는데 오늘은 거기서 주무신다고 했습니다."

사내는 마음을 굳힌 모양이었다. 이왕 잡힌 몸, 꼼짝없이 유괴에다 살인미수까지 겹쳐서 잡혀갈 몸이었다. 불어버리고 튈 작정같았다.

"똘마니는 몇 명 붙어 있는 거냐?"

"심부름하는 애 서너 명 정도 있을 겁니다. 나머지는 모두 서울로 올라갔습니다."

이제는 저희들 회사처럼 제일상사나 제일실업에 들락거리고 있는 것이다. 오유철은 한쪽에서 떨고 서 있는 백성재를 바라보았다.

"넌 뭣 때문에 잡혀온 거야?"

그는 아직도 백성재가 누군지 몰랐다. 백성재는 두려운 나머지 입을 열지 않았다. 주택 앞에서 도망치면서 보니까 그들은 경찰도 아닌 것 같았기 때문이다.

같은 종류의 사내들 같았으므로 그들에게 또 납치당할까 두려웠다.

"예? 저……"

"납치당한 거야?"

"예……"

이형구가 옆에 서 있다가 짜증을 냈다.

"앗따, 지기미, 네 이름이 뭐야?"

"백성재입니다."

오유철이 그를 찬찬히 바라보았다.

"백성재?"

"예."

"자네 아버지 이름이 뭐야?"

백성재는 힐끗 꿇어앉은 사내를 바라보았다. 할 수 없었다.

"백광남입니다."

오유철이 놀란 듯 머리를 끄덕였다.

"네 아버지하고 무슨 일 있는 모양이지? 이놈들이 처치하려고 했던 걸 보면 말야."

"저희들은 죄가 없습니다."

사내가 억울한 듯 말했다.

"우린 시킨 대로만 했을 뿐입니다. 재용 형님의 말을 따랐고, 재용 형님은 그분의 지시를 받은 것입니다."

"그분이라니, 이철주 말인가?"

"예."

오유철은 시계를 보았다. 새벽 1시가 되어가고 있었다.

"그럼 수원으로 가자. 그리고 이봐, 자넨 집에 돌아가."

백성재는 놀라 그를 바라보았다.

"우린 할 일이 있어. 자네는 집에 돌아가."

"고, 고맙습니다."

백성재가 눈물이 글썽한 눈으로 그를 보며 말했다. 오유철은 부하들과 그 자리를 떠났다. 백성재는 도로로 내려와 한동안 뛰었다. 다리가 후들거렸으나 그것은 문제가 아니었다. 잠시 후 백성재는 지나가는 택시를 보았다.

"택시! 택시!"

호주머니에 돈이 있든 없든 상관없었다.

새벽 2시가 넘었을 때 백광남은 요란한 초인종 소리에 벌떡 일어나 앉았다. 오늘도 선잠을 자고 있어서 금방 잠이 깬 것이다. 백광남은 우두커니 앉아 벨 소리에 귀를 기울였다.

마누라는 안방에 있었다. 그가 있는 곳은 건넛방이었다. 갑자기 바깥이 시끄러워졌다. 백광남은 엉거주춤 자리에서 일어섰다. 가슴이 두근거렸다.

"어머니, 어머니."

백성재의 고함 소리가 응접실에서 들렸다. 백광남은 문을 박차고 뛰어나갔다. 마침 마누라도 안방 문을 열고 뛰어나오는 중이었다.

"성재야!"

마누라가 찢어질 듯한 목청으로 그를 부르면서 미친 듯 달려갔다. 백성재가 그녀에게 달려가 서로 얼싸안는 것이 보였다.

"아이고, 내 새끼야. 네가 살았구나."

마누라가 백성재를 껴안고 흐느껴 울었다. 백광남의 눈시울도 뜨거워졌다. 그는 다가가 백성재의 어깨를 어루만졌다.

"이놈아, 어떻게 된 일이냐?"

백성재는 머리를 들어 그를 바라보았다. 눈에 눈물이 가득 고여 있었다. 그는 목이 메는지 대답하지 않았다.

21일 만이었다. 그동안 백광남은 피가 마르는 것 같았다. 몇 번이나 자신을 탓했는지 모른다. 돈을 아끼려다가 자식을 죽게 한 것이다. 변명할 여지가 없었다.

성재는 죽은 것이 틀림없었다. 마누라는 식음을 전폐하고 드러누워 있었고 그녀도 곧 죽을 것 같았다. 이제는 돈이 문제가 아니었다. 얼마든지 돈이 들어도 되었다. 그러나 후회해 본다 해도 이미 엎질러진 물이었다. 백광남은 점점 자포자기하고 있었던 것이다.

아내의 흐느낌이 멈추고 백성재는 소파에 앉았다. 아내가 울면서 아들의 볼을 쓸어보고 손도 만져 보고 하였다. 일하는 아주머니가 서둘러 마실 것을 가져왔다.

"어떻게 된 거냐?"

백광남이 다시 물었다. 백성재는 흉해진 머리를 쓸어 올리며 아버지를 바라보았다. 이제 그는 격한 감정이 조금은 진정되어 있었다.

"사람들이 구해주었어요."

"누가? 어떻게?"

"오유철이란 사람이었어요. 마침 그 사람이 내가 죽기 전에 찾아왔다가 그놈들을 때려눕히고 구출해 주었어요."

"오유철이?"

백광남은 아연한 얼굴이 되었다.

"네."

백성재는 어머니를 돌아보고는 그녀의 두 팔을 움켜잡았다.

"어머니, 그놈들이 돈을 못 받았다고 저를 죽이려고 끌고 갔었어요. 온몸을 묶고 입에 테이프를 붙이고……."

백성재는 목이 메었다.

"아이고, 아이고, 저런."

어머니가 놀라 부르짖었다.

"그때 오유철이란 사람이 뛰어나왔어요. 그 사람은 이철주란 사람을 쫓아왔다가 저를 본 거에요."

"이철주?"

백광남의 얼굴이 하얗게 굳어졌다.

"이철주란 말이냐?"

백성재는 머리를 끄덕였다.

"날 잡아 가둔 것은 이철주의 부하였어요. 오유철 씨가 한 명을 잡아 자백을 받아내었어요. 그러고는 날더러는 집에 가라고……."

"아이고, 고맙기도 해라. 아이고, 죽다가 살았구나."

백광남은 잠자코 그들을 바라보았다. 모든 일의 윤곽이 떠올랐다.

*   *   *

"백성재가 도망쳤습니다."

천재용이 수화기를 내려놓고 말했다.

그의 눈이 불안스럽게 흔들렸다.

"뭐라구?"

이철주가 소파에 앉았다가 벌떡 상체를 세웠다.

"도망을 쳐?"

"예, 어느 놈들이 구출해 낸 것 같습니다."

"어느 놈들?"

구영산이 다급히 다가와 그들을 내려다보았다.

"우리 애 한 놈을 잡아갔습니다."

"한 놈을 잡아가?"

이철주는 입을 딱 벌렸다.

"이것 야단났는데."

구영산이 당황하여 주위를 두리번거렸다. 그것이 이철주의 눈에 거슬렸다. 도망갈 길을 찾는 것처럼 보였다.

"이봐, 놈들이 집 안으로 쳐들어온 거야?"

놈들이 구체적으로 누군지는 몰랐다. 하지만 김원국의 잔당임에는 틀림없을 것 같았다.

"아니, 집 밖에서……"

그러면서 천재용은 입을 다물었다.

"집 밖에서라니? 집 밖에서 백성재를 빼냈단 말이야?"

"예, 마침 그놈을 바람 쏘이려구……"

천재용은 자신이 독단으로 백성재를 없애려고 했던 것을 말할 수 없었다. 사지가 멀쩡한 건장한 사내를 인질로 잡아두고 있는 것이 얼마나 힘이 드는지를 이철주는 모른다. 그놈 하나 때문에 천재용은 최소한 네 명의 부하를 썩혀야 했다. 더욱이 백광남으로부터 돈을 받기도 틀렸다. 그러면 처치해 버려야 뒤탈이 없었다.

그러나 재수 없게도 막 백성재를 끌어냈을 때 그놈들이 들이닥친 것이다.

"잡혀간 놈은 누구야?"

"한정일이라고……."

천재용은 말을 하다 말고 입을 다물었다. 시간은 새벽 3시가 되어가고 있었다.

"형님, 아무래도 좋지 않습니다."

구영산이 입을 열었다.

"뭐가?"

"경찰이… 백성재가 도망갔으니 말입니다."

"그래서?"

이철주가 싸늘하게 그를 바라보았다.

"우리가 백가 아들하고 관련된 게 있냐? 백가 놈 아들이 우리를 본 적이 있단 말이냐?"

"……."

"그 한정일인가 하는 놈이 내 이름을 불었을까?"

천재용은 머리를 갸웃거리며 입을 열지 않았다.

"그 잡아간 놈이 김원국의 잔당이라고 하자. 그놈이 한정일이를 족쳐서 내 이름을 알아냈다면 어떻게 할까? 경찰서에 신고할까? 그놈을 데리고 가서 말이야."

"글쎄요."

구영산이 다소 진정이 된 듯 이철주를 바라보았다.

"한정일이가 여기 아파트를 알고 있나?"

이철주가 천재용을 바라보았다.

"알고 있습니다."

"어떻게?"

이철주가 화가 난 듯 소리를 높였다. 어쩌면 놀란 듯도 보였다.

"제가 몇 번 심부름도 시키고 했습니다. 뭘 가져다줄 것도 있고 해서요."

이철주는 구영산과 천재용에게 다른 애들에게는 아파트의 위치를 알려주지 말라고 지시했었다.

"짐들을 꾸려라. 애들을 깨워서 어서 대충 짐을 꾸려. 어차피 서울로 옮길 때가 되었다."

"지금 말입니까?"

천재용이 물었다.

"그래, 지금."

이철주는 방으로 들어갔다. 그도 짐을 꾸려야 했기 때문이다. 백성재의 일로 이제까지 쌓아 올린 계획이 무너지리라고는 생각하지 않았다. 어차피 김원국과 그의 수하들은 수감되어 있고 며칠 후의 재판에서 3년 이상의 형을 받을 수 있을 것이라 믿고 있었다.

백성재의 일은 김원국의 잔당이 한 일일 것이다. 천재용이 미행을 당하고 나서 놈들이 그곳을 덮친 것이다. 그곳에 내가 있을 것으로 생각했는지도 모른다.

그것이 누구일까?

홍콩에 있는 홍성철일까?

아니면 아직 잡히지 않은 오유철이나 다른 놈들이?

어쨌든 그들은 백성재를 이용하지 못할 것이다. 그것으로 나에게 올가미를 씌우기에는 그들의 입장이 떳떳하지 못하고 더욱이 내가 관련된 증거도 없다. 만일의 경우에는 천재용만 넘겨주면 될 것이다.

이철주는 가방에 옷가지를 담으면서 혀를 찼다. 쫓기는 신세 같아서 기분이 언짢았다. 그렇지만 머지않아 안정이 될 것이다. 이제 단단히 기반을 잡으면 된다. 이철주는 가방을 들고 일어섰다.

오유철은 아파트의 현관이 정면으로 바라보이는 곳에 차를 세우고 차 안에서 기다리고 있었다.

시계는 새벽 4시를 가리키고 있었다. 주변은 아직 짙은 어둠에 싸여 있었다.

오유철이 아무 말도 하지 않으니 이형구와 다른 사내들도 모두 입을 다물고 현관만 바라보았다. 이미 배치는 모두 마쳤다. 아파트의 정문은 차에 타고 있는 부하가 지키고 있다가 만일 이철주 일행이 나오면 차로 정문을 가로막아 버릴 것이다.

오유철은 여덟 명의 부하를 데리고 있었다. 상대는 구영산과 천재용이었다. 구영산의 실력은 보았고 천재용은 말만 들었지 처음 부딪혀 보는 것이다.

"형님, 이놈들 출근하려면 앞으로 서너 시간 더 있어야 할 텐데 한숨 주무시죠.”

이형구가 말했다.

“괜찮아.”

오유철은 이형구의 옆모습을 바라보았다. 그는 블루스타에 파견 사원으로 나가 있다가 본사로 들어왔기 때문에 오유철과 가까이할 기회가 적었다. 평상시에는 돋보이지 않던 녀석이었는데 이러한 때에 도리어 그의 모습이 커 보였다.

이형구와 김도식은 같은 급의 부하였다. 김도식은 규율을 어기고 회사와 조직을 수렁으로 몰고 갔는데 이형구는 달랐다. 그의 의리가 가슴에 와 닿았다. 그는 사건이 나고 나서 오유철이 행방불명되자 집이 걱정되어 찾아갔던 모양이었다.

“넌 언제 결혼할 거냐?”

그가 미혼인 것을 알고 있었으므로 문득 물었다.

“결혼요? 아직 생각 없어요.”

그가 덤덤하게 대답했다.

“왜?”

“그냥요.”

“형님, 그 자식은 여자한테는 목석입니다. 대줘도 못 해요.”

앞자리의 박동민이 머리를 돌리며 말했다. 그는 진성 클럽의 영업부장으로 있었다. 키는 작았지만 몸이 딱 바라지고 행동이 재빨라서 별명이 땅개였다.

“왜?”

분위기가 가벼워졌다. 앞의 운전석에 앉은 부하도 싱글싱글 웃었다.

"처음에 여자를 잘못 만난 것 같아요."

옆자리의 부하가 킥킥 웃었다. 이형구만 시무룩한 얼굴이었다. 그것을 보자 오유철의 얼굴에도 미소가 떠올랐다.

"어떻게?"

"에이, 참. 형님, 그만해요."

이형구가 짜증스레 말했다. 박동민이 웃음을 참으며 얼굴을 다시 이쪽으로 돌렸다.

"너 이 새끼야, 입 닥쳐."

이형구가 눈을 치켜뜨고 소리쳤다. 박동민은 이형구의 얼굴을 보더니 입을 다물었다. 오유철에게 그 말을 하지 못한 것이 못내 아쉬운 듯 입맛을 다시며 몸을 돌렸다.

오유철이 현관으로 시선을 돌렸다. 사내들 둘이서 큼직한 트렁크를 들고 현관을 나서고 있었다. 그들은 트렁크를 현관 앞에다 내려놓고 다시 안으로 들어갔다.

아파트의 경비실 바로 옆이었으나 경비원은 잠을 자는지 나와 보는 기척이 없었다.

"저것, 아무래도 그놈들 같은데요?"

박동민이 긴장하며 말했다.

"왜, 낯이 익어?"

"어두워서 잘 안 보이는데 아무래도……."

오유철도 머리를 끄덕였다. 백성재를 뺏기고 한 놈이 납치된 것을 알았을 것이다. 그에 대해 연락을 받고 재빠르게 짐을 꾸려 거처를 옮기려는 것 같았다.

"짐을 옮기는 걸 보면 맞다."

오유철은 문을 열고 밖으로 나왔다. 아파트 안에 몇 명이 있는지 알 수 없었다. 그렇지만 짐을 옮기는 도중이라면 기습할 수 있다고 생각했다. 오유철이 내리자 모두들 따라 내렸다. 옆에 세워진 차에서도 세 명의 부하가 따라 내렸다. 트렁크를 내려놓은 두 사내가 다시 안으로 들어갔으므로 큼직한 트렁크만 현관에 세워져 있었다.

오유철과 이형구는 현관의 좌우에 갈라섰다. 박동민이 슬쩍 경비실을 들여다보았다. 경비는 의자에 앉아 곤하게 잠이 들어 있었다. 엘리베이터 문이 열리는 소리가 났다.

"제기, 되게 무겁군그래."

투덜거리면서 짐을 끌고 그 두 사내가 다시 나왔다. 그들은 트렁크가 내려진 곳까지 와서 힘들게 짐을 내려놓았다. 순간 이형구와 박동민이 좌우에서 달려들었다.

"어?"

깜짝 놀란 그들이 엉거주춤하는 사이 이형구의 손에 들려 있던 쇠뭉치가 한 사내의 목덜미를 내려쳤다. 다른 사내는 박동민의 쇠주먹에 배를 얻어맞고 땅이 꺼질 듯한 한숨을 쉬며 주저앉았다. 그 서슬에 경비원이 일어났다. 50대의 경비원은 눈을 커다랗게 뜨고 그들을 바라보았다. 부하 하나가 경비실로 들어가 그의 어깨를 눌러 의자에 다시 앉혔다.

"이놈들을 묶어서 트렁크에다 처박아둬라."

모두들 재빠르게 움직였다. 나일론 끈을 꺼내어 사내들의 손발을 묶고 입에 테이프를 붙인 다음 번쩍 둘러메고 차의 트렁크에 던져 넣었다. 오유철은 엘리베이터를 바라보았다. 그러고는 이형구와 박동민에게 시선을 돌렸다.

"내가 이철주를 처치하고 나면 너희들은 도망쳐 버려라. 절대로 나하고 같이 남아 있으면 안 된다."

영문을 알 수 없다는 듯 그들은 오유철을 바라보았다.

"이철주는 어차피 없어져야 할 놈이야. 그놈이 없으면 구영산이나 천재용은 자연히 없어지게 된다. 그러니까……"

"알았습니다, 형님."

이형구가 그의 말을 잘랐다.

"무슨 말인 줄 압니다. 올라갑시다."

오유철이 힐끗 그를 바라보고 나서 앞장을 섰다. 이형구와 박동민이 뒤를 따랐고 다른 두 부하도 엘리베이터에 올랐다. 박동민이 7층의 스위치를 눌렀다. 엘리베이터가 올라가기 시작했다.

"참."

오유철이 그들을 돌아보았다.

"누구든지 이 일이 끝나면 웅남이 형님한테 내가 편지 써놓았다고 전해라."

모두들 잠자코 있었다.

"편지는 우리 집 탁자 위에 놓여 있어. 너희들, 꼭 전해라. 알았니?"

두어 명이 대답했다.

"형님두 참, 일 끝나고나 말하실 일이지……"

박동민이 싱겁다는 듯 말했다. 엘리베이터가 멈추고 문이 열렸다.

"아니, 이 새끼들 왜 이렇게 안 오는 거야?"

구영산이 응접실에 가방을 가져다 놓으면서 투덜거렸다.

"이거, 차 세 대에 다 못 싣겠는데? 모두 승용차여서 말이
야⋯⋯."

그는 시계를 보았다. 4시 30분이었다. 그는 조급해져서 다시 열
린 현관을 바라보았다. 사내들이 들어서고 있었다.

"아."

구영산의 입에서 저도 모르게 소리가 터져 나왔다.

안방에서 막 나오던 이철주가 들어서는 사내들을 보자 손에
든 가방을 떨어뜨렸다. 앞장선 사내는 너무나 낯익은 놈이었다.
나를 산골로 데려간 놈. 정재희와 나를 산골에 처박아둔 그놈이
었다. 사내들은 안으로 들어서자 서슴없이 좌우로 벌려 서더니
달려들었다.

모두들 입을 열지 않았다. 오유철은 곧장 이철주에게 달려들었
다. 이철주는 눈에 불을 켠 오유철을 바라보고는 질색을 하더니
몸을 뒤로 돌리려고 엉거주춤하였다.

그 순간 옆방 문이 열리면서 사내 하나가 뛰쳐나왔다. 그의 손
에서 번쩍이는 칼이 보였다. 그가 휘두른 칼을 몸을 틀어 피했으
나 거리가 너무 가까웠다. 오유철의 왼쪽 어깨와 등에 선뜻한 느
낌이 왔다. 그러나 달려간 탄력을 이용해서 오유철은 이철주의 앞
에 와 주먹으로 그의 명치를 찍었다. 이마로 콧잔등을 받으면서
그의 상체를 껴안고 빙글 몸을 돌렸다.

천재용이 번쩍 칼을 치켜들고 내려찍으려는 순간이었다. 천재
용이 멈칫하고 동작을 멈췄다. 이철주가 가로막고 있었기 때문이

다. 구영산이 부하 한 명을 메다꽂았으나 이형구의 발길에 배를 차이고 허리를 꺾는 것이 얼핏 보였다. 박동민이 천재용에게 달려들었다. 주춤하던 천재용이 몸을 슬쩍 비키면서 칼을 곧장 뻗었다. 박동민이 피하려고 몸을 틀었으나 깊숙이 어깨를 찔리고 휘청거렸다.

이철주는 팔꿈치로 오유철의 가슴을 쳤다. 천재용을 의식하고 있던 오유철은 한 발짝 뒤로 물러섰다. 부하가 재떨이를 집어 던진 것이 천재용의 얼굴에 맞았다. 담뱃재가 어지럽게 날리고 천재용은 손바닥으로 얼굴을 털면서 주춤거렸다.

오유철이 한 발짝 다가서면서 천재용의 하복부를 차올렸다. 휘청 몸을 피한 천재용은 열려 있는 방문에 등이 걸렸다. 다시 한 걸음 다가선 오유철이 주먹으로 그의 배를 쳤다. 순간 그의 칼이 뻗어왔다. 오유철은 몸을 틀어 그것을 피했다. 이철주가 내려친 맥주병이 오유철의 어깨를 때렸다. 맥주병이 깨지고 어지럽게 술이 튀었다. 오유철은 뒤로 넘어질 듯하면서 머리로 이철주의 얼굴을 박았다. 이미 코가 터져 온 얼굴이 피투성이가 된 이철주는 다시 얼굴을 받히자 털썩 자리에 주저앉았다.

이철주만이 짐승 같은 고함을 지르고 있을 뿐 다른 사람들은 비명도 소리도 지르지 않았다. 천재용이 성큼 다가왔다. 박동민이 손에 낀 쇠주먹을 휘익 휘둘러 그의 턱을 쳤으나 빗나갔고 깊게 어깨를 찔린 한쪽 팔을 쓰지 못해 중심을 잡지 못하고 비틀거렸다. 천재용은 발을 들어 박동민의 옆구리를 차올리며 오유철에게 한 걸음 다가왔다. 이형구가 구영산의 머리칼을 붙잡고 미친 듯 벽에 들이박고 있었다. 부하 하나가 구영산의 허리를 잔뜩 껴안고 그와 호흡을 맞췄다. 박동민이 엎어졌다가 헐떡이며 상체를 세웠다. 그리고 품에 손을 집어넣더니 무엇인가를 꺼내 들었다.

"형님."

그러고는 그것을 오유철에게 던졌다. 천재용을 노려본 채 오유철은 그것을 낚아채듯 잡았다. 손에 익은 칼이었다. 해병대 시절에 많이 가지고 놀았었다. 그러고는 손을 뗐었다. 단추를 누르자 철컥 소리와 함께 날이 튀어 올랐다.

천재용이 움찔하는 것이 보였다. 오유철이 힐끗 이철주를 바라보았다. 그는 기를 쓰고 몸을 일으키려는 참이었다. 주춤 오유철의 몸이 그쪽으로 쏠렸다. 천재용이 기회를 놓치지 않았다. 천재용이 길게 옆으로 휘두른 칼을 몸을 틀어 피하면서 한 걸음 이철주 쪽으로 다가간 오유철은 그의 방향을 짐작하고 천재용이 내려찍은 칼을 등에 맞았다.

"형님!"

박동민이 부르짖었다. 오유철은 싱긋 웃었다. 머리를 돌려 천재용을 바라보았다. 그의 놀란 얼굴이 보였다. 오유철은 다시 이철주에게로 한 걸음 다가갔다. 이철주는 벽에 가로막혀 있었다.

"어, 어, 빨리."

이철주는 오유철을 보면서 그의 등 뒤에 선 천재용을 향해 비명인지 고함인지 모를 소리를 뱉고 있었다. 천재용은 칼을 잡아 빼고는 다시 오유철의 등을 깊숙이 내려찍었다. 그가 칼을 다시 잡아 빼자 오유철의 입에서 피가 뿜어져 나왔다. 오유철은 이철주 앞에 엎어질 듯 다가갔다.

"어, 사람……."

오유철은 그의 심장에 깊숙이 칼을 꽂았다.

"으아악!"

처절한 비명이 들리고 잠깐 허우적대던 이철주가 사지를 늘어뜨리며 벽에 기대어 쓰러졌다. 오유철은 겨우 몸을 돌렸다. 눈앞이 흐려 아무것도 보이지 않았다.

"애들아, 철수해라!"

그의 말은 그의 귀에도 또렷이 들렸다.

"구영산, 천재용, 이제 끝났다."

그의 입에서 다시 피가 뿜어져 나왔다.

"애들아, 웅남이 형님한테 내 편지 꼭 전하도록 해라……."

그들의 대답은 들리지 않았다.

"우리 집 탁자 위에 있다……."

      *   *   *

제일상사 사무실에는 밤이 깊었는데도 불이 켜져 있었다. 오늘 오후에 그들은 구치소에서 풀려나온 것이다.

김원국은 좌우를 둘러보았다. 조웅남의 얼굴은 무섭게 일그러져 있었다. 텁수룩한 수염도 그렇고 입술이 터진 상처는 아직 아물지 않았다. 원래가 검은 얼굴인데도 광대뼈의 멍든 부분이 두드러져 보였다. 강만철은 눈을 번뜩이며 천장을 노려보고 있었다. 그는 입술을 깨물고 어금니를 잘근잘근 씹었다. 오함마는 두 손바닥으로 얼굴을 감싸고 앉아 있었다. 김칠성은 두 눈을 자꾸만 끔벅거렸다. 그의 눈을 보고 있노라면 가슴이 답답해졌다.

김원국이 이형구에게 다시 머리를 돌렸다.

"그래서… 유철이의 장례는 치렀겠지?"

그의 목소리는 낮았으나 방 안의 침묵을 깼다.

"네, 저희들이 간소하게 사흘 전에 치렀습니다."

이형구가 떨리는 목소리로 말했다.

"어디에다 묻었니?"

"저, 망우리에다가… 공동묘지입니다."

"유철이 처가 몸이 아프다고 들은 것 같은데, 힘들었겠구나."

이형구가 머리를 들었다. 얼굴에 당황하는 기색이 서렸다.

"저, 그것이 형수님이 보이지 않아서……."

조웅남이 머리를 돌려 그를 바라보았다.

"그게 뭔 말이여? 남편이 죽었는디 안 나타났단 말여?"

이형구는 머리를 떨구었다.

"형구, 네가 고생했다. 우리가 이렇게 나온 것도 모두 너희들 덕분이다."

김원국이 담담하게 말했다. 갑자기 이형구가 소매로 눈을 가리고 흐느껴 울었다. 어깨를 들먹이면서 머리를 무릎 위에 처박고 울었다.

김원국은 얼굴을 돌렸다. 김칠성의 눈에서 커다란 눈물방울이 눈을 끔벅일 때마다 떨어졌다.

김원국이 이철주가 오유철에게 살해된 것을 안 것은 5일 전이었다. 그에게 그 소식을 전해준 것이 이 변호사였다. 그가 가져온 신문에는 오유철이 이철주의 집을 습격하여 그와 서로 마주 찔러 같이 죽은 것으로 적혀 있었다.

회사에 돌아온 김원국은 이형구를 불렀다. 이형구는 김원국을 보자 깜짝 놀랐다. 그리고 그들은 이형구에게서 자세한 내용을 전해 들었다.

"구영산이하고 천재용이라고 하는 놈, 그놈들은 어떻게 되었니?"

강만철이 물었다. 이형구는 소매로 눈물을 닦고 얼굴을 들었다.

"저희들은 형님 말씀대로 이철주를 처치하자마자 떠났습니다. 형님이 이철주를 찌르고서 구영산이하고 천재용이한테 다 끝났다고 소리치시니까 그들도 잠자코 있었습니다. 형님은 저희들보고 철수하라고 했습니다……."

"……."

"그리고 웅남이 형님한테 편지를 꼭 전하라고 했습니다."

조웅남이 상체를 세웠다. 눈이 번들거렸다.

"편지? 어딨냐? 이리 내놔."

"유철이 형님 집 탁자 위에 놓여 있다고 했습니다."

"……."

아무도 입을 여는 사람이 없었다.

조웅남은 이형구를 앞세우고 주차장으로 내려갔다. 김칠성이 김원국의 눈치를 보더니 문을 열고 따라 나갔다. 오함마가 부러운 듯 그를 바라보았다.

"그래, 함마, 너도 유철이 집에 다녀오너라. 나도 내일쯤 들러보겠다. 늦었지만 뭐라도 사 들고 가보거라."

오함마가 일어서서 방을 나갔다.

"유철이 안사람이 몸이 아픈 것 같았습니다. 얼마 전에도 유철이가 제 사무실에 와서 무엇인가 할 이야기가 있는 듯이 우물거리다가 간 것이 생각납니다."

강만철이 창밖을 내다보며 말했다.

"둘 다 천애 고아였다. 행복하게 사는 것 같았는데 유철이가 그렇게 되어서 어떻게 안사람을 대해야 할지 모르겠다."

"망할 자식."

강만철이 이빨 사이로 말을 뱉었다.

"나쁜 자식입니다. 조금만 기다리면 될 것 아니었습니까? 우리는 나오게 되어 있었고 제 놈이 조금만 더 기다리면 제수씨도 가슴 아프게 안 하고 우리 가슴도 이렇게 찢어지지 않을 텐데요."

"……."

강만철은 눈을 부릅뜨고 있었으나 이윽고 눈물이 흘러내렸다.

조웅남은 오유철의 집 앞에 우두커니 서 있었다. 집엔 아무도 없는지 벨을 눌러도 대답이 없었다.

"아무도 없는 거 아뇨?"

김칠성이 조웅남을 보면서 말했다. 오함마와 이형구가 올라왔다. 오함마는 손에 한 보따리 과일과 통조림을 들고 있었다.

"왜 그래?"

김칠성에게 물었다.

"아무도 없는가 봐."

이형구가 조웅남을 바라보았다.

"유철이 형님이 저한테 열쇠를 주셨습니다."

"그런다고 넘의 집에 맘대로 들어갈 수가 있간디?"

조웅남이 망설이자 김칠성이 다시 벨을 눌러보았다.

"들어가 봅시다."

오함마가 다급하게 말했다. 조웅남이 힐끗 그의 얼굴을 보다가 이형구에게 말했다.

"열어라."

문을 열고 안에 들어가자 환기가 안 되어서인지 퀴퀴한 냄새가 났다. 누군가가 스위치를 찾아 불을 켰다. 그들은 현관에 우두커니 서 있다가 안으로 들어섰다.

집 안은 오랫동안 사람의 손길이 닿지 않은 것처럼 어수선했다. 썰렁했다.

"형님, 여기."

오함마가 말했다. 조웅남의 눈에도 보였다. 탁자 위에 하얀 보자기로 싼 네모난 것이 있었고 그 위에 흰 봉투가 놓여 있었다. 조웅남은 탁자 앞에 주저앉아서 봉투를 집어 들었다. 모두들 탁자를 중심으로 앉았다. 봉투에는 '조웅남 형님 전 상서'라고 쓰여 있었다. 조웅남은 봉투에서 알맹이를 빼고는 봉투를 집어 던졌다. 김칠성이 재빨리 봉투를 집어 드는 것이 보였다.

웅남 형님.

저는 죽습니다. 이철주도 죽이겠습니다. 큰형님께 미안합니다. 만철이 형님, 성철이 형님, 함마, 칠성이에게도 미안합니다.

형님, 제 처도 죽었습니다. 보자기에 싸인 것이 성희의 유골입니다. 같이 묻어주시기를 꼭 부탁드립니다. 안녕히 계십시오.

동생 오유철 드림.

조웅남은 편지를 휘익 탁자 위에 던졌다. 공교롭게도 편지는 흰 보자기 위에 펼쳐진 채 떨어졌다.

오함마와 김칠성이 달려들어 편지를 읽었다. 이형구도 엉거주춤 선 채 뒤에서 읽고 있었다. 조웅남은 슬그머니 손을 뻗어 보자기에 손을 대었다. 코와 입술이 씰룩거렸다.

제12장

재회

밤의
대통령

낮에 오유철의 장례를 다시 치렀다. 그의 아내 김성희의 유골과 합장하기 위해서였다. 조웅남이 웃통을 벗고 온몸을 땀으로 적시면서 혼자서 무덤을 다 팠다. 무덤 속에 그 둘을 함께 묻고 나서 오함마는 오유철이 남긴 편지를 소리 내어 읽고 불에 태웠다. 그사이 조웅남은 어디론가 사라져 버렸다. 장례가 끝나고 한 시간이 넘게 그를 찾았으나 못 찾고 돌아왔다.

김원국이 앉아 있는 사무실의 문이 천천히 열리더니 강만철이 들어왔다. 그는 앞자리에 주저앉아 손바닥으로 얼굴을 비볐다. 피곤한 얼굴이었다. 눈이 빨갛게 충혈되어 있었다.

김칠성이 이어서 들어왔다. 얼굴에 걱정스런 감정이 잔뜩 배어 있었다.

"형님, 웅남 형님이 보이지 않습니다. 애들을 풀어야겠습니다."

김원국이 강만철을 돌아보았다.

"놔둬라. 무슨 일 없을 거다."

강만철이 말했다.

"왜요?"

김칠성이 불만스런 얼굴이 되었다.

"걔는 할 일이 있으니까 그래."

김칠성은 눈을 끔벅거렸다.

"걱정 말고 너희들이나 쉬어라."

김원국의 말에 김칠성의 얼굴이 풀어졌다. 조웅남에게 심부름 시킨 줄 아는 모양이었다.

"구영산이하고 천재용이 찾으러 갔겠지요?"

강만철이 말했다.

"아마 형구를 데리고 갔을 것 같구나. 말썽을 일으키지 말아야 할 텐데."

"형님, 유철이는 생각할수록 불쌍합니다. 유철이 처두요."

강만철이 불쑥 말했다.

"아이구, 어서 오십시오."

백광남이 문 앞에서 김원국을 맞았다. 백성재가 그 옆에 서 있 다가 허리를 꺾어 인사를 했다.

"폐를 끼치는 것 아닙니까?"

김원국이 미안해하며 물었다. 강만철과 오함마, 김칠성을 데리 고 왔기 때문이다.

"원, 천만의 말씀을… 들어가십시다."

현관에는 백광남의 부인이 기다리고 있었다. 순박하게 생긴 부인이었다. 그녀도 어쩔 줄 모르는 얼굴로 그를 반겼다. 점점 김원국은 거북해졌다. 오유철의 장례를 치르고 나자 백광남으로부터 전화가 걸려왔다. 그렇지 않아도 김원국은 그를 만나볼 작정이었기 때문에 그의 저녁 초대를 사양하지 않았다. 그들은 응접실에 앉았다.

"그 사람, 오유철 씨가 불행한 일을 당한 것을 가슴 아프게 생각합니다."

백광남은 앉은 채로 상체를 숙였다.

"제 자식 놈뿐만이 아니라 식구들에게도 그 사람은 은인입니다."

김원국은 잠자코 그를 바라보았다. 예전의 백광남은 경계심 많고 바늘로 찔러도 피 한 방울 나올 것 같지 않은 사내였다. 그러나 온 가슴을 열어놓고 말하고 있는 그를 보자 김원국도 마음이 가라앉아 갔다.

"제가 어떻게 신세를 갚으면 될지 그 방법을 알려주십시오."

백광남의 말에 김원국이 머리를 저었다.

"사실은 부탁드릴 게 있었는데… 하지만 오늘은 안 되겠습니다. 다음에 말씀드리기로 하지요."

"아니, 왜?"

백광남이 의아한 듯 그를 바라보았다.

"유철이 말씀을 하셔서요. 유철이가 무얼 바라고 그런 일을 한 것이 아닙니다. 오늘은 유철이에 대한 사장님의 호의만 받기로 하지요."

"……."

김원국은 머리를 돌려 구석에 앉아 있는 백성재를 바라보았다.

"자넨 지금 무슨 일을 하고 있지?"

"네?"

깜짝 놀란 백성재는 얼굴이 빨개졌다. 고생 없이 자랐기 때문에 절제하지 못하는 성품이었으나 착해 보였다. 백광남이 입맛을 다시며 얼굴을 돌렸다.

"자네, 우리 회사에서 일하지 않겠나?"

"일하겠습니다. 시켜 주세요."

백성재가 의외로 불쑥 대답했다. 김원국이 싱긋 웃었다.

"아니, 이 자식이, 제까짓 게 무슨 일을 한다고?"

백광남이 펄쩍 뛰었으나 그의 얼굴도 풀어져 있었다.

"사내가 자기 몸 하나는 지킬 줄 알아야지. 그렇지 않아?"

김원국이 말했다.

"네."

백성재가 머리를 숙였다.

"우선 단단한 남자가 되어야 해. 거기서부터 시작이야……."

갑자기 김원국은 말을 멈췄다. 눈을 치켜뜨고 건너편을 바라보았다. 오유철 생각이 났던 것이다. 단단한 녀석이었다. 벌거벗겨 엄동에 내쫓아도 살아갈 놈이었다. 그놈은 책임감과 김성희의 죽음으로 인한 외로움을 견디지 못해 죽으러 뛰어들었다. 김원국은 한동안 입을 열지 않았다.

아침에 백광남이 회사로 김원국을 찾아왔다. 김원국이 그를 반겨 맞았다.

"아침에 웬일이십니까?"

자리를 권하며 물었다.

"어제 김 사장께서 하실 말씀이 있으신 것 같아서요. 지나다 들렀습니다."

"원, 제가 찾아뵈어야 될 일인데······."

"그거야 상관있습니까?"

백 사장이 웃으며 말했다.

"백 사장, 제 모든 사업체를 담보로 제공할 테니까 100억을 빌려주실 수 있습니까?"

김원국이 어렵게 입을 열었다.

"좋습니다. 빌려드리지요. 언제까지 필요하십니까?"

너무 선선히 승낙하여 김원국은 한동안 그를 바라보았다.

"빠를수록 좋습니다."

"내일까지 준비해 드리지요."

"담보 서류는 모두 준비해 놓았습니다."

백광남이 머리를 끄덕였다.

"그럼 이자는 얼마로 계산하면 되겠습니까?"

"이자는 받지 않겠습니다. 그리고 원금도 생기는 대로 갚아주세요."

"아니, 백 사장, 왜 이러십니까?"

김원국이 놀라 물었다. 백광남이 쓸쓸하게 웃었다.

"그저 사정이 있었습니다. 그렇게만 알아두세요."

"……."

"그렇지만 부탁이 하나 있습니다."

"말씀하세요."

"제 자식 놈이 사장님 밑에서 일하게 해달라고 성화입니다. 그 놈에게 맞는 일이 있겠습니까? 사람 좀 만들어 주십시오."

김원국이 빙그레 웃었다.

"보내세요. 제일실업의 김칠성이나 강만철에게 보내시면 잘 보살펴 줄 겁니다."

백광남은 자신의 빌딩 관리 일을 맡겨도 싫증을 내는 성재가 거칠고 복잡하게 보이는 회사 일을 감당해 낼까 걱정인 모양이었다.

백광남이 떠나고 얼마 되지 않아 최갑태와 원명구가 들어왔다. 그들의 얼굴은 반가움에 상기되어 있었다. 최갑태는 유통의 관리 책임자였다.

"건강하셔서 반갑습니다."

원명구가 웃으며 말했다.

"고생들 많았지요?"

"우리야 무슨 고생이 있었겠습니까."

최갑태가 미안한 듯 머리를 긁었다.

"생산은 잘됩니까?"

원명구에게 묻자 그는 시선을 내리깔았다.

"죄송합니다. 이번 달부터는 적자를 내지 않으려고 했는데 차질이 생겼습니다."

"잘되겠지요."

원명구가 얼굴을 들었다.

"실은 이번에 영화상사에서 약속대로 오더만 주었어도 적자를 안 냈을 것입니다. 차 사장이 그런 여자인 줄은 몰랐습니다."

그의 얼굴이 벌겋게 달아올랐다.

"사장님이 그렇게 되시니까 원단까지 준비한 오더를 모두 취소시켜 버렸어요. 견본 작업까지 한 오더들도 모두 다른 데로 돌려 버렸습니다. 세상에 그럴 수가 있습니까?"

"……."

"전화도 받지 않습니다."

"……."

"교환에게 지시를 했는지 제일유통이나 제일섬유라고만 하면 안 계신다고 하면서 전화를 끊습니다."

김원국은 쓸쓸하게 웃었다.

"차 사장만 그러겠습니까? 잊어버리도록 하세요. 화를 낼수록 우리만 손햅니다."

그렇게 말하는 김원국의 얼굴도 굳어져 있었다.

"저희들 유통의 일은 지장이 없습니다. 매출액이 신장하고 있습니다."

최갑태가 가방을 열고 서류를 꺼내 책상 위에 펼쳤다.

"매달 10퍼센트가량 매출이 신장되었습니다. 다음 달부터는 목표액을 달성할 것 같습니다."

그는 손가락으로 짚으며 설명해 나갔다.

　조웅남은 이형구를 앞세우고 3일째 전국을 돌아다니고 있었
다. 구영산은 일단 제쳐 놓고 천재용을 찾는 것이다. 그놈은 본래
부터 떠돌이어서 확실한 연고지도 없었다. 대전에도 있었다가 광
주에도 1, 2년 살았고 인천에서도 놀았었기 때문에 이형구는 3일
동안 기진맥진해져 있었다.

　그러나 조웅남은 조금도 지친 것 같지 않았다. 그저 말없이 이
형구를 앞장세우고 대전에서 광주로, 인천으로 다니고 있는 것이
다. 이형구는 본사에 연락을 해야겠다고 슬그머니 말을 꺼냈다가
잔뜩 눈을 흘기는 바람에 입을 다물어야 했다.

　그들은 인천에서 다시 서울로 향했다. 어디로 잠적했는지 천재
용을 찾을 수가 없었던 것이다. 조웅남은 김세덕이 운전하는 차
의 뒷자리에 앉아 창밖을 바라보았다.

　사람을 찾는 것에는 오유철을 따라갈 놈이 없었다. 그놈은 어
느 누구든 삼팔선 안에서는 사흘 안에 찾아낼 수 있다고 장담하
였고 실제로 그렇게 찾아내었다. 그런데 자신은 사흘 동안 천재
용의 그림자도 찾지 못했다.

　그놈이 하루에도 몇 시간씩 행방불명이 되고, 퇴근하면 일찍
집에 들어간 것도 죽어가는 마누라를 간호하기 위함이었다. 멍청
한 자신은 그것도 모른 채 그놈을 구박하고 나무라기만 한 것을
생각하면 머리를 어디에다 박아버리고 싶었다.

　"야, 여그서 세워라."

　조웅남의 말에 김세덕이 브레이크를 밟아 차를 세웠다. 세우고

보니 차는 시내로 들어가는 강변도로 입구 근처에 멈춰져 있었다.

"느그덜은 회사로 돌아가. 나는 어디 좀 갔다가 회사에 갈 팅게."

조웅남은 문을 열고 내렸다.

"어딜 가시는데요?"

김세덕과 이형구가 따라 내리며 물었다.

"응? 저그."

조웅남이 턱으로 가리키는 곳은 한강이었다.

"예?"

김세덕이 어리둥절한 표정으로 한강을 보았다.

"형님, 차를 가지고 가시죠."

이형구가 말했다.

"아녀, 귀찮어."

조웅남은 휘적거리며 걸었다.

"형님, 큰형님한테 회사에 언제 돌아오신다고 전할까요?"

뒤에 대고 이형구가 소리쳤다.

"이따가."

길을 알고 걷는 것인지 아닌지 모르겠지만, 그는 곧장 길목을 돌더니 그들 앞에서 사라졌다.

"이거 야단났는데."

김세덕이 뒤늦게 중얼거렸다. 회사에 돌아가면 사람들이 물어볼 것이고, 어디로 갔는지 모르겠다 하면 말이 안 된다. 그렇다고 따라붙을 수도 없었다. 둘은 잠시 그렇게 서 있었다.

"누굴 찾으세요?"

종업원으로 보이는 여자가 현관에서 기웃거리는 조웅남에게 물었다.

"거시기."

그러다가 조웅남은 혀를 찼다. 여관 앞에는 '백운 철학관'이라고 큼지막한 간판이 붙어 있었으나 안으로 들어서자 이건 멀쩡한 여관인 것이다.

"점쟁이가 어디 있는 거여?"

조웅남이 거칠게 물었다. 종업원은 그의 생김새에 불안해하다가 그의 말을 듣고는 입술을 깨물며 웃음을 참았다.

"저기, 105호실이요."

조웅남은 그녀를 흘겨보고는 좁은 마루를 건넜다. 차를 타고 오다가 점쟁이가 귀신같이 알아맞힌다는 이야기가 생각났던 것이다. 몇 년 전에 '블루스타'의 민 사장이었나. 누군지는 잘 기억이 나지 않았다. 어쨌든 점쟁이 생각을 하다가 여관 앞에 붙은 간판을 본 것이다.

문은 열려 있었다. 현관이 지척이어서 조웅남의 이야기를 들었을 것임에도 점쟁이는 밥상을 앞에 놓고 눈을 감고 앉아 있었다.

"어음."

못마땅한 듯 목청을 울리며 조웅남은 그의 앞에 털썩 주저앉았다. 점쟁이가 눈을 떴다. 40대 초반의 누런 얼굴의 사내였다. 매부리코에다가 눈과 눈의 사이가 좁았다. 그는 놀란 듯 눈을 한껏 크게 뜨고는 정신없이 조웅남을 바라보았다.

"뭘 그렇게 보는 거여?"

조웅남이 거칠게 묻자 그는 그제야 벌린 입을 다물었다.

"저, 무슨 일로⋯⋯."

그가 고쳐 앉으면서 물었다.

"무슨 일?"

조웅남의 얼굴이 찌푸려졌다.

"네, 무슨 일이신지."

"점치러 온 거여. 당신이 점쟁이여?"

"네? 네, 제가 사주, 관상⋯⋯."

그는 평정을 잃고 있었다.

"사주 그런 것 말고. 내가 사람을 찾는디, 도대치 어디 있는가 알라고 왔어."

"아아, 예."

점쟁이는 허리를 폈다. 그리고는 그윽한 눈빛이 되어 조웅남의 얼굴을 바라보았다.

"허어, 요즘 고난을 당하셨군요."

"⋯⋯."

"장군의 상입니다. 수백 명을 거느리게 될 귀한 상입니다."

"나 말고, 내가 아니랑께?"

조웅남이 얼굴을 찌푸렸다.

"허어, 여난이시군요."

점쟁이는 혀를 찼다.

"여자를 찾고 계시는군요. 저런, 가까운 데 있으면서도 서로 못 만나고 있으니, 이렇게 안타까울 수가⋯⋯."

"음."

조웅남이 앓는 소리를 냈다.

"서로 그리워하면서도 못 만나고 있군요. 서로……."

철썩!

조웅남의 커다란 손바닥에 귀뺨을 얻어맞은 점쟁이는 밥상과 함께 방구석에 나뒹굴었다.

조웅남은 자리에서 일어섰다.

"지기미 씨발 놈 같으니. 내가 지지배 찾어댕기는 줄 알어, 이 노무 시키야!"

조웅남이 으르렁거리자 점쟁이는 엎어진 채 기어서 방구석으로 몸을 피했다. 그러고는 볼을 두 손바닥으로 싸쥐고 그를 올려다보았다.

"자, 말혀. 천재용인가 허는 놈을 찾는디, 동쪽여, 서쪽여? 서울여, 부산여? 얼릉 말혀봐!"

점쟁이의 눈동자가 이리저리 굴렀다.

"빨리 말혀, 이 새끼야!"

"천, 천재용이라고 하셨습니까?"

그가 떨리는 목소리로 물었다.

"그려!"

"그런데 왜 손찌검을……."

"니가 틀렸응께 그려."

"아니, 여자가 분명히……."

"시끄러, 이 새끼야!"

조웅남이 버럭 소리쳤다.

"내가 무슨 여자가 있어, 이 새끼야!"

그러다가 문득 김경지 생각이 났고 더욱 화가 솟구쳤다.

"택도 없는 소리 말어!"

주저앉으면서 주먹으로 밥상을 내려치자 밥상이 산산조각이 났다.

"어딨어, 그놈의 시키가?"

"잠, 잠깐만요."

그는 부서진 밥상 앞에서 눈을 감으려 하였으나 이내 눈을 떴다. 그러다가 조웅남의 얼굴을 보고는 다시 눈을 감았다가 참지 못한 듯 눈을 떴다. 그는 엉거주춤 일어섰다.

"뭐여?"

조웅남의 물음에 그는 소스라쳐 몸을 세웠다.

"화, 화장실에 잠깐……."

조웅남은 회사 앞에서 택시를 세웠다.

밤 9시가 되어 있었으나 사무실에는 불이 환히 켜져 있었다. 김원국과 강만철 등 모두가 있을 것이다. 그러나 회사에 들어갈 용기가 나지 않았다. 천재용이도 잡지 못한 지금 그들 앞에 얼굴을 내밀 염치가 없었다.

오유철은 나에게 편지를 써 남겼다. 내가 친형이나 다름없었으므로 나에게만 편지를 남겨 부탁했다고 믿고 있었다. 유철이의 아내가 위독한 줄도 모르고 있었다는 자책감이 조웅남을 괴롭히고 있었다.

점쟁이는 화장실 간다고 하고는 도망쳐서 돌아오지 않았다. 할 수 없이 회사 앞까지 왔으나 조웅남은 망설이고 있었다.

*   *   *

홍성철은 수화기를 내려놓았다. 앞에 앉은 김일두와 시선이 마주쳤으나 입을 열지 않았다.

"형님, 뭐라고 하십니까?"

참다못한 김일두가 물었다.

"음, 유철이 장례식을 끝내고 정리하실 것이 있다고……."

"언제 오신다는 말은 없었어요?"

홍성철은 머리를 끄덕였다. 김일두는 홍성철이 홍콩의 자세한 이야기를 하지 않은 것이 불만인 모양이었다. 그는 이맛살을 찌푸린 채 탁자를 내려다보고 있었다.

"유철이가 안됐다."

홍성철이 한숨과 함께 말을 뺐었다.

"그놈, 재미있게 사는 것 같더만……."

김일두가 머리를 들었다.

"저두 그 형님 밑에 있었습니다. 그 형님은 멋지게 돌아가신 겁니다."

"……."

"남자라면 그렇게 이름을 날려보고 죽어야지요. 그렇지만 형님."

"조용히 해라."

김일두는 입을 다물었고 홍성철은 억누른 한숨을 내쉬었다.

어제도 해리슨 조직의 형주량이 보낸 사내들이 호텔 근처의 슈퍼마켓에서 행패를 부렸다. 그들과 치고받는 싸움 끝에 두 명이 다친 것이다.

경찰이 진술서를 받고 부하들을 풀어주었으나 애꿎은 이쪽만 귀찮을 뿐이었지 해리슨의 부하들은 한 놈도 잡히지 않았다. 호텔 근처의 병원에는 벌써 다섯 명의 부하가 입원해 있었다. 더욱이 홍성철을 더욱 열세에 몰아넣은 것은 히로시의 철수였다. 김원국이 수감된 지 한 달쯤 되었을 때 히로시는 부하들과 함께 일본으로 철수했던 것이다.

"우린 오야마 형님의 지시를 받았습니다. 20명밖에 안 되는 인원으로 끊임없이 부딪쳐 오는 저놈들을 상대하기엔 너무 벅찹니다."

히로시의 말이었다. 그들의 생각으로는 김원국은 몇 년 동안 감옥 생활을 할 것같이 보였고, 홍콩에서 오도 가도 못 하게 된 홍성철을 동반자로 삼기에는 미흡하였을 것이다. 그리고 매달 부상자가 속출하여 본국에서 보충을 받아왔으나 이제는 50명 정도였던 인원이 20명 정도로 줄어들어서 사기도 떨어져 있었다.

"그럼 업체들은 어떻게 하시렵니까?"

"현지 중국인 고용자들이 있고 명색이나마 합작 법인이니까, 우리가 떠나면 주가가 폭락해서 해리슨이 인수하기가 쉽겠지요."

"……"

"오야마 형님은 일본으로 같이 왔으면 좋겠다고 하십니다만. 어떻습니까?"

"우리가 일본으로요?"

홍성철이 웃어 보였다.

"형님이 감옥에 들어가 계신데 일본으로 피신하란 말입니까? 여기 있겠습니다. 여기서 죽지요, 뭘."

"그럼 안 가시렵니까?"

히로시가 확인하듯 물었다.

"안 갑니다."

홍성철은 내심 화가 치밀어 올랐다. 그들이 홍콩에 발을 딛게 된 것도 일본 측의 권유가 있었기 때문이었다. 물론 조직이 외국으로 뻗어나갈 필요성을 느끼고 있었지만 일본 측의 협조 요청으로 서로 이해가 맞아떨어진 것이다.

그런데 한국 측의 상황이 어렵다고 해서 부랴부랴 철수해 버리는 것이 마음에 들지 않았다. 일본에 같이 가자고는 했지만 사지에 남겨두고 그들이 도망쳐 나가는 모습이 된 것이다. 홍성철은 오기가 생겼다.

"가실 바엔 여기서 죽어드릴 테니까 업체 몇 개를 더 관리하게 해주시죠. 우리가 인수하는 조건으로 말입니다."

히로시는 한동안 홍성철을 바라보았다. 이윽고 그는 머리를 끄덕이며 말했다.

"좋습니다. 오야마 형님께 말씀드려 보지요. 그래 주신다면 더 좋습니다. 어차피 우리 손을 떠날 것이라서요."

그들은 헐값으로라도 업체들을 정리하기로 결정한 모양이었다. 며칠 후에 홍성철은 1년 후부터 분할 상환하는 조건으로 호텔 하나와 백화점 두 곳의 인수 계약서에 김원국을 대신해서 서명했다. 이제 제일그룹에서 관리하게 된 홍콩의 업체들은 호텔이 두 곳, 백화점과 나이트클럽이 각각 세 군데였다.

그렇게 히로시는 일행들을 이끌고 떠났다. 그것이 15일 전이었다.

"형님, 형주량이 30명가량을 데리고 파라마운트로 들어간 지 한 시간이 되었습니다."

김일두가 입을 열었다.

"그놈이 갑자기 부하들을 끌고 해리슨에게 간 것이 꺼림칙합니다."

"……"

"지금 호텔 안에는 열네 명밖에 없습니다."

홍성철은 힐끗 김일두를 바라보았다. 짜증이 났으나 그의 충혈된 눈을 보고는 시선을 돌렸다. 김일두는 며칠 동안 제대로 잠을 자지 못했다. 새벽에도 호텔 앞에서 칼부림이 일어났었고, 이틀 전에는 이번에 새로 인수한 백화점에서 싸움이 일어났다. 그때마다 그가 부하들을 이끌고 쫓아다녔던 것이다.

김일두는 홍성철이 이곳의 급박한 상황을 김원국에게 알려주기를 바랐다. 그러나 홍성철은 김원국에게 별일 없다고만 보고하고 있었다. 김원국이 석방된 지 닷새째였다.

"일두야, 며칠만 더 버티고 나서 형님한테 보고하도록 하자."

홍성철이 말했고 김일두가 머리를 끄덕였다.

"형님이 큰형님 걱정 안 시켜 드리려는 것을 모르는 건 아닙니다. 저쪽이 심상치 않아서 말씀드리는 겁니다."

형주량이 부하들을 이끌고 본부로 들어갔다면 해리슨과 무슨 일을 꾸미려고 할 것이 틀림없었다. 홍성철도 은근히 걱정이 되었다.

형주량은 오리엔트호텔의 현관에 들어섰다. 그의 주위에는 20여 명의 부하가 따르고 있었다. 프런트에 있던 호텔 직원들이 긴장해서 그들을 바라보았다.

로비에서는 원삼기가 부하들을 이끌고 분주하게 오가고 있었다. 아직 홍성철 측과는 마찰이 일어나지 않았다. 모두들 피신했을 것이다. 오후 5시에 이렇게 밀고 들어왔으니 놀랄 것이 당연했다.

해리슨은 오늘로 홍성철을 홍콩에서 밀어내기로 작정한 것이다. 형주량은 로비에 서서 주위를 둘러보았다. 눈에 띄는 것은 자신의 부하들밖에 없었다. 로비를 장악하고 나자 계획대로 원삼기가 앞장서서 엘리베이터에 올랐고, 나머지는 우르르 비상구로 뛰어갔다. 홍성철이 7층인 715호실에 묵고 있다는 것은 알고 있었다.

형주량은 10여 명의 부하들과 함께 로비를 경계했다. 홍성철의 부하들은 이제 10여 명밖에 남지 않았다. 두 달 가깝도록 그들은 인원을 보충받지 못했기에 항복을 하든지, 도망을 치든지 둘 중 하나가 될 것이다.

원삼기는 엘리베이터 안에서 층수 표시인 아라비아 숫자에 불이 들어오는 것을 바라보았다. 그는 호텔의 입구에서부터 충돌할 것을 예상하고 있었던지라 왠지 꺼림칙했다. 로비에는 한 놈도 얼씬거리지 않았던 것이다.

"멈춰라."

원삼기가 갑자기 소리치자 부하 한 명이 급하게 단추를 눌렀다. 숫자는 6에서 멈춰 있었다. 엘리베이터 문이 열렸다.

"앗."

몇 명의 부하들이 일제히 소리쳤다. 그와 함께 무슨 액체가 엘리베이터 안으로 쏟아졌다. 원삼기는 순간 휘발유 냄새를 맡았다.

"문 닫아!"

누군가 소리를 지르자 문이 안에서 닫혔다. 누가 내려가는 단추를 눌렀는지 엘리베이터는 다시 내려가고 있었다. 휘발유 냄새가 자욱하게 풍겼다. 원삼기의 머리와 옷에도 휘발유가 묻어 있었다.

"엘리베이터 앞에 바리케이드가 쳐져 있었습니다. 밖으로 나갈 수가 없었습니다."

앞쪽에 선 부하가 몸을 반쯤 돌리고 말했다. 안쪽에 서 있던 원삼기는 그것을 보지 못했었다.

"지독한 놈들."

누군가가 중얼거렸다. 그들이 불붙인 성냥 한 개비라도 던졌으면 원삼기와 일고여덟 명의 부하들은 모두 바비큐가 되었을 것이다.

원삼기의 얼굴이 굳어졌다. 놈들은 준비하고 있었다. 긴장과 공포가 뒤섞인 엘리베이터 안은 조용했다. 1층에 내려와 문이 열리자 맑은 공기가 폐에 들어왔다. 그들이 로비로 나오자 비상구로 올라갔던 부하들이 내려왔다. 그들의 옷에서는 아직도 흰 연기가 났다. 그들도 쫓겨 내려온 것이다. 한 명은 소화액을 뒤집어써서 온몸이 거품투성이였다. 머리카락 타는 냄새가 로비를 가득 채웠다.

형주량이 원삼기에게 다가왔다.

"원 형, 놈들이 7층에 바리케이드를 치고 있소. 휘발유를 끼얹고 불을 내던지는 모양이오."

"엘리베이터도 마찬가집니다."

원삼기가 혀를 차며 말했다.

"놈들이 비상구와 내부 계단, 엘리베이터에 모두 장애물을 걸쳐 놓은 모양입니다. 비상구는 부수지 못하고 내부 계단으로 들어가려다가 쫓겨 내려왔소."

휘발유와 함께 불이 내던져진 것이다. 형주량은 로비를 돌아보았다. 손님은 보이지 않았다.

프런트에 직원들이 겁에 질려 서 있었으나 그들은 경찰에 신고한다든가 하는 어리석은 짓은 할 수 없을 것이다. 교환실에도 이미 부하들이 들어가 있었기 때문이다. 호텔의 바깥에도 부하들이 입구를 가로막고 손님을 돌려보내고 있었다.

"이봐, 숙박객들에게 방을 비우라고 해. 숙박비는 받지 않는다고 말이야."

형주량이 부하에게 지시했다.

"그럼 원 형, 할 수 없소. 원 형이 이곳을 지키고 있다가 기회를 봐서 놈들을 잡는 수밖에."

원삼기가 머리를 끄덕였다.

"비상구나 엘리베이터는 우리 측에서도 봉쇄합시다. 호텔의 모든 전화나 전기의 공급을 끊도록 하시오."

원삼기가 그의 앞을 떠났다. 형주량은 로비의 의자에 앉았다. 홍성철이 이런 경우를 예상하고 미리 준비를 해두었겠지만 오래 버티지는 못할 것이라고 믿었다. 놈들을 이렇게 가둬 놓는 한 이쪽 지역은 이제 자신들의 세력권이 되는 것이다.

김일두가 들어왔다. 손에 야구 배트를 쥐고 있었다. 부하들을 배치시켜 놓고 오는 것이다. 비상구와 내부 계단, 엘리베이터 앞에는 산더미 같은 냉장고와 텔레비전 등을 쌓아놓아서 그것들을 헤치고 나오려면 시간이 걸릴 것이다.

음식물과 음료수는 충분히 비축을 해놓았다. 이런 경우를 예상하고 대비해 놓은 것이니만치 견딜 만은 했다. 탁자 위에는 두 자루의 촛불이 켜져 있었다. 에이컨이 들어오지 않으므로 창문을 열어놓았으나 후텁지근한 여름의 밤공기는 온몸을 금방 땀으로 적셨다.

"형님, 아래층 로비에 40명가량이 있습니다."

김일두가 소파에 앉으며 말했다.

"그놈들이 오늘 쳐들어올 줄은 몰랐어요."

홍성철에게는 그 말이 몇 시간 전에 김원국에게 전화할 때 상황을 알려주지 않았느냐고 불평하는 것처럼 들렸다.

"그놈들은 아예 이곳에 진을 치고 있을 생각인 것 같습니다."

"비상구에는 몇 명을 배치했니?"

"두 명입니다."

홍성철은 잠시 생각에 잠기듯 눈을 깜박였다. 호텔에는 내부 계단과 비상구와 엘리베이터, 세 가지 통로가 있다. 내부 계단엔 따로 문이 없었으므로 계단 입구에 산더미 같은 장애물을 쌓아 놓았다. 철제문에도 장애물을 설치했고 만약의 경우를 대비해서 엘리베이터 앞에도 장애물과 함께 경비를 배치했다.

홍성철은 김일두와 함께 복도로 나왔다. 어두운 복도는 조용했다. 복도의 끝 쪽에서 희미한 불빛이 어른거리고 있었다.

"형님?"

문득 옆에서 나지막이 부르는 소리에 홍성철이 흠칫 머리를 돌렸다. 벽에 붙어 서 있는 두 명의 부하가 어슴푸레하게 보였다.

"너희들이냐?"

홍성철이 물었다.

"네."

그들의 얼굴이 보였다.

"여기서 뭘 하고 있는 거야?"

"저희들은 복도 감시예요."

홍성철은 머리를 끄덕이고는 불빛을 향해 다가갔다.

"형님, 우리야말로 도망갈 데도 없습니다. 무엇보다도 애들 사기가 문제예요."

옆에서 걷던 김일두가 나직하게 말했다.

복도 끝에 오자 몇 개의 촛불이 밝혀져 있었다. 창가에 세워진 촛불이 흔들리자 쌓아 놓은 어수선한 바리케이드의 그림자도 따라서 흔들렸다.

벽에 붙어 앉아 있던 네 명의 부하가 일어섰다.

"기운들 내라. 기죽으면 안 돼."

홍성철이 말하자 그들은 머리를 끄덕였다. 어둠 속에서 흰 이를 드러내어 보이는 사내도 있었다.

사흘 동안 홍성철은 해리슨 측에 의해서 호텔에 감금되고 있었다. 김원국은 사건이 일어난 다음 날 아침, 홍콩에 있는 제일그룹 업체 직원으로부터 그 소식을 들었다. 당장에 그를 구출해 내고 싶었으나 처리해야 할 일들이 많았다. 홍성철과는 연락이 되지 않았다. 신호가 가는데도 전화는 곧 끊어지곤 했다.

한여름에 접어든 바깥 날씨는 온몸이 축 처질 정도로 더웠다. 햇빛이 내리쬐는 인도는 한낮인데도 사람들의 통행이 드물었다.

김원국은 창에서 몸을 돌려 자리에 앉았다. 회의실에 간부들이 모두 모여 있었다. 마지막으로 김칠성이 들어오면서 문을 안에서 닫았다. 석방된 지 10일째였다. 7월도 며칠 남지 않았다.

"웅남이는 아직 소식 없냐?"

김원국이 주위를 둘러보며 물었다. 그의 목소리에 강한 울림이 있었으므로 모두들 입을 다물고 서로를 바라보았다.

"며칠 전 오후에, 한강 근처에서 혼자 내려 마포 쪽으로 갔다는데요."

강만철이 말했다.

"그놈, 미친놈 아니냐?"

김원국이 역정을 냈다.

"조직 생활을 하는 놈이 그렇게 제멋대로 돌아다니기만 하면 동생들이 어떻게 믿고 따른단 말이냐?"

"……."

모두들 입을 다물고 있었다.

"나쁜 자식 같으니."

"형님, 웅남이는 유철이 때문에… 천재용인가를 찾으려고……."

강만철이 말했다.

"죽은 다음에 그러면 무슨 소용이 있어? 제 동생 안사람이 어떻게 된지도 모르고 있었던 놈이… 뒤늦게 원수 갚는다고 유철이가 살아 나오냐?"

"……."

김원국은 화가 풀리지 않는 듯 벽을 노려보았다.

"지금 성철이가 홍콩 업체들 지키다가 위급하게 되었다. 어서 성철이나 일두 등을 구해내야 한다. 이런 때에 뒤늦게 원수를 찾아 헤매고 있어?"

"형님, 제가 찾아오겠습니다."

강만철이 다시 말했다.

"필요 없다. 우린 내일 출발한다. 나하고 만철이, 칠성이가 가고, 함마하고 웅남이는 서울에 남아 있도록. 인원은 각자가 추려서 만철이가 오늘 밤까지 선발하도록 해라. 30명 정도면 되겠다."

모두들 긴장하여 그를 바라보았다.

"이제 여기 일은 어느 정도 마무리되었다. 우리는 다른 일을 해야만 한다."

김원국이 입을 다물고 그들을 바라보았다.

"우리는 양성화된 외국의 사업체를 확보해야 한다. 그래야 우리가 떳떳하게 살아갈 수 있고 지난번 같은 일이 일어나지 않는다."

김원국이 단호하게 말했다.

"여기서 세워라."

김원국이 말하자 오함마는 뒤를 돌아보았다. 아직 장민애의 집까지는 200미터도 더 남았던 것이다. 차가 멈추자 김원국이 문을 열고 내렸다.

"너희들은 여기서 기다려."

김원국은 장민애의 아파트로 향했다. 초저녁이었으므로 아파트 입구에는 오가는 사람이 많았다. 놀다가 집으로 돌아가는 아이들과 일찍 귀가하는 남편들, 늦게 시장바구니를 들고 들어서는 부인들로 활기차 보였다. 차츰 김원국의 발걸음이 느려지더니 이윽고 아파트 입구에 멈춰 섰다. 30대의 사내가 비닐 주머니를 들고 그의 곁을 지났다. 비닐 주머니에는 포도가 잔뜩 담겨져 있었다. 그는 바쁜 듯이 아파트의 현관으로 들어서더니 보이지 않았다.

깔깔대고 웃는 소리에 김원국은 정신이 들었다. 머리를 돌리자 예닐곱 살쯤 된 계집아이가 뛰어왔다. 손에는 아이스크림을 쥐고 있었다. 그 뒤를 30대의 여자가 따라왔다. 얼굴에 웃음을 띠고 있었다. 그들은 김원국의 곁을 지났다.

김원국은 장민애의 아파트를 올려다보았다. 그녀의 집은 8층이었다. 베란다에 널어놓은 빨래가 보였다. 김원국의 가슴이 차분해졌고 눈앞에 가족의 생활이 떠올랐다. 아내, 남편, 자식……. 김원국은 생각을 멈추었다.

구치소로 송치될 때 계단 아래 모퉁이에 서서 자신을 올려다보던 장민애의 얼굴이 떠올랐다. 김원국의 가슴이 내려앉았다.

김원국은 시선을 내리고 몸을 돌렸다. 내일이면 홍콩으로 떠나야 하는 것이다.

그는 서둘러 발걸음을 옮겼다. 100미터쯤 떨어진 곳에 멈춰 서 있는 자신의 승용차가 보였다. 가게 앞에 멈춰 서 있었으므로 오함마가 가게 앞에 서서 무언가를 들여다보고 있었다. 김원국은 다시 걸음을 멈췄다.

장민애는 아파트 현관으로 달려 나왔다. 흰색 반팔 티셔츠에 남색 바지를 입고 있었다. 사방을 둘러보던 그녀는 놀이터 앞의 벤치에 앉아 있는 김원국을 발견하고는 한달음에 달려왔다.

김원국이 자리에서 일어나 그녀를 맞았는데, 자신도 모르게 얼굴에 웃음이 떠올랐다. 장민애는 세차게 그의 가슴에 부딪히며 그를 껴안았다. 김원국이 주춤 한 걸음 뒤로 밀리더니 그녀의 허리를 껴안고 얼굴을 내려다보았다. 웃는 것 같기도 하고 우는 것처럼 보이기도 했다. 아마 자신의 얼굴도 그럴 것이다.

"왜 이제 오셨어요?"

벤치에 나란히 앉았을 때 장민애가 물었다. 그녀는 김원국에게서 시선을 떼지 않는데 아직도 가쁜 숨을 몰아쉬었다.

"기다렸니?"

"미워요."

"미안하구나."

장민애가 손가락을 들어 김원국의 입술에 붙였다. 그러고는 얼굴을 그의 가슴에 묻으며 말했다.

"난 이렇게 될 줄 알았다구."

"뭘?"

장민애의 눈썹이 치켜 올라갔다.

"죄도 없는 사람을 그러면 되는 거예요?"

김원국은 입술을 깨물고 터져 나오려는 웃음을 참았다. 그녀의 성난 얼굴을 보자 우스웠고 가슴이 뛰었다. 그리고 기뻤다.

"나쁜 자식들."

이제는 목멘 소리였다.

아이가 역성을 들어주는 어머니를 만난 것처럼 오랫동안 듣고 싶었다. 김원국은 그녀의 손을 잡고 건너편 아파트를 바라보았다.

아파트에는 모두 불이 켜져 있었다. 아이와 엄마들도 모두 집에 돌아간 놀이터 앞 공터에는 인적이 드물었다. 귀가하는 남자들이 서둘러 지나갈 뿐이었다.

김원국은 장민애를 바라보았다. 어둠 속에서 그녀의 눈이 반짝이고 있었다.

제13장

막다른 골목

밤의
대통령

원삼기는 40대 중반으로, 뼈대가 굵고 상반신이 하반신에 비해 유달리 컸다. 그래서 젊었을 때 별명이 원숭이였다. 지금도 긴 팔을 휘둘러 권법을 쓸 때면 적수가 없다. 그는 오리엔트호텔 로비에 서서 언짢은 얼굴로 부하의 보고를 들었다. 벌써 부하들이 여섯이나 다친 것이다.

이번에는 7층의 비상문을 부수려고 산소용접기로 문에 구멍을 냈다. 그러다가 부하 두 명이 뚫린 구멍으로 쏟아진 휘발유에 불똥이 튀어 화상을 입었다. 산소 용접기가 폭발하지 않은 것만 해도 다행이었다.

"그놈들은 준비를 단단히 하고 있었던 것 같습니다. 물총에 휘발유를 넣고 쏘았습니다."

그렇게 보고하는 부하의 머리털이 누렇게 그슬어 있었다.

"이런 쥐새끼 같은 놈들이."

원삼기는 불끈대며 화가 치밀어 올라서 얼굴을 붉혔다.

"숨어서 나오지도 못하면서 찔끔거리고 물총을 쏘아댄단 말이냐?"

그는 눈을 부릅뜨더니 비상구로 향했다. 우르르 부하들이 뒤를 따랐다. 7층 비상문 앞에 선 원삼기가 소리쳤다.

"이봐, 홍성철! 쥐새끼같이 숨어 있지 말고 이리 나오너라. 이야기 좀 하자."

계단이 쩌렁쩌렁 울리도록 소리를 지르자 저쪽에서는 잠시 대답이 없었다.

"홍성철! 이 비겁한 놈아! 이야기를 하자는데도 겁이 나느냐?"

"어떤 짐승이 이렇게 떠들고 있는 거야? 내가 홍성철이다. 너는 누구냐?"

저쪽에서 차분한 목소리가 들렸다. 원삼기는 한 걸음 비상문에 다가섰다. 조금 전에 산소 용접기로 뚫어놓은 손가락이 들어갈 만한 구멍이 보였다. 부하들이 경계하듯 구멍의 좌우로 비켜섰고 부하 하나는 권총을 빼 들었다.

"내가 원삼기다. 이름은 들어보았겠지?"

"원삼기?"

그러고는 잠시 대답이 없다가 다시 말하는 소리가 들렸다.

"아아, 네가 형주량의 부하로 있는 원삼기인가? 난 너 같은 조무래기하고는 상대를 못 하겠는데."

"무엇이 어째?"

원삼기가 부드득 이를 갈았다. 비록 형주량의 지휘를 받고 있지만 그의 소속은 아니었다. 장념이 죽은 후로 엠퍼러호텔을 중심으로 한 그의 조직을 인수한 형주량과 같은 급의 보스인 것이다.

"이런 쥐새끼 같은 놈. 당장 나와라. 한판 붙자!"

"이 더러운 놈아, 너희들이 숫자만 믿고 대드는 걸 부끄럽게 생각해."

홍성철의 말은 차분했다. 그럴수록 원삼기는 열이 받쳤다.

"숫자? 이 시궁창의 쥐새끼 같은 놈. 너하고 나하고 둘이서 결판을 내자!"

"중국 놈은 믿을 수가 없어."

머리끝까지 혈압이 올라간 원삼기가 다가가 발길로 문을 걷어찼다. 철문이 요란한 소리를 내었고, 그 순간 뚫린 구멍으로 가느다란 물줄기가 쏟아져 원삼기의 얼굴과 옷을 적셨다. 원삼기가 두어 발짝 물러섰다.

"그건 오줌이다."

"휘발유가 아까워서 오줌을 뿌린 거야."

안쪽에서 홍성철의 말소리가 들리고 이어서 시끄러운 웃음소리가 났다. 원삼기는 부하가 쥐고 있는 권총을 빼앗아 들었다. 소음장치도 되어 있지 않은 권총을 손에 쥐자마자 문을 향해 방아쇠를 당겼다. 요란한 총성이 울렸다. 그러나 총알은 쇠로 된 비상구에 흠집을 냈을 뿐, 그대로 천장으로 튀었다.

"비겁한 놈 같으니. 이젠 총이냐?"

홍성철이 다시 말했다.

"그래, 둘이서 결판을 내자면서 총질을 하려고 했단 말이지?"

원삼기는 이번에는 권총을 가까이 가져다 댔다. 구멍을 향해 방아쇠를 당겼다. 다시 요란한 총성이 울렸다. 총알은 구멍을 통해 안으로 들어갔으나 맞았는지 어쩐지는 알 수 없었다. 원삼기는 씨근거리다가 권총을 부하에게 돌려주었다.

형주량은 원삼기에게 이곳을 맡기고 돌아갔으므로 모든 것은 자신의 책임이었다. 하루에도 몇 번씩 해리슨에게서 독촉하는 전화가 왔다. 아침에는 경찰이 다녀갔다. 분위기가 심상치 않은 것을 경찰에서도 알고 있는 것 같았다. 그들을 겨우 돌려보냈으나 오래 끌수록 좋지 않은 것이다.

원삼기는 다시 로비로 내려왔다. 계단을 통하여 총소리가 울려 나왔으므로 로비에 있던 부하들이 궁금한 표정으로 그를 바라보았다. 프런트의 호텔 직원들은 겁에 질려 있었다.

"며칠만 더 버텨보기로 하자."

복도에 부하들이 둘러서 있었다. 모두들 후줄근한 옷차림에 얼굴도 지저분했다. 물 공급을 끊었으므로 씻지를 못한 탓이다. 식수는 생수를 들여놓았으므로 그것으로 되었으나 옥상에서 내려오는 물 공급은 끊겨 있었다.

"형님도 우리 사정을 알고 계실 것이 틀림없다. 형님이 곧 오실 거다. 그때까지만 기운을 내라."

모두들 잠자코 있었다.

"형님, 인식이가 아픕니다."

누군가가 불쑥 말했다.

"아녀, 난 괜찮어."

인식이라고 불린 부하가 당황하며 말했다.

"어디가 아프냐?"

홍성철과 김일두가 다가갔다.

"아닙니다, 괜찮습니다."

주춤 한 발짝 물러서면서 고인식이 말했다. 평소에 말이 없고 티 나는 행동을 하지 않던 부하였다. 붉게 충혈된 눈을 불안스럽게 깜박이며 홍성철을 바라보았다.

"어떻게 아프냐?"

"이 자식이 어제부터 아무것도 먹지 않아요. 비실거리고만 있습니다."

옆에 선 부하가 말했다.

"전 괜찮습니다. 이제 나았습니다."

고인식이 벽에 붙어선 채 말했다. 홍성철은 그의 이마를 손바닥으로 짚어보았다. 이마가 뜨거웠다. 이마를 짚어보는 일 외에는 해줄 수 있는 것도 없었다.

"이마가 뜨거운데? 너, 어떻게 아퍼? 빨리 이야기해 봐."

홍성철이 정색을 하고 물었다.

"빨리 말해! 숨기지 말고."

김일두가 다그치듯 말했다.

"좀 어지럽습니다. 별거 아닙니다."

그의 이마에는 땀이 배어나 있었다.

김일두가 홍성철을 바라보았다. 홍성철은 잠자코 고인식을 바라본 채 입을 열지 않았다.

"넌 방에 들어가서 누워 있어. 경비 나가지도 말고. 알았어?"

김일두가 그에게 말했다. 홍성철은 몸을 돌려 방으로 돌아왔다.

원삼기는 호텔 내부의 계단 밑에 서 있었다. 그의 앞에는 산더미 같은 장애물이 쌓여 있어서 조금만 건드렸다가는 무너져 내릴 것 같았다. 깎여진 층계의 윗부분부터 장애물이 쌓여 있었으므로 그 위로 올라간다는 것도 불가능했다. 어제는 부하 하나가 장애물을 치우다가 쌓였던 물건들이 쏟아지는 바람에 머리를 다쳤다.

원삼기는 혀를 차고 몸을 돌렸다. 엘리베이터를 타고 올라간다 하더라도 입구에는 바리케이드가 쳐져 있어서 밖으로 나갈 수가 없었다. 만일 엘리베이터 안으로 휘발유 병이나 던져 넣고 불을 붙인다면 통닭이 될 것이다.

원삼기는 비상구밖에 없다고 생각했다. 놈들은 나흘 동안 물과 전기 공급이 끊긴 곳에서 잘도 버티고 있었다. 그날 저녁에 원삼기는 7층의 비상구 앞에 와 섰다. 산소 용접기를 든 두 명의 부하가 철문에 바짝 달라붙어 푸른 불꽃을 쏘아대고 있었다. 벽에 붙은 문짝의 빗장 부근을 집중적으로 녹이는 것이다. 홍성철 측에서 휘발유를 끼얹을까 봐 미리 소화기를 든 부하들이 옆에 지키고 서 있었다. 이미 뚫린 구멍이 있었으나 이번에는 구멍에 나뭇조각을 가져다 대서 그쪽으로 무엇을 뿌리지 못하도록 했다.

오늘 밤에는 문짝이 떨어질 것이다. 양쪽 벽에 두 개의 문짝이 붙어 있었고 문짝은 각각 두 개의 빗장으로 벽에 붙어 있었다. 오른쪽 문짝의 위쪽 빗장이 이미 반쯤 녹았다.

"이 속도로 가면 앞으로 서너 시간 후면 문짝이 떨어질 겁니다."

부하가 옆에서 말했다. 원삼기는 끄덕이며 시계를 보았다. 저녁 7시였다.

"10시에 애들을 집합시켜 이쪽으로 모아라. 그때면 문이 열리겠지."

비상구 앞에는 20명 정도의 부하가 모여 있었다. 제각기 계단 위에 서 있으나 산소 용접기 뒤에 서서 녹이는 것을 바라보았다. 불꽃이 어두운 계단을 밝게 비쳤다가 꺼지곤 했다. 모두들 입을 다물고 있었으므로 용접기의 불꽃을 쏘아대는 소리만이 적막을 깨뜨렸다.

원삼기는 한동안 불꽃을 바라보다가 몸을 돌렸다. 그 순간 요란한 소리가 들렸다. 수백 명이 지르는 고함 소리 같았다. 소스라치게 놀란 원삼기가 몸을 돌렸다. 그는 철문 한 짝이 활짝 열려 있는 것을 보았다. 쏟아져 내려온 사내들이 이미 그의 앞에까지 다가와 있었다. 고함 소리와 비명 소리가 한꺼번에 들렸다. 사내들은 야구 배트와 굵직한 몽둥이를 휘두르며 야수와 같이 달려들었다. 서너 명의 부하들이 벌써 등을 돌리고 층계를 달려 도망치고 있었다.

원삼기는 순간 어깨에 격심한 통증을 느꼈다. 어둠 속에서 무엇인가에 얻어맞은 것이다. 산소 용접기를 내동댕이친 부하들이 일어났을 때 그들은 어깨와 등에 야구방망이 세례를 받고는 뒹굴었다. 비명 소리와 우당탕거리는 발소리와 고함 소리가 주변을 가득 채웠다. 이윽고 그들은 한 덩어리가 되어서 계단을 내려가고 있었다. 그들은 모두 목이 터져라 소리를 질렀다. 홍성철의 부하들을 고함을 지르고 있었고 원삼기의 부하들은 엉겁결에 지르는 외침이었다. 그들은 함께 달려 내려가는 옆쪽이 누군지를 몰랐다.

"멈춰라! 이놈들아, 멈춰!"

원삼기가 어깨를 감싸 안은 채 5층 계단에서 소리쳤다.

"아이고."

아래쪽에서도 비명이 들렸다. 수십 명의 발소리와 고함 소리가 점점 아래로 멀어져 갔다. 계단에는 부하들이 층마다 한두 명씩 쓰러져 있었다.

원삼기는 발을 뗄 때마다 어깨가 떨어져 나갈 것 같았으므로 한 걸음씩 조심스럽게 발을 떼었다. 이를 악물고 계단을 내려왔다. 이마에서 땀방울이 흘러내렸다. 홍성철, 이놈에게 기습을 당한 것이다. 이놈들이 치고 내려올 줄은 생각지도 못했다.

원삼기는 뒤늦게 달려 내려가 보았자 이런 몸으로는 부하들을 수습할 수 없다는 것을 깨달았다.

로비에 남아 있던 20여 명의 부하들은 계단에서 터져 나오는 아우성을 듣고 있었다. 로비는 환하게 불이 켜져 있었으므로 그들은 계단을 달려 내려오는 사내들 쪽으로 몰려갔다. 몇몇 동료가 달려 내려왔다.

"놈들이 습격했다!"

그들은 저마다 그렇게 소리 지르고 있었다. 눈동자는 헛것을 보는 듯 초점이 잡혀 있지 않았다. 다시 두어 명의 동료들이 달려 내려오면서 소리를 지르자 둘러서 있던 사내들의 눈동자가 흔들렸다. 그러고는 한꺼번에 20여 명의 사내들이 쏟아져 내려왔다. 그들은 한꺼번에 고함을 질러댔다. 그사이에 홍성철의 부하들이 섞어서 그들의 머리와 온몸을 닥치는 대로 두들기기 시작했다.

계단을 달려 내려온 원삼기의 부하들은 로비에서 멈춰 전열을 가다듬을 생각도 하지 못했다. 그들은 로비를 달려 현관문 밖으로 뛰었다. 로비에서 주춤대며 기다리던 부하들의 눈에는 한꺼번에 쏟아져 내려오는 20여 명의 사내들이 모두 홍성철의 부하들로 보였다. 그리고 로비를 건너뛰어 도망치는 동료들도 보았다. 로비에서는 벌써 몇 명의 동료들이 얻어맞아 비명을 지르고 있었다.

그들은 등을 돌렸다. 두어 명이 등을 돌리자 그것은 잠깐이었다. 현관문에서 한꺼번에 몰려 도망치려는 그들의 등을 홍성철의 부하들이 닥치는 대로 야구 배트와 몽둥이로 두들겼다. 서너 명의 사내가 현관 앞에서 다시 쓰러졌다.

홍성철은 현관 앞에서 몸을 돌렸다. 김일두가 다가왔다.

"형님, 우린 한 명도 다친 애가 없습니다. 쫓아냈어요, 우리가."

땟국이 낀 얼굴로 웃었다.

"놈들은 다시 온다. 빨리 준비해라."

김일두가 몸을 돌렸다. 원삼기는 보이지 않았다. 그러나 목표는 원삼기가 아니었다.

해리슨은 빈 타오와 마주 앉아 술을 마시고 있었다. 리첸이 옆에 앉아 시중을 들었다. 빈 타오는 말이 없는 편이었으나 술이 셌다. 검은 얼굴은 술을 마셔도 마신 흔적이 보이지 않았다. 다만 눈자위가 붉게 물들어 있는 것이 평상시와는 달라 보였다.

"빈 선생은 술이 세단 말이야."

해리슨이 붉어진 얼굴로 말했다.

"그리고 취했는지 어쩐지 알 수가 없어. 영 알 수가 없는 사람이야, 빈 선생은."

빈 타오는 히죽 웃었다. 검은 얼굴에 깊게 파인 눈이 그를 바라볼 때마다 번들거렸다. 뱀의 눈을 보는 것 같았다. 그는 태국에 마약 농장을 가지고 있는 마약 조직의 보스였다.

태국 북부 국경 지대의 원주민이 재배하고 거둬들이는 마약은 모두 그를 통해 동남아로 뿌려졌다.

태국과 라오스나 미얀마 국경이 접해 있는 곳에서 나오는 마약은 대부분 그의 손에 의해서 정제되고 판매된다고 해도 과언이 아니었다. 그는 수백 명의 개인 군대를 거느리고 있었으므로 정부도 함부로 하지 못한다는 소문이었다. 그것을 증명이나 하듯이 거래를 할 때는 그 자신이 직접 가지고 국경을 넘어왔다.

해리슨은 홍콩을 장악하고 있었으므로 빈 타오에게서 마약을 받아 중간 상인에게 넘겼다. 해리슨을 통하지 않고는 마약을 판매할 수 없다는 것을 빈 타오도 알고 있었다. 그렇지 않으면 해리슨이 마약 판매를 내버려 두지 않을 것이다. 그리고 소매상들도 비싸더라도 해리슨에게서 마약을 구입하여 그의 구역 안에서 안전하게 거래를 하고 싶어 했다. 이윤이 몇 배나 남는 장사였으므로 해리슨은 빈 타오를 우대하고 있었다.

"지난번에 중간 상인 하나가 한국에 들어가 약을 뺏겼다고 들었습니다만."

빈 타오가 입을 열었다.

"그렇소. 위천산이라고 나에게 물건을 가져가는 자의 부하였소. 위천산이 재수 없게 되었지."

위천산은 전문 마약 중간상이었다. 그는 해리슨에게서 마약을 받아 소매상들에게 넘겼다. 빈 타오도 그의 이름을 들어 알고 있었다.

"한국만 뚫으면 거래량이 부쩍 늘 텐데 말이오."

해리슨이 입맛을 다시며 말했다. 전화벨이 울렸다. 리첸이 일어나 전화를 받았다.

"전화예요."

리첸이 수화기를 건네며 말했다. 진주색 실크 가운 차림의 리첸은 그림 속의 여자처럼 표정이 없었으나 아름다웠다. 그녀는 홍콩의 한창 날리는 배우이자 탤런트였다. 희고 갸름한 얼굴에 맑은 눈이 반짝이고 있었다. 해리슨이 수화기를 받아 들었다.

"응, 나야."

곧 해리슨의 얼굴이 차츰 굳어지기 시작하더니 눈을 부릅떴다. 빈 타오는 냉정한 얼굴로 그를 바라보고 있었으나 리첸은 불안한 듯 눈을 깜박였다.

"당장에 치고 들어가 잡아!"

해리슨이 낮은 소리로 으르렁대듯 말하고는 수화기를 내려놓았다.

"무슨 일입니까?"

빈 타오가 지나가는 말처럼 물었다.

"아니요, 사소한 일입니다."

해리슨은 가볍게 그의 물음을 넘겼다. 빈 타오는 잠자코 입을 다물었으나 해리슨의 굳어진 표정은 한동안 풀어지지 않았다.

형주량은 강개와 함께 오리엔트호텔 앞에 차를 세웠다. 이미 호텔 앞에는 10여 대의 크고 작은 승용차가 주차되어 있었다. 밤 12시가 넘어 있어서 거리에는 인적이 드물었고 오리엔트호텔 앞은 더욱 한산했다. 평상시에도 손님들을 받지 못하게 방해 공작을 해오던 호텔이었다.

호텔 앞에 세워진 차량들은 그의 부하들이 타고 온 것이다. 형주량과 강개가 차에서 내리자 승용차들의 문이 일제히 열리더니 사내들이 쏟아져 나왔다. 모두 4, 50명은 되어 보였다.

강개가 형주량을 돌아보았다. 원삼기가 부상을 당하고 도망쳤기 때문에 이제는 강개가 장념의 조직을 맡게 되었다. 원삼기는 이 사건이 끝나면 문책을 받을 것이다.

"좋아, 들어가자."

형주량이 말하자 강개가 앞장을 섰다. 부하들이 우르르 달려와 그들의 앞뒤를 에워쌌다. 모두들 제각기 손에 쇠사슬과 단봉 등 가지각색의 무기를 들고 있었다. 단검을 움켜쥔 사내도 있었고 사슬을 감은 낫을 든 부하도 보였다.

호텔 입구에서 가로막는 사람들은 없었으나 호텔 전체가 환하게 불을 밝히고 있어서 꺼림칙했다. 어제까지만 해도 로비만 불을 켜고 있었던 것이다. 홍성철이 다시 켠 것 같았다.

부하들이 현관의 회전문을 밀고 들어섰다. 그들의 뒤를 따라가던 강개는 부하들이 주춤거리는 것을 보았다. 강개는 그들을 제치고 앞으로 나섰다. 로비의 안쪽 벽을 등지고 열 명 정도의 사내가 벌려 서 있었다. 홍성철이 팔짱을 낀 채 그를 바라보았다. 비디오로 찍어 온 그의 얼굴을 보았으므로 낯이 익었다.

강개는 좌우를 살피면서 그를 향해 다가갔다. 부하들이 뒤를 따랐다. 모두들 입을 열지 않았으므로 로비의 대리석 바닥을 울리는 발소리가 요란하게 났다. 현관의 회전문이 끊임없이 돌아가고 있었다.

강개는 홍성철의 10미터쯤 앞에서 발을 멈췄다. 부하들도 그를 에워싼 채 그 자리에 섰다. 형주량이 부하들을 헤치고 나오더니 강개 옆에서 멈췄다. 그도 의외인 모양으로 홍성철에게서 시선을 돌려 좌우를 살폈다. 그들은 홍성철을 둘러싸고 있었다.

"잘 왔다."

홍성철이 말했다.

"기다리고 있었다."

그의 얼굴은 침착해 보였다. 형주량이 빙그레 웃었다.

"대단하군, 홍성철. 열 명으로 우릴 기다리고 있었다니 맥이 풀리는군."

"넌 누구냐?"

홍성철은 그가 제2인자인 형주량인 것을 알고 있었다.

"난 형주량이고 이쪽은 강개야."

그의 말투는 느긋했다.

"물러나라. 여기는 네놈들이 들어올 수 없어."

홍성철이 좌우를 둘러보며 말했다. 조금도 위축된 것 같지 않았다.

"너희들이 우릴 몰아내려면 우리 시체를 끌고 나가야 할 거다."

"이 새끼가 허풍을 떨고 있군그래."

강개가 불쑥 나섰다.

"허튼수작 부리지 말어. 네놈들은 내 한마디면 몇 분도 안 돼서 송장이 돼. 무릎을 꿇고 항복하면 그래도 목숨은 살려주마. 그리고 내일 비행기에 태워서 한국으로 보내주겠다."

홍성철이 입을 벌리고 웃었다.

"저놈은 영어도 서툴지만 수단도 아직 어리군."

강개의 얼굴이 달아올랐다. 그는 눈을 홉뜨고 한 걸음 앞으로 나섰다. 홍성철 주위에 벌려 선 사내들이 연장들을 고쳐 잡고 그를 노려보았다. 모두 야구 배트나 쇠몽둥이를 손에 쥐고 있었다. 강개의 주변에 둘러선 부하들도 무기들을 움켜잡고 술렁거렸다.

"잠깐만."

형주량이 말했다. 형주량은 자존심이 강한 사내였다. 무뚝뚝했으나 맺고 끊는 것이 분명했으며 잔재주를 피우는 것을 싫어했다. 해리슨과는 20년 가까이 조직을 키워 나갔다. 충실했으므로 해리슨의 신임이 두터워 일찍부터 지역 보스로 나가 있었다.

"그래, 넌 물러나지 못한단 말이냐?"

형주량이 물었다.

"그렇다. 내 집인데 내가 왜 물러난단 말이냐?"

"네 부하들을 생각해."

"비겁한 놈들, 대가리 숫자만 가지고 우쭐대지 마라."

형주량의 이맛살이 찌푸려졌다.

"대가리 숫자?"

"그렇다. 네놈들은 대충 50명은 되겠구나. 우린 열 명이다. 숫자가 많다고 이길 것 같으냐?"

형주량이 강개를 바라보았다.

"열 명을 골라라."

형주량이 말하자 강개가 의아한 표정으로 그를 바라보았다.

"열 명을 골라 저놈들과 싸워라."

강개가 히죽 웃었다.

"그러지요."

강개는 부하를 불러 빠르게 무엇인가를 지시했다. 금방 열 명의 사내가 앞으로 나섰다. 김일두가 손에 침을 뱉고는 부하들을 둘러보았다.

"애들아, 이 새끼들을 박살 내자."

김일두의 목소리가 로비를 울렸다. 홍성철은 싱긋 웃으며 앞으로 나섰다.

"강개라고 했지? 네가 열 명 중에 끼었는가?"

"그렇다."

강개도 따라 웃었다. 형주량은 나머지 부하들을 뒤쪽으로 물러나도록 지시했다. 홍성철과 김일두를 위시한 아홉 명의 부하들이 앞으로 나섰다.

"너희들이 지면 물러갈 거냐?"

홍성철이 다가선 강개에게 물었다. 강개가 입을 벌리고 웃었다. 형주량은 팔짱을 끼고 뒤쪽에 서 있었다. 그는 양쪽에서 열 명씩의 사내들이 다가서는 것을 보았다. 홍성철과 강개 외에 맨손으로 대드는 사내들은 없었다. 모두들 손에 무기를 쥐고 있었다. 다만 총기가 보이지는 않았다. 총기를 휴대한 사내들도 있을 것이다. 그러나 이러한 때에 그것을 꺼낸다는 것은 서로에게 부끄러운 일이라는 것은 알고 있었다.

"자아, 시작해라."

형주량이 소리쳤다. 그순간 모두 일제히 달려들었다. 쇠뭉치가 부딪치는 소리, 고함 소리가 로비에 가득 넘쳤다. 김일두는 야구 배트를 휘둘러 낫을 가지고 달려드는 사내의 손목을 후려쳤으나 그자의 발길에 옆구리를 맞았다. 허리를 구부린 김일두는 그자의 발목을 걸어 넘어뜨리면서 배트로 어깨를 쳤다.

홍성철은 강개를 바라보고 나갔다. 강개의 동작은 기묘했다. 양다리를 발끝이 직선으로 놓이게끔 펴고 굽히더니 슬쩍 뛰어올랐다. 홍성철은 입맛을 다시면서 다가가 주먹으로 강개의 복부와 안면을 쳤다. 허리를 눕히면서 강개는 그의 주먹을 피하다가 배를 한 차례 얻어맞았다. 그사이에 홍성철은 가슴을 한 번 차이고 그의 주먹에 얼굴을 찍혔다. 강개의 동작은 컸고 실전 경험이 별로 없어 보였다. 혼자 연습하라고 하면 보기에 좋을 것이다.

주변엔 엎어지고 뒹구는 사내들도 있었고 악을 쓰는 사내들도 있었다. 비명을 지르는 사내가 있어서 홍성철은 가슴이 철렁했다. 그 순간 강개의 발길이 날아와 홍성철의 가슴을 찼다. 휘청거리며 홍성철이 한 발짝 뒤로 물러서자 강개가 싱긋 웃었다. 그리고 다시 껑충 뛰어올랐다. 홍성철의 안면이 고스란히 노출되어 있었다. 홍성철은 다가오는 발길을 얼굴을 젖혀 피하고는 발을 들어 냅다 강개의 아랫배를 걷어찼다. 강개가 급하게 두 손으로 홍성철의 발길을 막았으나 홍성철의 두 손이 강개의 다리를 움켜잡고는 홀쩍 옆으로 비껴 섰다. 강개가 땅바닥에 어깨를 부딪치며 넘어졌다. 홍성철이 달려들어 발길로 그의 옆구리를 걷어차자 그는 몸을 굴리더니 벌떡 일어섰다.

"덤벼라!"

강개가 외쳤다.

"와아!"

그러자 뒤쪽에서 소리가 들렸다. 현관 쪽에 몰려 서 있던 40명에 가까운 부하들이 달려든 것이다. 형주량이 입을 쩍 벌렸다. 강개가 미리 계획한 것이었다. 김일두는 40명의 사내들이 달려드는 것을 보았다.

"야! 정식아! 정식아! 꺼라!"

김일두가 소리 높여 외쳤다. 그러자 불이 꺼졌다. 호텔 전체가 암흑에 싸인 것이다. 조그마한 불빛 한 점 보이지 않았다.

툭탁거리는 소리는 아직도 들리고 있었다. 소리를 지르던 형주량의 부하 한 명이 갑자기 비명을 질렀다. 그러자 갑자기 말소리가 뚝 그쳤다. 그러나 달려가는 소리와 비명 소리는 계속해서 터져 나왔다. 로비의 구석에서 누군가가 라이터를 켰다가 시커멓게 달려드는 그림자를 보고는 입을 쩍 벌리더니 불을 껐다. 그러고는 그 자리에서 찢어질 듯한 비명 소리가 났다.

"모두 현관 쪽으로 가자!"

강개가 소리쳤다. 그 순간 윙 소리가 들려 급히 머리를 숙였다. 어깨를 스치며 야구 배트가 지나갔다.

"현관 앞으로 모여!"

이번에는 형주량이 외쳤다. 그는 이미 현관 옆의 기둥에 붙어서 있었으므로 밖으로 비쳐 오는 희미한 불빛으로 눈앞 5미터까지는 볼 수 있었다. 그러나 안쪽 로비는 그야말로 칠흑 같은 어둠 속이었다. 하나둘씩 부하들이 달려왔으나 달려오는 도중에도 얻어맞는지 비명 소리가 터졌다. 형주량은 울화가 치밀어 올랐다. 놈들은 어둠 속에서 자기들끼리 구별할 수 있는 무슨 표식이 있는 것 같았다. 비명을 지르고 도망 다니는 것은 자신의 부하들이었다.

현관 앞으로 빠져나온 부하들은 10여 명밖에 되지 않았다. 나머지는 로비 안쪽의 구석에 숨어 있든가 더 깊은 안쪽으로 도망을 쳤든가 다쳐서 자빠져 있을 것이다.

홍성철은 어둠 속을 조심스럽게 살폈다. 안쪽에서 다시 비명 소리가 났다. 그의 손에는 땅바닥에서 주운 쇠뭉치가 쥐어져 있었다. 현관 앞의 5미터 지점 안에서 강개와 그의 부하들을 찾는 것이다.

이미 계획한 대로 그의 부하들은 현관과 7, 8미터 떨어진 지점에 벌려 서서 움직이지 않고 있었다. 움직이고 뛰는 것은 모두 강개의 부하들이었고 그들은 벌려 선 부하들에게 사정없이 얻어맞아 뻗었다. 그들이 오기 전에 김일두의 지휘로 불을 끄고 연습도 해보았던 것이다. 강개의 부하들이 약속을 깨고 한꺼번에 달려든 것이 차라리 다행이었다. 많을수록 좋은 것이다.

발소리가 앞에서 들렸다. 조심스럽게 다가오고 있었다. 홍성철의 부하들은 모두 안쪽을 바라보고 있을 것이므로 현관 쪽을 향하여 다가오는 이놈은 강개의 부하임이 틀림없었다. 홍성철은 숨을 죽이고 기다렸다. 발소리가 더 가까워졌다. 이젠 숨소리가 들렸다. 홍성철은 쇠몽둥이를 번쩍 들고는 어둠 속을 향해 내려쳤다.

"아이고!"

자지러질 듯한 비명 소리가 났다.

중국 말이었다.

로비 안쪽에서 달려가는 발소리가 났다. 대여섯 명이 달려갔다. 그러다가 또 몇 사람과 맞닥뜨린 모양인지 격렬한 싸움이 일어났다. 날카롭게 쇠붙이들이 부딪치는 소리가 들리고 이어서 비명 소리가 터졌다. 홍성철은 빙긋 웃었다. 저희들끼리 싸우고 있는 것이다.

그들이 한동안 싸우자 다시 비명 소리가 울렸다. 이젠 우리 측에게 맞고 있는 것이다. 형주량은 갑자기 몸을 돌려 현관문을 열고 뛰어나갔다. 두어 명의 부하들이 뒤따르자 현관 안쪽에 몰려 있던 10여 명의 부하들이 일제히 밖으로 달려 나갔다. 홍성철은 현관을 가리고 서 있던 무리들이 빠져나가는 것을 보았다. 어둠 속에서도 그들의 모습은 똑똑히 보였다.

"자, 가자!"

홍성철이 입을 열어 소리쳤다. 어둠 속에서 늘어서 있던 부하들이 일제히 몸을 움직였다. 김일두가 그들을 하나씩 수습하듯 확인하는 소리가 들렸다.

*　　　　　*　　　　　*

비행기는 높은 산마루를 스칠 듯이 지나치면서 고도를 쑥쑥 내렸다. 발아래에 홍콩이 내려다보였다. 산기슭까지 무수한 빌딩들이 들어차 있었다. 길쭉한 빌딩들은 아파트인 것 같았다. 옆자리의 김칠성이 넋을 잃고 아래를 내려다보았다.

비행기가 쿵쿵 소리를 내며 바퀴를 내려놓았다. 바닷가로 뻗어 있는 좁은 활주로가 보였다.

홍성철은 여관으로 피신해 있었다. 오늘 아침에 연락을 받은 것이다. 어젯밤의 싸움에서 다섯 명의 부하가 상처를 입었다고 했다.

두 달 가깝게 몇 명 안 되는 부하들과 함께 버텨왔으나 그는 한 번도 급하다는 소리를 하지 않았다. 그러나 홍성철은 가슴을 졸이면서 기다리고 있었을 것이다. 어젯밤의 전화에서 그는 마지못한 듯 망설이다가 말했다.

"형님, 애들 입원시키고 저하고 일두까지 해서 다섯 명 남았습니다."

그러고는 아무 말도 하지 않았다.

강만철이 뒤에 앉은 부하들에게 무언가를 지시하고 있는 것이 보였다. 스튜어디스가 서둘러 자리에 앉고 있었다. 곧 착륙할 모양이었다. 바다가 와락 다가왔다.

세관의 창구 앞에 서 있던 강만철은 창구로 다가오는 10여 명의 경찰을 보았다. 그들은 바깥쪽 사무실에서 쏟아져 나왔다. 쇼핑센터가 좌우로 늘어서 있는 통로에도 10여 명의 경찰이 늘어서 있었다. 사복을 입고 이쪽을 바라보고 있는 대여섯 명의 사내들도 경찰 같았다. 강만철은 앞쪽에 서 있는 김원국에게 다가갔다.

"형님, 경찰들이 깔렸습니다."

"나도 봤다."

세관 창구를 바라보면서 김원국이 말했다.

"어젯밤 호텔에서 일어난 소동으로 경찰들이 긴장하고 있는 것 같다."

"그건 우리하고 관련이 없지 않습니까?"

"관련이 있지. 경찰들은 우리가 응원 온 줄 알고 있어."

"……."

"분산시켜라. 수단껏 각자 흩어져서 모이도록 해."

강만철이 몸을 돌렸다. 경찰들은 홍성철이 몸을 피했으나 한국에서 구원하러 올 것을 예상하고 있었을 것이다. 입국자 명단을 사전에 체크할 수 있는 터라 김원국과 강만철 등의 이름을 찾기는 쉬운 일이었다.

차츰 세관 앞에 늘어선 사람들이 줄어들었다. 김원국은 힐끗 뒤를 돌아보았다. 그가 타고 온 대한항공에는 3, 40명의 관광객이 타고 있었다. 모두 한국인들이었다.

강만철과 김칠성은 혼잡한 사람들 사이에 끼어 보이지 않았다. 김원국은 세관원에게 패스포트를 내밀었다. 세관원이 패스포트를 받고는 컴퓨터의 키를 두드렸다. 그러고는 뒤에 선 사복의 사내를 돌아보았다. 사내가 컴퓨터를 들여다보더니 김원국의 여권을 집어 들었다.

"김원국 씨이십니까?"

그의 말투는 정중했다.

"그렇습니다."

"잠깐 저하고 사무실로 가시지 않겠습니까?"

김원국은 잠시 그의 얼굴을 바라보았다.

"무슨 일입니까?"

"조사할 것이 있습니다."

그는 얼굴에 웃음을 띠었다. 늘어선 경찰들이 김원국을 바라보고 있었다. 김원국이 끄덕이자 그는 앞장을 섰다. 두 명의 제복 경찰이 김원국의 뒤를 따랐다.

"제기랄."

멀찍이 서 있던 강만철이 혀를 찼다. 김원국의 이름을 컴퓨터로 두들기는 것을 보았다.

그렇다면 꼼짝없이 자신도 걸려들 것이다. 그렇다고 해서 보세 구역에 머물고 있을 수는 없다.

강만철은 주위를 둘러보았다. 부하들은 그의 지시대로 제각기 분산되어 있었다. 컴퓨터에 기록되지 않은 부하들도 있을 것이다.

홍콩 경찰이 제일그룹 직원들의 어느 선까지 명단을 확보하고 있는지는 알 수 없었다.

문득 강만철은 해리슨도 우리의 도착 사실을 알고 있을지도 모른다는 생각이 들었다. 경찰이 우연히 입국자 명단을 체크하다가 발견했더라도 해리슨과 끈이 닿아 정보를 줄 수도 있는 것이다.

김칠성은 김원국이 경찰과 함께 사무실로 가는 것을 바라보고 서 있었다. 이맛살을 잔뜩 찌푸리고 그들을 노려보았으나 어쩔 수가 없었다.

강만철은 보이지 않았다. 부하들은 제각기 관광객 틈에 끼어 있거나 아예 다른 비행기에서 내린 외국인들과 어울려 있었다. 끊임없이 비행기가 착륙하고 있었으므로 10분도 되지 않아 이륙장에는 한 떼의 승객들이 몰려왔다. 보통 때의 홍콩 세관은 여권만 힐끗 보고는 도장을 찍었다. 그러나 지금은 한국 여권을 가진 남자를 일일이 확인하는 바람에 입국 창구 다섯 곳에는 기다란 줄이 만들어져 있었다. 성미 급한 승객들이 투덜거렸다.

김칠성은 뒤쪽에 다가와 서는 젊은 여자를 보았다. 25, 6살로 보였다. 동행이 없는 것 같았다.

"저, 실례합니다."

김칠성이 다가가 말했다. 그녀는 말없이 그를 바라다보았다.

"한국 분이세요?"

"네."

파마한 머리가 어깨에 닿아 있었다. 피부는 햇볕에 탄 듯 거무스름했으나 윤기가 났고 미인이었다. 입술을 꽉 다물고는 김칠성을 경계하는 듯 머리까지 조금 젖힌 채 시선을 준다.

"지금 바쁘십니까?"

"왜요?"

"바쁘시지 않으면 저기 의자에 앉아서 제 부탁 좀 들어주쇼."

김칠성은 통과 승객들이 몰려 앉아 있는 뒤쪽을 눈으로 가리켰다.

"저, 바빠요."

그녀는 더욱 경계하는 듯 주춤 앞쪽으로 다가가 앞사람에게 붙어 섰다.

"난 밀수꾼이나 그런 사람 아닙니다."

세관 창구 앞은 더욱 혼잡해졌다. 다시 수십 명의 승객들이 몰려와 김칠성의 주변에 섰다. 이번 비행기는 대만에서 도착했는지 요란한 중국 말이 주변에서 들렸다.

"글쎄, 전 바빠요."

"여보쇼, 한국 사람끼리 좀 돕고 삽시다."

김칠성이 얼굴을 붉히며 말했다.

"난 죄지은 사람이 아니라고 하지 않았소? 내 이야기 좀 들어보란 말이오."

여자는 세관 창구를 바라보았다. 그녀도 여권 검사가 오늘따라 유난히 까다로운 것을 알고 있는 눈치였다.

"도대체 왜 그러시는데요?"

그녀가 짜증스레 물었다.

"10분만 내 말씀 좀 들어보시오."

"여기서 하세요."

김칠성은 혀를 찼다.

"형님, 만철 형님도 사무실로 들어가셨습니다."

부하 한 명이 다가와 이야기를 하고는 몸을 돌려 통과 승객 대합실로 향했다. 그곳에서는 일고여덟 명의 부하들이 어슬렁거리고 있었다.

기회를 봐서 나갈 모양이었다.

그녀도 그 말을 들었다.

"무슨 이야기예요?"

발을 멈추고 김칠성을 바라보았다. 뒤에 서 있는 중국 여자들이 그녀를 젖히고 바짝 앞사람에게 달라붙었다.

"난 김칠성이라고 합니다. 32살에 총각이오."

뒤쪽 대합실 의자에 앉아 세관 창구를 바라보면서 김칠성이 말했다. 여자는 그의 옆에 앉아 잠자코 있었다.

"홍콩에 일이 생겨서 꼭 들어가야 하는데, 저기 보시다시피 경찰들이 우리 일행을 가려내고 있어요."

"……."

"경찰들이야 사건이 일어나지 않게 하려는 것이겠지만 우리 형님 한 분하고 동생들이 홍콩에서 오도 가도 못 하고 있단 말이오."

"……."

"가서 구해내야겠는데 저놈들이 어느새 알고는 우리를 가려내서 돌려보내려고 하는 것 같아요."

여자가 김칠성을 바라보았다. 꼭 다물었던 입술을 조금 떼었다가 다시 닫았다.

"나는 꼭 나가서 형님을 구해야겠는데, 이것 잘될지 모르지만 댁이 내 색시가 되어서 어디 신혼여행이나 온 것처럼 말이오. 그렇게 한번……."

"싫어요."

그녀가 한마디로 잘라 말했다.

"무서워요."

"여보쇼."

김칠성이 이맛살을 찌푸리고 그녀에게 다가앉았다.

"죄를 짓는 것이 아니라고 했잖소? 댁은 내 마누라인 시늉만

하면 되는 것이고, 설령 경찰들이 그걸 안다고 해도 당신에게는 아무 해가 없어요. 나도 마찬가지요. 그냥 조사한답시고 귀찮게만 할 거요. 우리는 시간이 없어서 그래요. 내가 사례를 하겠어요."

　김칠성이 열심히 말했다. 이렇게 여자를 설득하기는 처음이었다.

제14장
감옥 아닌 감옥

밤의 대통령

"놈들은 지금 만다린호텔에서 경찰의 보호를 받고 있습니다."

조진량이 말했다.

"경찰이 외교 문제도 있고 해서 입국은 시킨 모양입니다."

해리슨은 조진량을 바라본 채 입을 열지 않았다. 오리엔트호텔은 이제 빈집이 되었다. 그것은 곧 한국의 세력들이 그들이 소유한 업체들을 버렸다는 것을 나타냈고, 이 사실은 한국인이 소유한 업체들과 그 구역에 금방 알려질 것이다.

그들은 이제 발 디딜 땅을 포기한 것이었으므로 평정이 되었다고 봐도 된다. 그러나 어젯밤의 습격은 성공했다고 볼 수가 없었다. 50명 가까운 부하들이 열 명을 상대로 쳐들어가서 20여 명이 다친 것이다. 그리고 한국 놈들은 어디로 숨었는지 아직 찾지도 못했다.

이제는 경찰들도 긴장하고 있었다. 아침에도 몇 명의 부하가 경찰서에 끌려가 조사를 받았고 해리슨도 친한 사이인 호 경감으로부터 충고를 받았다. 너무 시끄러우면 곤란하다는 것이었다.

"오리엔트호텔로 가겠다고 김원국이 고집을 부렸다고 합니다."

조진량이 다시 말했다. 오리엔트호텔에는 종업원들만 남아 있었다. 해리슨의 부하들이 호텔 주변에 깔려 있어서 경찰은 그들이 충돌할 것을 염려했을 것이다.

"홍성철은 못 찾았느냐?"

"네, 병원에 입원해 있는 다섯 명은 아침에 경찰이 찾았습니다. 어젯밤 다친 놈들 같습니다. 오리엔트호텔 근처의 병원에도 7, 8명이 입원해 있었습니다. 그렇지만 홍성철은 아직……."

해리슨이 혀를 차자 조진량이 입을 다물었다.

"내가 미리 공항 경찰에 손을 써두지 않았다면 너희들은 아직도 머리만 싸매고 있을 것이다."

"……."

"김원국이는 당당하게 오리엔트로 들어가 홍성철을 불러들였을 거야."

"……."

"너희들은 쫓겨 나오고 말이야. 그놈들이 몇 명이나 된다고 했지?"

"20명 정도입니다."

"강개는 지금 어디에 있느냐?"

"오리엔트호텔 근처에 있습니다."

해리슨은 의자를 돌려 창밖을 바라보았다. 에어컨 소리가 낮게 방 안을 울렸다. 건너편 빌딩의 유리창이 반짝 빛났다. 맑은 날씨였으므로 빌딩 숲 사이로 푸른 바다와 수백 척의 배들이 보였다.

11시가 되어가고 있었다. 김원국은 만다린호텔의 객실에 앉아 있었다. 강만철이 초조한 얼굴로 그를 바라보았다.

"형님, 성철이는 저희들이 오리엔트로 간 줄 알고 있습니다. 이러고 있다가는 아무 일도 못 합니다."

경찰들이 호텔의 로비를 지키고 앉아 있었다. 말이 보호지 감금이나 마찬가지였다. 다행히 김칠성과 열 명의 부하가 세관을 빠져나가 경찰의 감시에서 떨어졌으나 그들에게 연락할 길도 없었다.

경찰이 공항에서 기다리고 있을 줄은 예상하지 못했던 김원국도 초조해졌다. 경찰은 사건이 일어나는 것을 방지하기 위해서라겠지만 이것은 해리슨 측만을 이롭게 하는 것이다.

"애들 두어 명을 호텔 밖으로 내보내서 오리엔트나 성철이가 있는 곳을 살펴보고 오도록 해라."

강만철이 일어섰다.

"칠성이는 차이나호텔에 들어가지 않았습니다. 그쪽에서 우리를 찾아내서 연락해 오기를 기다리는 수밖에 없습니다."

공항에서 흩어져 구룡반도의 끝에 있는 차이나호텔에서 만나기로 했던 것이다. 김칠성은 다른 곳으로 옮긴 것 같았다. 모두 연락이 끊기고 자신마저 경찰의 감시를 받는 입장이 된 김원국은 가슴이 답답했다.

강만철이 문을 열고 나갔다. 그의 말대로 이러고만 있다가는 업체들은 말할 것도 없고 홍콩에서의 입지가 없어질 것이다. 홍성철이 오리엔트에 버티고 있는 동안은 그래도 나았다. 활동은 하지 못했더라도 구역에 남아 있다는 의식이 주변에 영향을 주고 있었던 것이다. 그러나 이제는 신계에 있는 김원국 조직의 구역은 빈집이 되었다.

업체들은 영업을 하겠지만 오늘 밤부터라도 해리슨 조직의 정식 통제와 관리를 받을 수도 있었다. 자신의 구역이라고 얼굴을 디밀어보거나 얻어맞더라도 구역 내에서 툭탁거리면 업체들은 그런대로 의지해 갔다. 그렇지만 구역에서 쫓거나 버리면 이야기가 달랐다. 이제는 인수한 업체들의 입출 확인도, 관리도 할 수 없는 상황이 되었다.

한세라는 김칠성의 팔짱을 끼고 있었다. 그녀는 입국 심사대에 다가가서 여권 두 개를 내놓았다. 세관원이 힐끗 그를 바라보았다. 아직도 일고여덟 명의 경찰이 서 있었다. 비행기가 도착한 지 세 시간이 넘었으므로 세관원도 지쳐 보였다. 세관원이 한세라에게 머물더니 그녀의 여권을 뒤적거렸다.

"우린 신혼여행 온 거예요."

한세라가 말했다. 세관원은 김칠성의 여권을 살폈다. 김칠성의 가슴이 두근거렸다. 컴퓨터의 키만 두드리면 자신의 이름에 위험 인물이라는 표시가 붙어 나올 것이다.

한세라가 바짝 다가서서 세관원을 바라보았다. 세관원은 여권 사이에 끼어 있는 입국 카드를 빼내었다. 그러고는 중얼거리며 혼잣소리를 했다. 짜증이 난 얼굴이었다.

"이봐요! 빨리 합시다!"

갑자기 한 사내가 뒤쪽에서 다가와 영어로 소리쳤다. 놀란 세관원들이 그를 바라보았다. 뒤쪽에서도 여러 명의 승객들이 고함을 질렀다. 김칠성이 돌아서서 사내의 어깨를 잡았다.

"진정하시오. 좀 기다려요."

그가 영어로 말하자 사내는 김칠성을 노려보았다. 한세라는 세관원 앞에 서 있었다. 김칠성이 사내의 어깨를 가볍게 밀자 뒤쪽에서 두어 명의 사내들이 다가왔다.

"넌 뭐야?"

세관 앞이 시끄러워졌다. 김칠성은 사내들에게 둘러싸였다. 경찰 두 명이 통로를 빠져나와 그들 사이로 들어왔다.

한세라는 세관원이 자신들의 여권을 옆에 앉은 여자 세관원에게 밀어주는 것을 보았다. 그는 김칠성과 사내들의 다툼에 정신이 팔려 있었다.

"이 자식들은 질서도 모르는 놈들이군그래."

김칠성이 그들을 노려보며 말했다. 한세라가 다가와 그의 팔을 끌었다. 사내들도 경찰에게 밀려 뒤쪽으로 가고 있었다. 그녀는 도장을 받은 여권들을 들고 있었다. 한세라는 다시 그의 팔을 끼고 세관 앞을 떠났다. 붉은 카펫이 깔린 통로를 걷다가 그녀는 생각난 듯 손을 빼었다.

"저분들은 잡히겠군요?"

김칠성은 이맛살을 찌푸렸으나 대답하지 않았다. 방금 시끄럽게 한 것은 그의 부하들이었다. 세관원의 정신을 흩뜨려 놓으려고 시비를 걸었던 것이다. 일고여덟 명 정도는 무사히 빠져나간 것 같았다. 마지막으로 남아 있던 부하들이 걸릴 것을 각오하고 떠들어댄 것이다.

김칠성은 짐을 가지고 오지 않았으므로 곧장 짐 찾는 곳을 지났다.

"이것 보세요."

뒤쪽에서 한세라가 불렀다. 돌아보자 그녀가 짐 찾는 벨트 앞에 멈춰 서서 그를 바라보고 있었다.

"그냥 가실 거예요? 제 짐 좀 들어주셔야죠."

김칠성이 눈을 껌벅거리고 서 있다가 그녀에게 다가갔다. 벨트 옆에 그녀의 짐은 이미 나와 있었다.

부하의 연락을 받은 홍성철은 김원국이 만다린호텔에 묵고 있는 것을 알게 되었다. 김원국이 만다린호텔에 도착한 지 두 시간 만이었다. 그는 수화기를 들고 다이얼을 눌렀다. 가슴이 두근거렸다.

교환에게 물어 김원국의 이름을 대자 잠시 후 김원국이 전화를 받았다.

—여보세요.

"형님, 접니다."

—오, 성철이냐?

김원국의 반가운 목소리를 듣자 홍성철은 입술을 깨물었다.

"형님, 죄송합니다."

—그게 무슨 소리야? 쓸데없는 소리 말고, 지금 어디에 있는 거냐?

"여긴 동양 여관이라고, 진상주 씨의 구역입니다."

홍성철이 그에게 위치를 알려 주었다.

—거기에 있거라. 경찰이 찾고 다니는 모양이야. 별일은 아니지만 어쨌든 귀찮으니까 움직이지 마.

김원국이 말했다.

"그렇지만 형님, 그쪽이 비어 있어서요……."

—하는 수 없지. 호텔에 꼼짝하지 못하고 갇혀 있는 것이나 밖에 나와 있는 것이나 마찬가지라고 생각해라.

"……."

—여긴 나하고 만철이만 있어. 경찰의 보호를 받고 있는 것은 나하고 만철이란 말이야. 칠성이는 공항에서 빠져나갔다.

"칠성이가요?"

—응, 그놈이 제법 수단이 좋거든. 칠성이와 너는 아직 경찰에 노출되지 않았으니까 다행이다.

"…네."

—우린 보호를 받고 있는 것이 아니라 감시를 받고 있어. 그러니까 칠성이하고 네가 뛰어야 돼. 여긴 20명 정도 와 있고 칠성이가 열 명쯤 모아놨을 거다. 여기서도 몇 명을 빼돌려 너에게 보내겠다.

김원국의 목소리는 차분해서 홍성철의 가슴이 가라앉았다.

　　　　＊　　　　　＊　　　　　＊

　강개가 파라마운트 빌딩으로 들어섰을 때는 오후 6시가 되어 있었다. 그는 로비를 가로질러 곧장 엘리베이터에 올랐다. 하루 종일 홍성철을 찾아 헤매었지만 병원에 입원한 부하들만 찾아냈을 뿐 흔적도 찾지 못했다. 화가 솟구쳐 올라 우두커니 엘리베이터의 숫자판을 노려보고 있었다.

　어젯밤의 사건이 있은 뒤로 해리슨의 얼굴을 보지 못했는데 하루 종일 밖에서 돌아다녔기 때문이다.

　강개는 문득 문책을 당하지 않을까 불안해졌다. 원삼기는 홍성철에게 밀려난 것을 추궁받아 창고를 지키는 경비원이 되어 있었다.

　해리슨은 자신의 자존심과 명성에 흠을 낸 부하들을 용서하지 않았다. 머리끝까지 화가 난 해리슨은 앞으로 원삼기를 보지 않을 것이다. 그렇지만 자신은 다르다고 강개는 생각했다. 어젯밤의 지휘는 형주량이 한 것이다. 부하들은 자신의 부하였지만 형주량이 어젯밤 작전의 지휘자였다. 그렇게 생각하자 마음이 조금 놓였다.

　엘리베이터에서 내려 해리슨의 방으로 들어가자 해리슨과 형주량, 조진량 등이 모여 앉아 있었다. 해리슨은 힐끗 강개를 보고는 시선을 돌렸다. 방 안의 분위기가 가라앉아 있었다. 강개는 형주량이 와 있다는 것에 기분이 편치 않았다.

　"홍성철은 찾았느냐?"

　해리슨이 퉁명스럽게 물었다.

"아직 찾지 못했습니다."

해리슨이 혀를 찼다. 조진량이 힐끗 강개에게 시선을 주었다.

"오리엔트호텔 근처에 애들을 풀어두었습니다."

강개가 말했다.

"그놈은 이제 그쪽으로 오지 못합니다. 그놈들의 사업체는 이미 놈들의 손을 떠났습니다."

"……."

강개는 형주량과 조진량의 얼굴을 바라보았다. 그들은 강개의 시선을 피했다.

"서울에서 김원국이와 강만철이 온 것을 알고 있느냐?"

해리슨이 불쑥 물었다.

"네, 들었습니다. 지금 만다린호텔에서 보호받고 있다고……."

"그놈들을 오랫동안 잡아둘 수가 없어. 죄도 없는 놈들을 그렇게 감시하고 있으면 국제적 문제가 생겨."

"……."

"한국 영사관에서 항의를 해온 모양이야. 경찰이 변명했지만 정청 쪽의 압력을 받아서 며칠 있으면 그들은 자유롭게 풀어줘야 할 거다."

"……."

"그러면 그놈들은 오리엔트로 들어가겠지."

해리슨은 화를 삭이려는 듯 이를 악물고 눈을 감았다.

"홍성철도 따라 들어오겠고……."

"……."

"그렇다면 너희들이 이제까지 한 짓들은 모두 헛일이라는 말이 된다."

모두들 입을 다물고 해리슨의 눈길을 받지 않았다.

"어제는 열 놈과 싸워서 20명이 넘는 녀석들이 병원에 드러누워 있다. 그렇군. 그 몇 시간 전에도 그놈들에게 쫓겨서 40명이나 되는 녀석들이 도망쳐 버렸지. 열 몇 명이나 얻어맞아서 다치고 말이다."

해리슨의 얼굴이 붉어졌다. 충혈된 눈동자를 굴려 그들을 훑어보았다.

"병신 같은 놈들. 우리는 놈들에게 계속 우롱당하고 있는 것이나 마찬가지다."

"……."

"부하들 두어 명 정도 다치게 하고선 그것으로 만족하고 있었어. 놈들은 우리를 우습게 볼 것이다. 주변에서도 마찬가지야. 그놈들이 내 얼굴에 구정물을 뿌렸다."

조진량은 문득 빈 타오가 아직도 홍콩에 남아 있다는 것을 떠올렸다. 그는 홍콩의 상황을 주시하고 있을 것이다. 이번에 오리엔트호텔 사건도 빈 타오는 그의 정보망을 통해 틀림없이 알고 있을 것이다. 해리슨은 빈 타오를 의식하고 있었다.

"수단과 방법을 가리지 마라!"

해리슨이 소리쳤다.

"앞으로 실수하면 용서하지 않겠다."

해리슨은 앞에 앉은 그들의 얼굴을 하나씩 바라보았다. 모두들 입을 다물고 그와 시선을 마주치려고 하지 않았다.

"저기가 차이나호텔이에요?"

한세라가 손을 들어 길 건너편을 가리켰다. 택시는 길가에 멈춰 서 있었다. 회색의 우중충한 건물이 보였다. 붉은색의 호텔 이름이 입구에 영어로 붙여져 있었으나 호텔의 'H' 자가 떨어져 나가 '오텔'이라고 쓰여 있었다.

김칠성은 택시 요금을 꺼내다가 한세라를 바라보았다.

"아니, 왜?"

그녀도 가방을 챙겨 들고 내릴 준비를 했다.

"저두 여기서 내리겠어요."

김칠성이 내려서 택시 요금을 치렀다. 택시가 떠나자 김칠성은 그녀의 가방을 양손에 들었다. 그녀는 또 다른 짐 가방을 쥐고 있었다.

"언니 집에 가는 거 아니오?"

"아뇨, 호텔에서 언닐 만나면 돼요."

"왜?"

"언니가 저한테 올 거예요. 자, 빨리 가요. 뭐 해요?"

그녀가 앞장서서 횡단보도를 건넜다. 김칠성은 입맛을 다시면서 그녀의 뒤를 따랐다. 처음에는 그런 줄 몰랐으나 당찬 여자였다. 세관원 앞에서 그럴듯하게 연기하는 것도 그렇고, 네 개나 되는 가방을 그에게 척 들려서 짐 검사를 받게 하는 것도 그랬다.

언니한테 간다고 해놓고 호텔에서 따라 내리자 어지간한 김칠성도 그녀의 뒷모습을 바라본 채 말을 잊었다. 늘씬한 뒷모습이 보였다. 허리와 엉덩이의 곡선이 얇은 여름옷에 선명하게 드러났다. 스타킹을 신지 않은 맨다리가 미끈하면서도 탄력이 느껴졌다.

횡단보도를 건너자 김칠성이 눈을 치켜떴다. 부하 두 명이 다가온 것이다.

"형님, 호텔에 경찰이 있습니다. 한국인 숙박객 여권을 체크하고 있어서 들어가지 못하고 있어요."

부하들의 말에 김칠성은 이맛살을 찌푸렸다.

"저희들이야 컴퓨터에 나와 있지 않으니 상관없습니다만, 혹시 형님들이 문제가 있을까 봐 기다리고 있었습니다."

"애들은 모두 몇 명이냐?"

도로 안쪽에 가방을 내려놓고 그들에게 물었다. 한세라가 그의 옆에 서서 부하들을 바라보고 있었다.

"모두 열 명 나왔습니다."

"지금 어디에 있어?"

"호텔 근처에 두어 명씩 흩어져 있습니다."

김칠성은 시계를 보았다. 오후 5시가 되어가고 있었다. 오전 10시에 비행기가 도착했으니 일곱 시간을 허비한 것이다.

"이 근처 호텔도 모두 경찰들이 조사하는 것 같습니다."

"제가 아는 데가 있어요."

한세라가 불쑥 나섰다. 김칠성은 입을 쩍 벌렸다. 그는 이맛살을 찡그리고 그녀를 바라보았다.

"시설도 괜찮고, 여권 조사도 하지 않는 곳이에요. 값은 좀 비싸지만요."

부하들이 눈을 껌벅이며 김칠성을 바라보았다. 김칠성은 입을 다물고 침을 삼켰다.

"그게 어디요?"

"용궁 음식점 옆의 용궁호텔이에요. 여기서 가까워요. 택시 운전사들이 잘 알아요."

"……"

"바로 옆의 용궁 음식점은 홍콩에서 제일 크고 맛있는 요리를 하는 음식점이에요. 거기로 가요."

부하들이 김칠성을 바라보았다. 김칠성이 입맛을 다셨다.

"둘만 차이나에 숙박하도록 해라. 큰형님이 연락을 하실 거니까 누가 있어야 돼. 그리고 나머지는 용궁호텔인지 뭔지 그쪽으로 간다."

부하들이 서둘러 몸을 돌렸다.

"그게 뭐예요?"

한세라가 갑자기 말했다. 김칠성이 머리를 돌리자 입을 꽉 다문 그녀가 그를 올려다보고 있었다.

"뭘 말이요?"

"말하는 것이 뭐 그래요? 기껏 생각해서 알려주니까 용궁인지 뭔지라니요?"

"……"

"시시해요."

그러면서 그녀는 다가오는 택시를 향해 손을 저었다.

"이보쇼."

김칠성이 불렀으나 그녀는 택시 잡기에 여념이 없었다.

빈 택시 한 대가 그들을 스쳐 지났다. 길가에 쌓아둔 가방을 본 것 같았다.

"아이참."

그녀가 짜증을 냈다.

"이보쇼."

그녀가 다시 손을 흔들자 택시가 다가와 멈췄다.

"이보쇼."

"뭐 해요? 짐을 빨리 실어요."

김칠성은 어금니를 물고 가방을 들었다. 트렁크에 세 개를 넣고 앞좌석에 하나를 놓았다. 행선지를 말하고 택시가 출발하자 그녀는 길게 한숨을 내쉬었다.

"저도 용궁호텔에 묵겠어요."

그녀가 좌석에 등을 기대면서 말했다.

"이젠 끝났잖소."

김칠성의 말에 한세라가 깔깔 웃었다. 크게 벌린 입에서 울려 나오는 웃음소리는 높고 맑았다.

"왜요, 제가 부담스러워요?"

웃음을 그치고 눈물이 글썽한 눈으로 그를 바라보며 한세라가 물었다. 김칠성은 문득 한 대 쥐어박고 싶었으나 다음 순간 가슴이 철렁 내려앉는 느낌이 왔다. 그녀가 부담스럽지는 않았으므로 그는 잠자코 있었다.

＊　　　　＊　　　　＊

샤워를 마친 해리슨은 응접실로 나왔다. 알몸에 가운만을 걸친 채였다. 소파에 앉자 리첸이 양주잔을 들고 다가왔다. 그가 좋아하는 헤네시 XO였다. 해리슨은 문득 리첸의 얼굴을 보았다.

"첸, 약 먹었니?"

리첸의 얼굴에 놀란 표정이 잠깐 떠오르다가 해리슨의 얼굴을 보고는 안심한 듯 머리를 끄덕였다.

"가끔씩 먹어. 아주 기분이 좋지 않은 때만 말이야. 알았니?"

"네."

리첸은 해리슨 앞에 와 무릎을 꿇고 앉았다. 그러고는 그의 가운을 젖혔다. 해리슨의 알몸이 드러났다. 거뭇거뭇한 털이 뒤덮이고 탄탄한 근육질의 육중한 몸이었다.

리첸의 하얀 손이 해리슨의 하반신을 어루만졌다. 해리슨은 술잔을 들어 입에 대었다. 리첸의 손놀림이 빨라지고 있었다. 그녀는 붉어진 얼굴을 들어 해리슨을 올려다보았다. 초점이 잡히지 않은 시선이었다. 붉은 입술이 반쯤 벌려져 있어서 흰 이가 드러나 보였다.

가쁘게 내뱉는 따스한 숨결이 해리슨의 가슴에 와 닿았다. 얼굴은 상기되어 있었다. 그녀가 입속말로 무엇인가를 중얼거렸다. 해리슨이 손을 들어 그녀의 목과 젖가슴을 천천히 쓸어내렸다.

그녀가 앉은 채로 털어내듯이 하얀 나이트가운을 벗어 던지자 미끈한 피부가 드러났다. 먼지 하나 붙은 것 같지 않은 알몸이었다.

해리슨의 손이 알맞게 솟은 젖가슴을 움켜쥐자 리첸의 입에서

옅은 비명이 터졌다.

해리슨의 남성은 이미 발기되어 있었다. 그는 손을 내려 그녀를 번쩍 안아 올렸다. 이제 그녀는 가쁜 숨소리와 함께 온몸을 꿈틀거리고 있다. 그의 입술이 젖가슴을 애무하자 리첸은 미칠 듯이 몸부림을 쳤다.

해리슨의 허벅지 위가 축축해졌다. 그의 손이 닿을 때마다 그녀는 몸부림을 쳤고 입술이 스칠 때마다 신음 소리를 뱉었다. 이윽고 해리슨도 몰두해 갔다.

리첸은 침대 위에 반듯이 누워 있었다. 어지럽게 흐트러진 긴 머리가 흰 베개 위에 널려 있었다.

땀에 젖은 알몸이 불빛을 받아 반들거렸다. 홀쭉한 아랫배가 아직도 가쁘게 호흡하고 있다. 눈은 감고 있었으므로 속눈썹 밑에 그늘이 져 있었다.

해리슨은 가운을 걸쳐 입고 잔에 헤네시를 따라 들고는 침대가에 서서 그녀를 내려다보았다. 천장을 향한 채 반듯이 누운 그녀는 움직이지 않았는데 아름다웠다. 그의 취향에 딱 맞는 얼굴과 몸매였다. 그는 그녀의 몸을 길들여 왔다.

리첸은 해리슨에 의해서 조금씩 쾌락의 즐거움을 배워갔고, 그것은 해리슨만이 해줄 수 있는 것이라 믿었다. 해리슨은 절대적인 사람이었다. 그는 때로는 마약의 힘으로 섹스의 쾌감을 배가시켰다. 그것 또한 해리슨의 힘이었다.

눈을 감고 누운 리첸을 보던 해리슨의 얼굴에 웃음이 떠올랐다. 그가 손을 뻗어 그녀의 몸 어느 부분에라도 가져다 댄다면 1

분도 지나지 않아서 동굴은 뜨겁게 젖어 넘칠 것이다.

해리슨은 오늘은 이쯤 해두어야겠다고 생각했다. 내일 김원국의 제사가 있는 날이다. 부하들에게 지시는 해놓았지만 철저히 점검해야 했다.

"첸, 눈을 떠라."

그가 말하자 리첸은 눈을 뜨고 그를 바라보았다.

"이제 일어나거라."

"네."

리첸은 일어나 가운을 걸쳤다. 약 기운이 아직 남아 있어서 두 볼이 발그레했다. 그녀는 그의 곁을 지나 응접실로 나갔다. 해리슨이 응접실 소파에 앉았을 때 욕실에서 물을 틀어놓는 소리가 들렸다.

*　　　　　*　　　　　*

호텔 식당에 앉아 있는 김원국에게 강만철이 다가왔다. 밤 10시가 되어 있었다.

강만철이 앞에 앉으며 물었다.

"형님, 영사관에서 뭐라고 합니까?"

"며칠 기다려 보라는 거야."

강만철이 혀를 찼을 때 김원국이 씁쓸하게 웃었다.

"강력히 항의했다지만 경찰의 명분이 우릴 보호하겠다는 것이어서 말이야."

"한통속이라니까요. 그동안 성철이는 말라서 죽으라는 것이죠."

"참, 애들은 도착했니?"

강만철이 잊었다는 듯 정색하고 말했다.

"여섯 명이 도착했습니다. 방금 전화를 받았습니다."

로비를 지키고 서 있는 경찰의 감시를 피해서 하나씩 호텔을 빠져나간 부하들 여섯 명이 홍성철에게 도착한 것이다.

김원국은 식당으로 들어서는 육중한 체격의 사내를 보았다. 그들을 보호하는 경찰 책임자인 이 경감이었다. 그는 곧장 김원국 쪽으로 다가왔다.

그는 얼굴에 웃음을 띠고 그들을 바라보았다.

"늦게 식사를 하시는군요."

"이 경감도 같이 식사하십시다. 앉으시죠."

김원국이 권하자 이 경감은 옆에 놓인 의자에 앉았다.

"저녁은 먹었습니다. 이 시간에 저녁을 안 먹을 수 있습니까?"

"저희 때문에 고생이 많습니다."

"원, 나도 이것 못할 노릇이에요. 지시를 받고 이러고 있지만 조금 편파적이지 않나 하는 생각이 듭니다."

강만철이 상체를 그에게로 돌렸다.

"이 경감님이 그렇게 말씀하시니까 말입니다만, 너무 일방적이지 않습니까? 우리는 투자한 재산을 지키러 온 겁니다. 싸우러 온 것도 아니에요. 지금 우리가 소유한 기업체들이 어떻게 되어 있는 줄 아시죠?"

강만철이 얼굴을 붉히며 말하자 이 경감은 이맛살을 찌푸리고 머리를 *끄*덕였다.

"유감입니다."

"우리는 꼼짝 못 하게 하고 해리슨 쪽은 마음대로 돌아다니게 놔두고 있지 않습니까? 오리엔트호텔 사건도 그쪽이 습격해 온 것입니다."

"알고 있습니다."

이 경감은 입맛을 다셨다.

"어쩔 수가 없어요. 나는 지시를 받고 움직일 뿐입니다."

다시 입을 열려던 강만철은 김원국의 시선을 받고 입을 다물었다.

"부탁하실 것 있으시면 말씀하십시오. 가능한 한 들어드리도록 하겠습니다."

"밖에 나갈 수 있습니까?"

김원국이 물었다.

"조금만 기다려 보세요. 지금 그쪽 영사관에서 항의를 하고 있는 것 같습니다. 이것은 분명히 위법입니다. 우리도 알고 있어요. 하지만 상부에서 당신들이 오리엔트로 들어가면 당장 전쟁이라도 일어날 것으로 생각하는 모양이에요. 며칠 기다리시면 풀립니다."

이 경감이 열심히 말했다.

"한국으로 돌아간다면 당장 보내주겠지요?"

강만철의 말에 그는 웃어 보였다. 40대 후반의 부처님 같은 인상이었다. 중국의 부처님은 배가 나왔고 살이 쪘다. 턱이 이중으로 주름이 잡혀 있는 데다 눈이 길게 째져서 웃으면 눈의 주름이 귀에까지 늘어졌다.

"저는 그 말씀을 드리려고 온 겁니다."

이 경감이 강만철을 향해 돌아앉았다.

"돌아가신다면 저희들이 모셔다 드리겠습니다. 물론 이것은 상부의 지시였습니다. 내 뜻이 아닙니다."

"우린 안 갑니다."

이 경감이 김원국을 보았지만 강만철의 말이 이어졌다.

"우리 형님 말씀은 들을 필요가 없습니다. 다른 사람들이 다 가더라도 형님은 남아 있을 분이니까요."

이 경감이 머리를 끄덕였다.

"예상하고 있었습니다. 우리도 당신들에 대해서 정보를 가지고 있습니다."

"불쾌하시오?"

김원국이 웃음 띤 얼굴로 물었다.

"천만에요. 이상하게도 아닙니다."

이 경감이 머리를 저었다.

"만일 돌아가신다고 했으면 오히려 내가 실망했을 겁니다."

"……"

이 경감은 자리에서 일어서더니 목례를 하고는 몸을 돌렸다.

"어쨌든 친절한 중국 놈이군요."

강만철이 그의 뒷모습을 보면서 말했다.

"철저하기도 해."

강만철이 머리를 끄덕였다.

"놈들은 우리를 잘 알고 있습니다."

"고위층에서 우릴 내보내려고 하는 것 같다."

김원국은 생각에 잠긴 듯 건너편 벽을 바라보았다. 그의 얼굴이 침울해 보였다.

김일두는 여섯 명의 부하들을 보자 늘어졌던 몸에 생기가 일어났다. 당장 오리엔트를 도로 찾을 듯이 서둘렀는데 분위기를 보면 그럴 수도 있을 것 같아 보였다.

"형님, 강개가 오리엔트 근처에 있습니다."

조그만 여관이었다.

복도나 마룻바닥은 나무판자로 되어 있어서 오가는 발소리가 울렸다.

"곧장 오리엔트로 들어갑시다. 이 정도면 치고 들어갈 수 있어요."

"안 돼, 기다려."

들어간다고 해도 전날 밤의 사건 때문에 경찰들에게 끌려갈 것이다. 김일두는 끌려가더라도 오리엔트에 가고 싶은 모양이었다.

"어차피 큰형님도 노출이 되셨는데 어쩔 수 없지 않습니까?"

"그래도 형님이 만다린에서 나오시면 당당히 들어갈 거다."

"그럼 그때까지 기다리란 말입니까? 우리가 투자한 회사들의 매출도 확인하지 못하고 이렇게 도망쳐 나와서 숨어 있으란 말이에요?"

오리엔트호텔은 홍성철들이 묵고 있었기 때문에 해리슨 측의 집요한 공격을 받아 매출이 거의 없었다. 그러나 국제호텔과 세 곳의 백화점, 세 곳의 나이트클럽은 영업을 계속했지만 일주일이 넘게 그들은 소유 업체들의 매출도 확인하지 못했던 것이다.

현지인 종업원들은 영업을 하고는 있었지만 불안할 것이었다. 이렇게 열흘만 더 지나면 모든 업체들이 문을 닫게 될지도 몰랐다. 전화로 영업을 체크하고 지시를 내리는 것에도 한계가 있기 때문이다.

홍성철이 시계를 올려다보았다. 밤 10시 30분이었다.

"내일 아침에 형님하고 상의해 보기로 하자."

김일두는 대답하지 않았다. 그는 경찰이 공항에서부터 김원국 등을 체크하여 보호하는 것도 해리슨 측의 집요한 방해 공작으로 믿고 있는 것이다.

"기다려라. 너희들이 뛰어들면 애들만 다칠 뿐이야. 내가 풀리면 오리엔트로 들어갈 테니까 그때 너희들도 따라 들어와. 그리고 칠성이가 용궁호텔에 있으니까 연락해라. 걔는 노출되지 않았으니까 업체들 확인은 그쪽을 시켜."

김원국이 말했다. 홍성철의 전화를 받고 있는 중이었다.

"서두르지 마. 강개가 너를 찾아 돌아다닌다는데, 주의하고."

김원국은 전화기를 내려놓았다. 홍성철도 답답하니까 전화를 했겠지만 전화기를 바라보고 앉은 그의 가슴도 꽉 막혀 있었다.

열 개 가까운 업체들을 이렇게 관리해 간다면 머지않아 문을 닫게 될 것이었다.

믿을 만한 현지인 관리자를 앉혀두었지만 무슨 일을 저지를지 알 수도 없고 저지할 수도 없게 되었다.

　김원국은 일어나 방을 나왔다. 방문 옆에 서 있던 이형구가 뒤를 따랐다.

　"넌 밥 먹었니?"

　계단을 내려가면서 물었다.

　"예, 저는 조금 전에 먹었습니다."

　오함마가 서울에 남아 있게 된 관계로 이형구가 따라오게 된 것이다. 이형구와 박동민은 오유철의 습격 사건 이후로 강만철의 신임을 받고 있었다.

　"자식, 안 먹었으면 같이 먹으려고 했는데. 밥을 혼자 먹으려면 이것저것 생각나는 게 많아져서 밥맛이 안 나."

　"그럼 제가 또 먹지요."

　이형구가 정색을 하고 말하는 바람에 김원국이 웃었다. 그들은 아래층의 식당으로 내려갔다. 대여섯 명의 부하들이 늦은 점심을 먹고 있다가 김원국을 보고는 일어섰다. 김원국이 그들에게 웃어 보이고는 구석 자리에 가서 앉았다.

　"형님, 저도 먹을까요?"

　이형구가 앞에 앉으며 물었다.

　"그래, 맛있는 것만 시켜라."

　그들이 주문을 끝내고 났을 때 강만철이 식당으로 들어서더니 이형구의 옆에 앉았다.

　"영사관에서 며칠만 기다려 보랍니다. 오늘도 정청에 항의하러 사람이 갔다는군요."

　그는 언짢은 얼굴로 물컵을 들고는 물을 들여다보았다.

"그 사람은 해리슨 측에서 로비를 했을 거라고 합니다. 형님, 우리도 그래야 되지 않을까요?"

"……."

"이러다가 사람 병신 되기 딱 좋겠습니다. 이 새끼들이 밖에 나가지도 못하게 하니 말입니다."

"저기, 이 경감이 옵니다."

이형구가 서둘러 말했다. 이 경감이 테이블 사이를 지나 다가왔다. 오늘도 단정한 흰색 제복 차림이었다.

"점심을 드시는 겁니까?"

이 경감이 식탁을 바라보며 물었다. 식탁 위엔 방금 가져온 수프가 놓여 있었다.

"그렇습니다."

"늦은 시간인데요."

이 경감이 시계를 보면서 자리에 앉았다. 오후 3시였다. 그와는 매일 얼굴을 마주 대하다 보니 이야기를 안 할 수도 없었고, 호인다운 그에게서 악의가 보이지도 않았다.

"매끼마다 같은 메뉴라 이젠 진절머리가 납니다."

강만철이 말했다.

"아니, 이틀밖에 되지 않았는데요."

"그래도 그렇지. 이 호텔엔 중국 음식하고 서양 음식밖에 없어요. 한국 음식을 먹고 싶은데 우린 나가지도 못하지 않습니까."

이 경감은 잠자코 강만철을 바라보았다.

"이건 감옥하고 다를 것이 없어요. 당신들은 우릴 불법으로 감옥 생활을 시키고 있습니다."

이 경감이 길게 한숨을 내쉬었다.

"난 내 나름대로 최선을 다해 보려고 노력하고 있습니다. 그렇지만 상부에서……."

"그만하세요."

강만철이 손을 저었다.

"우리가 어떻게 로비하면 좋겠습니까? 우리를 도와주시려면 그 방법을 알려주세요."

강만철이 그에게 상체를 숙이며 말했다. 이 경감의 얼굴이 굳어졌다.

"이 경감부터 우리 측 사람으로 해야 할까요? 방법은 무엇입니까?"

이 경감은 굳어진 얼굴로 강만철을 바라보았다.

"돈입니까? 해리슨은 돈으로 로비를 했겠지요, 물론."

"그만해라."

김원국이 정색을 하고 말했다. 이 경감은 김원국을 힐끗 바라보았다가 다시 강만철을 바라보았다.

"내가 오늘 저녁에 한국 식당에 갈 수 있도록 건의해 보겠습니다."

강만철은 대답하지 않았다.

"그리고 난 그런 건 잘 모릅니다. 그래서 이 나이까지 경감밖에 안 된 것 같습니다."

김원국은 잠자코 돼지고기를 젓가락으로 집어 들었다.

"답답해서 그런 겁니다. 이해하세요."

김원국이 가라앉은 목소리로 말했다.

김칠성은 한세라의 방에 사내 하나가 들어가는 것을 보았다. 그녀는 김칠성의 방으로부터 오른쪽 세 번째 방에 묵고 있었는데 호텔에 투숙한 후부터 남남이 되었다.

이틀이 지나는 동안 김칠성도 홍성철과 강만철 등과 연락을 하고 지시를 받느라 정신이 없기도 했다. 그러나 가끔 복도에서 마주쳐도 그저 머리만 까닥이는 것 외에는 말도 걸어오지 않고 웃어 보이지도 않았다. 하긴 웃을 일도 없었다.

방으로 들어온 김칠성은 방금 본 그 사내의 모습이 머릿속에서 쉽게 지워지지 않았다. 30대의 사내였다. 김칠성보다 서너 살은 위로 보였다. 말끔한 양복에 반질거리는 구두, 긴 머리 스타일에 호리호리한 체격이었다.

아마 형부일지도 모른다고 생각했다. 언니의 시부모가 계셔서 언니 집에는 들어가기가 불편했을 것이다. 그러자 형부가 미안해서 찾아왔다? 언니는 김칠성이 일하고 있는 사이를 틈타 두어 번 왔다 갔을지도 모른다.

그나저나 웃기는 년이었다. 다른 한편으로 곰곰이 생각하면 그 무거운 가방을 들게 하려고 남편 행세를 해준 것 같았다.

전화벨이 울려서 홍성철은 생각에서 깨어났다. 전화기를 집어 들자 홍성철의 목소리가 울렸다.

—어, 들어왔구나. 어떻더냐?

홍성철이 대뜸 물었다.

"별일은 없습니다. 매상은 그대로인데 겨울 물품을 구입할 계획을 세워야겠다고 해서 세우라고 했어요."

—그래? 잘했다.

김칠성은 백화점 세 곳을 돌아보고 온 길이었다. 백화점 주변에 해리슨의 부하들이 있었으나 김칠성은 알아보지도 못했다.

백화점은 피해를 덜 입고 있는 업체이기도 했다. 주가는 폭락했지만 매출은 그럭저럭 유지되고 있었다. 그러나 나이트클럽은 해리슨 조직의 방해로 주류 공급과 인력 공급이 끊기다시피 해서 막대한 손해를 입고 있었다. 종업원들의 사기도 떨어질 대로 떨어져 있었던 것이다.

"형님, 큰형님은 뭐라고 하십니까?"

—뭘 말이냐?

"아, 만다린에 그냥 있으시겠대요?"

짜증 난 듯 김칠성이 물었다. 그는 오전에도 전화를 했지만 김원국의 반응은 시원치 않았다. 두고 보자는 것이었기 때문에 답답했던 것이다.

—그럼 어떻게 하나? 만철이 얘기로는 이삼 일 있으면 오리엔트로 들어가실 것 같다니까 그때까지 기다려야지, 뭘.

"그게 안 되면요?"

—그땐 형님이 알아서 하시겠지.

본래의 계획은 홍콩에 도착하자마자 오리엔트에 들어가서 주변 업체들을 장악하고 해리슨 측과 부딪치는 것이었다. 지금 생각해 보면 너무 단순한 생각이었다.

홍성철이 서울에 있는 사람들을 걱정시키지 않으려고 혼자 가

슴을 앓고 있었던 탓도 있었다. 두 달 가깝게 감옥에서 고생하다
가 나온 그들에게 죽는 소리를 할 수 없었던 것이다.

김칠성은 잠자코 전화기를 내려놓았다.

『밤의 대통령』1부 3권에 계속…